Stephanie Jana und Ursula Kollritsch

Coco, Sophie und die Sache mit Paris

GOLDMANN
Lesen erleben

Stephanie Jana & und Ursula Kollritsch

Coco, Sophie und die Sache mit Paris

Roman

GOLDMANN

Der Abdruck von Auszügen des Liedtexts »Taxi nach Paris« von Felix De Luxe geschieht mit freundlicher Genehmigung von Rintintin Musik.

Dieses Buch ist auch als E-Book erhältlich.

MIX
Papier aus verantwortungsvollen Quellen
FSC® C014496

Verlagsgruppe Random House FSC® N001967

1. Auflage
Originalausgabe April 2020

Umschlaggestaltung: Favoritbüro, München
Umschlagmotive: plainpicture/Lubitz+Dorner; Spreadthesign/shutterstock; Aliaksandr Antanovich/shutterstock; New Africa/shutterstock; PushAnn/shutterstock
KS · Herstellung: kw
Satz: Uhl + Massopust, Aalen
Druck und Bindung: GGP Media GmbH, Pößneck
Printed in Germany
ISBN: 978-3-442-49012-7
www.goldmann-verlag.de

Für Bella, Bine und das Reh

Mit einem Taxi nach Paris,
nur für einen Tag.
Mit einem Taxi nach Paris,
weil ich Paris nun mal so mag.
Mit einem Taxi nach Paris
und vielleicht ein kleines Rendezvous.

Felix De Luxe, »Taxi nach Paris«

Prolog

Paris, Paris. Endlich!

Aufgeregt nehme ich einen großen Schluck von dem samtigen tiefroten Wein, den der schnauzbärtige Kellner mir augenzwinkernd mit den Worten »Amour fluide!« empfohlen hat. Was müssen das für Trauben gewesen sein, ein solches Rot habe ich vorher noch nie gesehen. Der Wein schmeckt himmlisch und schießt mir sofort in den Kopf. Genauso wie sich der Mann in mein Herz geschossen hat, auf den ich warte.

Nik.

Bin ich gestern wirklich – nach einer gefühlten Ewigkeit – in der Stadt der Liebe angekommen? Ich schaue mich um. Ja, es ist wahr, ich sitze hier leibhaftig in diesem kleinen Restaurant mit dem klangvollen Namen Le Relais de la Butte, was so viel bedeutet wie »der Elektromagnet am Hügel«. Doch ich fühle mich einsam zwischen den zahlreichen Gästen um mich herum, die sich lebhaft unterhalten und von meiner Anspannung nichts ahnen. Ich drehe den Stiel meines Weinglases und schwenke die Flüssigkeit darin hin und her. Wieder und wieder.

Ach, Sophie, wenn du wüsstest. Mein lang ersehntes Rendezvous. Jetzt ist es so weit. *»Mensch, Coco, lass dir bloß vorm ersten Kuss die Lippen nicht blau werden vom Rotwein«,* würdest du zu mir sagen, mich in die Seite knuffen und dabei dein ehrlichstes Beste-Freundinnen-Lachen erstrahlen lassen. Wenn es nicht gerade Nik wäre!

Ich schiebe mein schlechtes Gewissen beiseite und sehe auf die Uhr meines Handys. Gleich acht. Er müsste jeden Moment eintreffen. Betont gleichgültig lasse ich meinen Blick umherschweifen, während das flaue Gefühl in meinem Magen mit jeder Minute stärker wird.

Die zauberhafte Restaurantterrasse am Fuße der Sacré-Cœur, umrahmt und beschützt von riesigen Kastanien, füllt sich mehr und mehr. Das ganze Ambiente hier erinnert mich an eine Filmszene. Alles ist in Rot, Weiß und Gold gehalten und passt perfekt zusammen: die kleinen, liebevoll eingedeckten Tische, die schnörkeligen Stühle mit dicken Kissen darauf und auch die Jugendstilvasen an jedem Platz mit frischen Rosen darin. Leicht tanzen und rauschen die Blätter der stolzen Bäume geheimnisvoll im Abendwind, als wollten sie mir etwas sagen, was ich jedoch partout nicht verstehen kann.

Auf der Mauer am Ende der Terrasse hockt ein Liebespaar im Teenageralter eng umschlungen, Kopf an Kopf, und hält sich zärtlich an den Händen. So eine junge Liebe. Das rührt mich. Werde ich gleich auch so dasitzen? Mit Nik? *Reiß dich am Riemen, Coco. Er ist bestimmt gleich hier.*

Die Stimmen um mich herum werden lauter. Menschen strömen jetzt stärker von allen Seiten des Montmartre aus ihren Häusern, Hotels, Hinterhöfen – der Hunger treibt sie in die Cafés und Bars oder die Lust auf eine lange laue Sommernacht. Die Abendstimmung senkt sich wie eine schützende Glocke über die alte Stadt.

Ich zünde mir eine Zigarette an und blase Rauchkringel in die Luft, als könnte ich Signale versenden. *Wann kommst du? Ich warte hier auf dich.*

Wieder sehe ich auf mein Handy. Es zeigt die gleiche Zeit wie meine Armbanduhr. Schon Viertel nach acht. Er müsste längst da sein. Ich stelle mir seine Stimme vor, warm und tief. Sein Gesicht – so schön, dass man es nicht glauben kann – mit den rehbraunen Augen und den pechschwarzen geschwungenen Wimpern. Seine schlanken Hände, auf denen sich die blauen Adern abzeichnen, wie ich es bei Männern mag. Seine dunkelbraunen Haare, leicht gewellt und immer ein bisschen wild, obwohl kurz geschnitten. Und sein verschmitztes Lächeln, wenn er mich entdeckt, auf mich zukommt …

Der Kellner reißt mich aus meinen Gedanken und fragt, jetzt leicht besorgt, ob ich schon etwas zu essen bestellen möchte.

»Oui, oui, plus tard. J'attends encore quelqu'un …« Später, später. Ich warte noch auf jemanden. Auf ihn: Nik. Sein Name klingt wie mein Herzschlag, Nik-Nik-Nik-Nik-Nik. Das Bild würde Sophie gefallen.

Mittlerweile ist es halb neun. Jetzt ist er wirklich viel zu spät. Keine Nachricht, kein Anruf, nicht erreichbar. Funkstille, ausgerechnet. Verdammt, gleich ist mein Akku leer. Soll ich ihn noch mal anrufen?

Aber …

Was, wenn er es sich anders überlegt hat? Was, wenn er gar nicht kommt? Was, wenn er das alles am Ende gar nicht wert war?

Ich kippe den Rest des roten Liebesfluids hinunter. Auf ex.

»Rien ne va plus«, geht es mir immer wieder durch den Kopf. Hastig winke ich den Kellner herbei, bevor mir die Tränen in die Augen schießen können, um Nachschub zu bestellen – und pfeife auf die blauen Lippen …

1

Wenn ein starker Fisch
sich an Land
wie eine Ameise fühlt
und nach Luft japst.

Sophie

SHINE YOUR LIGHT – heiße Tage
und wache Nächte

Liebe Sophie Bayer,

mein Name ist Hans Hinterfeld, und ich bin der Direktor des wunderschönen Hotels »Zuflucht«. In wenigen Tagen beginnt Ihre Auszeit hier bei uns im Herzen der Rhön. Diese sagenumwobene Naturlandschaft und mein Team werden Sie mit offenen Armen umfangen!

O Gott, wie schöööön! Wenn das nicht wunderbar klingt. Zu gut, um wahr zu sein … Muss es eigentlich »empfangen« oder »umfangen« heißen? Was ist, wenn übergewichtige Gäste kommen? Hm, egal. Das ist ja zum Glück ausnahmsweise mal nicht mein Problem. Die Rhön wartet auf mich und ich auf sie.

Für einen Moment lasse ich die hoffnungsvolle Post des Reiseveranstalters sinken, um mit der rechten Hand meinen Bleistiftrock gerade zu ziehen und mich für eine kurze Fantasiereise am Schreibtisch zurückzulehnen. Da werde ich jäh gestoppt vom Bezug meines neuen Möchtegerndesignersesselchens. Nur mit einem schmerzhaften »Plopp« schaffe ich es, die Unterseite meiner Oberschenkel vom klebenden Kunstleder zu lösen. »Mascha!«, rufe ich innerlich aus. Denn meine mal wieder durch Abwesenheit glänzende Assistentin hat mir dieses unpraktische Trendmobiliar fürs Büro aufgeschwatzt. »Sophie, sind das echte Schnapper«, hat sie mit russischem Akzent dafür geworben. »Glaube mir, diese Schwingstühle sind ergonomitscheskije. Hat man die jetzt von Mailand bis Moskwa. Und Sohn von Onkel hat eine Superquelle …«

Den Rest ihrer Erläuterungen habe ich verdrängt, bei dem Gedanken an das Stichwort *Quelle* jedoch atme ich dreimal, genau wie ich es kürzlich gelesen habe, in die Tiefen meines Bauches hinein. Die Luftröhre hinunter, an Leber und Magen vorbei, durch den Dünn-, Dick- und wer weiß welchen Darm noch. Dann kippe ich langsam und sanft zurück. Nein, ich will mich nicht aufregen. Werde ich auch nicht. Nicht bei vierzig Grad am Montagmorgen unter dem Dach meiner Frankfurter Literaturagentur. Ich muss mich bloß zwei Minuten in die Rhön beamen, nur zwei klitzekleine Minütchen, bitte! Dort werde ich lachend über Streuobstwiesen laufen, mich ins saftige Gras fallen lassen und nur noch dem Wind in den Baumwipfeln zuhören. In der Rhön muss ich nichts mehr *müssen* und darf nur noch *sein*. Seit Tagen studiere ich die Reiseunterlagen wieder und wieder und klammere mich an die in meinem Kopf auftauchenden Bilder – wie eine

Ertrinkende an den rot-weißen Rettungsring. Dem Himmel sei Dank! Endlich Urlaub in Sicht!

Wir gratulieren Ihnen zu Ihrer Wahl »14-Tage-Reise zum Ich« und wünschen Ihnen einen rundum erfüllenden Aufenthalt in unserem Haus. Unser Credo »Kehre bei dir ein« hat sich über die Jahre sehr bewährt. Es bildet das Dach, das es Ihnen ermöglicht, auch mal von oben auf die Dinge zu schauen. Vieles in unserem hektischen Alltag nehmen wir verzerrt wahr, manchmal ist die Sicht versperrt oder Einiges letztlich anders, als es scheint. Nehmen Sie sich Zeit für den freien Blick, und kehren Sie wieder bei sich selbst ein – und bei uns.

Einkehren – juchhu, das werde ich machen. Da kannst du Gift drauf nehmen oder sonst irgendein Zeug, mein lieber Herr Hinterfeld. Und ganz gewiss nur mit mir allein! Immer bin ich die, die »das Kind schon schaukelt«. Alle Kinder, für alle und jeden um mich herum. Als alleinerziehende Mutter genauso wie als stets zur Rettung bereite Literaturagentin. Ich darf gar nicht daran denken, was in den vergangenen Monaten alles zu tun, zu lösen, zu wuppen war. Aber das will ich auch gar nicht. Dieses Schreiben klingt so vielversprechend und herzerwärmend, dass der Vorfreudepegel auf meine freien Tage von Minute zu Minute ansteigt. Von mir aus mache ich auch den ganzen Eso-Kram, der im Prospekt in allen Details angeboten wird, mit: von Cranio bis Tao, Eichenumarmen, Waldbaden und Vollmondschwimmen. Ich bin bereit. Hauptsache, ich komme endlich bald raus aus diesem Wahnsinn hier. Mein geplanter Urlaub verspricht genau das, was ich so sehnsüchtig brauche: Ruhe, Ruhe und noch mehr Ruhe – und in diesem beschaulichen Nest in der Rhön werde ich sie finden. Dort mähen höchstens die Schafe oder rattern die Trecker. Wenn das nicht die perfekten Aussichten für diesen Sommer sind!

Die nächsten Sätze kenne ich auch schon und überfliege sie schnell:

Bitte beachten Sie, dass wir ein veganes und drogenfreies Haus sind. Wir bitten Sie daher, keine Erzeugnisse von Tieren wie Fleisch, Leder, Honig aus nichtfairem Handel, keinen Alkohol, keine Zigaretten oder andere Rauschmittel (auch nicht in Bioqualität oder aus eigenem Anbau) mitzubringen. Wir bitten um Ihr Verständnis.

Sei es drum. Papier ist geduldig, wer weiß das besser als ich Bücherfrau? Bestimmt gibt es dort im Dorf ein nettes Gasthaus mit Schweinebraten, Käsespätzle und selbst gebranntem Streuobstschnaps auf der gutbürgerlichen Karte für Wanderer. Dem statte ich dann zwischendurch gerne einen Besuch ab. Und ein bisschen Heilfasten oder eine Obstkur kann ja auch nicht schaden. Alles wird gut! Nur noch ein, zwei, drei, vier, fünf Tage bis Samstag. Dann bin ich endlich raus aus diesen heißen heiligen Hallen, düse ins nahe Mittelgebirge und tiefenentspanne vor mich hin. Höre nur noch auf mich und meine innere Stimme – *sanfte Hügel, Reise zum Ich, einkehren* – wie und wo auch immer. Die passenden Filmsequenzen fliegen und summen in meinem Kopf herum, während ich meditativ mit dem Stuhl hin- und herwippe. Ich sehe mich schon in einer bunten Hängematte zwischen zwei Schatten spendenden Bäumen schaukeln …

»O nein, das darf doch nicht wahr sein!«, schreie ich, als ich plötzlich zu weit nach links kippe und vor lauter träumerischem Schaukeln den Stapel mit den neuen Manuskripten vom Tisch fege. Schlagartig bin ich im Hier und Jetzt. Und die Seiten der mittelmäßig talentierten, aber erfolgreich von mir vertretenen Schriftstellerin Karolina Kura liegen nun über den ganzen Boden verstreut.

Na bravo! Unter fünfhundert Blatt fängt die Kurrra, wie meine Assistentin Mascha und ich sie mit übertrieben gerolltem »rrr« nennen, gar nicht erst an. Zum Glück habe ich vor dem Ausdrucken noch die Seitenzahlen eingefügt, denn dazu fühlt sich unsere Diva Nummer eins außerstande. »Frau Bayer, Sie müssen das doch verstehen. Diese kantigen Zahlen sind nichts für eine sensible Schriftstellerin, sie engen nur ein. Das kann nicht in Ihrem Sinne sein als meine Agentin«, höre ich sie flöten. Ihre Stimme habe ich noch genau im Ohr, nachdem sie mir heute Morgen bereits unfassbare dreiundsechzig Minuten lang am Telefon die Vielschichtigkeit ihres neuesten Werks *Eine Liebe auf Helgoland* erläutert hat. Was gibt es daran nicht zu verstehen? Liebe, Wind, Meer. Voilà! Es könnte so einfach sein, aber die Kura verarbeitet so viele Irrungen und Wirrungen in ihren Geschichten, wie sie das wahre Leben gar nicht vertragen würde. Im Übrigen auch kein Mann. Daher ist sie Dauersingle.

Während ich die kreuz und quer verteilten Blätter zusammenklaube und resigniert sortiere, blinkt die Nummer meiner besten Freundin Coco auf dem Handydisplay. Sie ruft schon wieder an? Während ich vorhin telefoniert habe, hat Coco bereits dreimal versucht, mich zu erreichen. Wahrscheinlich will sie in der Kaffeepause mit mir quatschen oder die Details vom Wochenende erzählen. Oder ob doch etwas los ist? Hektisch checke ich meinen großen, für heute und die nächsten Tage vollgeschriebenen Papierkalender, beschließe zeitgleich, das Kura-Chaos Mascha auf den Tisch zu schieben und Cocos Anruf leider, leider nicht anzunehmen. Wenn ich jetzt rangehe, ist meine Tagesplanung gelaufen. Sorry, bitte entschuldige, liebste Coco! Ich hauche dem Telefon ein schnelles, von Herzen kommendes Handküsschen zu und verspreche telepathisch, mich, sobald es irgendwie geht, bei ihr zu melden.

Das Handy hört auf zu blinken, und ich seufze wehmütig. Leider haben Coco und ich gerade beide so viel um die Ohren – sie in der Zeitungsredaktion des Frankfurter Tagblatts, ich in der Agentur –, dass wir nicht mal unsere täglichen Freundinnen-Updates schaffen: *Lebst du noch? Was gibt's Neues? Was, Harry, dieser Zausel von Autor?! Und Sibylle erst, unfassbar. Du fehlst mir, du mir erst* und so weiter. Der Alltagswahnsinn und seit Tagen auch diese unerträgliche Hitze haben uns und, wie es scheint, das ganze Land fest im Griff. »Jahrhundertsommer« schwärmen die

Wetterfrösche in allen Medien, während ich hier in den Mansardenräumen meiner Bücheragentur und genauso zu Hause in meiner ansonsten geliebten Altbauwohnung nach frischer, kühler Luft hechele.

Es ist typisch: Kurz bevor es in die Sommerpause geht, kommen alle Autoren noch mit jeder Menge Ideen, Fragen, Leseproben, Exposés und Empfindlich- und Befindlichkeiten von A wie »Alles umsonst, Sophie! Ich soll einfach kein Buch schreiben« bis Z wie »Zum Teufel, diese Schnepfe hat mir die Idee geklaut!« Nachts schlafe ich so schlecht, dass ich nicht mal zum Träumen komme, weil die Handlungsstränge neuester Romanprojekte durch meine Gedanken schwirren, gefolgt von nicht enden wollenden To-do-Listen, die sich im Nebel weiter und weiter ausrollen. Dabei ist Coco die Listenschreiberin von uns beiden. Am Morgen sitze ich dann wie jetzt müde und völlig erschöpft mit einem Pott Kaffee vor meinem Laptop und klebe, statt in der Hängematte oder sonst wo die Seele baumeln zu lassen, am Schwingstuhl fest.

Entnervt streiche ich mir meine feuchten hellbraunen Haare aus dem Gesicht und wende mich stöhnend dem mannshohen Stapel mit Exposés zu. Was ist nur los? So kenne ich mich gar nicht. Eigentlich liebe ich meine Arbeit: Die Regale voller Bücher, den Geruch der Manuskriptseiten, die Geschichten, die aus dem Nichts eine Welt entstehen lassen, meine einzige Angestellte und Hilfe Mascha, auch wenn sie ständig irgendwelche Spezialitäten und Schnäppchen von ihrer russischen Großfamilie anschleppt, und letztlich liebe ich sogar meine verrückten, kapriziösen Schriftsteller. Doch zurzeit ist mir alles einfach zu viel. Ist das schon die Midlife-Crisis? Instinktiv mache ich ein Schnell-Lifting und ziehe meine Lachfältchen um die Augen mit den Fingerspitzen nach hinten. Macht Coco immer, soll straffen. Dabei nicke ich einem der gerahmten Schnappschüsse von meiner gegenwärtig pubertierenden Tochter Freddy, eigentlich Frederike, zu, die Coco darauf als Baby im Arm hält.

Auf meinem Schreibtisch steht eine ganze Fotoserie von meinen beiden Lieblingsmenschen. Sie schneiden lustige Grimassen und lachen um die Wette. Wenn ich sie betrachte, fühle ich mich sofort besser. Und Licht am Ende des Tunnels ist ja in Sicht: Wenn ich diese Woche überstanden habe, wartet ein exquisites Viersternehotel auf mich mit allem Zipp und Zapp. Mit Menschen, die ebenfalls nur ihr inneres Seelenheil und Entspannung suchen. Mein erster Urlaub ganz für mich alleine, seit ewigen Zeiten. Ganze vierzehn Tage lang. Freddy wird die ersten beiden Wochen der Sommerferien bei ihrem Vater Frank und dessen Familie Nummer zwei verbringen. Diese Vorstellung lässt mich beruhigt weiterarbeiten – für alles ist gesorgt.

Pling. Schon zwölf Uhr mittags. Die Zeit der täglichen Lichtbotschaft von SHINE YOUR LIGHT, die zeitgleich auf meinem Smartphone und Laptop aufleuchtet. Heute: *Ein Fisch, so groß, dass er ein Schiff verschlingen kann, ist auf dem Trockenen nicht einmal den Ameisen gewachsen. (Lü Bu We)*

Wie bitte? Was für ein merkwürdiger Spruch, doch

irgendwie passt er auf meine Lebenssituation. Ich fühle mich auch oft ameisenklein und sitze in mancherlei Hinsicht auf dem Trockenen.

Vor ein paar Wochen habe ich mich in einer schlaflosen Nacht bei diesem Lebe-frei-und-froh-Achtsamkeitsportal angemeldet. Zum Glück. Denn das hatte auch den Supertipp mit der Reise-Auszeit samt zehn Prozent Rabatt für alle »Shinys«, wie sich die Chatmitglieder nennen. Schnell notiere ich *Checken: Lü Bu We?* auf ein Post-it und pappe es auf das Glas des Paris-Bilds hinter mir, wo schon diverse andere Erinnerungshilfen die Treppen von Sacré-Cœur verdecken.

Als es an der Tür klingelt, blicke ich irritiert zurück auf meinen Wochenplaner. Den nächsten Termin habe ich doch erst um fünfzehn Uhr beim Fleischer-Verlag …

»Mascha, kannst du bitte …?«, rufe ich. Mist, Mascha ist ja immer noch nicht da. Sie ist beim Yoga, ihr x-ter Versuch abzunehmen, dieses Mal, indem sie die Mittagspause mit Bewegung anstatt mit Essen füllt. Wer Mascha kennt, die Essen über alles schätzt, weiß, das kann nicht funktionieren.

Ich gehe zur Tür und prüfe den Monitor der Klingelanlage. Auf der Straße ist niemand zu sehen. Bestimmt Schulkinder, die Klingelstreiche machen. Oder ist es der Postbote, den ein Nachbar hereingelassen hat und der bei dieser Hitze Bücherpakete in Zeitlupe nach oben schleppt? Zur Sicherheit öffne ich die schwere Eichentür, gehe nach vorne und schaue das steinerne Treppenhaus hinunter. Alles leer. Als ich mich umdrehe und zurück in die Mansarde an die Arbeit will, sehe ich Arno auf der Treppe neben der Agenturtür sitzen. Einer meiner Autoren und definitiv betreuungsintensivsten Klienten aller Zeiten. Was will der jetzt von mir?!

»Arno, wie bist du denn hier hereingekommen?«

Seinem Murmeln entnehme ich, dass die Tür unten nur angelehnt war. Heute ist ganz klar das Schicksal gegen mich. Von wegen *Shine your light*. Wie auf Kommando schießt ein weißer Sonnenstrahl durch das Flurfenster hinter Arno in mein Gesicht. Ich blinzele und wische mir über die Augen. Prompt fangen sie an zu brennen, dank der Mischung aus Schweiß und Sonnencreme. Letztere habe ich schon am Morgen vorsorglich für alle Außer-Haus-Termine aufgetragen.

Arno sitzt derweil teilnahmslos und in sich versunken auf den Stufen, seinen Kopf an die kühle Wand gelehnt. Für einen Moment wird mir schwindelig, und ich lasse mich in feiner weißer Bluse und meinem knappen Kostümrock neben ihn fallen. Ein Agenturtag mit Kurrra *und* Arno in den Hauptrollen steht unter keinem guten Stern. Mein Tag rauscht im Zeitraffer an mir vorbei. Für das Verlagsmeeting nachher kann ich mich nicht noch mal umziehen. Arno neben mir ist das egal. Er zeigt keinerlei Regung auf meinen *Angriff der Schweißperlen* – Memo: guter Titel, unbedingt merken.

Der junge Autor, gerade mal neunundzwanzig Jahre, sieht auf den ersten Blick älter aus, als er ist. Bei genauer Betrachtung sind seine Gesichtszüge zart und knabenhaft. Entfernt zu einer Adelsfamilie gehörend, pflegt er einen extrem formellen und antiquierten Kleiderstil. In seiner Knickerbockerhose mit Weste und Einstecktuch, die er ständig trägt, wirkt er wie aus der Zeit gefallen. Auch heute. Wie hält er es bei dieser Hitze nur in diesen Tweedklamotten aus? Ich zupfe mein feuchtes Oberteil vom Dekolleté. Hoffentlich färbt mein neuer BH nicht durch – in der Unfarbe Maude, hat was von Made. Mist, ich hätte ihn doch vorher waschen sollen.

»Sophie! Gut, dass du da bist«, stöhnt Arno auf. »Ich habe eine Schreibblockade.«

»Mal was ganz Neues von meinen Autoren«, denke ich, spreche es aber nicht aus und rolle stattdessen mit den Augen.

Arno setzt mit Nachdruck hinzu: »Eine große, riesige, undurchdringbare BLO-CKA-DE.« Das »E« am Ende zieht er in die Länge, als sei ich schwerhörig oder Teilnehmerin eines Anfängerkurses Deutsch als Fremdsprache. »Es ist, als würde ich stundenlang an einem schwarzen See sitzen, und kein Fisch beißt an. Nicht ein einziger.« Er lässt den Kopf auf die Knie fallen.

Arno ist leidenschaftlicher Angler und schreibt seit Jahren an einem entsprechend eintönigen Roman, der im Anglermilieu spielt. Wie es aussieht, wird er ihn auch diesen Sommer nicht beenden.

»Oder als ob eine Riesenmoräne ihr Maul aufreißt, um mich auf der Stelle zu verschlingen.« In Zeitlupe hebt er sein Haupt, als sei dieses zentnerschwer, und jammert dabei weiter.

Ich fühle mich bewegungslos. Wir starren geradeaus auf

den dauerdefekten Fahrstuhl. Ob er doch gleich ruckelt, seinen Dienst aufnimmt und Leute vor uns ausspuckt? Nichts rührt sich.

»Oder als ob sich ein starker Fisch an Land wie eine Ameise fühlt und nach Luft japst«, ergänze ich monoton, mich meinem Schicksal ergebend.

»Ja, Sophie!« Arno schaut erstaunt hoch und mir in die Augen. Ein Funke Hoffnung huscht über sein Gesicht und entspannt seine Züge. »Genau! Woher weißt du das?«

Ich resigniere. An diesem Saharamontag und in Anbetracht meiner Termine habe ich keine Kraft, ihn zu überreden, zurück an seinen Schreibtisch zu gehen. So ein Akt kann sich Stunden hinziehen. Ich klopfe ihm auf die Schulter. »Komm mit rein, Arno. Setz dich in mein Büro. Ich koche uns erst mal einen Kaffee.«

Arno schlurft vor mir in die Agentur, und ich streiche gedanklich den Rückruf an Coco von der Top-Prio-Liste, die ohnehin so lang ist wie eine abgewickelte Klopapierrolle. Hoffentlich treffe ich später im Verlag nicht noch die Ostermeier. Die Chefsekretärin und branchenbekannter Wachhund von Verlegergott Horst Fleischer würde mir nach diesem Vormittag den Rest geben. Arno und die Ostermeier könnte dann nur noch ein *Ich-kann-ohne-Coco-nicht-leben-du-musst-mir-helfen-Sophie*-Anruf von Carl-Torben toppen, Cocos Exmann. Carl-Torben ist ein Wahnsinniger. Obwohl die beiden seit drei Jahren getrennt sind, ruft er sie mehrmals täglich an und reagiert hysterisch, wenn er sie mal nicht erreicht. So wie ich das sehe, gehört der Gute in Behandlung. Und seine Sippe gleich mit dazu. Wer gibt seinem Kind denn im Vollbesitz seiner geistigen Kräfte so einen Namen? Carl-Torben! Meine Tochter verpasste ihm vor Jahren das entsprechende Kürzel, und seitdem nennen wir ihn nur noch CT, wie die Abkürzung von Computertomografie.

»Hast du keinen Ingwertee?« Arno bleibt vor meinem Büro stehen und sieht mich an wie ein Lamm, das seine Herde verloren hat, oder in diesem Fall wie ein Fisch ohne Schwarm. »Mascha kocht mir immer so einen selbst gemachten Ingwertee, der pustet alles bei mir frei. Wirklich AL-LES!« Wieder betont er jede einzelne Silbe und zieht dabei die Buchstaben in die Länge.

Was alles er meint, mag ich mir nicht im Detail vorstellen bei dieser Mörderhitze um 12:50 Uhr. Die Russinnen sind wirklich schmerzfrei, meine Assistentin ist da keine Ausnahme. Ich nicke Arno professionell aufmunternd zu und bedeute ihm, in meinem Büro Platz zu nehmen.

Dann verschwinde ich in unsere kleine Küche und tippe eine verzweifelte Nachricht an Mascha, sie solle gefälligst ihren zauberhaften Yoga-Popo hierherbewegen … und zwar zackig … und unterwegs frischen Ingwer mitbringen – für Arno! Und zwanzig Beutel Crushed Ice – für die Chefin! Mit links fächere ich mir mit dem frisch gedruckten Krimi *Mord im Wellnesshotel* von Nina Neuberg Luft zu und ergänze: Mascha! Ich flehe dich an. Es ist driiiiingend!!!

Coco

Eine Frage, tausend Gedanken

Verflixt noch mal, warum geht Sophie nicht ran? Jetzt habe ich mich extra auf die Toilette geschlichen, um mich bei ihr über diese Redaktionssitzung auszukotzen. Wahrscheinlich muss sie wieder die Mutter Teresa für ihre Autoren spielen und das bei vierzig Grad im Schatten. Vielleicht sollte ich einfach hierbleiben, in der Kabine ist es wenigstens kühl und ruhig. Ich gebe auf, drücke die Spülung und schlendere im Zeitlupentempo wieder zurück zum gläsernen Meeting-Raum des Frankfurter Tagblatts, wo mein Chefredakteur Dr. Rüdiger Caspari noch immer wild gestikulierend auf das ganze Team einredet.

Seit zehn Jahren ist er nun schon mein Boss und eigentlich ganz in Ordnung. Aber in letzter Zeit hat er komische Anwandlungen und ist ziemlich launisch. Vielleicht weil er gerade fünfzig geworden ist und sein letzter Lover, Paolo, vierundzwanzig und ein spanischer Masseur mit divenhaften Allüren, ihn kurz nach seinem Geburtstag für einen schwedischen Teppichhändler hat sitzen lassen. In welchem Fach Rüdiger seinen Doktortitel erhalten hat, ist bis dato allen ein Rätsel, man munkelt so etwas wie Archäologie oder Philosophie, doch genau weiß es niemand. Dennoch besteht er penetrant in allen Schriftsachen auf dem albernen Kürzel Dr., auch wenn er sonst am liebsten geduzt wird (der Jugendlichkeit wegen).

Noch zweimal um die Ecke biegen bis zum Flur unserer Redaktion. Jeder Schritt fällt mir extrem schwer, schon den ganzen Morgen fühle ich mich wie ein schwitzendes Walross. Wie macht Rüdiger das nur? Trotz dieser Temperaturen sieht er wie aus dem Ei gepellt aus: Die schwarzen Haare sind elegant zurückgegelt, die Augenbrauen akkurater gezupft als meine – bestimmt benutzt er auch einen Nasenhaarschneider –, die rote Designerbrille sitzt wie gemalt auf seiner griechischen Nase, und die herzförmigen vollen Lippen werden vom millimetergenau gestutzten Hipster-Bart umrahmt. Das Streifenhemd über einem Vans-Shirt mit enger Röhrenjeans zu knallgelben New-Balance-Schuhen vollenden seine Erscheinung. Stil Öko-Schick.

Ich erreiche den Meetingraum, atme tief durch und öffne die Tür. Mit meinem jahrelang trainierten Blick, der volle Konzentration und Interesse signalisieren soll, setze ich mich ganz cool zurück an meinen Platz am großen Tisch. Die Kollegen ignorieren mein Wiederkommen und würdigen mich keines Blickes. Mein Chef ist in seinem Element und erzählt irgendwas über Digitalisierung.

Mein Handy vibriert. O Gott! Nik schreibt. Instinktiv halte ich die Luft an, aus Angst, die anderen könnten mich schnappatmen oder mein Herz schlagen hören. Das bedankt sich prompt für die Aufmerksamkeit des Angebeteten und rast in doppelter Geschwindigkeit los. Man könnte fast meinen, ich sei erst dreizehn, dabei sind es bereits stolze siebenunddreißig Jahre und die Vier vor der Zahl nähert sich schonungslos, wehren zwecklos.

Nik. Immer wieder Nik. Nik Hufschmied. Jedes Mal erschrecke ich leicht, wenn ich den Nachnamen höre oder lese. Er ist mir so vertraut, auch wenn ich meinen eigenen damals behalten habe – weil, mal ehrlich, Hufschmied nun auch keine wirkliche Verbesserung zu Schmidt darstellt. So blieb ich also nach meiner Heirat einfach Coco Schmidt, und doch wurde ich oft Frau Hufschmied genannt. Ja, verdammt, die Wahrheit ist: Komplizierter geht es nicht. Musste ich mich ausgerechnet in den Bruder meines bekloppten Exmannes Carl-Torben verlieben? Gibt es sonst keine Kerle auf der Welt?

Seit Wochen – nein, Monaten – denke ich an nichts anderes mehr als an Nik. Sein Gesicht schiebt sich überall dazwischen wie diese Werbebanner im Internet. Auf nichts kann ich mich mehr konzentrieren, im Kino, im Supermarkt, beim Laufen, in der Redaktion, vorm Einschlafen und beim Aufwachen, zack, sehe ich Nik vor mir und habe sofort schmachtende Liebeslieder im Ohr, die ich zuletzt vor zwanzig Jahren zu meinen Kuschelrock-CDs mitgesungen habe. Die letzten Nächte waren besonders schlimm. Meine Gedanken drehten sich im Kreis, dazwischen lauter Fragezeichen. Und das auch noch bei Eisprung und Vollmond – dann bin ich für Liebesdinge aller Art besonders empfänglich.

So auch vor einem halben Jahr, als ich Nik nach ewigen Zeiten hier in Frankfurt wiedergetroffen habe. Diese Nacht mit ihm im »Clubkeller«, dem derzeit angesagtesten Underground-Tanzschuppen der Stadt – gemischtes Publikum, coole Atmosphäre, alle DJs wollen dort auflegen –, war einzigartig. Die Bilder tauchen sofort wieder in meinem Kopf auf und machen auch vor schrecklichen Meetings wie diesem nicht halt: Nik und ich – wir beide, wie wir lachen, quatschen, tanzen, uns immer häufiger zufällig berühren, erst unabsichtlich, dann absichtlich. Wir kannten uns bis dahin nur von ein paar Familientreffen der Hufschmieds. Zuletzt sahen wir uns auf Carl-Torbens vierzigstem Geburtstag. Der ist inzwischen schon vier Jahre älter, und wir sind kein Paar mehr. Nik war einfach immer nur der sieben Jahre jüngere Bruder von Carl-Torben gewesen, mit dem er wenig zu tun hatte, und ich seine Schwägerin. Die beiden Brüder hatten sich noch nie wirklich etwas zu sagen, weil sie das genaue Gegenteil voneinander sind oder der Altersunterschied zu groß ist und sie sofort zu streiten beginnen, wenn sie aufeinandertreffen. Zum Leidwesen ihrer Mutter, die sich das Verhältnis gerne anders gewünscht hätte.

Als Nik und ich uns dann an jenem Abend ganz zufällig über den Weg liefen – ich längst geschieden –, schien es, als würden wir uns zum ersten Mal richtig wahrnehmen. Wie konnte ich früher nur übersehen, wie attraktiv er ist? Groß und durchtrainiert, eine so extrem männlich-selbstbewusste Ausstrahlung, dunkelhaarig, lässiger Fünftagebart, charismatisch, bübisches Lächeln. Der

Traum von einem Mann. Beschwipst vom Pastis, den ich seit ewigen Zeiten nicht mehr getrunken hatte, und von Niks Geruch – eine verführerische Note aus Zimt und Vanille vermischt mit irgendetwas Kernigem, Abenteuerlichem – ließ ich mich in dieser Nacht treiben. Heißt es nicht, Frauen verlieben sich im allerersten Moment, wenn sie einen Mann gut riechen können?

Ich atme tief ein, als könnte ich Niks Geruch herbeizaubern. Damals konnte ich auf jeden Fall nicht mehr klar denken – und wollte es auch nicht. Schon gar nicht, als er mir ins Ohr flüsterte: »Ich will dich, Coco, hier und jetzt.« Er zog mich mit sich, an Theke und Toiletten vorbei, und wir landeten im Hinterhof des Clubs. Dort standen neben einer schützenden Hecke und den Mülltonnen ein paar bunte Holzstühle und löchrige Sessel um einen runden Tisch herum, dahinter eine sperrige alte Couch, aus der eine rostige Sprungfeder herausbrach. Was soll ich sagen? In dieser Nacht wurde das unser Himmelbett, und wir schwebten berauscht auf rosa Wolken – und nicht nur wegen des Alkoholpegels.

Am frühen Morgen wollten wir uns gar nicht mehr loslassen. Nik spielte mit einer meiner blonden Locken (viele sagen, ich sähe aus wie die jüngere Schwester von Katja Riemann), zählte meine Sommersprossen auf der Nase und sagte: »Coco, Coco, wir zwei, das ist echt ein Ding … Komm mich doch mal in Hamburg besuchen. Ich würde dich sehr gerne wiedersehen. Die Nacht mit dir war … wunderschön.« Dabei lächelte er unwiderstehlich und wirkte gleichzeitig so cool, dass meine Knie zu Wackelpudding wurden. Dann schrieb er mit meinem Kajal seine Handynummer auf die Innenfläche meiner Hand und drückte meine Finger fest zusammen, als sollte ich sie geheim halten, ebenso wie unsere erste Nacht. Das beschlossen wir nämlich noch beim Abschied, um Carl-Torben nicht aufzuregen und um meiner Ruhe willen. So bekam er kein neues Futter und konnte mich nicht damit nerven.

»Coco? Du bist doch sicher auch meiner Meinung?«

Ruckartig schrecke ich aus meinem Tagtraum auf und sehe in Rüdigers ungeduldiges Gesicht. Unser Chefredakteur seufzt und atmet langsam aus, dann schaut er an mir vorbei in die Runde. Heute Vormittag hat er das Team zu einer außerordentlichen Redaktionssitzung zusammengetrommelt und hält schon seit zwei Stunden einen Monolog. Jetzt kommt er nach seinen ausschweifenden Erklärungen langsam zum Punkt.

»Leute, ihr wisst doch alle, wie der Hase läuft. Die Zeiten haben sich geändert. Wir haben immer weniger Abonnenten, überall gehen die Zahlen zurück, die meisten lesen die Nachrichten nur noch im Internet. In ein paar Jahren schon wird es keine Tageszeitungen mehr geben. Print *stirbt*!« Seine Stimme wird schriller, und er ruckelt immer wieder hektisch an seiner Brille, die kleinen Knopfaugen noch angriffslustiger als sonst.

Ich kann ihm nicht mehr folgen und will es auch gar nicht. Zahlen, Print, das ist mir gerade echt piepegal. Es geht um mich, um mein Glück, um mein Leben. Sehnsüchtig schiele ich auf mein Handy und tippe auf Niks Nachricht.

»Coco, hast du einen Blackout? An der Hitze kann es ja kaum liegen. Bei dieser schweineteuren Klimaanlage hier«, pampt mich Rüdiger an, und ich sehe auf. »Dich scheint das alles gar nicht zu tangieren? Hättest du freundlicherweise die Güte, für ein paar Minuten das verdammte Telefon wegzulegen? Es geht hier schließlich auch um *deine* Zukunft!« Er wird lauter und zeigt drohend mit dem Finger auf mich. »Wenn wir jetzt nicht mitziehen und auf den fahrenden Zug der digitalen Entwicklungen aufspringen, gibt es uns bald schon nicht mehr!« Energisch haut er mit der Faust auf den Tisch und schwenkt wieder rüber zu den Kollegen auf der gegenüberliegenden Seite. »Versteht ihr, was ich meine?«

Micha, unser Sportredakteur, nickt. Mit ihm teile ich das Büro. Typ zynischer Singlemann aus dem Vogelsberg. Immerhin hat er's bis hierhin geschafft. Dem ist alles egal, Hauptsache, die Eintracht steigt nicht ab, und er kriegt abends seinen täglichen Äppler in der Kneipe.

Was genau will Rüdiger uns eigentlich sagen? Zeiten? Sterben? Zug? Egal. Nur ein Blick auf mein Handy. Eine Sekunde. Ganz kurz. Ich muss wissen, was Nik schreibt. Mein Herz klopft mir bis zum Hals, als ich heimlich unter dem Tisch lese:

Hallo, schöne Frau! Sehnsüchtige Grüße aus Paris. Bin inzwischen Pastis-süchtig. Und ohne Baguette kann ich nicht mehr leben … ☺ Ich teste jeden Abend eine andere Bar, um dich perfekt ausführen zu können! Am Montmartre begrüßen mich die Kellner schon mit Namen. Hast du dich entschieden, ob du kommst? JA? Paris sagt, du fehlst ihm. Sehr. Beaucoup! Und mir auch! ☺

Da steht sie, die Frage, die ich noch nicht beantwortet habe. Paris. Nik ist beruflich für zwei Monate dort, und ich soll ihn besuchen. Er will sich dann für mich Urlaub nehmen und mir die Stadt zeigen. Heute in zwei Wochen wäre es so weit. Ausgerechnet Paris. Meine und Sophies Lieblingsstadt, unser absoluter Sehnsuchtsort, wo wir während des Studiums sogar einen ganzen, sehr aufregenden Sommer verbracht haben. Paris bedeutet uns so viel, und wir träumen davon, dort gemeinsam alt zu werden.

Ich zucke zusammen, als Rüdiger plötzlich brüllt: »Willst du das etwa, Coco?«

Hmmm. Was weiß denn ich? Doch. Ich weiß, was ich will, aber darf ich das auch? Soll ich? Kann ich? Ist es das Richtige?

»Digitales Marketing! Das ist jetzt der absolute Hype! Willst du, dass wir die Trends verpassen, dass wir völlig naiv alles verpennen?«

Verpassen? Welche Trends?

»Wir müssen uns einfach viel mehr um das Onlinegeschäft kümmern. Anders geht es nicht. Also, Leute, es ist beschlossene Sache. Von ganz oben!« Rüdiger zeigt Richtung Decke, als habe Gott persönlich hier seine Finger im Spiel.

»Ich will keine Beschwerden mehr hören. Coco, du wirst ab sofort in die Onlineredaktion versetzt, Schwerpunkt Social Media, Kultur und Lokales. Micha: Sport, Sibylle:

Wirtschaft, Laura-Lee: Promis, Klatsch und Tratsch, Herr Bode: Tagesgeschehen und Politik international. Und ich kümmere mich um Aktien, Finanzmarkt. Keiner jammert! Ihr bekommt alle einen Administratorstatus, Zugänge aller Art und startet direkt mit einer regelmäßigen Internetrecherche. Was und wie wird gepostet? Was ist in, was wird gelikt, worüber wird diskutiert? Was und wie schreibt die Konkurrenz? Im September buche ich eine mehrtägige Fortbildung für euch über Onlinejournalismus, an der ihr alle teilnehmen werdet. Alle! Jede aktuelle Meldung wird sofort auf Facebook, Instagram, Twitter, Snapchat oder wo auch immer eingestellt. Und zwar mit unserer Kennung dick obendrüber. Wir vom Tagblatt müssen die Ersten sein! Besser als die anderen! Schneller, moderner, jünger und immer eine Nachricht voraus! *Up to date!* Capito?«

Schweigen in der Runde. Laura-Lee und Herr Bode schauen betreten drein. Micha kaut schmatzend Kaugummi und nickt. Meine Kollegin Sibylle Wilhelm, militante Veganerin und promovierte Soziologin, optisch Typ weibliches Sams in sauteuren Öko-Klamotten (sicherlich alles essbar), zudem dreifache Mutter von den klügsten Kindern im Rhein-Main-Gebiet, denen sie jetzt schon Harvard-Karrieren voraussagt (was sie auch zu meinem großen Leidwesen ständig und überall betont oder postet), flötet: »Aber ja, Rüdiger, ich verstehe das vollkommen. Du musst reagieren, natürlich! Wer liest denn schon noch Tageszeitungen?«

Sibylle schüttelt fast angewidert den Kopf, und mir kriecht es eiskalt den Rücken hoch. Der kotzende Emoji kommt mir in den Sinn. Ich kann sie nicht ausstehen. Und sie zeigt mir bei jeder passenden Gelegenheit, dass sie mich in meinem ganzen Sein ebenso maßlos verachtet. Dafür lasse ich keine Gelegenheit aus, vor ihren Augen in eine dicke, fetttriefende Bratwurst zu beißen.

Bevor ich sie mit meinem Blick töte, sehe ich lieber auf meinen Block, den ich inzwischen vollgekritzelt habe. In Großbuchstaben steht da:

PARIS?
☒ JAAAAA!
☒ AUSGERECHNET PARIS!
☒ NICHTS LIEBER ALS DAS!
☒ AUF KEINEN FALL!
☒ ODER VIELLEICHT DOCH?
☒ WARUM EIGENTLICH NICHT?

Alle dazugehörigen Kästchen habe ich angekreuzt. Ich glaube, ich werde verrückt. So wird das nichts. Energisch drehe ich den Block um, bevor Sibylle, die mich schon wieder fixiert, diese arrogante Kuh, einen Blick auf mein Gekritzel erhaschen kann.

Laura-Lee (wie kann man nur so heißen?), unser Küken, ein wandelndes, fast überall gepierctes Ganzkörpertattoo und offiziell unsere Volontärin, dreht an einer Strähne ihrer pink gefärbten Haare und guckt dämlich. Was Rüdiger vor einem halben Jahr geritten hat, als er die eingestellt hat, frage ich mich bis heute. »Also ich find's cool, ich mach das mit den Promis. Meinst du, Boss, du könntest mir nächstes Jahr dann auch Karten für die Berlinale besorgen?«

Genervt verdrehe ich die Augen.

»Laura-Lee!«, brüllt Rüdiger. Geduld ist nicht seine Stärke.

Herr Bode atmet schwer. Er ist unser Freiberufler und ältester Kollege, ein echter Linker und erfahrener Journalist, hat früher mit Joschka Fischer und den ersten Grünen demonstriert und angeblich auch in einer einschlägigen WG neben ihm gewohnt. Seine stets ungewaschenen langen Haare, die alte graubraune Lederjacke aus den Siebzigern und seine John-Lennon-Brille sagen alles. Natürlich dreht er auch seine Zigaretten selbst und konsumiert ab und zu ein Tütchen selbst angebautes Cannabis. Sein Gebiss ist riesig, und seine Vorderzähne stehen stark hervor, weshalb er den Mund eigentlich permanent geöffnet hat. Ob er ihn überhaupt schließen kann? Wenn er spricht – was eher selten vorkommt, er ist sehr wortkarg –, zieht er zwischendurch immer Speichel durch seine Zähne, was ein unverwechselbares Schlürfgeräusch entstehen lässt. Jetzt gibt er sich einen Ruck und meldet sich zu Wort: »Du, Rüdiger, ich finde, wir sollten das noch mal in Ruhe ausdiskutieren. [Schlürf] Was sagt ihr dazu, Leute? Man kann so was ja nicht einfach über unsere Köpfe hinweg entscheiden, Rüdiger. [Schlürf] Du weißt doch, Basisdemokratie und so. Mitbestimmung. Freiheit. Ich finde das jetzt nicht so gut, wie das hier gelaufen ist. [Schlürf]. Nee. Weißte.« Als Herr Bode so redet, kommt mir der Gedanke, dass er Loriots Steinlaus stark ähnelt.

»Ihr macht *das*! Mit echtem Einsatz. Keine Widerrede.« Rüdiger wird mehr und mehr unwirsch. Können Männer eigentlich auch in die Wechseljahre kommen? Was bildet der sich eigentlich ein?

Es ist Zeit, dass ich hier mal was sage. Zwar habe ich kaum zugehört, aber das Wichtigste verstanden: Es geht um die Zukunft der Printredaktion und eine neue Aufgabe, auf die ich keine Lust habe. Ich reiße mich zusammen, knalle meinen Stift auf den Tisch, und nun rette sich, wer kann.

»Das ist nicht dein Ernst, Rüdiger!«, schnauze ich los. »Sie haben vollkommen recht, Herr Bode. Ich bin Kunsthistorikerin *und* Germanistin mit Magister – und *mit* Auszeichnung. Ich bin Kulturredakteurin. K-U-L-T-U-R, ja? Das ist Kunst, Literatur, Film, Theater, Design, Musik. Das hat was mit Sinn und Sinnlichkeit zu tun, mit Kreativität. Verstehe ich das richtig, dass du mich in den Onlineknast versetzen willst? Zu diesen soziophoben Nerds mit karierten Hemden und Brillen in Tablet-Form?!« Ich schiele zu unserem Alt-68er rüber, der heute ebenfalls in Großkaro erschienen ist. »Ich glaube, ich spinne, Digitalisierung hin oder her. Ich mache einen Spitzenjob, und das weißt du auch, da lasse ich mich nicht degradieren!«, schreie ich.

Mein Gesicht muss inzwischen knallrot sein, denn ich merke, wie meine Wangen glühen. Hoffentlich platzen mir nicht wieder Äderchen auf der Nase. Die anderen schweigen weiter. Bode nickt immerhin zustimmend und schlurft schwerfällig zur Kaffeemaschine.

Mein Chef stemmt beide Hände auf den Tisch und

schaut mich zornig an. »Ach, auf einmal lässt sich die feine Dame doch noch zu einer Äußerung herab. Na, herzlichen Dank auch, gnädige Frau! Find dich damit ab, Coco, und lass das Theater, wir sind eine regionale Tageszeitung und nicht das FAZ-Feuilleton. Die Zahlen sind hier das Einzige, was interessiert. Unsere Zukunft liegt nicht in Berichten über irgendwelche mittelklassige Theaterinszenierungen, die keine Sau versteht und kennt. Und auch nicht in lächerlichen Ausstellungen von Künstlern mit ihren Hundeporträts plus Besitzer in kurzlebigen Galerien – das interessiert KEINEN! Selbst der amerikanische Präsident twittert den ganzen Tag! Da wirst du es auch maa-al können.« Er bläst laut Luft aus und atmet schwer.

Ich muss hier raus. »Brauche frische Luft!«, keuche ich und stürze an Rüdiger vorbei, bevor ich meine gute Erziehung vergesse.

»Frische Luft, pah, die raucht doch jetzt bestimmt draußen«, sagt Sibylle so laut zu Laura-Lee, dass ich es hören kann.

»Rauchen, das ist so oldschool!«, gibt die dann auch noch ihren Senf dazu, was ich konsequent übergehe.

»Ich bin nicht taub, Sibylle«, keife ich zurück und setze flötend hinzu: »Soll ich dir ein Mettbrötchen von Siggy's mitbringen mit extradick Zwiebeln? Mach ich gerne, meine Liebe.«

Sibylle verzieht angewidert das Gesicht und wendet sich ab. Laura-Lee und Micha prusten gleichzeitig los. Bevor Rüdiger noch etwas dazu sagen kann, drehe ich mich um und flüchte.

Weg bin ich.

Ich schiebe meine Gedanken an Nik zur Seite, Paris und er müssen warten. Draußen auf der Straße tippe ich hektisch auf Sophies Nummer. Ich hoffe, sie ist jetzt in der Agentur und hat kurz Zeit. Wenn diese Neuigkeiten in der Redaktion hier kein Notfall sind für die beste Freundin, dann weiß ich auch nicht. Kurze Stille, als die Verbindung aufgebaut wird, dann ein Anklopfen in der Leitung. Ich werfe einen schnellen Blick auf das Display: Carl-Torben. Der hat mir gerade noch gefehlt. Das Neueste von seinen Horrordates, wo sich die hübsche Blondine aus dem Netz im echten Leben als 130-Kilo-Frau entpuppt, oder prägende Kindheitskonflikte mit seiner Mutter, seinem Bruder, der ganzen Welt, oder seine Verdauungsprobleme – das alles kann er mir später noch erzählen. Ich ignoriere seinen Anruf kurzerhand.

Mist. Bei Sophie ist besetzt.

Sophie

Memo an mich: Franks Nummer blockieren,
für immer und ewig!

Freddy ist zu Hause, als ich am späten Nachmittag in unsere Wohnung komme. Habe ich ein Glück, dass sie mit ihren vierzehn Jahren schon so selbstständig ist und mir keine Vorwürfe macht, wenn ich mal zu wenig Zeit für sie habe. Nach der Schule war sie noch bei ihrer Freundin, jetzt hat sie sicher Hunger. Da Freddy Quiche mag und ich Quiche gut kann, habe ich immer ausreichend Zutaten im Kühlschrank und diverse Varianten eingefroren. Heute muss es Kartoffel-Quiche sein. Dieser Tag war der reinste Irrsinn. Ich brauche Kohlenhydrate, die machen glücklich. Dann noch ein kühles Glas *Pino-schlaf-gut* und mein Bett.

»Freddy, hi, Schatz.« Ich lupfe kurz ihre roten Kopfhörer, sie grinst mich an. Meine Tochter sitzt auf unserem kleinen Großstadtbalkon mit Blick auf den Hinterhof. Ihre im Verhältnis zum Restkörper überproportional langen, dünnen Beine hängen über der Brüstung. Zwischen

Kräutertöpfen, Kornblumen und Lavendel chillt sie in den Abend hinein, natürlich mit Zeichenblock auf den Knien.

Wo sind nur die Jahre geblieben? Wenn ich sie hier zeichnen sehe, habe ich die kleine Freddy vor Augen, die malt, seit sie einen Stift halten kann. Erst Kopffüßer ohne Hals, dann Tiere aller Art, später schwarz-weiß-rote Mangawesen mit aufgerissenen Glupschaugen. Mittlerweile zeichnet sie Comics von allem und jedem um sie herum. Ich streiche ihr über den Kopf. Die unkämmbaren gewellten Haare, nicht blond, nicht braun, hat sie von mir, die strahlenden grünen Augen von ihrem Vater.

Rasch gehe ich ins Schlafzimmer, um mich endlich der unbequemen Riemchenpumps und des engen Kostümchens zu entledigen. Obwohl die Rollläden den ganzen Tag dicht waren, ist es heiß wie an der Copacabana. Mit einem Ruck ziehe ich sie hoch. Zum Glück hat mein neuer BH seine Feuertaufe heute bestanden. Ich ziehe mir ein ausgeleiertes Long-Shirt über, lasse die Businessklamotten und die schwere Tasche mit Manuskripten und Co. auf dem Bett zurück. Barfuß gehe ich in die Küche und hole eine halbe Quiche aus dem Gefrierfach, in das ich mich am liebsten selbst legen würde, und schiebe den Mürbeteigkuchen in den Ofen. Im Kühlschrank steht eine angebrochene Flasche Weißwein, und ich schenke mir ein Glas ein. Bis zum Rand fülle ich es stillos mit Eiswürfeln auf und setze mich einen Moment an meinen Sekretär am Fenster. Eine Schublade steht noch offen. In ihr und den übrigen Fächern liegen die Schätze meines

Lebens: Fotos von Freddy, meiner Familie und natürlich von Coco, Zettel mit Zitaten, Sätzen und Gedanken, die mir irgendwo begegnet sind und die ich einfach festhalten musste, meine Best-of-Rezepte. Auch Karten mit getrockneten Blüten von meiner verstorbenen Patentante Marlene. Sie sehen aus, als habe sie diese eben erst gepflückt, und zwei zauberhafte Liebesbriefe von einem unscheinbaren, zugleich wunderbar wortgewandten Jungen aus meiner Schulzeit. So etwas hätte meine letzte, schon länger zurückliegende Affäre Helge, Lebensphilosoph und Dauerstudent, niemals aufs Papier gekriegt.

Ich hole zwei Teller und stelle sie neben dem Herd ab. Dann schiebe ich meinen Stuhl an die Balkontür, setze mich zu Freddy und höre endlich Cocos Nachrichten auf meiner Mailbox ab. Meine Güte! Rüdiger scheint ebenfalls hitzegeschädigt zu sein, er will der neue Stern am Onlinehimmel werden und hat heute in einer schrecklichen Sitzung neue Aufgaben verteilt. Jetzt tut es mir noch mehr leid, dass ich es nicht geschafft habe zurückzurufen. Die arme Coco! Sie ist so klug und engagiert und für viele Stunden Social Media am Tag viel zu direkt und analog.

Wenn ich daran denke, wie wir beide uns kennengelernt haben, wird es mir ganz warm ums Herz, und ich könnte ihr sofort um den Hals fallen. In unserem ersten Germanistiksemester saß sie in der Kafka-Vorlesung neben mir. Eins achtzig groß, selbstsicher und schön. Ich mochte sie sofort mit ihrem blonden Lockenkopf und den frechen Sommersprossen. Ein Bein angewinkelt, zwei

Plätze einnehmend hing sie so cool und lässig in der hinteren Bank, dass ich mich zuerst nicht traute, mich neben sie zu setzen. Doch dann strahlte sie mich über alle Maßen an und winkte mich zu sich, als würden wir zwei uns schon ewig kennen. Es war Freundschaft auf den ersten Blick. Was sie an mir schüchterner Maus im weiten Strickpulli und Palästinensertuch um den Hals fand, weiß ich bis heute nicht. Aber von diesem Tag an teilten wir alles: den Humor, das zweilagige Klopapier in der Studentenbude, die Billig-Spaghetti und die Mitschriften. Nur unser Geschmack bei Männern unterschied sich gottlob von Anfang an zu hundert Prozent.

An unserem ersten gemeinsamen Abend im Studentenwohnheim taufte ich sie Coco. Das passte viel besser zu ihr als der richtige Name: Susanne. An diesem Tag war sie mit einem ausladenden Hut à la Brigitte Bardot aufgekreuzt, trug ein kurzes knallrotes Kleid, das um die Knie flatterte, und dazu silberne Ballerinas. Ihren Französinnen-Stil hat sie sich bis heute bewahrt. Und irgendein Chanel-Teil muss immer dabei sein, egal, ob Sonnenbrille, Handtasche oder Tuch. Das mixt sie dann perfekt zu ihrem lässigen Coco-Look. Sogar beim Lackieren der Nägel legt sie konsequent Finger für Finger auf den Lackdeckel (wohin auch sonst, schließlich ist es eine Erfindung der Chanel persönlich, ihn dort abzulegen) und pinselt akkurat, was mir nie gelingt. Also lasse ich es meistens ganz. Ich sehe sie vor mir, als sei jener Abend gestern gewesen. Wir tranken eine Flasche Faber-Sekt vom Aldi um die Ecke und rauchten Zigaretten am Stift mit entsprechend eleganter

Fingerhaltung. Bis uns übel wurde. Als wir dann auf dem braunen Wohnheimteppich lagen, rückwärts über Kopf die Lichter im Hochhausblock gegenüber zählten und uns verrückte Geschichten zu den vermeintlichen Bewohnern ausdachten, schworen wir uns ewige Freundschaft, bevor wir einschliefen. Hand in Hand.

Frank lernte ich drei Jahre und viele Coco-Tage später kennen. Er war hochgewachsen, in sich ruhend und ein typischer zielorientierter Architekturstudent. Nach unserem ersten Treffen war es schnell vorbei mit dem Rauchen, jedenfalls bei mir. Denn Freddy hatte sich in einer für einen korrekten angehenden Architekten ziemlich verwegenen Nacht auf den Mainwiesen in unser Leben geschmuggelt. Die Beziehung mit Frank, die nie wirklich eine war, hielt nicht lange. Die zu Coco umso mehr. Lebensfroh, lustig und unerschütterlich ist sie seitdem an meiner und Freddys Seite. Sei es bei Arztbesuchen, Schulfragen oder später meiner Agenturgründung. Sie ist immer für Freddy und mich zur Stelle und mein Fixstern am Frankfurter Himmel und weit darüber hinaus. Das Verhältnis zu Frank ist in Ordnung. Nach dem Studium hat er sich erst in seine Karriere gestürzt und dann, soweit es sein Job überhaupt zuließ, in die Beziehung zu seiner aus Polen stammenden Jetzt-Ehefrau Jana. Den Unterhalt zahlt er ohne Diskussionen, wäre auch noch doller bei seinem Stararchitektengehalt. Für Freddy wünsche ich mir, dass er mehr Zeit für sie hätte. Gut, dass er sie am Samstag abholt und die ersten beiden Ferienwochen mit ihr verbringt.

Ich streiche meiner Großen sanft von hinten über die Haare, sodass sie es gar nicht merkt, denn Mütter mit »Emoflash«, wie mein Teenagerkind gerne dauergeflasht kommentiert, gemeint sind wohl plötzlich aufkommende Muttergefühlswallungen, sind einfach nur megapeinlich.

Das schrille Klingeln des Telefons im Flur reißt mich aus meinen Gedanken. Gerade als ich aufstehen will, um dranzugehen, meint Freddy hastig: »Ach, Mum, Papa hat übrigens vorhin angerufen.«

»Und?«

»Ähm, also, er wollte selbst mit dir sprechen.« Freddy schaut kurz zu mir auf. Irgendwie sieht sie in diesem Moment aus wie damals, als sie bei Opa im Auto gespielt hat, die Lenkradsperre eingerastet ist und sie dachte, der Wagen sei kaputt. Doch ich habe keine Zeit, darüber nachzudenken. Das Telefon schrillt weiter, und Freddy widmet sich rasch wieder ihrer Zeichnung.

Ich schnappe mir das Ding, laufe in mein Schlafzimmer und setze dem hartnäckigen Bimmeln ein Ende: »Hallo, Frank, was gibt's? Jaaa, ich bin zu Hause … Ob ich mit Freddy gesprochen habe? Natürlich, sie ist meine Tochter. Wir reden ab und an … Wie, ist alles klar? Was soll denn nicht klar sein?«

Irgendein Instinkt lässt mich die Tür schließen. Dann drücke ich die Lautsprechertaste. Franks Stimme schallt durch den Raum.

»Sophie, sorry, ich muss etwas mit dir besprechen.«

Stopp! Diesen Tonfall kenne ich. Er hört sich nicht gut an. Den Gedanken lasse ich nur eine halbe Sekunde lang zu, bevor ich geübt in den Alles-wird-gut-Modus umstelle: »So schlimm kann es ja nicht sein. Schieß los, Franky.«

Okay, das war überzogen. Er stockt, bevor er weiterspricht.

»Na ja … Schlimm, nein, eigentlich ganz und gar nicht. Ich wollte dir nur sagen, dass ich Freddy doch erst in der dritten und vierten Ferienwoche abholen kann. Es ist nämlich so: Wir müssen zur Familie nach Polen an die Ostsee, meine Schwiegermutter wird am Wochenende fünfundsiebzig, und du weißt doch, wie groß und gerne die Polen feiern, und sie ist ja so emotional …« Seine Worte werden immer schneller und rauschen nur so durch mein Gehirn, als wollten sie sich selbst überholen, dann schließt er: »Also, jedenfalls führt da für uns kein Weg dran vorbei.«

»Wie bitte? Was soll das heißen, Frank? Wir haben fest ausgemacht, dass Freddy direkt zum Start der Sommerferien zwei Wochen zu euch kommt. Du weißt, dass ich nicht da bin, ich fahre in die Rhööön«, singe ich fast in der Hoffnung, dass meine gespielte gute Laune dem Gespräch eine andere Wendung geben möge, und wische mir hektisch die Schweißperlen vom Dekolleté. »Sag mal, machst du das im Job auch so? Hältst du dich bei deinen Kunden auch nicht an Abmachungen? Es ist alles schon gebucht! Ich freue mich schon so, das wird …«

»Sophie, es geht wirklich nicht«, unterbricht mich Frank. »Es tut mir sehr leid. Das musst du mir glauben. Ich verspreche dir, dass ich danach alleine mit Frederike wegfahre. Zwei Wochen lang.«

Jetzt kommt er gleich mit dieser Frederike-ist-schon-groß-Nummer, die zieht heute aber bei mir nicht. Nein, mein Freund. Ich bleibe hart.

»Frank, lass es uns kurz machen. Der Geburtstag von Oma Marilla ist ja nicht erst seit heute bekannt. Immerhin feiert sie ihn zum fünfundsiebzigsten Mal.« Gutes Argument, Sophie! Sachlich bleiben. Zahlen ziehen bei Architekten. »Freddy kann doch mit euch nach Polen fahren. Sie mag Annas Mutter, wie du weißt.«

»Nein, kann sie nicht.«

»Wieso nicht?« Schämt er sich etwa für seine Tochter?

»Weil wir bereits in Katowice sind.«

Punkt. Mein Kopf wird heiß. Bevor ich überkoche, knirsche ich: »Frank? Frank! Das ist jetzt nicht dein Ernst! Ich bin in ein paar Tagen in der Rhön und zwar *alleine*. Soll ich dir das buchstabieren? Das ist ein Urlaub nur für mich. Eine AUS-ZEIT! ICH BRAU-CHE RU-HE! Keine Mutter-mit-pubertierendem-Kind-Kur, verstehst du das? Ich verreise, ich habe gebucht.«

»Jetzt setz dich erst mal hin, meine liebe Sophie.«

»Ich bin nicht deine liebe Sophie! Das war ich noch …« Meine Stimme wird schrill, und obwohl ich auf keinen Fall tun will, was dieser Mann sagt, lasse ich mich kraftlos auf mein Bett sinken.

»Sophie, hör zu. Es ist alles perfekt. Sogar noch viel besser als die Rhön. Ich habe eine super Überraschung für dich!«, ruft Frank überschwänglich.

Sieht ganz danach aus. Was geht hier bloß vor?

Frank ahmt einen Trommelwirbel nach: »Tatatataaaa!

Sophie, du fährst nach *Paris*! Ich habe eine Reise nach Paris gebucht – für dich und, halt dich fest, auch für Freddy! Ein sehr gutes Hotel wartet auf euch zwei Hübschen, allerbeste Lage. Du und Coco, ihr schwärmt der Kleinen, seit sie denken kann, vor, dass es keine schönere Stadt auf diesem Erdball gibt. Da habe ich einfach Nägel mit Köpfen gemacht. Was sagst du dazu? Na?«

Ähhhh … nichts. Ich befinde mich im Schockzustand. Winterstarre im Jahrhundertsommer.

»Ich dachte, du freust dich«, mault Frank enttäuscht.

»Was für Nägel? Wieso Paris? Was um alles in der Welt soll ich jetzt in Paris?« Ich versuche, einigermaßen ruhig zu bleiben. Contenance, Sophie! »Mein Lieber, ich fahre ganz bestimmt nicht nächste Woche nach Paris. Da kannst du dich auf deinen schlauen Architektenkopf stellen und dazu noch mit den Füßen wackeln. Du holst Freddy am Samstag hier ab, wie wir vereinbart haben. Dann packe ich, fahre zum Bahnhof und ab in die Rhön. Dort werde ich von einem Pferdefuhrwerk erwartet, genau um 11:25 Uhr. Steht alles hier schwarz auf weiß in meinen Reiseunterlagen. Natur, frische Luft, gesundes Essen, Biobaumwollbettwäsche, Komplettmassage, Yogi-Tee bis zum Umfallen, Cranio und Sacral, Tantra, äh Quatsch, Tao und so weiter … Ich mache nämlich eine Reise zum Ich, wenn du es genau wissen willst.« Wie zum Beweis klopfe ich auf meine Handtasche, wo ich die Reiseunterlagen sicher verwahrt weiß. Frank lässt sich von meinem Redefluss aber nicht bremsen.

»Sophie, jetzt sei nicht so unflexibel. In der Rhön gibt es eh nur Schafe, das weiß jeder. Paris ist dein Lieblingsort, *deine* Sehnsuchtsstadt und inzwischen auch Freddys. Tu ihr den Gefallen, sie freut sich schon riesig.«

»Wie bitte? Ich unflexibel? Du hast schon mit Freddy …« Den letzten Satz schreie ich, krähe, dann versagt mir die Stimme. Meine Augen schießen spitze Pfeile durch die verschlossene Zimmertür.

»Du beschwerst dich doch immer, dass du dich um alles selbst kümmern musst. Jetzt macht mal jemand was für dich … Ich biete dir Paris, und du willst mit einem Pferdefuhrwerk fahren! Versteh einer die Frauen.«

Macht er nun tatsächlich auf beleidigt?

»Wirklich schade, wenn du das nicht zu schätzen weißt. Ich wollte dich überraschen. Freddy ist jedenfalls informiert. Sie freut sich. *Sehr!* Und an deiner Stelle würde ich sie nicht enttäuschen wollen!«

Eine Tüte! Ich brauche eine Tüte! Mein Atem steigert sich ins Stakkato, sodass ich nur noch ein krächzendes hohes »Ich?« und »… Stelle?« herausbekomme. Was heißt hier an meiner Stelle? Der Mann ist nie an meiner Stelle, das würde er keinen Tag aushalten. Mir kommt in den Sinn, wie die Kura durch mein Büro schreitet und schwadronierend mit unnummerierten Seiten um sich wirft, Arno auf meinem Sessel sitzt mit seiner Angelausstattung und einer Kanne Ingwertee, am Telefon die Ostermeier, die eine erniedrigende Bemerkung nach der anderen loslässt, und ich natürlich schön freundlich bleibe. Die liebe Sophie, wie alle sie kennen und … Mir wird schwindelig.

»Ich muss aufhören, Sophie. Beruhige dich jetzt, trink

einen Schnaps oder so und denk in Ruhe darüber nach. Das Hotel ist gebucht, übrigens ein Superior und für zwei Wochen. Freu dich drauf! Du weißt, was das in Paris bedeutet, und so kurzfristig!«

Franks Stimme klingt latent vorwurfsvoll. Will er mir jetzt etwa die Schuld zuschieben?

»Reise zum Ich, was soll das überhaupt sein?«, fragt er abfällig. »Das war doch bisher nie dein Ding. So ein Rudeltreffen von Esoterikern. In diesem Wellnesshotel in der Rhön, wo du gebucht hast, musste ich meinen ganzen Charme spielen lassen und, als nicht mal der bekannte Architekt zog, einen auf deinen Ehemann machen, um deine Reise so kurzfristig zu stornieren. Alle Informationen zur Unterkunft in Paris schicke ich dir per E-Mail.«

Die Esoteriker, wie er sie nennt, wissen wenigstens, wie ich mich fühle, und ich weiß jetzt exakt, wie es diesem verdammten chinesischen Fisch auf dem Trockenen geht. Ich schnappe nach Luft. »Du hast was? Woher weißt du überhaupt, wohin …?«, sage ich und denke im gleichen Moment *MASCHA! Ich bringe sie um!*, während aus der polnischen Pampa nur noch ein nicht enden wollendes Tut-tut-tut zu hören ist.

Ich werfe das Telefon auf mein Bett und mich hinterher. Ich kann es nicht fassen. Das lasse ich nicht mit mir machen. Hat er tatsächlich? Er hat! Das Kissen, in das ich mein Gesicht presse, erstickt meinen Schrei und das Schluchzen, als meine Tränen zu fließen beginnen und sich mit dem Ärger dieses ganzen furchtbaren Tages vermengen.

Unter der Tür strömt unaufhaltsam der Geruch verbrannter Quiche herein und jetzt auch Freddys aufgeregtes Kreischen.

»Mamaaa!«

Coco

Die Sache mit Paris

Feierabend. Endlich zu Hause. Ich liege auf meiner pinken Pop-Art-Couch im Wohnzimmer und mag mich nicht mehr bewegen, geschweige denn denken.

Seit meiner Scheidung wohne ich im fünften Stock direkt über dem Café Wacker in der Berger Straße, mitten in der Fußgängerzone. Ich liebe dieses alte weiße Haus und den Blick aus meinen Sprossenfenstern hinunter auf die Einkaufsstraße. Gerade morgens, wenn die Stadt wach wird und sich auf dem großen Marktplatz, wo die Stände aufgebaut werden, immer mehr Menschen tummeln: auf dem Weg zur Arbeit, zur Schule oder in den Park mit ihren Hunden. Dann schaue ich fröhlich hinaus und bin bis heute wahnsinnig dankbar, diese Wohnung ergattert zu haben. Ein Geheimtipp von Herrn Bode. Darin wohnte ein Leben lang seine Tante, bevor sie schließlich ins Seniorenheim umzog.

Der wunderschöne Altbau besitzt sogar eine idyllische, ziemlich große Dachterrasse, die alle Bewohner im Haus mitbenutzen dürfen, was allerdings kaum einer tut. Und da meine Wohnung ganz oben ist, habe ich sie mir mehr und mehr zu eigen gemacht und eine kleine gemütliche Coco-Welt mit Liegestühlen, Kugelgrill, Palmen und Hängematte darauf eingerichtet. Nach dem Ehe-Aus und Griff ins Klo mit Carl-Torben alles in allem wieder mal ein echter Glücksgriff und damals die perfekte Voraussetzung für meinen Neuanfang.

Am schönsten ist es oben auf dem Dach mit Sophie.

Mir brummt der Kopf. Im hellblauen Lieblingskleid mit Spaghettiträgern stehe ich langsam auf, schlüpfe in die Glitzer-Flip-Flops und gehe in meine Miniküche. Hier ist nur für einen kleinen Tisch mit zwei Stühlen Platz, völlig ausreichend für den Zweck. Ich öffne das Fenster, nehme mir ein Bier aus dem Kühlschrank und setze mich mit einem Seufzer hin. Genüsslich zünde ich mir eine Zigarette an. Bei mir darf – wie zu Studentenzeiten – immer noch in der Küche geraucht werden. Mein Durst ist so groß, dass ich die Dose fast in einem Zug leere.

Schon Mitte der Woche. Und seit gestern Morgen durchkämme ich sämtliche Kanäle und Social-Media-Plattformen und Gott weiß was alles. Rechercheauftrag von Rüdiger: Bestandsaufnahme Onlinemedien. Es ist nicht zu fassen, was die Leute alles posten. Kuscheln mit der Katze, Feuerwehrkuchen für den Kindergeburtstag, Bikinifotos live vom Ballermann-Urlaub, selbst genähte Wurstteller, die nicht dick machen, jede Menge alberne Selfies vor Spiegeln und nicht erkennbaren Sehenswürdigkeiten, Stadionanzeigen der Eintracht bis hin zu miesen Kalendersprüchen und leider auch offen ausländerfeindlichen Parolen – alles dabei! Dieses ganze Pseudogelaber und dieser narzisstische Selbstdarstellungsmist gehen mir dermaßen auf die Nerven. Und jetzt soll ich mich auch noch den ganzen Tag damit befassen. Auf keinen Fall werde ich meinem Chef den Gefallen tun und zu einer Onlineprostituierten werden. Darauf kann er Gift nehmen.

Vor lauter Arbeit und Terminen erreichen Sophie und ich uns schon seit zwei Tagen nicht und telefonieren oder schreiben nur aneinander vorbei. Sie muss mir wohl dringend irgendwas erzählen, hat sie gestern Morgen geschrieben. Geht aber nicht ans Telefon, wenn ich sie anrufe. Ich kann es vor Neugier kaum aushalten. Aber nachher kommt sie vorbei, und wir können endlich mal wieder ungestört quatschen. Genau das, was ich heute brauche, einen richtigen Mädelsabend. Es ist ungewöhnlich, dass wir uns mehrere Tage nicht gesehen oder wenigstens kurz gehört haben. Ich weiß gar nicht genau, was alles bei ihr los ist. Tagsüber ist sie busy, und nachts chattet sie, anstatt zu schlafen, in so einem komischen Eso-Portal, SHINE SO BRIGHT oder wie das heißt. Ich muss sie unbedingt noch mal sehen, bevor sie am Samstag für die nächsten zwei Wochen in die Rhön abrauscht.

Wegen Paris habe ich Nik immer noch nicht geantwortet. Ich kann mich nicht entscheiden. Zumindest sollte ich mal ein Lebenszeichen schicken, also hole ich mein Handy und tippe los: Hallo, Nik, ich wünschte, ich könnte jetzt bei dir sein. Einfach so, auf der Stelle, weg von hier, zu dir fliegen…? ☺ Ich habe bisher eine echt blöde Woche in der Redaktion, alle scheinen durchzudrehen, auch unser Chefredakteur, das muss ich dir in Ruhe erzählen… Und Frankfurt mutiert langsam, aber sicher zur Mega-Sauna…

Ringringring, Ringringriiing, Ringringriiiiing.

Och nö! Carl-Torbens dauerklagendes Opfergesicht erscheint auf meinem Display. Das war ja klar, dass der heute noch mal anruft! Hat er am Ende mein Handy angezapft? Widerwillig unterbreche ich meine Nachricht und nehme den Anruf an, denn sonst hört der Telefonterror bis in die Nacht nicht mehr auf. Gerade in den letzten Monaten, seit das mit Nik und mir läuft, bin ich ihm immer häufiger ausgewichen. Ich befürchte, jetzt muss ich mal ran.

»Carl-Torben. Na, was gibt's?«, melde ich mich nonchalant.

»Coco! Ich hab dich *andauernd* nicht erreicht! Wo steckst du denn? Ich hab schon Kopfschmerzen, so besorgt bin ich«, jammert er vorwurfsvoll los, ganz ohne Warming-up.

»Carl-Torben, ich dachte, das hätten wir geklärt, nachdem du kürzlich mit dem Schlüsseldienst angerückt bist, während ich mit Kopfhörern in der Badewanne lag!«

»Ja, Coco, aber wenn du länger als drei Stunden nicht ans Telefon gehst…«

Bla, bla, bla. Und so weiter und so fort. Einmal losgelassen, ist er nicht mehr zu bremsen. Im Monologisieren ist Carl-Torben große Klasse. Ich gebe auf. Mit zwischen Ohr und Schulter geklemmtem Handy schnappe ich mir ein neues Bier, lasse mich zurück auf den Küchenstuhl fallen und lege meine Füße auf den Tisch. Das kann jetzt dauern. Ich schließe die Augen, sage ab und zu zwischen zwei Schlucken Bier »Hmmm«, »Ja« oder »Ach, echt?« und lasse meine Gedanken abschweifen…

Ich denke an Niks beruhigende tiefe Stimme, und sofort kribbelt es wie verrückt in meinem Bauch. Warum muss ich ausgerechnet ihn plötzlich gut finden? Gibt es nicht Millionen anderer toller Männer auf der Welt? Andere Mütter haben doch auch schöne Söhne. Dass Nik und Carl-Torben Brüder sind, wäre natürlich an sich kein Problem. Meine Güte, wir leben in einer freien Gesellschaft. Die Welt ist bunt. Wenn nur Carl-Torben nicht Carl-Torben wäre! Ein ewiges Anhängsel und das wandelnde Selbstmitleid in Person. Es würde meinem Ex sicher das eh schon angerissene Herz brechen, wüsste er von mir und Nik.

»Mir geht es wirklich nicht gut, Coco.« Carl-Torbens Stimme klingt jetzt weinerlich. »Manchmal hab ich so ein Stechen in der Seite, so ein fieses Ziehen im Bauch. Ich hab das mal gegoogelt, es könnte auf…«

Und weiter geht's. Bla, bla, bla.

Seit unserer Trennung kann mich Carl-Torben nicht loslassen, spielt den Anhänglichen und nervt mich. Mit steigender Tendenz. Klar ist er harmlos, aber eben auch furchtbar lästig. Ich weiß ja, dass er einsam ist. Nicht mal richtige Freunde hat er. Was alles noch komplizierter macht. Er tut mir schon leid, weil er sonst keinen zum Reden hat, aber seine Probleme sind einfach nicht mehr meine.

Dabei war er nicht immer so extrem. Im Volontariat damals verliebte ich mich in ihn, einen sanften, sensiblen jungen Mann, der ein bisschen aussah wie Rock Hudson mit Brille. Ein Buchhaltertyp eben. Er war so ganz anders als die Männer, die ich vorher kannte. Bereits ein Jahr später heirateten wir, was ich unglaublich rebellisch fand, meine Eltern und mein Freundeskreis wiederum total schwachsinnig, Sophie inklusive. Für Carl-Torben war ich die Göttin, seine große Liebe. Er hob mich in den Himmel, egal, was ich auch tat, und er las mir jeden Wunsch von den Augen ab. Ich war der Mittelpunkt seines Universums, was mir am Anfang unglaublich guttat und irgendwie auch schmeichelte. Für mich war er ein willkommener Ruhepol.

Doch schon kurz nach der Hochzeit bröckelte das Bild, das wir jeweils voneinander hatten. Ich war keine Frau fürs Podest, und er war alles andere als ein Fels in der Brandung. Wir entfernten uns weiter voneinander, und Carl-Torben zeigte immer häufiger seine absonderlichen Verhaltensweisen. Zum Beispiel brach er in den unmöglichsten Situationen grundlos in Tränen aus, bekam Schluckauf, wenn er aufgeregt war, oder wollte – Kontrollfreak, der er ist – ständig wissen, was ich tat. Das will er heute noch. Aus Dauersorge nervte er mich mehrmals am Tag damit, meinen Blutdruck zu messen, und wollte am liebsten alles überwachen: was ich aß, wie viel ich schlief oder wog, mit wem ich mich wann wo traf, was ich wem wie erzählte und so weiter. Freiheitsliebend, wie ich bin, hielt ich es irgendwann nicht mehr aus und schaffte den Absprung. Ein Glück – zumindest für mich. Carl-Torben hat unsere Trennung bis heute nicht verkraftet, und so schleppe ich ihn seit Jahren mit mir rum. Er ist ein bisschen wie eine Schmeißfliege, die man nicht loswird, oder ein altes Tattoo, das man sich mal voller Euphorie hat stechen lassen und später schamhaft bedeckt, weil man es peinlich findet.

Trotzdem bringe ich es einfach nicht übers Herz, ihm klare Grenzen zu setzen, aus Sorge, dass er sich wirklich vom Hochhaus seiner Bank stürzt (manchmal droht er gekünstelt damit) oder zumindest ins kalte Wasser.

Sophie hat für Carl-Torben überhaupt kein Verständnis mehr. Er geht ihr gewaltig auf die Nerven und das, obwohl sie sonst eine herzensgute Samariterin ist. Ständig redet sie mir ins Gewissen, dass ich mich endlich richtig von ihm abgrenzen müsse. Wenn er springen wolle, solle er doch, das sei seine Verantwortung und er ein erwachsener Mann – so ihre Überzeugung. Zumal sie absolut sicher sei, dass er für den finalen Sprung, wohin auch immer, sowieso viel zu wehleidig sei. Es gehe ihm nur darum, weiterhin die Kontrolle über mich zu behalten, sagt sie. Er sei ein egoistischer Narzisst.

»Auch die Darmreinigung hat nichts gebracht und die Magentabletten auch nicht… Vielleicht sollte ich mal ganz auf Gluten verzichten oder eher Lactose weglassen, was meinst du, Coco? Vielleicht helfen die Gummibärchen … Es wird ja einfach nicht besser, und an Schlaf ist überhaupt nicht zu denken …«

Carl-Torben ist in Fahrt. Und mir steht es auch bis oben hin. Weißte was, du kannst mich mal! Auf wen nehme ich hier eigentlich Rücksicht? Was interessiert es mich? Und wo ist überhaupt mein Mut hin? Auf was warte ich noch?

Carl-Torbens Stimme klingt immer weinerlicher – ach richtig, der ist ja noch in der Leitung.

»Du, Carl-Torben, ich muss jetzt los, ich leg jetzt auf, okay? Tschüüüss«, stoße ich hastig aus und beende das Gespräch. Puh, geschafft!

Eilig lösche ich die begonnenen Zeilen an Nik und tippe nur entschlossen in mein Handy: ICH KOMME!!! Dann drücke ich schnell auf Senden.

Ach du Schande, was habe ich getan?! Wie erkläre ich meinen Alleingang nach Paris nur Sophie? Eigentlich kann ich ihr gar nicht davon erzählen, denn sie weiß ja nicht von Nik.

Paris. Seit jenem Sommer während des Studiums, den wir beide dort zusammen verbracht haben – zweifelsohne einer der schönsten unseres Lebens –, ist es *unsere* Stadt. Sophie wird mich für total verrückt erklären. Wenn sie von Nik und Paris erfährt, lässt sie mich sofort einweisen oder kündigt mir die Freundschaft. Alles, was auch nur im Entferntesten mit CT zu tun hat, ist für sie ein rotes Tuch. Außerdem macht sie sich ja Sorgen um mich, weil er mich weiterhin so belagert und mir keine Sekunde Ruhe und Luft zum Atmen lässt. Was nun?

Aufgewühlt hole ich mir einen Block mit Stift, um mich mit einer meiner geliebten Listen zu sortieren.

SOPHIE EINWEIHEN?

PRO

- Beste Freundin aller Zeiten!
- Wir erzählen uns ALLES! IMMER! (Bisher jedenfalls …)
- Ihr Verständnis für andere ist übermenschlich (auch wenn ich mich in CTs Bruder verknallt habe?)

CONTRA

- NULL Verständnis für CT und alles, was mit ihm zu tun hat!
- Nik ist sein BRUDER!
- Schlechter Ruf: Sophie kennt Nik nur flüchtig, in der Familie gilt er als unreifer Playboy. Das weiß sie.
- Paris ist unsere Stadt.* Sie wäre total enttäuscht, dass ich alleine hinfahre.
  Korrigiere. Dieser Punkt muss nach oben.
- Sie ist schon länger im Anti-Männer-Modus!
- Außerdem chronisch erschöpft und braucht RUHE. Ich sollte sie besser schonen.
- In ein paar Tagen fährt sie sowieso in die Rhön.

- *Ich muss erst selbst rausfinden, was ich überhaupt will! Und Nik auch!*

Endstand 4:7. Das ist eindeutig.

Sophie

Über den Dächern von …

Coco und ich sitzen hoch über der Stadt und schauen auf Mainhattans Lichtermeer, das am Horizont in den klaren Sternenhimmel übergeht. Das Beste an ihrer Wohnung im letzten Stock ist die Terrasse darüber. Im Hinterhof führt eine eiserne Feuertreppe auf das weitläufige Dach des Hauses. Hier oben fühle ich mich jedes Mal wie Mary Poppins, die im schwingenden Rock mit ihrem Schornsteinfeger über die Dächer tanzt und dazu »Chim Chim Cher-ee« singt. Rotbraune Backsteinmauern grenzen die Fläche ein und verbinden die Häuserreihe zu einem Ganzen. Der Blick darüber hinaus ist endlos und frei. Doch heute kann ich die schöne Stimmung kaum genießen. Die Sommerferien stehen vor der Tür, aber Franks Anruf und seine Folgen haben mir die Vorfreude gründlich vermasselt. Vor lauter Arbeit konnte ich mich noch nicht mal bei Coco ausheulen und fühle mich wie gelähmt.

Die Gute hat einen großen Korb mit Leckereien und Crémant heraufgebracht und alles auf der Picknickdecke ausgebreitet, die Freddy vor Jahren in der Grundschule für sie genäht und bemalt hat, wild und bunt. Sie passt zu der modernen Kunst in der City-Galerie nebenan, wo heute anscheinend mal wieder eine Vernissage stattfindet. Auf dem in blaue Halogenbeleuchtung getauchten Rundumbalkon stehen, plaudern und lachen die Gäste, und die Musik der Liveband klingt zu uns herüber. Wir haben es uns auf Cocos verblichenen Liegestühlen gemütlich gemacht, wie immer sitzen wir ganz eng nebeneinander, zwischen uns der Prickelsekt und vor uns die Skyline.

»Schön sieht unsere Stadt aus dieser Perspektive aus. Alt und neu, grün und grau, eng und weit, klein und groß, sie hat so viele verschiedene Facetten. Trotzdem passt alles perfekt zusammen. Ein riesiges Großstadtmosaik«, schwelgt Coco mit glühenden Wangen und nimmt einen großen Schluck aus der Flasche. Sie ist guter Laune heute Abend, nur leider kann ich ihre poetische Stimmung nicht teilen.

»Coco, kennst du das Gefühl festzustecken, als wärst du in einer Zeitschleife hängen geblieben, das Alte hast du überholt, und etwas Neues ist nicht in Sicht?«, frage ich und beiße missmutig in ein Stück Baguette mit Camembert und Preiselbeertupfer. Coco weiß, wie sehr ich die eigentlich liebe, sie hat sie von Siggy's, unserem Lieblingsbistro, mitgebracht.

Immer wieder muss ich an SHINE YOUR LIGHT denken, der olle Fisch von vorgestern will mir einfach nicht mehr aus dem Kopf. Warum bin ich bloß im Moment so empfänglich für erhellende Gedanken und Achtsamkeitszeug aller Art? Heute lautete der Spruch des Tages: *Das Traurige am Verrat ist, dass er nie von deinen Feinden kommt. (Verfasser unbekannt)*

Damit kann ich nichts anfangen, Verrat ist nicht mein Thema, und auf meine engsten Leute lasse ich nichts kommen. Höchstens Frank könnte gemeint sein. So oder so grübele ich über das Tageszitat nach. Coco kann Dinge viel besser abhaken. Wahrscheinlich führt sie deshalb immer diese Listen.

»Ach herrje, Sophie, was ist denn los? Du bist schon die ganze Zeit so merkwürdig. Was wolltest du mir denn erzählen? Hast du die Faxen dicke in der Agentur? Du liebst doch deinen Job, ohne Bücher und die bekloppten Schreiberlinge könntest du doch gar nicht sein. Und deine letzte Beziehung mit Helge – okay, der Langweiler war ein Parasit, dem dein Kümmer-Gen gerade recht kam. Na komm, nimm erst mal eine Abkühlung, bevor dich die große Melancholiewelle verschlingt.«

Sie springt lachend von ihrem Liegestuhl auf, vollführt eine coole Tanzbewegung à la Uma Thurman in *Pulp Fiction* und drückt mir den eisgekühlten Perlwein in die Hand. Der Song, der von der Galerie zu uns herüberschallt, kommt mir bekannt vor. Coco wohl auch, denn sie schaut zuerst irritiert, dann entspannt sich ihr Gesicht, als sie mich zu sich hochzieht und in den Arm nimmt.

»Ich freue mich so sehr, Sophie, dass du endlich mal einen Erholungsurlaub gebucht hast. Nur für dich. Das finde ich echt super. Die Ruhe wird dir guttun. Ganz sicher!« Entschlossenheit schwingt in ihrer Stimme mit.

»Und für mich«, sie hält kurz inne und fährt dann fort, »wird es auch mal Zeit, hier rauszukommen. In der Redaktion drehen alle total durch! Rüdiger führt sich auf wie ein Gockel, als seien wir seine Leibeigenen, Laura-Lee macht auf Promireporterin, Herr Bode auf krank, Micha hat Dauer-schlechte-Laune, und Sibylle schleimt nur noch rum – nein danke, Chérie. Und wie sagt die gute Madame Chanel? ›Ich bereue nichts im Leben, außer dem, was ich nicht getan habe‹«, setzt sie hastig fort, prostet mir zu und trinkt.

Der Sekt schäumt über ihre Lippen, Coco verschluckt sich und hustet. Ich spüre, sie meint nicht die Redaktion, nicht die Rhön …

»Wieso, Coco? Hast du Pläne? Was hast du vor?«, frage ich überrascht und fixiere ihren Blick.

Meine beste Freundin schnappt ihr Handy, wischt, tippt und drückt schließlich entschlossen auf Play. Merkwürdigerweise wird das Lied von der Band nebenan begleitet, auf einmal ist es überall. Von den nun im Wechsel blau und pink erstrahlenden Ausstellungsräumen bis hier rüber aufs Dach tönt es in die warme Nacht: *»Mit einem Taxi nach Paris, nur für einen Tag. Mit einem Taxi nach Paris, weil ich Paris nun mal so mag. Mit einem Taxi nach Paris und vielleicht ein kleines Rendezvous.«*

»Stell dir vor, Schatz«, setzt Coco an, und ich höre Nervosität in ihrer Stimme. »Es ging alles ganz schnell … Ich habe mich ganz spontan entschlossen.«

Es klingt fast so, als müsse sie mir etwas beichten.

»Ich gönne mir ein paar Tage Paris. Die Redaktion kann

mich mal, soll Sibylle von mir aus Tag und Nacht vegane Internetplattformen durchforsten, meinen Segen hat sie. Ich muss hier raus. Ab Samstag habe ich Urlaub, und in einer Woche geht's los. Du bist da ja eh noch in der Rhön, und Freddy ist bei Frank. Rüdiger hat es schon abgesegnet, er konnte einfach nicht widersprechen bei meinen angesammelten Resturlaubstagen und zig Überstunden.«

Sie zieht ihr gestreiftes Kleid gerade, wie zur Abfahrt bereit, und reibt die verschwitzten Hände daran trocken, wobei sie sich fast an den langen bunten Perlenketten verheddert, die sie heute trägt.

»Nach Paris?«, frage ich ungläubig, als hätte ich sie akustisch nicht verstanden und sowieso noch nie im Leben von der französischen Hauptstadt gehört. Dann nehme ich einen großzügigen Schluck aus der Flasche und noch einen. Meine Verdutztheit interpretiert Coco als Enttäuschung.

»Sei nicht traurig, Sophie. Pass auf, ich schicke dir jeden Tag Fotos von unseren Lieblingsplätzen. Ich suche uns die schicksten neuen Bars aus und teste dort schon mal die Cocktails. Dann buchen wir beide in den nächsten Ferien ein feines Hotel mitten im Künstlerviertel Montmartre, packen Freddy ein und zeigen ihr alles. Einverstanden?«

Coco springt in die Luft, ihre Locken hüpfen lustig mit, und sie reißt die Arme hoch wie der im Regen singende Gene Kelly in *Ein Amerikaner in Paris*.

»Das kannst du sofort haben!«, platzt es aus mir heraus.

»Hä? Wieso?« Coco macht ein verdutztes Gesicht und lässt die Arme sinken.

»Frank, dieser Vollidiot, dieser übergriffige, arrogante, verantwortungslose, egoistische …«, bricht es endlich aus mir heraus. Die Liste der Eigenschaften, die ich Freddys Vater gebe, wird lang und länger, und dann erzähle ich Coco von dem schrecklichen Telefonat mit meinem Ur-Ex, der, ohne mich zu fragen und über meinen Kopf hinweg, die Rhön storniert und stattdessen zwei Wochen Paris gebucht hat. Einfach so. Völlig unabgestimmt. Für Freddy und mich. Ich kann es immer noch nicht fassen. Dafür hat er sich sogar als mein Ehemann ausgegeben. Was für eine Vorstellung! Alle angestaute Wut und Enttäuschung und Kraftlosigkeit sprudeln wie Sturzbäche aus mir heraus.

»Das hat Frank getan?! Das darf doch nicht wahr sein … Der ist ja … Und *jetzt*?« Coco ist selten perplex, aber in diesem Augenblick starrt sie mich mit großen Augen an.

»Und jetzt sitze ich hier mit dir über den Dächern von Frankfurt, versuche, aus diesem irren Traum zu erwachen, denn in wenigen Tagen beginnen die Ferien und …«

»Und?«

»Und du erzählst mir, dass du auch nach Paris möchtest, nur eine Woche später. Ist das nicht ein unglaublicher Zufall?«

»Allerdings!« Coco hat sich wieder hingesetzt und sieht mich so entsetzt an, als habe Frank *ihr* das angetan.

Sie ist eben eine wahre Freundin. Einfach die beste. Mein Leid ist ihr Leid. Sie kennt meine Freuden und meine Schmerzen. Ich bin so wütend und enttäuscht und erschöpft und gerührt und überhaupt, dass mir plötzlich die Tränen über die Wangen fließen. Die ganze Zeit reiße ich mich zusammen, trotze der Sauna in meiner Büchermansarde, ertrage die Allüren der Kura, verarzte Arnos ramponierte Psyche, stopfe Maschas Törtchen in mich rein, damit sie abnehmen kann, und dann fällt mir Frank dermaßen in den Rücken und macht meine ganze Hoffnung auf Erholung zunichte!

»Och, komm mal her, Süße. Das ist ja furchtbar. Wie unverschämt! Diese Männer! Das ist echt unfassbar!«

Coco nimmt mich fest in den Arm und trinkt mit rechts weiter vom Sekt. Sie versteht mich. Sie ist immer für mich da. Wir sind eine Einheit.

Drüben auf der Galerieterrasse rufen sie »Zugabe, Zugabe«. Unnötig zu erwähnen, dass die Band unter dem Johlen der Menge noch eine weitere Runde mit dem Taxi durch die Stadt der Liebe dreht. Und auf einmal sind sie da, diese schönen Bilder, wie Flashlights aufblitzend, die Leichtigkeit, das Lachen, das Tanzen, das Glück und diese geniale Idee in meinem Kopf. Hastig ziehe ich das kleine abgewetzte Leporello-Fotoalbum aus meiner Beuteltasche. Seit den Neunzigern trage ich es permanent mit mir herum. Coco hat es mir geschenkt, mit unseren schönsten Fotos aus Paris: Sie und ich im Partnerlook in bunten Flatterkleidern, die wir für ein paar Francs auf dem Flohmarkt erstanden hatten.

»Schau mal.« Ich falte es auseinander und halte die Fotos Coco unter die Nase. »Wir beide … wie wir Grimassen schneiden vor der Chanel-Boutique. Hier. Ich hatte dieses Schild gemalt mit der Aufschrift ›Das ist die wahre Coco!‹, weißt du noch? Mit einem dicken roten Pfeil und Herzchen und dort über dich gehalten. Und wir auf dem Eiffelturm, die Arme ausgebreitet, als könnten wir fliegen. Da ist es.« Ich blättere und zeige mit dem Finger auf das Foto.

Coco lächelt. »Und du verwegen mit der Kamera und diesem blassen Franzosen im Arm.«

»So unbeschwert – schau nur, wie wir zwei lachen. Gerade Anfang zwanzig, jeder Tag ein Fest. Am liebsten liefen und tanzten wir barfuß überall, und das ganze Leben lag noch vor uns. Wie herrlich diese Wochen in Paris waren! Jeden Augenblick haben wir genossen. Viel zu lange ist das her. Diese Sorglosigkeit vermisse ich heute manchmal.« Ich mache eine kurze Pause, dann schaue ich meiner besten Freundin entschlossen in die Augen. »Was, wenn wir zusammen hinfahren, Coco? Du, ich und Freddy.«

»Wir? Wohin? Was meinst du?«

»Na, nach Paris! Am Samstag! Frank hat das Hotel gebucht. Superior, ganz zentral. Ich nötige ihn zu einem Suite-Upgrade mit Extrabett. Und du verlängerst auf zwei Wochen. Urlaub hast du doch sowieso. Das ist er mir mehr als schuldig. Soll er doch bluten, wenigstens finanziell. So viel wie möglich. Und wir lassen die Rüdigers, Carl-Torbens, Arnos, Kuras, Sibylles und wie sie alle heißen zurück in diesem Hamsterrad hier. Müssen sie eben mal ohne uns klarkommen. Was sagst du?«

Ich spüre, wie meine Kräfte langsam wieder in meinen

Körper zurückkehren. Das beste Gefühl seit Langem und diese herrliche Perspektive, die Welt liegt vor uns: Coco, Freddy und ich in Paris, das wird großartig.

»Ähm, Sophie?« Coco starrt ins Leere, dann räuspert sie sich. »Was soll ich sagen? Natürlich, aber ich … ich habe doch schon, und du wolltest doch … eigentlich etwas ganz anderes … Du wolltest dich erholen, Natur pur und Ruhe und … Schafe und … Paris ist nicht gerade bekannt als Wellnessoase mit Insektenhotels und Streuobstwiesen.« Sie hüstelt komisch und stottert herum: »Meinst du w-wi-wirklich? Willst du das nicht erst mal in Ruhe mit … F-F-Fra-Frank klären?«

So kenne ich meine starke Freundin gar nicht. Will sie mich schonen? Hat sie Sorge, ich könnte mich hinterher über die fehlende Natur beschweren?

»Pah, klären!«, rufe ich. »Da gibt es nichts zu klären, Frank sitzt bereits in Polen, futtert Piroggen und kippt sich einen Sliwowitz nach dem anderen hinter die Binde. Auf das Wohl seiner verehrten Frau Schwiegermamaaa, seiner wundervollen kleinen Frau und der ganzen Sippe. Vor allem aber ohne seine erstgeborene Tochter. Was soll ich mit einem Teenager inmitten von ruhebedürftigen Achtsamkeitsurlaubern und noch mehr Schafen in der Rhön? Kannst du mir das bitte schön verraten?« Erneut rede ich mich in Rage.

»Nee …« Coco senkt deprimiert den Kopf. Da ist auch sie ratlos.

»Ach, Coco. Na komm. Du musst nicht für mich traurig sein. Vielleicht ist es ja so etwas wie …«, ich traue mich fast nicht, es laut auszusprechen, »… Schicksal? Das kann doch kein Zufall sein, dass du gerade jetzt auch nach Paris willst. Und da drüben dieses Lied.« Ich schaue zur Galerie, auf die Stadt, zu den Sternen und zurück zu meiner Freundin. Hat nicht auch der Hoteldirektor aus der Rhön geschrieben, von oben sähe manchmal alles ganz anders aus?

Und dann weiß ich, was zu tun ist.

»Coco, wir machen das! Stornier deine Unterkunft, so schnell es geht. Ich schreibe Frank und setze ihm die Pistole auf die Brust. Der soll schön für dich mitzahlen. D'accord? Keine Diskussion, die Sache ist entschieden. Wir fahren nach Paris!«

2

Wenn du bemerkst, dass dein Pferd tot ist, dann steig ab.

Coco

Mit einem Laubfrosch nach Paris

Ratter, ratter, ratter. Die Rollen meiner Reisetasche klappern über das Kopfsteinpflaster. Mein ganzer Arm vibriert mit. Schon ein paarmal bin ich gestolpert, und wiederholt ist mir der Griff aus der Hand geglitten, so kraftlos, nervös, neben der Spur bin ich. Doch keine Gnade, das Ungetüm klappert unaufhörlich weiter, während ich mit lautem Fluchen versuche, es die Berger Straße hinunter in Richtung Sophies Wohnung im Nordend zu ziehen. Der Schweiß steht mir jetzt schon auf der Stirn, dabei ist es erst sieben Uhr früh, und das samstags, und ich erst seit fünf Minuten unterwegs.

Heute Morgen kann ich absolut keine fremden Menschen um mich ertragen, noch nicht mal einen Taxifahrer, so genervt und angespannt bin ich. Also gehe ich zu Fuß und baue schon mal ein paar Aggressionen ab. Der Weg zu meiner Freundin führt vorbei an hübschen Häuserreihen im Jugendstil, umsäumt von hohen alten Bäumen – Tannen, Birken, Kastanien –, die zu jeder Jahreszeit schützend Spalier stehen. Doch an diesem Morgen kann mich nichts beruhigen. In meinem Magen sitzt ein unentwirrbarer Knoten, sodass ich zu Hause nichts runterbekam, nicht mal meinen heißgeliebten Filterkaffee, von dem ich sonst jeden Tag eine ganze Kanne trinke.

Ich könnte vor Wut platzen. Wie bin ich hier nur in diese Situation geraten? Dieser arrogante Arsch von Frank! Richtet mit seinem Anruf so ein Chaos an. Wie kann er sich diese unverschämte Aktion nur erlauben? Und dann diese selbstgerechte Art dabei. Sophie wollte ihn ordentlich zur Kasse bitten, aber so richtig, Flug- oder Bahntickets, natürlich erster Klasse, aber von wegen … Der Egoist hatte zwar Sophies Rhönurlaub storniert und ein Hotel in Paris gebucht, aber dabei natürlich völlig vergessen, dass man ja auch an- und abreisen muss, und keine Tickets besorgt. Klar waren dann so kurzfristig zu Beginn der Sommerferien alle passenden Flüge und Züge dieses Wochenende für drei Reisende ausgebucht. Will denn die ganze Welt nach Paris?! Und auch Mr Wichtig konnte natürlich nichts herbeizaubern. Jetzt ist er fein raus und muss nur das Benzin zahlen, denn uns bleibt nichts anderes übrig, als mit dem Auto nach Paris zu gurken.

Es ist zum Kotzen. Meinen Flug – den ich gerade noch Last Minute ergattert hatte – musste ich stornieren, sonst hätte ich als schlechte Freundin dagestanden. Was ich wohl trotzdem bin, schließlich verschweige ich Sophie Nik und den eigentlichen Grund, warum ich nach Paris will. Und statt über den Wolken nach Frankreich zu jetten, fahre ich jetzt also in ihrem alten grünen Renault mit, genannt »Laubfrosch«. Unser Taxi nach Paris quasi, in die Stadt der Liebe. Na bravo.

In der Hoffnung auf ein Wunder oder wenigstens ein bisschen Absolution dafür, dass ich meiner Freundin zum ersten Mal etwas verheimliche, schaue ich in den Himmel. Nichts. Ich seufze. Also doch die gesamte Strecke nach Paris mit Sophies Laubfrosch. Die Klapperkiste mit augenscheinlicher Altersschwäche und – wie sie betont – großem Autoherzen hat sie schon seit Urzeiten, auf jeden Fall, seit ich sie kenne. Typisch Sophie, sie kann sich nicht von ihr trennen. Sie liebt das grüne Ding heiß und innig und bringt es auf wundersame Weise immer wieder durch den TÜV. Ich hoffe, die Karre springt an, so wenig, wie sie genutzt wird. Ungeduldig zerre ich am Griff meiner Reisetasche, als eine der Rollen an einem Pflasterstein hängen bleibt. Und auch typisch Sophie: Sie packt immer bis zur letzten Sekunde vor der Abfahrt. Wenn man sie dann nicht vehement antreibt, kommt man nie los!

Nik hat gestern Nacht noch geschrieben, er freue sich wahnsinnig, dass ich endlich zugesagt hätte, bald da wäre und ganz nah, er suche schon das passende Restaurant für unser erstes Rendezvous. Er und ich in Paris, wenn das sein Bruder wüsste, schrieb er mit einem Zwinker-Emoji. *Oder erst Sophie!* Mir fehlt gerade komplett der Sinn für diese Art Humor.

So ein Schlamassel! Paris, ausgerechnet Paris! *Mit* Sophie *und* Freddy! Als wäre meine geheime Liebeswoche mit Nik nicht schon dramatisch genug. Die flirrende Luft, die Musik, der prickelnde Sekt am Mittwochabend hoch oben auf dem Dach müssen meinen Verstand benebelt haben. Aber Sophie hat mich so überrumpelt mit ihrem Vorschlag, jede Ausrede wäre verdächtig gewesen … Und Frank, dieser Idiot! Was mache ich denn jetzt nur? Wie kann ich mich mit den Mädels im Schlepptau loseisen und Nik treffen? Ich hatte mich so sehr gefreut auf die Zeit mit ihm. So ein riesengroßer Mist!

Ratter, ratter. Noch fünfhundert Meter, dann bin ich da. In meinem Kopf entsteht eine Liste. Ich muss mich fokussieren, sammeln, man darf mir nichts anmerken. Sagen das nicht auch immer Sophies Achtsamkeitsfuzzis? *Think positive!* Also los. In Gedanken notiere ich:

Paris mit Sophie und Freddy – lauter Pluspunkte!

1. Aus einer Woche sind zwei Wochen geworden. Super!
2. Frank zahlt ein Spitzenhotel. Ist doch cool, hätte ich mir alleine nicht leisten können.
3. Aus schlechtem Gewissen hat er noch einen Abend für uns mit Essen und Show im Moulin Rouge draufgelegt. (Mehr als angemessen nach der Ticketpleite!)
4. Die Fahrt zu dritt in Sophies klappriger alter Karre wird mit Sicherheit lustiger als alleine im Flugzeug.
5. Sophie und ich haben ewig keinen Urlaub zusammen gemacht, die gemeinsame Zeit wird uns bestimmt guttun.
6. …?

Hmmm, fünf Punkte reichen fürs Erste. Vielleicht fallen mir unterwegs noch mehr ein.

Ich biege um die nächste Ecke, und da sehe ich auch schon den Laubfrosch halb auf dem Bürgersteig, halb auf der Straße stehen. Seine Besitzerin schleppt beherzt ein Gepäckstück nach dem anderen zum Auto. Sophie sieht ziemlich gestresst aus und schwitzt vor Anstrengung. Wo ist eigentlich Freddy? Schläft die etwa noch? Typisch, dass die sich drückt. Kofferschleppen ist sicherlich nichts für einen Teenager. Innerlich muss ich grinsen.

Mit der einen Hand fixiere ich meinen großen weißen Chanel-Sonnenhut fest auf meinem Kopf, mit der anderen ziehe ich meine Reisetasche kraftvoll hinter mir her, um Sophie zu Hilfe zu eilen. Auf in den Kampf.

Je näher ich komme, desto rostiger wirkt der Laubfrosch und desto ramponierter meine Freundin. Ich winke ihr von Weitem zu und mache auf gute Laune, aber sie zeigt keine Reaktion und scheint mich gar nicht wahrzunehmen. Stattdessen müht sie sich mit der Kofferraumklappe ab, die klemmt und sich nur bis zur Hälfte öffnen lässt. Zum Glück hat Sophies Vater Georg, Ingenieur und leidenschaftlicher Hobbyschrauber, angeboten, den Wagen gründlich durchzuchecken, bevor wir Frankreich erreichen. Ihre Eltern wohnen in der Pfalz an der Weinstraße und sind der erste Zwischenstopp auf unserer Reise. Bitte, wer sagt's denn? Das ist Punkt sechs auf meiner Positivliste: Ich liebe Sophies ganze Familie. Allerdings fürchte ich, dass wir erstickt sein werden, bevor wir die Pfalz erreichen, wenn Sophie jetzt noch mehr Zeug im Auto verladen will.

»Freddy, es reicht! Meine Güte, kannst du nicht mal ein bisschen mithelfen?«, höre ich Sophie wütend rufen, als ihr zwei Gepäckstücke runterfallen. Was hat sie da eigentlich alles dabei? Will sie umziehen? Eine Weltreise machen? Ein halbes Jahr in Paris bleiben? Es scheint, die Mädels haben ihren ganzen Hausstand eingepackt. Das darf ja nicht wahr sein. Sophies riesiger brauner Lederkoffer liegt jetzt aufgeklappt auf dem Bürgersteig. Shorts, Shirts, Miniröcke und Trägerkleider quellen heraus, außerdem zig Paar Schuhe (obwohl Sophie meistens sowieso nur ein und dasselbe trägt, bis es auseinanderfällt), Seidentücher, ein Fön, Bücher, Zeitschriften, Handtücher, eine Klangschale (was will sie denn mit dem Teil?) und jede Menge Bunt- und Bleistifte. Die braucht Freddy bestimmt zum Zeichnen. Oder will Sophie jetzt etwa auch damit anfangen? Stelle fest, sie war so lange nicht im Urlaub, dass sie eindeutig verlernt hat zu entspannen, und prophylaktisch alles mitnimmt, was sie zu Hause in Monaten brauchen würde. Eine Tüte mit Proviant liegt ebenfalls ausgeleert auf dem Pflaster neben dem Froschtaxi. Eine ältere Dame im Kittel bringt gerade den Müll raus, zumindest versucht sie es. Sie muss im Slalom zu den Tonnen gehen, um nicht über die rollenden Äpfel zu stürzen, und schüttelt missbilligend den Kopf. Ein paar kleinere Reisetaschen und Beutel, zum Glück geschlossen, krönen den Anblick des Riesenmikados auf dem Boden.

»Hä, was?« Freddys Kopf lugt aus der rechten hinteren Autotür hervor. Sie trägt ihre roten Kopfhörer und ist eindeutig noch im Tiefschlaf.

»Freddy, zieh die Dinger endlich ab und komm her und hilf mir!«, schäumt Sophie.

»Ey, Mum, ich hab einen Hitzeflash, ich kann nicht!«

Auf den Mund gefallen ist die Kleine ja nicht.

»Ich krieg gleich einen ganz anderen Flash, wenn du nicht mithilfst!« Sophie kocht. Halleluja. Ganz schön gereizt, die Stimmung zwischen den beiden, und das schon vor der Abfahrt. Gerade rechtzeitig, um Schlimmeres zu verhindern, bin ich da und schiebe mich mit meiner Reisetasche zwischen die Streithähne.

»Hallo, Schätzchens!«, rufe ich betont fröhlich, umarme Sophie ganz fest und drücke Freddy, die inzwischen ausgestiegen ist, einen dicken Kuss auf die Wange. Die Kopfhörer ziehe ich ihr kurz entschlossen aus den Ohren, plopp, plopp.

»Coco! Endlich«, stöhnt Sophie den Tränen nahe, aber sichtlich erleichtert, dass ich da bin. »Schau nur, was passiert ist.«

»So, ihr Lieben, dann wollen wir das hier mal wieder in Ordnung bringen, nicht wahr, Freddy?«, sage ich, ganz lösungsorientierte Patentante, und schaue den Teenie so streng an, dass Ausreden zwecklos sind. Dieser verdreht die Augen – was für ein Alter! –, aber immerhin, keine Widerrede. Schweigend knien wir drei zusammen auf dem Boden und sammeln alles nacheinander ein. Das fängt ja gut an.

Plötzlich fesselt etwas an der gegenüberliegenden Hauswand meine Aufmerksamkeit. Ein paar Schuhe. Zuerst gehen sie langsam Richtung U-Bahn, dann bleiben sie stehen, die Spitzen auf uns gerichtet. Moment mal. Ich schüttele den Kopf. Blaue Herrenslipper aus Wildleder. Die kommen mir bekannt vor. Solche Schuhe trägt eigentlich kein Mensch, jedenfalls nicht freiwillig, und niemand, den ich kenne, außer …

Ich will aufspringen, verheddere mich und bleibe mit dem Fuß am Trageband einer Tasche hängen. Aber natürlich! Carl-Torben. Mein gestörter Ex besitzt solche Slipper. Es sind seine Lieblingstreter, und er trägt sie sommers wie winters. Dass mir das nicht gleich eingefallen ist! Ich habe sie gehasst, diese Dinger. Immer wenn sie ausgelatscht sind, kauft er sich genau die gleichen noch mal, wirklich schlimm.

Hektisch befreie ich meinen Fuß und versuche, endlich oben, einen Blick auf den Besitzer der Schuhe zu erhaschen, sehe aber nur noch die blauen Treter und einen grauen Trenchcoat um die Ecke verschwinden. Ich mache ein paar Schritte nach vorn.

»So ein Mist!«, schimpft Sophie, mühsam auf dem Boden herumkriechend. »Ich schmeiß jetzt einfach alles ins Auto, sonst kommen wir nie los. Bei meinen Eltern packe ich dann noch mal um.«

»Auf keinen Fall!«, erwidere ich entschieden, hin- und hergerissen zwischen der Schuherscheinung und Sophies Monsterkoffer inmitten des Chaos auf dem Boden. »Wir kriegen das schon hin«, sage ich über die Schulter und schieße die Hauswand nebenan entlang.

»Coco, wo willst du denn hin?«, ruft mir Freddy verwundert hinterher, doch ich reagiere nicht, denn ich muss wissen, ob mein Verdacht stimmt. Gestern habe ich Carl-Torben absichtlich kurzfristig Bescheid gesagt, dass wir drei Grazien zwei Wochen Urlaub in Paris machen. Zu meiner großen Freude (keine Vorwürfe!) ging er nicht ran, und ich habe ihm rasch auf die Mailbox gequatscht.

Wo ist er jetzt? Ich spähe um die Ecke, doch da ist kein Mensch, und auch die blauen Slipper sind verschwunden. »Carl-Torben?«, rufe ich sicherheitshalber trotzdem.

Keine Antwort.

Kopfschüttelnd gehe ich zurück.

Sophie

Ein Fisch kommt selten allein, auch nicht im Urlaub

»Frankfurt – Paris: 572,2 Kilometer auf der schnellsten Route«, verkündet die Dame im Navi, als Coco den Renault die Miquelallee stadtauswärts auf die Autobahn lenkt. Das macht 5 Stunden und 33 Minuten. Der Kofferraum hinten ist so vollgequetscht, dass es nicht ratsam ist, ihn zu öffnen, da einem sonst das ganze Zeug wie eine Lawine auf die Füße stürzt. Mein Laubfrosch ist eben kein moderner Van, sondern eine Klapperkiste mit Herz. Mit einem SUV könnte er nie befreundet sein. Wenn wir unterwegs etwas von hinten brauchen, werden wir Freddy über die Rückbank in den Kofferraum schicken müssen, wovon sie begeistert sein wird. Gegen das Gemurre kann ich mich jetzt schon wappnen nach diesem Start.

Es hat eine Ewigkeit gedauert, bis wir losgekommen sind. Freddy musste natürlich kurz vor Abfahrt noch mal hoch in die Wohnung und für kleine Mädchen, und auch Coco war keine große Hilfe. Wie Miss Marple schlich sie die Straße entlang, auf der Suche nach irgendwas oder irgendwem. Ihr Chef und die Neuerungen in der Redaktion haben sie ganz schön durcheinandergebracht, es wird Zeit, dass sie in Paris auf andere Gedanken kommt.

Erleichtert, dass wir alle im Auto sitzen, nicht gerade luxuriös, aber jede auf ihrem Platz, atme ich auf und tausche einen lächelnden Blick mit Coco. Sie hat angeboten, das erste Stück der Strecke zu fahren. Aus den Boxen schallt der Paris-Sampler, den ich uns zu Hause für die Fahrt extra noch gebrannt habe. Alle unsere Freundinnenlieblingslieder sind drauf – ein eigener Coco-und-Sophie-Soundtrack sozusagen. Zaz, Brel und Piaf sind schon durch, gerade grölen und lachen wir uns die Seele frei zu Tina Teubners rasantem »Nachtzug nach Paris«.

Als der Sound der Bahnhofsdurchsage am Ende des Lieds verklungen ist, brummt mein Telefon. Wer ist das jetzt? Mascha habe ich angewiesen, nur in dringenden Fällen anzurufen, außerdem ist Wochenende … Ich wühle kopfüber in meiner Beuteltasche, die zwischen meinen Beinen im Fußraum liegt, und ziehe mein Handy hervor. Oje, es ist Arno.

Pflichtbewusst und in der naiven Hoffnung, er wolle und könne es kurz machen, gebe ich Coco ein Zeichen, die Musik leiser zu drehen, und nehme den Anruf an.

Arno geht ohne lange Begrüßung oder Entschuldigung gleich in die Vollen: »Sophie, ich komme einfach nicht weiter mit meinem Anglerplot. Ich frage mich wieder und wieder, ob die unerhörte Begebenheit am Anfang unerhört genug ist.«

»Was für eine … Arno, du schreibst doch keine Novelle, sondern einen Roman«, entgegne ich und werfe Coco einen genervten Blick zu. Sie formt ein lautloses »Ahhh« mit ihren rot geschminkten Lippen und reißt dazu theatralisch die Augen auf. Ich stelle auf laut – ich brauche Zeugen, sonst glaubt mir das kein Mensch.

»Ich weiß, aber du sagst doch auch immer, dass am Anfang ein Knaller stehen muss«, jault Arnos Stimme durchs Auto.

Wirklich unverschämt ist, dass er mich schon an meinem ersten Urlaubstag behelligt. Dennoch rede ich mit Engelsliteraturagentinnenzungen auf ihn ein und erkläre ihm, wie ein Roman aufgebaut ist und dass Angeln sehr speziell und weder etwas fürs Feuilleton noch für die Unterhaltung sei und er sein Wahnsinnsfachwissen, das er als stellvertretender Ehrenvorsitzender des Angelvereins Hintertaunus zweifellos habe, doch besser in einem noch nie dagewesenen Angelratgeber verarbeiten solle. Aussichtslos. Coco beißt sich vor Lachen in die Faust.

»Weißt du, ich dachte, am Anfang könnte ich beim Angeln einen Ölfleck auf dem Neckar finden. Einen kleinen natürlich, sonst wäre es nicht realistisch. Dann kämen die Feuerwehr, die Polizei und das Technische Hilfswerk, während ich dort sitze und auf das Wasser starre …«

Er stoppt. Ich schweige.

»Sophie, bist du noch da?«

Coco grunzt, ihren Lachanfall unterdrückend, und Freddy steckt sich mit einem Augenrollen die Kopfhörer wieder in die Ohren.

»Siehst du, du findest es auch nicht unerhört genug«, jammert Arno weiter. »Ich wusste es! Du hast recht, ich bin ja auch der Meinung, aber es darf nicht zu spektakulär sein, weil meine Leser auch diese Ruhe, die das Angeln ausstrahlt, spüren sollen, die innere Verbundenheit mit der Natur, die im Instrument der Angel so kraftvoll ihren Ausdruck findet. Da wäre es sicher besser … Andererseits muss das Ganze auch konform gehen mit der Hessischen Fischereiverordnung. Du machst dir keine Vorstellung, was da alles zu beachten ist, Sophie. Das muss schon stimmen!«

Jetzt wird er vehement, und Coco kann nicht mehr an sich halten und lacht laut los.

Arno hört es und reagiert sofort: »Sophie, bist du nicht alleine? Hörst du mir überhaupt zu?« Er klingt empört, und ich weiß, dass er jetzt nervös an seinem Kragen nestelt.

»Ja, Arno, also nein. Ich sitze im Auto mit Coco und meiner Tochter. Wir sind auf dem Weg nach Frankreich. Das weißt du doch. Ich muss jetzt mal schauen, dass wir die richtige Abfahrt nehmen. Wir sind nämlich gleich bei der ersten Station. Die Verbindung ist auch richtig mies.« Ich zerre einen Block aus meiner Tasche, reiße ein Blatt ab und zerknülle es dicht neben dem Handy. »Arno? Ich höre dich gar nicht gut. Lass uns in Ruhe reden, wenn ich in zwei Wochen wieder in Frankfurt bin, in Ordnung?«, rufe ich und lege, ohne seine Antwort abzuwarten, auf.

»Du meine Güte«, sagt Coco. »Wie hältst du das nur aus?«

Ich schlage die Hände vors Gesicht. »Das weiß ich auch nicht. Zumal ich Fische hasse. Die sind so glitschig wie die Gelhaare von deinem Chef Rüdiger. Und ihre starrenden Glupschaugen und Mäuler machen mich echt depressiv. Ich esse sie nicht mal gerne. Diese Schuppen, der Geruch, die Gräten!«

»Tja, Schatz, das haste nun davon: Gräten sind die Rache der Fische«, belehrt mich Coco amüsiert.

»Sagt das auch die Chanel?«, frage ich nach.

»Im Zweifelsfall, ja.«

Wir lachen los.

Gleich haben wir es geschafft. Wegen Arnos Geplapper habe ich gar nicht gemerkt, dass wir schon in der Pfalz und fast bei meinen Eltern sind. Nach diesem wirren Telefonat freue ich mich umso mehr, dass wir bei meiner Familie einen Zwischenstopp einlegen, normale Menschen treffen und über Gott und die Welt und die Nachbarschaft und den Wein und das Leben quatschen können. Zwischen Frankfurt und Frankreich. Paris scheint noch so weit weg, kaum zu glauben, dass wir morgen schon dort ankommen.

»Mach dich bereit, Coco-Darling. Wir reden zu Hause alle laut und vor allem gleichzeitig.«

»Weiß ich doch, Schatz. Mensch, wie lange ist es her, dass ich deine Lieben gesehen habe? Bestimmt ein Jahr ...« Immer wenn Coco scharf nachdenkt, reibt sie ihren Zeigefinger an der Unterlippe, so auch jetzt.

»Ja genau, das letzte Mal zum Geburtstag meiner Mutter. Es war ihr fünfundsechzigster, wir haben bis vier Uhr morgens gefeiert, es war herrlich. Ich finde es schön, dass du dich bei uns so wohlfühlst. Heimat ist dort, wo einen die Menschen kennen und trotzdem lieben.« Die Felder und Weinberge zu sehen und weit weg vom Trubel der Stadt zu sein, stimmt mich fast melancholisch.

»Und wer sagt das?«, fragt Coco.

»Na, ich.«

Coco lacht. »Alles klar, dann bin ich ja wohl auch deine Heimat.« Sie streichelt meine Schulter und schmatzt mir einen schnellen Luftkuss zu.

Recht hat sie! »Und ich deine!« Ich drehe mich kurz zu Freddy um, die die Augen geschlossen hat.

Noch ein Stück den bei der Hitze flirrenden Asphalt entlang, dann eine Kurve… Ich hab's geahnt und bin dennoch gerührt: Am Ortseingangsschild sitzen zwei Jungen und ein Mädchen im Schneidersitz im Gras und warten planmäßig auf uns. Meine Neffen und Nichte. Jetzt haben die Kinder meiner großen Schwester den Laubfrosch erkannt. Winkend springen sie auf und laufen los. Coco fährt Schritttempo, und die drei klopfen an Freddys Tür, die hochschreckt und zurückwinkt. Die drei strecken ihre Hände durch die runtergelassenen Seitenfenster und laufen weiter neben dem Auto her. Das ist eine unserer Familientraditionen. Meine Geschwister und ich haben das auch jedes Mal so gemacht, wenn Besuch erwartet wurde und dann endlich ankam.

Dieser Ausblick hinter der letzten Biegung, das ist für mich zu Hause ankommen. Vor uns erstrecken sich die

Weinberge wie grüne Wellen. Genau ab diesem Punkt hier oben riecht es nach Blumen und Kräutern, und ich bilde mir ein, auch den Duft der vielen Zitronen- und Orangenbäume, die in diesem Klima prächtig gedeihen, in der Nase zu haben. Die Farben werden heller und strahlender, und sogar der leichte warme Wind, der durch das Fenster hereinweht, fühlt sich vertraut an.

Mir wird bewusst, wie sehr ich meine Familie vermisst habe und wie wunderschön die Sommer in dieser Region sind. In der Toskana könnte es gerade nicht schöner sein. Alles ist wie immer, wenn ich hier bin. Auch ich. Wie vor fast zwanzig Jahren, bevor ich zum Studium weggezogen bin. Das letzte Stück hoppeln wir über Kopfsteinpflaster auf den Hof. Der Efeu am Fachwerkhaus meiner Eltern ist über sich hinausgewachsen und rankt mit dem wilden Wein um die Wette. Der alte Holztisch vorm Haus erzählt von der Zeit, die roten Holzläden klappern an denselben Stellen, und die Rosen in den Steingutkübeln schlingen sich ineinander und bilden eine Blütenhecke. Und meine Eltern, strahlend, mit ein paar Lachfalten mehr um die Augen, warten auf der Bank neben dem Feigenbaum. Als wir ankommen, winken sie mit beiden Händen. Freddy hat die Kopfhörer beiseitegelegt und reißt die Tür auf. Kurz darauf liegen wir uns alle reihum in den Armen.

Coco

Ist es eine Lüge,
wenn man die Wahrheit verschweigt?

Es ist Abend geworden. Wir sitzen an dem riesigen Tisch der Bayers im Garten hinterm Haus. Er ist der ganze Stolz von Sophies Mutter Edda – strahlend und bunt bepflanzt. Ich kann mich nicht an den Farben der Blumen und der Vielfalt der Gemüsebeete sattsehen.

Sophies Vater Georg sitzt am Kopf der Tafel. Mit seinen grauen Haaren, dem braunen Hemd und der Lesebrille auf dem Kopf sieht er aus wie ein gutmütiger Patriarch. Glücklich und stolz lächelt er in die Runde. Am liebsten hat er alle seine Schäfchen um sich und überhaupt das ganze Haus immer gerne voller Gäste. Sophies ältere Schwester Moni, ihre drei Kinder und ihr Mann Fred sind gekommen wie auch Harald, der jüngere, unverheiratete Bruder, ein bärtiger Bär und ebenso herzensgut und tiefenentspannt wie sein Vater. Davon profitieren sicher seine Patienten, er ist nämlich Hausarzt und wie Moni in ihrem Heimatdorf bei Neustadt geblieben. Sophie ist die Einzige, die es in die Stadt gezogen hat. Das wiederum zu meinem Glück.

So verschieden die Bayers auch sind, sie haben alle ein enges Verhältnis zueinander und lieben sich heiß und innig. Sophie gehört, auch wenn sie weiter weg lebt, zu ihnen wie die Butter zum Brot oder die Trauben in den Wein. Sie könnte ihre Eltern und Geschwister in einer Notlage mitten in der Nacht anrufen und sicher sein, dass jeder Einzelne sofort alles stehen und liegen lassen würde, um zu ihr zu eilen und zu helfen. Ich gestehe, das berührt mich sehr. Als Einzelkind eines beschäftigten Lehrerehepaars mitten in der Stadt aufgewachsen, kenne ich so einen Familienzusammenhalt nicht.

Mein Vater Rolf, ein promovierter Chemie- und Physiklehrer, der alle Klischees dieser Berufsgruppe bedient, war bis zu seiner Pensionierung Schulleiter an einem humanistischen Frankfurter Gymnasium und in meiner Erinnerung immer gestresst oder nicht da. Wanda, meine Mutter, war das genaue Gegenteil von ihm. Wie ich der Riemann auch zum Verwechseln ähnlich, leidenschaftliche Kunst- und Englischlehrerin und nebenbei freie Künstlerin. Schon als Kind hatte ich immer das Gefühl, dass bei uns zu Hause jeder nur mit sich selbst beschäftigt war. Familienzeiten gab es so gut wie nie, und selbst in den Ferien wurde ich meistens zu irgendwelchen Jugendfahrten oder zu den Großeltern ausgelagert. Wahrscheinlich war ich eher ein »Versehen«, denn einen dringenden Kinderwunsch hatten meine Eltern beide nie gehabt, worüber ich selbstverständlich schon früh schonungslos aufgeklärt wurde. Doch sie haben mich zu einem freien, selbstständigen Menschen erzogen, und wir kommen ganz gut miteinander aus. Dennoch merke ich jedes Mal, wenn ich Sophies Eltern besuche, dass ich die menschliche Wärme und Herzlichkeit der Bayers sehr mag. Das liebe ich auch an meiner Freundin. Außerdem sind die Bayers immer ehrlich zueinander, was bei uns zu Hause nicht der Fall war. Konflikte werden hier offen ausgetragen, Streit und anschließende Versöhnung gehören zum Familienleben dazu, und keiner scheut sich, Probleme oder Sorgen anzusprechen. Sophie hat mir schon oft davon erzählt, und sie praktiziert es auch mit Freddy so. Darum beneide ich sie, und bei dem Gedanken daran, wie sie miteinander umgehen, bekomme ich schon wieder ein schlechtes Gewissen, Sophie nicht die Wahrheit zu erzählen. Von Nik und dem eigentlichen Grund meiner Reise nach Paris.

Edda hat sich selbst übertroffen und uns ein großartiges Abendessen gekocht: »Dibbelabbes«, eine Art Riesenkartoffelpuffer im Topf. Zuvor hat Sophies Vater mehrere Stunden stoisch unter unserem Wagen gelegen, geschraubt und geölt, während sie im Schneidersitz danebensaß und ihm einen Schraubenschlüssel nach dem anderen reichte. Unendlich vertraut gehen sie miteinander um. Das ist wunderschön zu beobachten.

Jetzt fährt Georg die köstlichsten Weine für uns auf, und ich bin wieder einmal ganz gerührt von der Gastfreundlichkeit der Bayers. Ein bisschen tun meine Kiefermuskeln weh vom stundenlangen Erzählen und Lachen: *Hast du schon gehört … Der macht jetzt … Weißt du, dass …*

Wie geht's eigentlich … Was sagst du dazu? Sogar Freddy taut auf, erzählt mit glühenden Wangen über die Schule, ihre Comics und Freundinnen und kuschelt sich abwechselnd an Oma und Opa.

Als wir Sophies Geschwister mit Anhang am späteren Abend mit großem Adieu, Küssen und Umarmen verabschieden, wird mir richtig wehmütig zumute. Fast ist es schade, dass wir morgen früh schon weiterfahren. Aber Paris wartet auf uns und Nik auf mich. Noch immer ist mir völlig unklar, wie ich dort alles hinkriegen soll – Freundinnenurlaub und heimliche Liebe im Doppelpack. Aber es muss funktionieren, da müssen Sophie und Freddy eben auch mal was ohne mich unternehmen. Beim Gedanken daran wird mir heiß, und Schweißperlen bilden sich auf meiner Stirn.

Wie aufs Stichwort meint Sophies Vater: »Mädscher, warum bleibt ihr nicht noch etwas länger? Es ist so schön, euch dazuhaben. Nicht wahr, Edda?« Er lächelt seiner Frau zu, die gerade mit einem warmen Apfel-Mandel-Kuchen in den Händen aus der Küche kommt. Der köstliche Duft steigt uns sofort in die Nasen. Was für ein Nachtisch!

»Und warum nehmt ihr nicht den Schlüssel zum Haus deiner Patentante im Elsass mit? Du warst lange nicht mehr dort, schließlich hast du es doch geerbt, Sophie. Wolltest du da nicht sowieso längst mal nach dem Rechten sehen?«

»Ach nee, Paps, das passt jetzt ganz und gar nicht. Wir müssen morgen weiter – auch wenn Mamas kulinarische Bestechungsversuche unfassbar lecker sind. Coco und ich haben beide dermaßen stressige Wochen in der Arbeit hinter uns, und ich musste schon mal vor ein paar Tagen meine Reisepläne über den Haufen werfen. Die Details erspare ich euch lieber, aber jetzt gibt es keine Planänderung mehr. Wir fahren morgen nach Paris. Das steht fest.«

»Directement, wie der Franzose sagt«, ergänze ich nachdrücklich.

»Na dann, es ist ja euer Urlaub«, antwortet Georg einsichtig und erhebt sein Glas mit dem goldenen Weißburgunder. »Auf die französische Hauptstadt, eine gute Reise und schöne Ferien!«

Da können wir ihm nur beipflichten und mittrinken. Der Wein schmeckt kräftig und fruchtig, mit einer Note aus Aprikose und Stachelbeere, wie Sophies Vater uns fachkundig erklärt. Das schmecke ich zwar nicht, aber ich spüre, wie er mich kühlt und beruhigt.

»Lieben Dank übrigens, Georg, dass du noch mal Sophies Kiste durchgecheckt hast. Meinst du, der Laubfrosch hält durch bis in die Stadt der Liebe?«, sorge ich mich dennoch.

»Aber hallo! Natürlich wird er das, wenn er in meinen Händen war.« Georg hält zur Bestätigung beide Daumen in die Höhe. »Apropos, das ist das Stichwort. Wie sieht es bei euch zwei Hübschen eigentlich in Sachen Liebe aus? Wir hatten insgeheim gehofft, ihr würdet uns bald mal ein Duo netter Schwiegersöhne vorstellen? Bist ja schließlich auch schon wie eine Tochter für uns, Coco-Schätzchen.« Er zwinkert mir verschmitzt zu.

Erwischt. Bevor ich die erste Gabel Apfelkuchen, den

Edda inzwischen ausgeteilt hat, zum Mund führen kann, verschlucke ich mich und fange an zu husten.

»Mensch, Paps. Jetzt bringst du Coco schon zum Husten. Von Männern hat sie die Nase voll nach Mister Computertomografie. Ihr glaubt nicht, was sich ihr Ex alles geleistet hat und leider immer noch tagtäglich leistet.« Sophie schaut mich ernst an und setzt hinzu: »Der ist wirklich ein Irrer, ein Mann zum Männerabgewöhnen.«

»Wirklich? Früher war das doch so ein schmucker Kerl, der Carl-Torben. Immer gut gekleidet, sehr gepflegt und so höflich und anständig, gell, Georg? Irgendwie edel. ›Der Baron‹ haben wir den doch immer genannt«, wundert sich Edda, und Freddy verdreht die Augen. Das hat sie perfektioniert.

»Tja, davon kann keine Rede mehr sein, Mama«, erklärt Sophie weiter. »Der ist wirklich eine absolute Niete. Vom Namen angefangen. Und *ich* habe zum Thema Männer gerade auch nichts beizutragen. Mit meinen Autoren habe ich genug Leute um mich, die mich brauchen und aussaugen. Und ein ritterlicher Mister Darcy, bei dem zur Abwechslung mal Geben und Nehmen auf Gegenseitigkeit beruhen, ist nicht in Sicht. Außerdem habe ich ja Freddy.« Meine Freundin streicht ihrer Tochter sanft über die Wange. »Nicht alle finden ihren Traumpartner, mit dem sie auf Augenhöhe ihr Leben teilen. Und von denen, die nur in etwa passen wie ein Puzzleteil, das man reinquetscht, weil man keine Lust mehr hat, weiter das Bild zusammenzusetzen, habe ich die Nase voll. Das hält nicht, und man spürt ständig, dass es drückt, klemmt und hakt.

Nicht wahr, Coco? Mama, Paps, ihr beiden habt da wirklich ein riesengroßes Glück.«

So kategorisch habe ich Sophie lange nicht zum Thema Liebe reden hören. Sie klingt, als hätte sie die Hoffnung auf Mr Right völlig aufgegeben und ich sei ihre Mitstreiterin.

Ich merke, wie ich rot werde. Wenn Sophie wüsste. Ich kann mich nicht erinnern, wann ich das letzte Mal so verliebt gewesen bin. Allein der Gedanke an Nik lässt die Schmetterlinge in meinem Bauch tanzen. O Gott, denke ich, ist es auch eine Lüge, wenn man die Wahrheit verschweigt?

»Coco, dein Magen macht ja Geräusche! Die Pfälzer Küche ist nicht jedermanns Sache. Oder möchte er auch was zu dem Thema sagen?«, holt mich Georg aus meinen Überlegungen.

Bevor er auch noch was zu meinen glühenden Wangen sagt, stehe ich schnell auf. »Nein, nein, alles gut, Georg. Ihr entschuldigt mich kurz, ich geh mal eine rauchen.«

Sophie

Weil Tante Marlene Frankreich liebte …

Kinder, wisst ihr, welche Strecke ihr nehmen müsst?«

»Klar, Paps! Mach dir keine Sorgen. Wir sind große Mädchen.«

Das ist typisch für meine Eltern. Meine Mutter steht neben dem Auto und umarmt mich und Freddy zum dritten Mal durch die heruntergekurbelten Scheiben des Renaults. Wir sitzen – frisch geduscht und mit einem reichhaltigen Frühstück gestärkt – mit Sack und Pack im Auto, und mein Vater fragt sicherheitshalber, ob wir überhaupt wissen, wo wir langmüssen. Am liebsten würde er immer noch alles für mich regeln. Unser Gespräch von gestern Abend kommt mir in den Sinn, über Carl-Torben und die Männer. Am liebsten würde Paps mir einen geeigneten Kandidaten aussuchen und ihn vorher selbst auf Herz und Nieren prüfen. Wie unseren Wagen. Doch ich fürchte, in dieser Beziehung ist auch er machtlos. Vielleicht fehlt mir für die große Liebe einfach das Talent oder das Glück oder der Welt die Mr Darcys, Cyranos und Rhett Butlers. Wenn schon die Kura literarisch daran scheitert …

»Wir haben das Navi und alle wichtigen Stationen rausgesucht.« Coco wedelt mit einer ihrer berühmten Listen und holt mich damit ins Hier und Jetzt.

»Und notfalls muss Freddy googeln und uns leiten«, ergänze ich mit einem Augenzwinkern zu meiner großen Tochter gewandt, die eingequetscht zwischen Tüten und Taschen und jetzt natürlich noch mehr Proviant aus der Pfalz auf der Rückbank sitzt.

»Ich? Träumt weiter.« Freddy stöhnt, aber ich weiß, dass sie es insgeheim gar nicht so schlimm fände. Hauptsache Handy.

»Apropos Strecke, das hätte ich ja beinahe vergessen«, sagt Paps, lässt meine Hand los, die er seit Minuten durch das offene Beifahrerfenster drückt, und eilt ins Haus. Wieder zurück, winkt er mit einem Schlüsselbund, an dem ein Blumenanhänger baumelt. »Auch wenn ihr gestern abgelehnt habt, nehmt den Schlüssel trotzdem einfach mal mit. Vielleicht kommt ihr drei Hübschen ja doch durchs Elsass und an Marlenes Sommerhaus in Sonnenau vorbei. Man weiß ja nie. Und es gehört jetzt dir, Sophie. Du hast es immer so geliebt wie Marlene, weißt du noch?«

Natürlich weiß ich das. Meine Blumen liebende Patentante hatte ihr Herz an Frankreich und dieses Haus verschenkt.

»Ja, ich weiß, das schöne Backsteinhaus mit den grünen Fensterläden. Ich war immer so gerne da.« Coco erkläre ich auf die Schnelle: »Marlene war auch von hier und übrigens nicht nur meine Patentante, sondern auch die beste Freundin meiner Großmutter. Irgendwann waren die beiden zusammen im Elsass gewesen, und von da an reiste Marlene jede freie Minute hin. Später hat sie dort sogar ein Haus gekauft, in das sie so oft wie möglich fuhr. Ich habe dir schon davon erzählt. Du weißt ja, dass sie mir ihr Haus vererbt hat. Ich habe den Schlüssel bei meinen Eltern gelassen, falls sie mal hinfahren möchten. Sie sind schließlich näher am Elsass, und du kennst ja meine engen Zeitfenster und wie sehr ich mir die Rhön erkämpft hatte. Ach, ich darf gar nicht daran denken. Jedenfalls war ich schon ewig nicht mehr in Sonnenau.« Ich drehe mich wieder zum Autofenster und berühre meinen Vater am Arm. »Paps, willst du die Schlüssel nicht lieber noch behalten? Das Elsass liegt wirklich gar nicht auf unserer Route, wir brettern ja die Autobahn durch bis Paris. Am Ende verliere ich sie noch, das wäre schade. Oder ihr wollt doch im Herbst hinfahren. Das Dorf ist bestimmt wunderschön zur Weinlese.«

»Ach was. Es ist ja keine Stecknadel, sondern ein rappelnder Schlüsselbund, der geht schon nicht verloren.« Mein Vater winkt ab und schüttelt zum Beweis den Plexiglasanhänger mit der getrockneten Kirschblüte darin, dass die Schlüssel klirrend aneinanderschlagen. »Und Federweißer und Zwibbelkuche haben wir selbst genug, Liebes.« Mit diesen Worten drückt er mir die Schlüssel in die Hand.

Also gut, einverstanden. Wir wollen endlich los, die Zeiger auf der analogen Uhr am Armaturenbrett stehen kurz vor elf. Was vor allem auch bei den hochsommerlichen Temperaturen alles andere als gut ist. Ich schiebe den Schlüsselbund ins Handschuhfach, klappe es zu und fange an zu winken. Noch ein Familienritual, dieses Mal zum Abschied. Auch meine Eltern tun das. Meine Mutter mit feuchten Augen, mein Vater mit großer Geste und beiden Händen gleichzeitig.

»Au revoir! Auf die Plätze, Hände raus!«, rufe ich, als meine Freundin den Motor startet. Und dann winken Coco, Freddy und ich, winken, winken und winken aus den offenen Autofenstern, bis das Haus, die Blumen und meine Eltern nicht mehr zu sehen sind.

Weinberge, Felder und Wiesen ziehen an uns vorbei, ein grüngelber Flickenteppich des Sommers. Hinter den Hügeln der Haardt steht die Sonne hoch am Himmel und taucht die weite Welt, die vor uns liegt, in helles Gold.

Coco

Das Phantom im Rückspiegel

Am frühen Sonntagmittag sausen wir dann endlich über die Autobahn Richtung Saarbrücken. Der Tag lockt verheißungsvoll, und die Sonne brennt vom strahlend blauen Himmel. Wir haben die Fenster heruntergelassen, um bei der sommerlichen Hitze den Fahrtwind durch das Auto wehen zu lassen. Eine Hand am Lenkrad, drehe ich die Musikanlage auf, aus der »Taxi nach Paris« dröhnt. Sophie und ich schmettern lauthals den Refrain mit: »… und vielleicht ein kleines Reeeeendeeezvouuuuuus …«

Allein beim Wort Rendezvous schlägt mein Herz bis zum Hals, und mein Magen grummelt dazu. Neben mir wippt Sophie mit dem Oberkörper und schnippt ausgelassen mit den Fingern. Seit wir in Frankfurt losgefahren sind, hat sie sich im Grunde mit dem neuen Reiseziel Paris versöhnt und trauert, wie es scheint, der Rhön und den Schafherden kaum mehr nach. Die tief in mir nagenden Zweifel, wie das alles werden soll mit Nik und meinen Mädels in Paris oder ob ich nicht doch die Karten offen auf den Tisch legen sollte – vielleicht sogar jetzt noch auf der Fahrt, bevor wir ankommen –, verdränge ich so gut es geht. Stattdessen trommele ich im Takt auf das Steuer, und selbst Freddy auf der Rückbank kann sich trotz Pubertätscoolness ein Schmunzeln nicht verkneifen. Es ist wirklich wahr: Wir drei sind mit der alten Karre auf dem Weg in die Stadt der Liebe. Als ich vor der Abfahrt mein Handy gecheckt habe, war bis auf zehn Anrufe in Abwesenheit und fünfzehn WhatsApp-Nachrichten von Carl-Torben nichts weiter eingegangen. Selbst alle Kollegen aus der Redaktion lassen mich tatsächlich in Ruhe. Genüsslich halte ich meine linke Hand aus dem Fenster und spüre die warme Luft auf der Haut.

Die Zeit vergeht wie im Flug. Der Verkehr fließt staufrei dahin, und mittlerweile sind wir fast bei Homberg. Sophie hat angefangen, energisch in ihr Handy zu tippen. Offenbar hat Mascha ein paar Probleme in der Agentur, die zu klären sind. Auf der Rückbank ist Freddy wieder in ihre Kopfhörerwelt abgetaucht, und ich sehne mich nach der nächsten Zigarette, als ich plötzlich im Rückspiegel etwas entdecke. Mit einem Mal wird mir ganz mulmig zumute. Ist das nicht? Sieht aus wie … Das kann doch nicht wahr sein! Ich kneife die Augen zusammen und schaue erneut in den Rückspiegel. Und noch mal. Sieht genauso aus wie der rote Golf von … Nein, niemals. Das ist nicht möglich.

Oder etwa doch?

»Aaaahhh!«, kreische ich.

Sophie schreckt auf und lässt beinahe das Handy fallen. »Spinnst du, Coco? Was ist denn los?«

Die ebenfalls von meinem Schrei aus ihren Gedanken gerissene Freddy reißt sich die Kopfhörer raus und ruft von hinten: »Hab ich was verpasst? Ist der Reifen geplatzt? Haben wir einen Unfall?«

»Er ist es! Ich fasse es nicht! Schaut mal hinter euch, schnell!«, brülle ich voller Entsetzen und blicke immer wieder für Sekunden in den Rückspiegel, dann wieder nach vorne, wieder zurück, um mich zu vergewissern, dass meine Augen mir keinen Streich spielen.

»Wer denn, Coco? Wen meinst du?« Sophie versteht nur Bahnhof und versucht, beruhigend auf mich einzureden. Sie nimmt ihre Sonnenbrille ab und dreht sich nach hinten um, um durch das Heckfenster zu sehen. Auch Freddy hat sich halb umgedreht und inspiziert nun neugierig das Auto, das in weitem Abstand hinter uns fährt.

»Seid ihr blind? Carl-Torben natürlich! Er ist es. Hinter uns, im roten Golf seiner Mutter. Ganz bestimmt. Er hat zwar einen Hut auf und eine Sonnenbrille, aber ich habe ihn sofort erkannt! Er verfolgt uns! Aaaahhh!«

Sophie sieht mich von der Seite an und schüttelt den Kopf. »Coco, du bist verrückt. Beruhige dich. Wie kommst du darauf, dass das CT ist? Das Gesicht des Fahrers kann ich von hier aus gar nicht erkennen. Und es gibt zigtausende rote Golfs. Außerdem, warum sollte er uns hinterherfahren? Bestimmt ist er in der Bank, arbeiten.«

Freddy dreht sich wieder nach vorn und lacht. »Jetzt chill mal dein Leben, Coco. So oder so, den Typen wirst du eh nie los. Das Opfer verfolgt dich bis ans Ende der Welt. Hat ja sonst nichts zu tun, keine Freunde, keine Frau, keine Kinder, keinen Plan, kein Hirn. Nothing!«

»Freddy! Was erzählst du denn da?« Sophie schaut streng nach hinten zu ihrer Tochter und wendet sich dann wieder mir zu. »Du hast dich bestimmt verguckt, Coco. Ich erkenne gar nichts. Das beweist einmal mehr, wie weit es schon gekommen ist – der nervt dich nun schon so lange, dass du ihn überall siehst! Warum sollte er das tun? Außerdem hab ich ihn noch nie mit Hut gesehen. Entspann dich und vergiss ihn. Der hockt sicher brav im Büro und schwitzt sein perfekt gebügeltes Hemd durch.«

»Sein Büro ist klimatisiert«, entgegne ich mit schriller Stimme. »Immer schön einundzwanzig Grad, Sommer wie Winter. Das erzählt er ständig, und es interessiert mich null. Und dem ist alles zuzutrauen. *Alles!* Das wisst ihr doch. Er ist inkognito unterwegs, damit ich ihn nicht erkenne. Seit der Trennung hat er mich keine Woche am Stück in Ruhe gelassen. Dass ich für zwei Wochen nach Paris fahre, hält er bestimmt nicht aus. Nie werde ich den los! *Nie!*« Verzweifelt schlage ich auf das Lenkrad. Trotz des Fahrtwinds, der durch das Fenster strömt, fange ich an zu schwitzen, und in Sekundenschnelle klebt mein leichtes Sommerkleid auf meiner Haut. Immer wieder schaue ich panisch in den Rückspiegel.

Mittlerweile ist der rote Golf weiter hinter uns zurückgefallen, aber ich könnte schwören, ich erkenne Carl-Torbens Kopfform und seine Haltung genau. War das Auto seiner Mutter ein Golf oder ein Polo? Verdammt, ich weiß es nicht mehr genau. Blöderweise kann ich das Autokennzeichen aus der Entfernung nicht lesen. Steht da ein »F« für Frankfurt? Hm, könnte auch ein »P« für Potsdam sein. Langsam atme ich ein und aus, tief ein und aus. Ich muss mich beruhigen, sonst fahre ich noch gegen die Leitplanke. Der Teenager findet es lustig.

»Ist doch cool, Leute. Eine echte Verfolgungsjagd. Coco, häng ihn ab wie in einem Gangsterfilm. Oder wir setzen die Polizei auf ihn an, erzählen, er hätte uns belästigt oder so, haha.« Freddy muss laut über ihre eigenen Worte lachen und reckt den Kopf nach hinten, um noch einen Blick auf den roten Golf zu erhaschen. »Genau, wir zeigen ihn an. Wir sagen einfach, er hat plötzlich vor uns gestanden, an der Raststätte, und uns seinen kleinen Computertomografen gezeigt. Live und in Farbe.«

»Freddy! Jetzt reicht es aber …«, versucht Sophie, wieder Ruhe und Ordnung ins Auto zu bringen. Beschwichtigend streichelt sie mir über den Arm und unterdrückt dabei ein Lachen.

Skeptisch richte ich meinen Blick wieder nach vorne auf die Straße. Bei Carl-Torben ist mir der Spaß schon lange vergangen. Was, wenn er etwas von Nik ahnt? Nur, woher sollte er? Die beiden haben seit Jahren kaum Kontakt. Oder hat Nik sich doch verplappert? Aber das kann ich mir eigentlich nicht vorstellen.

Vor mir bremst ein Wagen, und der Verkehr wird dichter. Ich muss wirklich den Kopf freikriegen.

»Im Ernst, Coco, er war es ganz bestimmt nicht«, beschwichtigt Sophie weiter. »Du hast dich getäuscht, weil du dich ständig von ihm belagert fühlst. Carl-Torben ist zwar eine Pest, aber das würde er nun wirklich nicht tun. Der fährt dir doch nicht in den Urlaub hinterher. Er weiß ja, dass wir zu dritt unterwegs sind.«

»Kannst du das Nummernschild erkennen? Mist, ist einfach zu weit weg, ich kann die Buchstaben im Rückspiegel nicht lesen«, keuche ich atemlos, als müsse ich zu Fuß vor meinem Exmann flüchten.

Sophie wirft einen Blick in den Außenspiegel rechts von ihr. »Zu schmutzig. Ist nicht genau zu erkennen.«

»Siehst du, das hat er extra eingesaut. Kennt man doch aus Krimis. Blöd ist der ja nicht. War er nie.«

»Coco, jetzt hör auf, bitte. Das wird ja immer schlimmer! Nimm es als Zeichen, dich endlich von ihm zu befreien. Feng-Shui und so. Seit Jahren fühlst du dich für ihn verantwortlich und hast jetzt wahrscheinlich unbewusst ein schlechtes Gewissen, weil du mal ein paar Tage abhaust. Das muss aufhören, das sag ich dir schon seit Jahren. Vergiss ihn jetzt mal für eine Weile. Der muss ohne dich klarkommen. Wird er auch. Fertig.«

»Ja doch …«, willige ich zögerlich ein. Wenn sie will, kann Sophie ganz schön energisch sein, nur nicht bei ihrem Möchtegernromancier Arno, der wickelt sie regelmäßig um seine Angel. Vielleicht sollten wir ihn und Carl-Torben bald mal zusammenbringen. Womöglich entdeckt auch CT am Ende eine Leidenschaft fürs stundenlange Am-Wasser-Sitzen, und ich wäre ihn los.

Im Auto kehrt wieder Stille ein. Freddy steckt sich die Kopfhörer zurück in die Ohren, die Show ist vorbei.

Sophie setzt die Sonnenbrille wieder auf, schüttelt noch mal den Kopf und tippt dann weiter auf ihrem iPhone herum. Ich bekomme langsam meine Atmung in den Griff und werfe noch einen Blick in den Rückspiegel. Nichts mehr zu sehen. Kein roter Golf, weit und breit. War es vielleicht doch nur ein Phantom? Ein böser Streich meines Unterbewusstseins?

Mein Puls normalisiert sich weiter, und ich wische mir mit dem Handrücken den Schweiß von der Stirn. Ich brauche eine Zigarette. Jetzt sofort. Also steuere ich geradewegs auf die nächste Raststätte zu.

Sophie

Man nimmt sich immer selbst mit
und die anderen auch

»Lasst uns eine kurze Pause machen, okay?«, legt Coco fest. Ihre Frage ist nicht als Frage gemeint. Sie hat den Wagen bereits gestoppt und wirkt wieder ruhiger.

Ich bin froh, wenn wir endlich in Paris sind und unseren Alltag mit all seinem Wahnsinn hinter uns lassen können. In einer anderen Welt sein. Für Coco und mich fühlt es sich sogar an wie in einer anderen Zeit. Wie sich wohl alles verändert hat, seitdem wir vor gut fünfzehn Jahren als Studentinnen die Stadt an der Seine besuchten?

Sehr weit sind wir seit dem Zwischenstopp bei meinen Eltern noch nicht gekommen. Aus der pfälzischen Weinidylle konnten wir uns ja schlecht losreißen. Mama hat bestimmt noch gewinkt, bis der letzte Farbtupfer unseres Wagens hinter der Hügelkuppe verschwunden ist. Ich bin sicher, sie bleibt dann jedes Mal noch ein paar Minuten stehen, um den Moment nachklingen zu lassen. Eines der ungeschriebenen Gesetze unserer Familie. Genauso wie die Grußzettelchen, die sie immer in unseren Koffern und Taschen versteckte, wenn meine Geschwister und ich verreisten. Das war schon auf der ersten Klassenfahrt in der Grundschule so oder wenn ich alleine mit Tante Marlene ins Elsass fuhr.

»Ich muss auch mal«, sagt Freddy, ohne weiter auf unsere Gründe für den ungeplanten Halt einzugehen, und schält sich aus den Taschen und Rucksäcken auf der Rückbank.

In Ordnung, sehe ich bereitwillig ein. Tut uns sicher allen gut, nach der Aufregung um CTs Geist. »Ja, wir brauchen eine kurze Pause.« Ich setze meine Sonnenbrille ab, und wir steigen aus dem Renault.

Das Bild, das sich uns an der Raststätte eröffnet, ist so ähnlich sicher auf hunderten deutscher Autobahnstopps anzutreffen. Rechts spielen Kinder auf einer Rutsche, links belagert eine Altherrenmannschaft in Motorradkluft alle Sitzbänke und Holztischgarnituren. Die Rocker hier tragen auf ihren Lederjacken stolz die Aufschrift »Die Silbernen Hirsche« zur Schau, und drinnen schiebt sich eine lange Schlange vorbei an Schnitzel, Pommes, Leipziger Allerlei, Café Crème und Kirschstreusel.

Ein Kaffee wäre jetzt auch was, aber uns drei Grazien zieht es als Erstes zu den sanitären Anlagen. Natürlich geschlechtsspezifisch gemeinsam. Dort wartet eine weitere Schlange. Kaum sind wir an deren Anfang gelandet, gehen wie durch ein Wunder gleichzeitig drei Türen auf. Sanifair heißt uns willkommen. Auf den Werbetafeln für einbruchsichere Fenster, die in den Kabinen hängen, schleicht ein schwarz gekleideter Mann mit Maske um ein Haus. Durch meinen Job konditioniert, lese ich zwangsläufig immer alles, wie ich mal wieder feststelle. Das sagt auch Mascha: »Sophie, du liest sogar die Aufdrucke auf den Kotztüten im Flieger.« Das stimmt tatsächlich. Ebenso wie die Werbung in Raststättentoiletten. Warum hängt so etwas hier?, frage ich mich gerade, während Coco zwei Klos weiter schon spült. Ich kann leider nicht gut in Gesellschaft und brauche in der Regel am längsten. Sitzt hier die Zielgruppe Häuslebauer häufiger und braucht mehr Zeit, oder soll man Angst kriegen, dass einer plötzlich durch die Klotür stürmt? Ich versuche, mich zu konzentrieren.

»*Hiiilfe, ich blute!*«, brüllt Freddy plötzlich wie in einem Stephen-King-Film in meine Gedanken hinein.

»Was ist los, Freddy?«, rufe ich durch die Wand. Slip hoch, Kleid wieder runter. Ein Glück, dass wir schon weit, weit weg sind von der heimischen Mainmetropole und uns hier keiner kennt.

»Shit! Ich krieg meine Taaage. *Mama! Coco!* Ich brauche einen Tampon«, lässt Freddy weiter die versammelte Damenwelt an ihren intimen Details teilhaben. Warum sind Teenager eigentlich so unfassbar unbeholfen, je höher die Zahl hinter der Zehn steigt?

»Das darf jetzt nicht wahr sein«, stöhnt Coco, und ich höre, wie ihre Tür klappert.

Hektisch wühle ich meine Beuteltasche von oben bis unten durch. »Freddy, jetzt krieg dich mal ein, bitte! Und hör auf, hier rumzuschreien! Du bist nicht allein auf der Welt.« Dabei schreie ich jetzt auch. »Ich besorge dir was. Warte!« Mit diesen Worten stürze ich unverrichteter Dinge aus meinem gar nicht stillen Örtchen …

»Ach, hallo, Frau Bayer! Ich habe gleich gedacht, die Stimme kenne ich. Und Ihr grünes Auto hab ich auch gleich erkannt, es ist ja in der Tat … Wie sagt man? … Einzigartig. Ein Hingucker«, werde ich vor den Waschbecken in meiner Mütter-Alarmstufe rot gestoppt.

Das gibt es doch nicht. Vor mir schäumt Brigitte Ostermeier, die schnippische Assistentin vom Bestsellerverlag Fleischer, den Moment zelebrierend ihre Hände ein. Sogar Mr Stalking Carl-Torben wäre mir in diesem Moment lieber!

Die Ostermeier grinst mich künstlich an und nimmt noch mal etwas Seife am schief angebrachten Spender nach. Sie kippt den Kopf dabei schräg nach links, und ich gehe synchron mit. Die Missbilligung meiner öffentlich verhandelten familiären Notsituation steht ihr, trotz gespielter Freundlichkeit, auf die Stirn geschrieben. Dem Look nach zu urteilen, ist sie privat unterwegs. Sie trägt silberglänzende Leggins, ein pinkfarbenes Top, Mokassins und einen Riesenstrohhut wie die Muse von Picasso an der Côte d'Azur. Coco würde sagen: »Die ist mitten in den Achtzigern hängen geblieben.« Zwischen uns drücken sich drei andere Frauen mürrisch vorbei, alles potenzielle Kandidatinnen für den Abnehm-Chat von SHINE YOUR LIGHT. Coco, mittlerweile fertig mit allem, zieht ihren Lippenstift nach und grinst mich im Spiegel an. Unterdessen flötet die Ostermeier heiter weiter, als würden wir uns nicht auf der Toilette, sondern bei einem literarischen Topevent treffen.

»Sie waren ja kürzlich bei unserem Verleger Herrn Fleischer, nicht wahr? Wie schön, dass Sie wieder Autoren haben, die in dieser Klasse mitspielen. Das freut mich für Sie, Frau Bayer. Freut mich sehr.« Sie zieht an den Papierhandtüchern. »Können Sie es sich da jetzt überhaupt erlauben zu verreisen?«

»Ich… ich muss nach Paris«, stammle ich. »Es ist sozusagen…«

»Beeil dich, Mama«, ruft Freddy hinter mir aus ihrer Kabine. *»Ich bluuute!«*

Bevor sie hinzufügen kann »wie Sau!« – eine ihrer Lieblingsformulierungen derzeit –, grätsche ich dazwischen: »Bin gleich zurück, Freddy. Geht ganz schnell!« Und an die Ostermeier gewandt: »Sie entschuldigen bitte, liebe Frau Ostermeier, ich muss… Ein Notfall. Ich wünsche Ihnen eine gute Zeit in…« Wo fährt sie überhaupt hin? Egal! Schon bin ich an ihr und der immer noch grinsenden Coco vorbeigestürmt. Ich weiß, dass die Ostermeier weiß, dass ich weiß, was sie denkt. Genau das will sie auch.

»Man sieht sich, Frau Bayer…«, ruft sie mir noch hinterher und schließt so knapp die Konversation.

Das kann man mal wohl sagen! Mit der hätte ich nun wirklich nicht gerechnet. Mitten in der saarländischen Pampa. Warum lassen mich mein Job und der Agenturwahnsinn nicht mal für ein paar Tage in Frieden? Erst Arno am Telefon, CT als Phantom und nun der Wachhund auf dem Klo. Diese Schreckschraube. Schon zu Hause versuche ich immer, ihr aus dem Weg zu gehen. Coco ist bereits entspannt, singt und schwingt, wenn sie nicht gerade CT zu sehen glaubt, und ich plage mich immer noch mit denselben Geistern wie in Frankfurt. Damit muss wirklich Schluss sein.

Am Auto angekommen durchwühle ich das Handschuhfach. Eigentlich habe ich doch immer ein, zwei Notfalltampons dabei. Ein Glück, bitte, wer sagt's denn? Da ist ja einer, alles wird gut. Als ich mich aufrichte, sehe ich, dass die Motorhaube nicht ganz zugeklappt ist. Seltsam. In all der Hektik muss ich an den Hebel zum Öffnen gekommen sein. Darum muss ich mich später kümmern.

Ich schlage die Autotür zu und düse im Mütterrettungstempo zurück zum Eingang der Waschräume, als mir die Möchtegernrocker der Silberhirsch-Truppe hinterherpfeifen. »Hey, Süße! Wohin so eilig? Hast du nicht Lust auf eine Spritztour mit meinem heißen Ofen?«, grölt einer mit schmierigem grauem Zopf. Die Meute johlt. »Komm, Schätzchen! Der Tag ist noch jung.«

Puh. Okay, das reicht! Etwas muss sich ändern in meinem Chaosleben. Ich bin Sophie, siebenunddreißig Jahre alt, Unternehmerin, gestandene Mutter und dank Freddys übergriffigem Ego-Vater auf dem Weg nach Paris, wo mich weiß Gott was erwartet. Und getreu dem SHINE-YOUR-LIGHT-Tagesspruch *Verändere dich, dann verändert sich die Welt* oder so ähnlich bleibe ich wie angewurzelt stehen. In Zeitlupe drehe ich mich um, streiche sanft über mein gut sitzendes Etuikleid in Sonnengelb, schiebe cool wie Audrey Hepburn meine Cat-Eye-Sonnenbrille hoch und werfe den Altrockern einen kurzen kritischen Blick zu, um die Brille anschließend wieder auf meiner Nase zu platzieren. Dabei kommentiere ich eisig: »Sorry, Jungs, aber wir spielen hier Champions League, nicht Kreisliga Südwest.«

Das sitzt. Den Silbernen Hirschen ist das Röhren vergangen. Die kurze Pause nutze ich, um bedächtig und mit wackelndem Hintern, einen weißen Ballerinaschuh vor den anderen setzend, zurück in die Raststätte zu schweben. Da sind die endlosen *Germany's-next-Topmodel*-Abende mit Freddy und ihren Freundinnen doch mal für etwas gut. »Bravo, Chica!«, höre ich Jorge Gonzales rufen. Punktsieg für mich. Es geht aufwärts.

Coco hat inzwischen Kaffee geholt und kommt mir lachend entgegen. »Was war denn das für eine Trulla auf der Toilette? Die ist ja voll in den Achtzigern hängen geblieben.«

Jetzt muss ich doch schmunzeln. Draußen fährt die Ostermeier hupend los und winkt uns aus dem offenen Dachfenster ihres roten Golf Cabrios zu.

»Ach, die! Das ist die Ostermeier. Schau, Coco, sie fährt einen roten Golf mit F für Frankfurt auf dem Nummernschild. Bestimmt war sie vorhin hinter uns. Ich sag ja, du siehst Gespenster.«

Meine Freundin schüttelt ungläubig den Kopf und guckt dem Wagen nach. »Gerade dachte ich schon wieder, ich hätte Carl-Torben gesehen. Mit einer Riesentüte Gummibärchen ist er auf dem Männerklo verschwunden.

Jedenfalls sah jemand von hinten genauso aus wie er, nur mit dem Hut konnte ich die Haare nicht gut sehen.«

»Wieso denn Gummibärchen?«, frage ich entgeistert.

»Die braucht er, wenn er Verstopfung hat. Bei ihm wechselt das ja immer zwischen Durchfall und …« Sie merkt selbst, wie absurd der ganze CT-Wahnsinn klingt und setzt hinzu: »Ach, vergiss es. Sein Gastroenterologe hat ihm geraten, sie auf der Toilette zu kauen. Soll helfen. Und als Buchhalter kauft er die natürlich im günstigen Vorteilspack.«

Angewidert schaue ich in Richtung Sanitärbereich. Mein Gott, was es alles gibt. Setzt der sich mit Gummibärchen aufs Klo. Und wieso erzählt er Coco von seinen Verdauungsproblemen? Die Beziehung musste ja in die Hose gehen. Ich schüttele den Kopf und marschiere zur Frauentoilette. Jetzt rette ich erst meine Tochter, außerdem muss ich immer noch. Sogar richtig dringend. Zeit, endlich alles runterzuspülen, und dann weiter Richtung Champs-Élysées.

Coco

Zwei Brüder sind einer zu viel

»Freddy, Süße, alles klar dahinten bei dir?«, sage ich mit einem Blick über die Schulter.

Sie streckt mir ihren Zeichenblock vor, darauf eine Skizze von der Ostermeier und Carl-Torben, beide mit Hut, wie sie sich an der Raststätte Berge von Pommes reinstopfen. Unwillkürlich muss ich lächeln. Die Kleine hat nicht nur Talent, sondern auch Humor.

Nach unserem Zwischenstopp an der Raststätte sitzen wir alle wieder in unserem grünen Taxi der Herzen. Freddy ist tampontechnisch versorgt, Sophie nun wie befreit und wahnsinnig stolz nach ihrem coolen Auftritt vor den Rockern, und ich komme mehr und mehr in absolute Paris-Stimmung. Gut, dass Sophie jetzt fährt, so kann ich mich mal entspannen.

Die Landschaft, Städte, Schilder und Autos ziehen an uns vorbei. Auf der Autobahn ist ziemlich viel los, nicht nur uns treibt es in den Urlaub. Hohe Geschwindigkeit macht gute Laune. Ein bisschen fühle ich mich wie in einem Roadmovie à la Quentin Tarantino oder Ridley Scott. *Thelma & Louise* kommt mir in den Sinn – wann war das, in den Neunzigern? Sophie und ich haben den Film tausendmal zusammen angeschaut. Der dramatische Trip der beiden Freundinnen entwickelt sich in eine Flucht um Leben und Tod. Ein Highlight natürlich der junge Brad Pitt als Anhalter mit sexy Cowboyhut und nacktem durchtrainiertem Oberkörper – ziemlich unwiderstehlich. Thelma und Louise sind im Film vor ihrem Leben geflohen. Und wir? Ganz im Gegenteil – Sophie und ich sind zielsicher auf der Suche nach Leben. Danach, dass wir uns wieder richtig spüren. So wie früher. Der Alltagswahnsinn in und um Redaktion und Agentur hat uns fest in seinen Fängen. Bleibt zu hoffen, dass unsere Reise nicht so tragisch endet wie die unserer Filmschwestern.

Sophie wechselt die CD, und Pink Floyd tönt mir entgegen. Ich schließe die Augen. Laut singe ich mit, bis die letzten Zeilen und Töne von »Wish you were here« verklingen. Seltsam, wie einen Musik sofort in eine bestimmte Zeit und Stimmung versetzen kann. Man spürt dann exakt das gleiche Gefühl, das man in der Situation oder Lebensphase hatte, mit der man ein Lied verbindet. Welches Lied verbindet mich mit Nik?

Pling, pling. Gedankenübertragung. Eine Nachricht von Nik! Mein Herz macht einen doppelten Sprung vor Freude. Schnell drehe ich mich mit dem Rücken zum Fenster, damit Sophie das Display nicht sehen kann, und lese:

Bonjour, Coco Chérie. Wie läuft eure Fahrt? Kommt ihr gut voran? Habe jetzt am 15. um 20 Uhr im Relais de la Butte, 12 Rue Ravignan, einen Tisch auf der Terrasse reserviert. Ist mein Lieblingsrestaurant. Großartiges Essen, super Lage. Danach spazieren wir zur Sacré-Cœur, ist von da nur ein paar Stufen rauf. Passt das? Sag Bescheid. Salut! PS: Ach ja, meld dich auf jeden Fall, wenn du angekommen bist, dann könnten wir uns vielleicht sogar schon früher sehen? Auf einen Begrüßungs-Pastis sozusagen. Oder zwei? ☺

Juchuuu! O ja, das wäre schön. Ich freue mich, ich freue mich! Fest drücke ich das Handy an meine Brust.

»Alles gut bei dir?«, fragt Sophie irritiert von der Seite.

»Ja, ja … Ich bin nur so glücklich, mit euch hier zu sitzen!«, erkläre ich schnell. Im Grunde ist eine Notlüge ja gar keine richtige Lüge, und es stimmt ja auch halb.

Nik kümmert sich, ist das nicht ein gutes Zeichen? Hastig antworte ich, bevor Sophie noch merkt, wie nervös ich bin und dass ich etwas vor ihr verheimliche: Hey, Nik! Das hört sich toll an! Danke. Wenn alles so weiterläuft, sind wir heute noch in Paris. Ich ruf dich an. Kuss!

Ringringring, Ringringriiing, Ringringriiiiing. Ist nicht wahr! Das gibt's doch nicht, schon wieder ruft Carl-Torben an, während ich seinem Bruder schreibe. *Ringringring, Ringringriiing.*

»Alter, willst du nicht mal rangehen?«, mault Freddy von hinten.

»Nee, ist CT.«

Ringringriiiiing.

»Hat der nicht gerade schon geschrieben?«, fragt Sophie überrascht. »Du liest und tippst doch die ganze Zeit.«

»Nee, das, äh, also …«

CTs Penetranz rettet mich ausnahmsweise: *Ringringriiiiing.*

»O Mann«, stöhnt der Teenager.

»Coco, sag ihm, er soll dich nicht mehr nerven, du machst jetzt Urlaub und willst deine Ruhe. *Ruhe!* Und Freddy und ich auch. Erst recht vor ihm! Seitdem wir unterwegs sind, bombardiert er dich mit WhatsApp-Nachrichten und Anrufen. So geht das nicht weiter!«, schimpft Sophie. So aufgebracht erlebt man sie selten, aber bei CT ist es eben was anderes.

»Ja, ist ja gut«, beeile ich mich zu sagen. »Ich schreibe ihm.« Ich drücke ihn weg und fange an, ihm eine Nachricht zu tippen: Carl-Torben, wie du weißt, bin ich auf dem Weg in den URLAUB, 14 Tage, alles klar?! Bitte tu mir EIN MAL den Gefallen und

Ringringring. Nein! Was ist das denn? Jetzt ruft Nik an. O no! Bevor ich auffliege, schalte ich schnell mein Handy aus und atme tief durch.

Zwei Brüder sind eindeutig einer zu viel.

Sophie

Tschüss, Wahnsinn!
Bienvenue en France!

Forbach, Metz, Reims steht auf den vorbeiziehenden Schildern. Je näher wir der deutsch-französischen Grenze kommen, desto ruhiger werde ich. Coco auch. Sie hat den Kopf an die Fensterscheibe gelehnt und die Augen geschlossen, aber sie schläft nicht. Ich bin sicher, dass sie nicht schläft, denn dann atmet sie anders, irgendwie tiefer. Ob ihr CT durch den Kopf geht? Oder ihre berufliche Zukunft? So richtig glücklich ist sie beim Tagblatt schon länger nicht mehr, vielleicht sollte sie mal was anderes ausprobieren. Der Zeitpunkt jetzt wäre doch nicht schlecht.

Verrückt, wie gut wir uns kennen, wie unsere Leben in all den Jahren ineinander gewachsen und verflochten sind. Es ist nicht so, als ob ich jederzeit wüsste, was sie fühlt, denn dann wären wir uns so ähnlich, dass ich immer das Gleiche fühlen würde wie sie. Nein, so eine Freundschaft ist unsere nicht. Früher an der Uni dachten alle, wir seien symbiotisch, und es gäbe uns nur im Doppelpack. Das war damals nicht so und stimmt auch heute nicht. Ich weiß, was Coco fühlt oder denkt, weil ich es *für sie* weiß, das ist etwas anderes. Irgendwie eine Frage von Wertschätzung, Einfühlungsvermögen und Respekt. Wörter, die fast ein bisschen in die Jahre gekommen sind.

Während ich darüber sinniere, sehe ich am Straßenrand eine Anhalterin mit Trekkingrucksack. Auf ihrem Schild steht in schwungvoller Handschrift: *Führt Ihr Weg ins Elsass?* Auf Deutsch und Französisch. Klingt irgendwie poetisch, finde ich und schaue zu Coco neben mir, doch sie hat immer noch die Augen geschlossen und reagiert nicht. Kurz entschlossen bremse ich und halte ein paar Meter hinter der Frau auf dem Seitenstreifen.

»Was ist los? Ist dir schlecht? Hast du Carl-Torben gesehen?« Coco dreht sich erschrocken zu mir.

»Nein, nein«, beschwichtige ich und zeige hinter mich. »Da ist eine Anhalterin. Sieht nett aus. Sie will ins Elsass.«

Coco rümpft die Nase. »Schön für sie. Wir aber nicht. Wir fahren nach Paris, Schatz. Erinnerst du dich? Und dein Vehikel ist auch schon berstend voll.«

Da hat sie recht, aber …

»Coco, komm schon. Jetzt sei doch mal ein bisschen buddhistisch. Wir leben im Heute, sind gesund, die Sonne lacht, Wege kreuzen sich und trennen sich wieder …«

Coco schaut mich an, als würde sie mich in diesem Augenblick zum ersten Mal sehen, oder als fürchte sie, ich hätte einen Hitzschlag erlitten.

Doch bevor Freddy sich von hinten mit ihr solidarisieren kann, steige ich schwungvoll aus und unterstreiche das mit den Worten: »Cool bleiben, meine Lieben. Ihr wisst doch: *Jeden Tag eine gute Tat. Shine your light.*« Ich mache mit den Fingern das Peace-Zeichen, lache den beiden optimistisch zu und winke die Anhalterin heran.

Die Frau, etwa in unserem Alter, kommt strahlend mit Rucksack und Elsass-Schild auf mich zu. »Salut! Je m'appelle Regine.« Sie umarmt mich direkt und wechselt nach einem Blick auf unser Nummernschild ins Deutsche. Mit charmantem französischem Akzent sagt sie: »Es wäre ganz, ganz wundervoll von euch …«, sie bückt sich vor und lugt durch den schmalen Streifen der Heckscheibe, der noch frei ist und einen Blick auf den vollgeladenen Innenraum des Autos und die Köpfe von Coco und Freddy erlaubt, »wenn ihr mich ein Stück mitnehmen könntet.«

»Hi, ich bin Sophie. Wie du siehst, sind wir schon ziemlich beladen, und um ehrlich zu sein, fahren wir auch nicht ins Elsass. Aber ich kann dir anbieten, dass wir dich auf halber Strecke bei Metz an einer Raststätte wieder rauslassen. Dann wärst du wenigstens ein Stück weiter. Hilft dir das?«

»Fantastique! Jedes Stück Weg zählt, und niemand weiß, wo das Leben uns `inschlägt«, freut sie sich.

Ich muss grinsen, die Franzosen sprechen ja kein H, und das Leben schlägt wirklich manchmal ganz schön wild um sich. Doch irgendetwas schwingt dabei in ihrer Stimme mit und lässt mich zögern. Erst jetzt fallen mir ihre ultralangen rotblonden Haare auf, die aussehen, als wären sie seit ihrer Geburt noch nie geschnitten worden. Vielleicht auch selten gekämmt. Und dann der langärmelige Strickpulli in Ackerbraun. Bei diesen Temperaturen? Ist Regine etwa eine verrückte Lady Macbeth auf dem Rachefeldzug? Lasse ich gerade eine entflohene Psychopatin zu meinem Kind und meiner besten Freundin ins Auto steigen? Hätte ich doch nicht …?

Da reißt die Fremde bereits voller Tatendrang die Tür neben Freddy auf und verstaut sich, ihren Rucksack, ein paar Stoffbeutel, die ich im Vorbeifahren übersehen hatte, und ihr Schild in geübter Falt- und Stapeltechnik auf dem kleinen freien Platz auf der Rückbank.

Ach, Quatsch! Sie ist nur eine Tramperin mit Ziel Elsass, und der Tag wird einfach nur schön.

»Mädels, rückt ein bisschen zusammen. Das ist Regine. Sie fährt ein Stück mit uns. Wir Frauen müssen zusammenhalten!« Beim Einsteigen zwinkere ich Coco und Freddy zu, die das Schauspiel mit hochgezogenen Brauen beobachten. Irgendwie sehen sie sich mit diesem entgeisterten Blick ähnlich, dabei ist Freddy doch *meine* Tochter. Dann starte ich den Motor und lenke den Renault mit Schwung zurück auf die rechte Spur.

Auf Wiedersehen, Saarland. Auf Wiedersehen alle, die ständig etwas von mir wollen. Auf Wiedersehen, ihr Narzissten, Wahnsinnigen, Bedenkenträger. Adieu, Ostermeier, Arno und CT. Adieu, Frankfurter Smog. Adieu, Tristesse. Willkommen, Leben, Luft und Liebe …

Bienvenue en France, prangt kurze Zeit später auf einem

großen Schild, das gerade gelesen auch schon wieder hinter uns liegt. Wir haben die Grenze passiert.

Unser französischer Sommer beginnt.

Coco

Schwitzhütte und Käsefüße

»Ah, très bien, merci, merci, vielen, vielen Dank, Schwestern! Das ist sooo liebenswürdig von euch, dass ich mitfahren darf. Wisst ihr, ich komme von einem gemischten Schwitzhüttenritual in Freiburg und bin es deshalb gewöhnt, dass es eng, heiß und kuschelig ist. Hahaha, nicht wahr, ma petite, da guckst du!«

Sophies gute Tat des Tages fängt laut und wiehernd an zu lachen, kneift Freddy dabei herzhaft in beide Wangen, als wäre sie drei. Bei jeder Bewegung verströmt diese Regine einen eigenartigen Geruch nach Schweiß, Räucherstäbchen und fauliger Erde. Nicht nur mir passt diese lästige Störung unserer Fahrt ganz und gar nicht. Als ich mich nach hinten umdrehe, um zu prüfen, was gerade gegen meinen Sitz gerammt wurde – vermutlich das Knie dieser Frau –, sehe ich, wie Freddy gequält lächelt und ihrer Mutter eindringliche Blicke zuwirft. Wie konnte Sophie uns das nur antun?

Regine plappert überschwänglich weiter. Meine Kinnlade klappt langsam wieder hoch, und ich komme zu mir. Wut steigt in mir auf. Ich fasse es nicht! Hat Sophie tatsächlich diese Trulla mitgenommen?! Nix Brad Pitt wie in *Thelma & Louise*, neee, wir gabeln natürlich aus falsch verstandener Frauensolidarität (wo solidarisiert sich Sophie denn mit uns?!) eine komisch riechende, aufgedrehte, durchgeknallte Eso-Tante auf, mit fettigen Haaren, ekligem Wollpulli – mitten im Hochsommer – und einem Gutmensch-Dauerlächeln im Gesicht, das mich so wahnsinnig aggressiv macht, dass ich schwer an mich halten muss, ihr nicht die Zunge rauszustrecken.

Was ist denn nur in Sophie gefahren? Ich schaue meine Freundin kritisch von der Seite an. Doch die lächelt selig vor sich hin, fährt unbekümmert weiter und pfeift eine fröhliche Melodie. Seit sie sich bei diesem Heilige-Leuchte-Portal angemeldet hat, erkenne ich sie manchmal nicht mehr wieder. Unser Auto ist proppenvoll bis obenhin und wir nicht die Wohlfahrt, geschweige denn ein Sammeltaxi, also warum müssen wir auch noch eine bekiffte Anhalterin mitnehmen, die auf Heilerin macht und in diesem Moment beginnt, von ihren Schamanenreisen zu erzählen?

»Wisst ihr, ich arbeite schon seit zehn Jahren als Heilerin und Schamanin, nachdem mir eine Nahtoderfahrung die Augen geöffnet hat. Früher war ich Erzieherin. Heute gebe ich Seminare und Fastenkurse mit Naturerfahrung, leite Schamanenreisen und Trommelworkshops und besuche regelmäßig Heilungsrituale.«

Ich stöhne innerlich. Hoffentlich kommt bald die nächste

Raststätte, dann kann Regine sich eine andere Mitfahrgelegenheit suchen. Vielleicht findet sie eine Yogalehrerin, die sie mitnimmt. Yoga macht ja jetzt auch jeder. Ob es überhaupt so viele Yogaschüler auf der Welt gibt, für die ganzen neuen Lehrer?

Genervt zünde ich mir eine Zigarette an, was den Mief im Auto jetzt auch nicht verschlimmert. Ich kurbele das Fenster noch weiter runter, blase den Rauch hinaus. Die Luft stinkt eh schon, und mir stinkt es auch.

»Ey, Coco, kannst du nicht später rauchen? Nimm doch mal ein bisschen Rücksicht! Hier sitzen auch noch andere im Auto – und ich bin im Wachstum! Da kriegt man ja einen Erstickungsflash!«, brüllt mir Freddy von hinten zu.

»Ja, ja, ist schon gut, weil du's bist …«, lenke ich ein, drehe mich zu ihr um und zeige ihr demonstrativ, wie ich die Kippe in meiner Blechbrotdose ausdrücke.

Eingepfercht zwischen Regine, Gepäck und Fenster klammert Freddy sich an ihr Smartphone und macht so ein grimmiges Gesicht, dass es schon fast wieder komisch ist. Sophie merkt von all dem anscheinend gar nichts. Sie lenkt den Laubfrosch unbeirrt weiter, wahrscheinlich gefestigt in dem Glauben, sie hätte mit ihrer guten Tat ihre Shiny-Mission erfüllt, und fragt noch vergnügt: »Das ist ja wahnsinnig interessant, Regine, erzähl weiter. Wie genau funktioniert denn eine Schwitzhütte?«

Schnell gehe ich dazwischen, bevor Regine ausschweifen kann: »›Lebenskunst ist die Kunst des richtigen Weglassens. Das fängt beim Reden an und endet beim Dekolleté.‹ Coco Chanel.« Wie recht die legendäre Modeschöpferin hatte, wird mir in dem Moment klar, als ich sie zitiere. »Wie der Name schon sagt, Sophie-Schatz, in so einer Hütte sitzen Leute drin und schwitzen vor sich hin, in voller Montur«, ich linse zu Regine nach hinten, »oder splitterfasernackt, kannst du dir aussuchen.«

»Oui, oui, ma chérie, genau, c'est vrai. Das ist sooo schööön, je vais vous dire: Die Schwitzhüttenzeremonie ist ein kraftvolles Ritual, das der ganzheitlichen Reinigung von Körper, Seele und Geist dient. Dabei können wir hinabtauchen zu den Anfängen der Schöpfung und uns verbinden mit Mutter Erde. Dem ganzen Universum! In der Hütte sitzen wir ganz eng zusammen, wie hier. Et oui, oui, ganz nackt…« Regine lässt einen ihrer wiehernden Lacher los und knufft Freddy mit dem Ellbogen kumpelhaft in die Seite. »Und in der Mitte werden Steine zum Glühen gebracht. Die Hütte ist ganz mit Fellen, Lehm oder Decken ausgelegt, damit die Hitze drinnen bleibt. Man sitzt mindestens zwei bis drei Stunden darin. So lange darf man die Hütte nicht verlassen. Mon dieu, das wäre eine Katastrophe, wenn man früher rausginge! Am Ende fühlt man sich wie neugeboren!«

»Hä, waaas?«, fragt Freddy völlig baff. Der Teenager an sich findet ja meistens seine Eltern schon angezogen megapeinlich.

»Die heißen Steine, tu sais, die mit Wasser übergossen werden, stehen übrigens für den Samen, der die Gebärmutter befruchtet«, flüstert Regine Freddy noch verschwörerischer zu.

»Oha.«

Meine Kleine ist sichtlich überfordert mit dieser Information. Und ich auch. Lieber Gott, ich brauche einen Schnaps – französischen, deutschen, russischen oder selbst gebrannten, ganz egal.

Sophie dagegen springt voll auf den Zug auf. »Also, ich finde das spannend. Das ist bestimmt eine unglaubliche Grenzerfahrung. Vielleicht muss man einfach mal von den üblichen ausgetretenen Pfaden abkommen und neue Wege gehen. Was ganz Neues ausprobieren.«

»Amen.« Jetzt reicht es mir langsam. Eindringlich schaue ich erneut zu Sophie rüber.

»Wisst ihr, Schwestern, eine Schwitzhütte wirkt lange nach. Es kann für jeden eine Bereicherung sein. Das Ritual setzt viele unterdrückte Energien frei. N'est-ce pas? Deshalb ist es gut, wenn man danach etwas ausruht.« Regine holt tief Luft, bevor sie fortfährt. »Jetzt bin ich auf dem Weg ins Elsass, ein Abstecher zu Freunden, Luc und seine Frau Vero. Vero und ich haben uns auf einer Krafttierreise kennengelernt, sie ist ein wunderbarer Mensch, lebt völlig vegan und naturverbunden. Und Luc, jetzt werdet ihr lachen, ist le boucher, wie sagt man, der …«

»Fleischer?«, werfe ich genervt ein.

»Ah, oui, der Fleischer in diese Ort, wo ich hinwill. Ich mache ein paar Tage Station bei den beiden, bevor ich im Rheingau meinen nächsten Trommelworkshop gebe. Was ist mit euch? Was ist euer Krafttier? Ratet mal meins! Man muss sein Krafttier tanzen, um alle Energien zu erwecken. Wisst ihr das?«

Ich glaube, ich spinne. Der Fleischer! Krafttier! Macht

der den Bullen, oder was? Ich kann mich nicht mehr zusammenreißen. »Nein, liebe Regine, das ist mir auch völlig schnuppe. Ich tanze lieber zu lauter Punkmusik, mein Lieblingstier ist Jägerschnitzel, und außerdem habe ich eine Tierhaarallergie. Hund, Katze, Maus, Esel. Und auch Federn! Comprends? Du verstehen?«

»Auch gegen Tiger? Die gehören ja zu den Katzen«, lacht Freddy los.

Sophie schaut streng. »Freddy! Coco! Nehmt das doch mal ernst. Ich finde es toll, was Regine da erzählt. Und sie kennt sich richtig gut aus. Ich würde so etwas auch gerne mal ausprobieren. Warum auch nicht? Du bist doch sonst nicht so spießig, Coco.«

»Ist schon gut, Chérie«, meint Regine gelassen. »Tanzen befreit, egal, wie und wo. Und jeder Mensch sucht das Zuhause seiner Seele anderswo. Ich bin da absolut tolerant. Pas de problème. Hier, voilà, ich gebe euch einfach eine Broschüre von mir, die schaut ihr euch in Ruhe an, und wenn ihr Lust habt auf etwas Reinigendes, ein Rendezvous mit euch selbst, meldet euch jederzeit an. Ihr bekommt selbstverständlich Schwesternrabatt, weil ihr mich mitgenommen habt.«

Sie strahlt uns an, kramt aus ihrem Rucksack ein zerknittertes Faltblatt hervor und reicht es mir nach vorn.

»Es gibt auch die ›Visionssuche für Jugendliche‹, ma petite, ist was für dich.« Erneut knufft sie Freddy freundschaftlich in die Seite und reicht ihr auch einen Flyer. »Alle Veranstaltungen sind übrigens im Wald, auf einem alten Anwesen, das ›Waldfrieden‹ heißt, mitten im Rheingau«, erklärt sie uns dreien noch enthusiastisch.

Freddy überfliegt die Infos, dann beugt sie sich zu mir vor. »Ist das ein Friedhof?«, fragt sie mich mit angstvoller Stimme.

»Du musst da nicht hin, Süße«, antworte ich beschwichtigend und verdrehe in ihre Richtung die Augen, als ich merke, wie mir eine neue Geruchsmischung entgegenschwappt. Igitt, was ist das denn? Ich wende mich Regine zu, die sich ihrer ausgetretenen Ledersandalen entledigt hat und in einer schmutzigen Jutetasche mit dem ausgewaschenen Schriftzug *Ich reg mich nicht auf, ich mach Yoga!* herumwühlt.

»Mon dieu, wo hab ich nur … Ah, hier ist es! Wer sagt's denn. Jetzt eine Stärkung. Wollt ihr auch?«

Freudestrahlend hält sie eine riesige Tupperbox hoch und bietet uns matschige Tomaten, gekochte Eier und einen furchtbar riechenden Käse an.

»Nein danke!«, entfährt es Freddy und mir entsetzt wie aus einem Mund.

»Ich nehme gerne ein Ei«, antwortet Sophie und nimmt das bereits geschälte weiße Etwas lächelnd entgegen.

Mir wird schlecht. Was genau müffelt hier jetzt eigentlich nach Käsefüßen? Regine setzt noch einen drauf und gießt sich aus einer knallgelben Thermoskanne heißen Tee ein, der wie eine Mischung aus Heu und Marihuana riecht und … gleich hab ich's … Katzenklo.

»Eine ganz persönliche Tee-Création. Ein Freund hat sie speziell für mich zusammengestellt, um meine Weiblichkeit zu befreien«, erklärt sie uns ungefragt und nippt genüsslich an dem Gebräu.

Ich hoffe, dass Regine nun mit ihrem Tee beschäftigt und ein paar Minuten still ist, aber Sophie lässt nicht locker.

»Schwitzhütte – das kann ich mir supergut vorstellen, nach dem Sommer, den wir gerade in Frankfurt erleben. Wir haben es nicht mehr ausgehalten und sind jetzt auf dem Weg nach Paris«, lacht sie fröhlich und unbeschwert.

Ich schiele auf das Navi. Noch fünf Kilometer bis zur nächsten Raststätte, dem Himmel und all meinen Krafttieren sei Dank.

»Sag mal, Régine …«, höre ich in diesem Moment meine Freundin sagen. Sie betont den Namen original französisch – Reschine – und scheint sich an unserer Mitfahrerin gar nicht zu stören. Im Gegenteil. Hat sie ihren Geruchssinn vorhin auf der Sanifair-Toilette verloren?

»… wo musst du eigentlich genau hin im Elsass? Ist das weit? Wie war der Name des Orts?«

Stopp! Moment … Irgendwas läuft hier gerade in eine ganz andere Richtung als geplant. Noch 334 Kilometer nach Paris, zeigt das Navi an.

»Vallée du Soleil. Wie heißt es noch gleich en allemand?«, säuselt Regine, die Königin der Schwitzhütten. »Sonnenau. Das Ziel meiner Reise ist Sonnenau.«

Sophie

Und plötzlich der Duft von Sonnenau

Es gibt Orte auf der Welt, die nach reifen Kirschen riechen. Sie schmecken nach Gugelhupf und Schokoplunder. Sie fühlen sich an wie ein warmer Wind, der ins Gesicht weht. Und man liebt sie für diese besonderen Augenblicke, die wie Filmsequenzen, mal mit, mal ohne Ton, im Gedächtnis bleiben. Für die Bilder vom Leben, die man nie vergisst. Ihr Zauber erschließt sich nicht immer auf den ersten Blick von außen. Diejenigen, die dort leben, übersehen ihn oft erst recht. Als schiebe sich der Alltag vor diesen Glanz, der trotzdem unbeirrt weiterleuchtet. Und wer lange nicht da war, erinnert sich an diese Punkte auf der Landkarte wie an einen fernen Traum.

So einen Ort sehe ich gerade vor mir, mitten auf der Route nationale in meinem Renault auf dem Weg nach Paris. Hat Regine eben wirklich Sonnenau gesagt? Was für ein verrückter Zufall. Oder ist sie verwirrt, und es liegt an dem Kraut, das sie schon seit einiger Zeit trinkt? Zugegeben, es riecht speziell. Kurz linse ich via Innenspiegel nach hinten. Nein, sie macht einen klaren Eindruck. Wie ist das möglich, dass sie nach Sonnenau will, den Ort mit den saftigen Wiesen und den alten Obstbäumen, deren Äste sich im August unter der Last der Früchte biegen? Dieses Dorf, das ich so gut aus meiner Kindheit kenne. Vor meinem inneren Auge tauchen nacheinander viele Bilder auf: wie ich lachend unter einem Apfelbaum liege und versuche, die Zweige mit den nackten Füßen zu erreichen; wie Tante Marlene mir Geschichten vom Vergissmeinnicht erzählt, das lieber als Schmuck für feine Damen auf die Welt gekommen wäre, vom Frauenmantel, der einen Herrn zum Lieben suchte, und vom Klatschmohn, der in die weite Welt aufbrechen wollte und, als er dort war, seine Heimat so unendlich vermisste, dass seine rote Farbe in der Sonne verblich; wie wir auf der Holzbank vor dem Haus sitzen; Tante Marlenes Stimme klingt sanft und beruhigend, ihre Hände streicheln über mein Haar. Ich höre die Blätter der alten Obstbäume rauschen und wie der Löffel klappert, wenn sie für mich den dicken Kirschsaft im Keramikbecher mit Wasser mischt. Der Ferientrank meiner Kindheit. An dem Ort, wo die Uhren langsamer tickten und Schule und alle Pflichten weit entfernt waren: in der Rue de la Forêt 2, Sonnenau – Vallée du Soleil. Genauso steht es auf dem Schlüsselanhänger in meinem Handschuhfach.

»Leute, das gibt es nicht. Sonnenau! Das ist mein Dorf!«, rufe ich aufgeregt. »Wo Marlenes Haus steht, ihr wisst schon, das ich geerbt habe. Mein Vater hat uns doch den Schlüssel mitgegeben. Ist das zu fassen? Ich war dort früher so oft in den Ferien, habe es geliebt!« Ich stupse Coco an. »Guckst du kurz nach, ob er noch da ist? Der Schlüssel? Bitte …«, füge ich mit Nachdruck hinzu. »Er muss irgendwo im Handschuhfach sein.« Zuerst wollte ich ihn gar nicht mitnehmen, Paps musste ihn mir geradezu aufdrängen. Plötzlich ist es mir unheimlich wichtig, ihn dabeizuhaben. »Los, Coco!«, insistiere ich, denn ein Gedanke macht sich in meinem Kopf breit. Sie schaut mich irritiert an, als sei ich auf dem besten Weg, den Verstand zu verlieren. »Sonnenau kann gar nicht so weit von hier sein. Wir sind doch schon bald in Metz. Ich hätte große Lust, einen Abstecher dorthin zu machen. Was meinst du, Coco? Ob Jeanne noch die kleine Patisserie am Marktplatz hat? Da gibt es den besten Gugelhupf aller Zeiten. Gab es jedenfalls damals. So was hast du noch nicht gegessen, Freddy. Den müsst ihr probieren.«

Schweigen von rechts und hinten. Egal, so einfach lasse ich mich nicht von meiner Idee abbringen.

»Vorschlag: Wir fahren kurz runter von der Autobahn. Hier sieht man eh immer nur dasselbe Grünbraun und Braungrün die ganze Trasse bis nach Paris. In Sonnenau setzen wir Regine bei ihren Freunden ab, trinken einen Kaffee, essen dazu ein himmlisches Stück Gugelhupf, schauen kurz an Marlenes Häuschen vorbei, und weiter geht's. Nur ein klitzekleiner Abstecher in die Natur … D'accord?« Beschwingt klopfe ich mit beiden Händen gleichzeitig aufs Lenkrad.

»Das wäre ganz großartig von euch, wirklich großartig!«, freut sich unsere Mitfahrerin hinter mir.

Coco schüttelt den Kopf, wühlt dann aber dennoch im Handschuhfach und zieht verächtlich den Schlüsselbund hervor, hält ihn mir kurz vor die Nase und steckt ihn schnell wieder zurück. Vor dem Schließen zerrt sie wortlos meinen zerfledderten Frankfurt-Faltplan heraus, presst ihn irgendwie zusammen und fächert sich hektisch Luft damit zu. Freddy, die ich im Rückspiegel sehe, hat wieder die Kopfhörer aufgesetzt. Keine Antwort ist auch eine Antwort. Also gut, dann treffe ich die Entscheidung eben allein.

»Glaubt mir: Das wird euch gefallen.« Ich beuge mich vor und gebe mit rechts den Ort ins Navi ein: Sonnenau im Elsass, Vallée du Soleil en Alsace.

SHINE YOUR LIGHT rät mir dreimal am Tag, ich solle auf meine innere Stimme hören. Voilà, jetzt spricht sie. Laut und deutlich. Nächste Abfahrt in 1000, 800, 500 Metern. Ha! Ich ziehe nach rechts und fahre lachend ins Grüne. Das Leben ist schön. Besonders in Sonnenau. Coco und Freddy werden schon sehen. Vor mir auf dem Armaturenbrett blinkt kurz ein rotes Licht. Vorhin ist es schon ein paarmal angegangen … Ach, egal, solange es nicht dauerhaft leuchtet, sagt Paps immer. Und der kennt sich aus.

Coco

Auf dem Weg ins Nirgendwo

»Wo sind deine Schuhe?«, fragt Sophie.

»Die brauchen wir doch nicht in Paris«, antworte ich in Gedanken und bin mir sicher, sie hört mich, obwohl ich sie nicht sehen kann.

Barfuß schwebe, tanze, strahle ich durch den Park. Die ganze Welt könnte ich umarmen. Ich bin verliebt. Verliebt in Paris. Es ist meine Stadt. Und unsere Stadt. Hinter mir liegt der Louvre, wo die Mona Lisa ewig lächelt. Mein Herz klopft so laut, dass es den Akkordeonspieler begleiten könnte, der vor der dichten Hecke sitzt und spielt.

Und da vorn steht er und wartet auf mich: Nik. Am Ende der Allee. Lässig an den steinernen Springbrunnen gelehnt, der hinter ihm Fontänen in die Luft wirft und wieder auffängt. Er bedeutet mir mit dem Zeigefinger, zu ihm zu kommen, und ich schwebe auf ihn zu, als habe er ein starkes Band ausgeworfen, das mich in seine Richtung zieht. Weiter und weiter.

Alles ist schön, leicht und magisch. Gleich werde ich bei ihm sein. Die anderen Spaziergänger verschwimmen aus mei-

nem Blickfeld. Ihre Stimmen werden leiser. Die Farben laufen ineinander. Es gibt nur noch uns. Ihn. Mich. Unsere Blicke treffen sich, halten sich fest.

Zehn, neun, acht …

Ich gehe schneller, nur noch wenige Meter bis zum Brunnen. Nik lächelt. Mir ist schwindelig.

Sieben, sechs, fünf, vier …

Es fühlt sich an, als würde ich fliegen. Der Kies unter meinen Füßen hat sich längst in weiche Watte verwandelt. Ich will diesen Mann küssen und küssen und küssen.

Drei, zwei, eins …

Ich stehe vor ihm. Es ist so weit. Wir schauen uns an, er nimmt meine Hand und zieht mich zu sich, und dann, endlich, endlich, endlich …

STOPP!

SOPHIE!? Moment mal! Was macht sie hier? Das ist mein Film. Mein Traum. O nein, was hat sie da in der Hand? Einen Eimer? Wieso das denn? Er ist schwer. Sie nimmt ihn mit beiden Händen, stemmt ihn hoch und … schüttet – huch! – das ganze Wasser mit Schwung über Niks Kopf!

Entsetzt springe ich einen Schritt zurück. Was ist hier los? Nik ist von oben bis unten nass, seine Haare, sein Hemd, die Hose, einfach alles. Wasser tropft auf den Boden. Pitsch, pitsch, pitsch. Er schüttelt sich einmal kurz und zuckt mit den Schultern.

»Neeeiiin! Nik!«, rufe ich mit schriller Stimme, aber er kann mich nicht hören … und ist verschwunden.

Sophie legt einen Arm um mich, den leeren Eimer in der anderen Hand. »Nik!«, rufe ich noch einmal verzweifelt.

Der Akkordeonspieler schultert sein Instrument und geht. »Neeeiiin!« Mein Mund schreit, doch es ist kein Ton mehr zu hören. »Geh nicht weg, bitte geh nicht weg, ich … bitte …«

Nik ist weg. Und Sophie auch. Neeeiiin …

»Im Frühling blühen hier wilde Tulpen«, höre ich Sophie schwärmerisch sagen und schrecke aus meinem Traum auf.

Wie? Was? Wo bin ich? Verwirrt reibe ich mir die Augen.

»Und wusstet ihr, dass es in kaum einer anderen Region in Europa so viele Burgen gibt? Das Elsass ist nämlich auch das Land der Feen, Ritter und Märchen«, fährt sie fröhlich fort.

»Und der Tonpötte«, erwidere ich trocken und jetzt wieder wach. »Gut, dass wir nach Paris fahren.«

Im Kofferraum vibriert Sophies Klangschale.

Ich schaue auf die Uhr. Schon nach zwei am frühen Nachmittag. Vor lauter Hitze, Schmierkäsegeruch und Regines weiteren Ausführungen über Krafttiere und den Sinn von Meditationen muss ich eingeschlafen sein. Gähnend schaue ich aus dem Fenster. Die Sonne steht hoch am Himmel und scheint uns mit ihrem goldgelben Licht anzulachen.

Paris. Was war das denn eben für ein Traum? Sophie und Nik im Park, und sie schüttet ihm einen Eimer Wasser über den Kopf? Dazu wird es zum Glück nicht kommen, sie wird ihn nicht treffen, wenn ich es geschickt anstelle. Diese ganze verflixte Situation macht mich wahnsinnig, und dann noch diese Tante auf dem Rücksitz.

An uns ziehen saftige grüne Wiesen, Maisfelder, Reihen von Weinreben, Wälder und ab und an mal ein kleines verträumtes Dorf vorbei. Wir sind jetzt seit der Pfalz über drei Stunden unterwegs und in den Tiefen des Elsass verschwunden. Das hier ist das absolute Gegenteil von der pulsierenden französischen Hauptstadt, auch wenn die ländliche Idylle, durch die wir fahren, perfekt die Sehnsucht nach einer heilen, überschaubaren Welt vor Augen führt. Eine Sehnsucht, die wir alle heimlich in uns tragen. Aber das Schlimmste ist: Ich habe das sichere Gefühl, wir fahren zurück. Ich will aber nicht zurück, ich will nach Paris zu Nik, damit er mir nicht so entgleitet wie in meinem Traum. Mich überkommt eine leise Panik, und vorsichtig wende ich ein: »Äh, Sophie, diese Strecke liegt aber ganz und gar nicht auf unserer Route … Paris, Schatz, erinnerst du dich? Wir fahren sogar ein gutes Stück zurück Richtung Osten. Bist du dir sicher mit der Richtung …?« Zur Bestätigung versuche ich, einen Blick auf unser Navi zu erhaschen. Doch vergeblich, das Display ist schwarz.

»Schatz? Wieso hast du das Navi ausgeschaltet?«

»Regine kennt doch den Weg nach Sonnenau und leitet mich ausgezeichnet. Ich finde es total gut, von der Autobahn runter zu sein. Ihr nicht? Das entschleunigt so wunderbar. Ich hatte wirklich ganz vergessen, wie wundervoll es hier in der Gegend ist. Schaut nur.« Sophie macht eine schwelgerische Handbewegung, bevor sie weiterdoziert: »Das Elsass ist ein hügeliger Streifen Land, unweit der deutschen Grenze. Das blassblaue Band des Rheins markiert klar den Übergang zu Frankreich, eingerahmt von kantigen Bergen, umwaldeten Burgmauern, dazwischen blüht das Leben und wächst der Wein. Hier spürt man die Energie von Jahrhunderten, die Stimmung ist eine ganz besondere. Was sagst du, Coco, traumhaft, oder?«

Schreibt Sophie jetzt heimlich für Baedeker? Oder laufen die Kura- und Harry-Romane nicht mehr, und sie verlegt sich nun auf Reiseliteratur?

Wenn wir nicht bald da sind, ersticke ich hier drin. Aber das behalte ich besser für mich. Stattdessen gebe ich ein brummiges »Hmmm« von mir und werfe einen Blick über die Schulter zu Regine und Freddy. Die Schwitzhüttenfrau sieht schweigend aus dem Fenster, und der Teenager ist eingenickt. Freddy hat sich wohl schon ihrem Schicksal ergeben.

Missmutig streiche ich mir eine Locke hinters Ohr und lasse meinen Blick zur Seite wandern. Draußen nur Wiesen und Felder, Felder und Wiesen. Jetzt, denke ich, ist jetzt der Moment der Wahrheit? Ist dieser Umweg dazu da, dass ich Sophie endlich reinen Wein einschenke? Reinen Wein im Elsass? Riesling à la carte. Diese Geheimniskrämerei bringt mich um den Verstand. CT, Nik, Nik, CT. Sophie ahnt ja nicht, wie *sehr*, wie *dringend* ich nach Paris muss! Ich habe keinen Bock auf Sonnenau! Tausend Gedanken und Satzanfänge kreisen in meinem Kopf. Sie ist doch meine allerbeste Freundin. *Komm, Coco, gib dir einen Ruck, raus damit jetzt!*

»Du, Sophie …«, sage ich leise und mit einem dicken Frosch im Hals.

Doch in diesem Augenblick, mitten auf der Landstraße

im Nirgendwo, kommt plötzlich Qualm unter der Motorhaube hervor, und der Renault röchelt und hustet, als hätte er sich verschluckt. Am Armaturenbrett leuchtet ein rotes Licht, dann ruckelt das Auto.

Prompt ist Regine hellwach und fachkundig zur Stelle. »Mes copines, kann es sein, dass eure Wagen raucht? Ich bin keine Mechanik, aber das sieht irgendwie nicht gut aus ... Vielleicht fährst du mal kurz an den Seite, Sophie?«, schlägt sie uns in ihrem charmanten Deutschfranzösisch vor. Ach ja, Regine, da wären wir jetzt natürlich nicht draufgekommen, du bist schließlich die Schwitzhüttenexpertin!

Sophie kreischt: »O nein! Das kann doch nicht sein. Paps hat doch alles überprüft, ich verstehe das nicht.«

Der Qualm wird stärker. Wenigstens hat die alte Kiste was zu rauchen. Sophie schießt rüber an den Fahrbahnrand – und direkt weiter in die Wiese hinein. Vor und hinter uns kein Auto, keine Menschenseele weit und breit. Nur Wälder, Felder und Hügel voller Wein.

Grün zu Grün, denke ich, als wir mit dem Auto im kniehohen Gras versinken. Der Laubfrosch passt eins a in die Landschaft. Jetzt erst mal alle raus hier. Der Kloß in meinem Hals ist weg, dafür kriecht mir der Rauch in die Nase. Endstation Sehnsucht, irgendwo im Nirgendwo.

Sophie springt aus dem Auto, reißt die Motorhaube auf und hustet wie der Wagen, bevor sie ihn zum Stehen gebracht hat. Zögerlich treten Freddy, Regine und ich zu ihr. Gemeinsam inspizieren wir die Lage.

»Was meinst du, ist es die Batterie? Oder eher die Einspritz- oder Zündanlage?« Sophie wedelt mit beiden Händen und sieht mich fragend an.

Als ob ich einen blassen Schimmer hätte. In dieser Hinsicht war ich schon immer typisch Frau. Maschinen müssen laufen, wieso, interessiert mich null.

»Vielleicht ist es ein Defekt am Motor«, vermutet sie und kaut zweifelnd auf ihrer Unterlippe.

»Für mich hört sich das an wie Schluckauf XXL mit Rauchvergiftung«, gebe ich schulterzuckend zurück.

Wir sind rat- und hilflos. Unser grünes Vehikel ist bis auf den langsam nachlassenden Qualm absolut still. Laubfroschtot. Da tut sich nix mehr. Rien! Klassisch verzockt, Sophie.

Ich trete näher zu ihr, während sie sich über das Getriebe beugt. »Und was jetzt? Sollen wir etwa per Anhalter weiterfahren?«, zische ich meiner Freundin unter der Haube zu. »Mit Sack und Pack und deiner Tochter? Ein echtes Taxi nach Paris, wie in dem Lied, können wir beide uns nämlich nicht leisten. *Du* musstest auch noch unbedingt diese Trulla mitnehmen, reicht es nicht, dein Helfersyndrom bei deinen Autoren auszuleben? Und das soll Urlaub sein!« Ich koche wie der Motor des Renaults. »Ach«, winke ich wütend ab, ohne Sophies Antwort abzuwarten.

»Euer Ernst, Leute? Hier ist es ja total öde. Wie weit ist es denn bis zum nächsten Kaff?«

Auch Freddy ist beunruhigt und kaut wie Sophie die ganze Zeit an ihrer Unterlippe herum. Was mich noch wahnsinniger macht. Wir schauen gleichzeitig von links nach rechts und von rechts nach links im Panoramafokus ins Weite. Natur pur, Wiesen, Sträucher, Felder, dazwischen kleine Baumgruppen, so weit das Auge reicht.

»Ob die in Frankreich auch so eine Abschlepp-App haben?«, fragt Sophie voller Aktionismus in die Runde, nachdem sie inzwischen mehrmals versucht hat, ihren Vater zu erreichen. Ich scheuche sie von der Motorhaube weg und lasse den Deckel mit einem Krachen zufallen. Unterdessen weiß Regine Rat. Das war klar. Es sei gar nicht mehr so weit von hier bis nach Sonnenau, meint sie.

»Sophie, Chérie, gib mir mal dein Telefon bitte, ich besitze selbst keins wegen der Strahlung. Ich rufe Luc an.«

Who the fuck is Luc?, fragen Sophie, Freddy und ich uns gleichzeitig, unsere Augen erstaunt und synchron aufgerissen wie drei hintereinander gepostete Emojis. Ach ja, richtig, war das nicht der …

Doch da erklärt Regine schon betont gelassen: »Luc ist nicht nur die Fleischer, er hat auch eine kleine Werkstatt im Hinterhof, wo er immer rumbastelt und für les amis Autos repariert. So als … Wie sagt man?«

»Als Nebenerwerb?«, rät Sophie.

»Ja, genau. Er kann uns bestimmt helfen.«

Sophie reicht ihr Telefon hoffnungsvoll Regine, die ein dickes Notizbuch voller Zettel aus ihrem Rucksack holt und die Nummer von Luc eintippt. Nach einer gefühlten Ewigkeit geht der auch dran und scheint ziemlich wortkarg zu sein, verspricht jedoch, dass er, so schnell es geht, kommt.

Jetzt stehen wir hier, mitten in der Pampa. Tiefstes Elsass. Sophie, ich, eine ziemlich muffelige Vierzehnjährige plus die Anhalterkönigin der Landstraße – die sich strahlend und positiv, wie könnte es anders sein, in Tiefenentspannungsposition auf der Wiese neben dem Straßenrand niederlässt. Wenig später hören wir, wie Regine immer wieder eine Ommm-Meditation vor sich hin brummt. Verzweifelt starre ich auf mein Handy. Nix mit Nik. Empfang ist jetzt auch weg. Funkstille.

»Ich muss mal«, sagt Freddy.

»Schon wieder?« Ich rolle die Augen.

»Sie hat ihre Periode«, ermahnt mich Sophie und nickt Freddy zu. »Komm, ich gehe mit dir, ein bisschen Bewegung schadet mir auch nicht nach dem langen Sitzen. Coco, du hältst am Auto mit Regine Wache, okay?« Sie schnappt sich ihre Tasche, wühlt darin herum und steckt, mir zuzwinkernd, mit den Worten »Zur Sicherheit« vorsorglich einen Tampon ein. Dann legt sie ihrer Tochter den Arm um die Schultern und schiebt sie in Richtung eines kleinen Wäldchens auf der anderen Seite der Wiese.

»Wache? Pah! Von mir aus … aber danach bin ich dran!«, rufe ich den beiden hinterher, doch sie ignorieren mich.

Locker bleiben. Alles ist besser, als im schwülen Frankfurt in der stickigen Redaktion mit schlecht gelaunten Kollegen und dem übermotivierten Rüdiger rumzuhängen. Und eine Pause von Carl-Torbens Gejammer tut mir auch ausgesprochen gut. Ich hole meine Packung Zigaretten aus dem Auto, lehne mich an die Beifahrertür und zünde mir genüsslich eine an – und erstarre.

Ich könnte schwören, am Feldrand gegenüber, hinter einem Baum am Rand des Wäldchens, lugt CT hervor. Der gleiche Hut, der gleiche graue Trenchcoat und die gleiche Sonnenbrille wie bei der Erscheinung mit den blauen Slippern in Frankfurt, dem Typen in dem roten Golf und in der Raststättentoilette! Diese Haltung, den Kopf leicht schräg und das Kinn vorgeschoben vor Anstrengung, die erkenne ich auf hundert Meilen. Ungläubig fokussiere ich die Erscheinung, kneife fest die Augen zusammen, um noch genauer zu sehen, dann öffne ich sie wieder … doch sie ist weg. Ich lasse meinen Blick über den Feldrand und die Bäume schweifen … nichts. Er ist verschwunden! Ermattet reibe ich mir über die Augen. Am Ende bin ich noch high von Regines Dämpfen im Auto.

Wie auf das Stichwort ertönt wieder ihr lautes Ommm, bevor sie beginnt, umgeben von hohem Gras und Wildblumen, sich gleichmäßig hin- und herzuwiegen und zu einem Namaste-Song in Endlosschleife ansetzt.

O. Mein. Gott. Die Hitze setzt mir doch mehr zu, als ich dachte. Und alles andere auch. Wie wunderbar wäre jetzt ein eisgekühlter Begrüßungspastis mit Nik in Paris, in einer superschicken, kultigen Bar – hmmm, himmlisch. Ich muss ihn, sobald es geht, anrufen und sagen, dass ich seine Idee ausgezeichnet finde.

Sophie

Der Retter ist auch mal der Fleischer

Da habe ich uns was eingebrockt! Ich überrede alle zu diesem Umweg, und dann macht das bescheuerte Auto schlapp. Coco ist stinksauer. Ich kann ihr gar nicht in die Augen sehen. Fast war ich erleichtert, als sie direkt nach Freddy und mir in das Wäldchen gestürzt ist, als müsse auch sie unfassbar dringend.

Erschöpft sitze ich nun in der Hocke am Straßenrand, sodass ich jederzeit ad hoc aufspringen kann, wenn sich der rettende Fleischer nähern sollte. Betreten zupfe ich an den Grashalmen um meine Beine, auf Blickkontakt mit meiner Tochter verzichte ich ebenfalls tunlichst. Regine hat nach einer leider viel zu kurzen meditativen Phase wieder in den Quasselmodus geswitcht. Inzwischen geht sie mir doch auch etwas auf die Nerven mit ihrem Alles-wird-gut-viele-Wege-führen-zu-unserem-persönlichen-Rom-Gelaber. Mag ja alles sein, aber wir wollen nach Paris. Ich wollte nur einen klitzekleinen Umweg fahren, Freddy den Ferienort meiner Kindheit zeigen und wieder weiterreisen. Stattdessen sitzen wir auf einer menschenleeren, gottverlassenen Landstraße im Elsass fest.

Ich will es nicht laut aussprechen, denn die Stimmung ist eh schon auf dem Nullpunkt, aber in die französische Hauptstadt schaffen wir es bis Mitternacht auf keinen Fall. Coco hat recht, wir sind viel zu weit von unserer ursprünglich geplanten Route abgekommen: Mindestens anderthalb Stunden sind wir in den Süden gefahren und tatsächlich auch wieder Richtung deutsche Grenze. Irgendwo dahinter sitzt mein Vater und könnte uns helfen, aber alle Versuche, Paps in der Pfalz ans Telefon zu kriegen, verliefen bisher im Nichts.

Wenn ich nur unter anderen Umständen hier wäre. Die Landschaft ist einfach wunderbar, das wird mir jedes Mal bewusst, wenn ich mich umschaue. Ich hatte tatsächlich vergessen, wie schön es im Elsass ist … Marlene ist vor anderthalb Jahren gestorben und hat mir ihr elsässisches Domizil samt Garten vererbt. Warum bin ich seitdem nicht mal hingefahren? Mein Alltag in Frankfurt als Selbstständige plus Alleinerziehende hat mir leider im vergangenen Jahr keine Zeit für solche Auszeiten gelassen.

Wie es wohl mittlerweile aussieht, das Haus? Bestimmt ist alles ganz verwildert. Ich habe wirklich lange nicht mehr daran gedacht. Gerade heute ist natürlich ein denkbar schlechter Zeitpunkt, um dieses Erbe anzutreten. Was für ein komischer Zufall, dass wir Regine aufgegabelt haben, und dann will sie auch noch nach Sonnenau.

Wo bleibt nur dieser Fleischer, den sie uns angekündigt hat? Ich schüttele den Kopf.

Pling.

Neue Nachrichten im Abnehm-Chat von SHINE YOUR LIGHT. Die haben Probleme – und ich leider gerade nichts Besseres zu tun, als sie zu lesen. *Wusstet ihr, dass die alten Ägypter den Mumien das Hirn durch die Nase zogen – das verschlägt selbst mir den Appetit*, schreibt eine Emmi. Der war mir schon vor dieser Mitteilung vergangen. Und eine Annette, eindeutig Opfer der Autokorrektur, schreibt: *Ich hab gar keinen Aperitif und esse dennoch nonstop.*

Ich muss hörbar mitgelesen haben, denn Coco, die schräg hinter mir im Straßengraben sitzt, kommentiert prompt: »Den könnte ich jetzt auch vertragen. Und wie es aussieht, werden meine Fahrkünste heute eh nicht mehr gebraucht.«

»Was?«, ich schrecke aus meiner Lektüre hoch.

»Na, einen Aperitif.« Mit einem abschätzigen Blick zu mir fügt sie hinzu: »Am besten einen doppelten Was-auch-immer und das Ganze am Montmartre mit Blick auf Sacré-Cœur oder im Ausgehquartier Latin. Hauptsache hochprozentig und mitten in *Paris*!«

»Ach, Coco. Es tut mir echt leid.« Ich seufze und stütze meinen Kopf auf die Knie. Das Auto ein paar Meter neben uns qualmt nicht mehr, seit … Ich werfe einen Blick auf die Handyuhr. Das darf nicht wahr sein. Seit fast anderthalb Stunden. Ich muss noch mal versuchen, den Motor anzulassen. Vielleicht hat sich der Laubfrosch beruhigt und springt wieder an?

Voller Hoffnung setze ich mich hinters Lenkrad und drehe den Zündschlüssel. *Rrrr* keucht es heiser unter der

Motorhaube. *Rrrrr*, dann Stille. Keine Chance. *Bonne chance* heißt *Viel Glück* auf Französisch, saust es mir durch den Kopf. Nur heute haben wir definitiv keines. Vielleicht hat die Ostermeier an der Tankstelle einen Fluch über uns gelegt – oder CT. Coco glaubt ohnehin ständig, ihn zu sehen, selbst hier in der Walachei, wie sie nach ihrer Rückkehr aus dem Wäldchen vorhin erzählt hat. Im Moment würde ich mich sogar über seinen Anblick freuen, wenn er einen fahrbaren Untersatz dabeihätte.

Kraftlos und verschwitzt steige ich aus und sinke wieder ins Gras neben die anderen. Der Gedanke an die Chancen – die fehlenden, verpassten, ausbleibenden – und an das Glück will mir nicht aus dem Kopf. Coco hat nach CT die Nase voll von Männern, absolut verständlich. Sogar außerhalb von Frankfurt ist sie ständig von ihm abgelenkt und fühlt sich verfolgt. Verrückt. Hoffentlich bessert sich ihre Laune in Paris. Ich sehe uns schon barfuß durch die Parks hüpfen, Freddy wird vor Scham im Boden versinken. Auch meine eigenen Erfahrungen mit Männern sind weder spektakulär noch himmelhoch jauchzend: der letzte, Helge, Dauerstudent und Schmarotzer, hat sich als Fehlgriff herausgestellt, und Frank, na ja, den blende ich nach der Rhön-Pleite lieber komplett aus. Der hellste Stern war meine Jugendliebe Jan in der Oberstufe. Ein unscheinbarer Junge mit blauen Augen zum Ertrinken und starken Armen zum Versinken. Wenn wir alleine waren, blieb die Zeit stehen. Und er roch so gut. Bei ihm konnte ich in Geschichten schwelgen und mich trauen, ganz ich selbst zu sein, ohne darüber nachzudenken. Das war eine ganze Menge in diesem Alter. Ich linse zu Freddy rüber. Damals schrieb ich noch Tagebuch und Gedichte. Wenn er mich küsste, blieb mir regelmäßig die Luft weg, und ich glaubte, ohnmächtig zu werden. Und sogar das fühlte sich schön an. Irgendwann war unsere Zeit vorbei, und wir wurden mehr und mehr erwachsen … Die Welt draußen wartete auf uns.

Seit meinem dreiundzwanzigsten Lebensjahr ist Freddy meine große Liebe. Und Coco, Mascha und auch meine bekloppten, aber liebenswürdigen Autoren wie Arno, Harry oder die Kura sind meine neue Familie. Durch sie kann ich in jede Art von Lovestory eintauchen – romantisch, chaotisch, skurril, dramatisch. Wenn ich ehrlich bin, weiß ich gar nicht, ob ein Mann wirklich Platz hätte in diesem Sammelsurium von Menschen und Geschichten. Etwas mehr Zeit für mich, das ist das Einzige, was ich brauche. Nur mal Sophie sein und in den Tag hinein leben.

»Meine Güte, warum braucht dieser Fleischer denn so ewig?«, fragt Coco, springt auf und klopft sich die Beine ab. Regine neben ihr ist jetzt auf Wiesen-Yoga umgestiegen und wechselt zwischen Hund, Katze, Heuschrecke und anderen asiatischen Übungen. Zwischendurch lächelt sie uns aufmunternd zu. Freddy hat ihre Kopfhörer in den Ohren und liegt stumm im Gras.

»Sonnenau *kann* nicht mehr weit sein. Wir sind doch schon im Nordmittelelsass, oder?«, ergänze ich in freundlichem Ton, um mich selbst zu beruhigen. Ich kann mir auch nicht erklären, warum es so lange dauert, bis dieser

Luc hier ist. Da höre ich ein Rattern. Es wird lauter und lauter, und schon taucht ein Gefährt mit riesigen Rädern am Horizont auf. Wie es scheint, der Grund für Lucs Verspätung: Er kommt mit dem Trecker.

»›Resi, i hol di mit mei'm Traktor ab‹«, johlt Coco ironisch.

»Salut!«, ruft uns Luc knapp mit tiefer Stimme zu, macht eine Drehung und stoppt sein Gefährt rückwärts vor unserem Laubfrosch. In aller Seelenruhe steigt er dann gemächlich ab.

Er scheint weder am Telefon noch live der kommunikative Typ zu sein, auf den ersten Blick eine Art Wotan Wilke Möhring vom Lande mit Karostrickpullunder wie dieser sächsische Komiker. Coco verzieht angewidert das Gesicht, Freddy ist wieder ins Sitzen gekommen und glotzt ihn an, als hätte sie eine Erscheinung. Irgendwas Übersinnliches. Regine jedoch springt auf und fällt Luc freudestrahlend um den Hals – Strick liebt Strick –, dann lässt sie einen französischen Redeschwall auf ihn los. Ohne Punkt, Komma, Semikolon und was sonst noch gängig ist bei unseren europäischen Nachbarn. Nach ein paar Minuten schnappt sie nach Luft, und er weiß Bescheid. Er winkt Coco zu sich und Regine, platziert die beiden auf der Bank vorne auf dem Traktor. Freddy schlurft freiwillig zum Beifahrersitz im Auto. Anschließend holt Luc ein dickes Seil unter seinem Fahrersitz hervor und bindet den Laubfrosch mit routiniertem Knoten an seinem Monstrum fest. Bestimmt hing da erst kürzlich ein Ochse dran, den er zu französischer Bistrosalami verarbeitet hat.

Luc gibt mir ein Zeichen, ins Auto zu steigen. Ich ergebe mich meinem Schicksal, zwirbele meine Haare hinten zusammen und schwinge mich auf den Fahrersitz meines Renaults. Heute bin ich das Rindvieh. Kupplung raus, Bremse los, Hände ans Steuer.

Es ist mittlerweile so schwül, dass mir der Schweiß den Nacken hinunterläuft und mein Kleid eine Nuance dunkler färbt. Das Wiedersehen mit Sonnenau hatte ich mir irgendwie anders vorgestellt: keinesfalls so verschwitzt, im Leerlauf und festgebunden an einen Traktor.

Auf dem mit Getöse losratternden Gefährt vor mir wirft Coco den Kopf zurück und gibt sich Lucs Takt und dem Fahrtwind hin. Hat Regine ihm gesagt, dass ich die Besitzerin des Wagens bin? Quatsch, der Fleischer ist Fachmann und wollte lieber die knackige Blondine neben sich haben als die belesene Audrey für Arme mit Schweißflecken auf dem Dekolleté. Mein rechter, rechter Platz ist leer, ich wünsche mir die schöne Coco her …

Freddy neben mir würdigt mich keines Blickes. Die Schuldfrage ist für sie eindeutig geklärt.

Am Horizont ziehen Wolken auf, weiße, hellgraue, mittelgraue. Ich fühle mich klein und vom Schicksal verraten. Prompt muss ich an meine Schreiberlinge zu Hause denken. Ihre Helden schaffen alles. In jedem zweiten Manuskript heißt derzeit eine taffe Protagonistin Ada, im echten Leben kenne ich keine einzige. Die Adas sind die Superfrauen, ihnen gelingt alles, sie erklimmen die höchsten Berge, haben ihr Leben fest im Griff und gehen couragiert neue Wege. Sie finden immer ihr Glück – im Job wie in der Liebe. So eine bräuchte ich jetzt auch hier in dieser im wahrsten Sinne verfahrenen Situation: Ada, komm schon, hilf! Hex, hex. Ich schaue hoch in den Himmel. Die Wolken verfärben sich weiter grau. Manchmal hilft beten einfach nicht, zumindest nicht zu den falschen Adressaten.

Coco

Unwetter am Odilienberg

Es wird schon dunkel, während wir die Landstraße entlangtuckern. Ungeduldig rutsche ich auf meinem Platz neben Luc hin und her. Wie viel Uhr wir wohl haben? Fünf, sechs Uhr am frühen Abend? Mir ist das Zeitgefühl abhandengekommen. Es ist, als wären wir nun schon eine Ewigkeit unterwegs, und die Fahrt auf diesem knatternden Traktor dauert unendlich.

Und dieser Luc, was für ein Typ. Der reagiert aber auch – völlig untypisch für einen Mann und Franzosen – so gar nicht auf meine weiblichen Reize. In der Hoffnung, er taue etwas mehr auf und repariere Sophies Auto dann schnell, lasse ich leger die Träger meines Shirts von der Schulter gleiten und versuche, mit ein paar belanglosen Nichtigkeiten ein Gespräch in Gang zu bringen. Ab und zu lächele ich ihm zu, damit er uns auch ja bis Sonnenau mitnimmt und nicht vorher am Straßenrand stehen lässt. Doch egal, was oder wie: Der Typ schweigt eisern und schaut grimmig. Hier ist mit weiblicher Erotik offenbar nichts zu erreichen. Vielleicht ist er doch schwul, mag keine Deutschen oder steht auf Dunkelhaarige.

Es ist frischer geworden und stürmt immer stärker. Meine Locken fliegen wild um meinen Kopf, ich gebe es besser auf, sie zu bändigen. Der kühle Wind treibt mir Tränen in die Augen. Ich verschränke die Arme fest vor meinem Oberkörper. Nun beneide ich Regine doch um ihren ollen Wollpulli. Die sitzt ziemlich ungerührt neben Luc und summt ein Kinderlied vor sich hin. Inzwischen fängt es an, leicht zu tröpfeln, die Gewitterfront ist erschreckend nah gekommen. Der Himmel ist voller dunkler Wolkenberge, und dort hinten über einem bewaldeten Berg zischen riesige gelbe Blitze durch die Luft. Dann folgt ein ohrenbetäubender Donnerschlag. Sonnenau. Von wegen. Der Name passt ja super zu dieser Kulisse. In weiter Ferne schwebt der Odilienberg und trennt die Gewitterfront vom diesigen Sommernebel am Horizont.

Regine beginnt, über den Mont Sainte-Odile, wie sie ihn nennt, zu erzählen. Weder ein Gewitter noch das laute Rattern, Tuckern und Holpern des Traktors halten diese Frau vom Plappern ab. Ungefragt erfahre ich alles über den heiligen Berg des Elsass, ein an Mythen reicher, magischer Wallfahrtsort und Touristenziel zugleich, wo sie jedes Jahr einmal hinpilgert. Der Legende nach wurde Odilia, die blind geborene Gründerin des auf dem Berg gelegenen Klosters Hohenburg, in dem Augenblick sehend, als sie die Taufe empfing. Unterhalb der Abtei entspringt eine Quelle, die entstanden sein soll, als Odilia mit ihrem Wanderstab auf die Stelle schlug. Ihr werden heilende Kräfte nachgesagt. Auch heute noch stehen Menschen Schlange, um dort flaschenweise heiliges Wasser abzuzapfen. Natürlich auch unsere Regine. Sie wäscht sich dann sogar mit diesem Wasser. Wie sie ungefragt berichtet.

»Chérie, danach fühlst du dich wie neugeboren!«, schreit sie mir begeistert über Lucs Kopf hinweg zu. Jedes Jahr nimmt sie mehrere Kanister voll Quellwasser mit, fügt sie stolz hinzu.

Ich muss Sophie unbedingt davon fernhalten. Wie dieser Abstecher heute zeigt, ist sie für solche Shiny-Aktionen derzeit sehr empfänglich. Nicht dass sie uns auch noch mit heiligem Wasser belädt.

Auf den Klostermauern breitet eine Statue der heiligen Odilia beide Arme segnend über das Land aus, so Regine weiter. Deswegen wäre die Gegend hier so fruchtbar. Hm. Ob Odilia uns auch Glück bringt? Das Unwetter braut sich auf jeden Fall gerade ordentlich über uns zusammen.

Die Umgebung neben dem Weg, auf dem wir fahren, ist dicht bewachsen, dahinter erstrecken sich endlose Wälder und Hügel mit Wein, in denen bereits Regenschleier hängen. Wir fahren immer nur die Weinstraße entlang. Und natürlich gibt es hier keinen Empfang, wie ein rascher Blick aufs Handy beweist. Was ist, wenn Nik versucht, mich zu erreichen? Resigniert verstaue ich es wieder in der Tasche. Bleib ruhig, Coco, rede ich mir gut zu, in Sonnenau sieht es bestimmt besser aus – das muss einfach so sein, bei dem Namen. Sophie behauptet ja außerdem, dass es wegen seiner Lage und seines architektonischen

Erbes als eines der schönsten Dörfer Frankreichs gilt. Nur zu! Ich bin gespannt, denn das, was ich bisher in diesem dunklen, stürmischen Szenario erkennen kann, ähnelt eher einer Kulisse aus *Nosferatu*.

Ich werfe einen Blick zurück und sehe im Halbdunkel Sophies angespanntes Gesicht hinter der Frontscheibe des Renaults. Freddy neben ihr auf dem Beifahrersitz hat den Kopf ans offene Fenster gelehnt, die Augen geschlossen. Auf der anderen Seite, rechts von Luc, legt Regine plötzlich ihre nackten Füße auf seine Oberschenkel, und er lächelt kurz. Ich werd nicht mehr.

In diesem Moment geht von null auf hundert ein Wolkenbruch auf uns nieder.

»Iiiihhh, ich werd ganz nass«, brüllt Freddy erschrocken aus dem Autofenster und übertönt damit fast noch das Donnern, als ein gewaltiger Strom Wasser sich in langen Bächen vom grauschwarzen Himmel über uns ergießt. Es blitzt und donnert jetzt ohne Pause.

»Merde!«, schimpft Luc in tiefstem Brummen neben mir.

Aha, der Mann kann sprechen. Ich habe das Gefühl, er beschleunigt sein träges Gefährt einen Tick, und erkenne vor uns trotz des Unwetters die Umrisse eines Dorfes. Einige Augenblicke später passieren wir das Ortsschild: »Vallée du Soleil«, zu Deutsch Sonnenau, und darunter »Route des Vins«, Weinstraße.

Mittlerweile sind wir durchnässt wie Schwämme – ich sehe aus wie ein begossener Pudel und hoffe nur noch sehnlichst, für heute irgendwo, irgendwie, irgendwann anzukommen. Da, wo es trocken ist und ich mich hinlegen kann.

Wir tuckern in den Ort hinein, neben uns verrammelte Häuser und jede Menge Fachwerk, mehr ist bei dem strömenden Regen nicht zu erkennen. Nach ein paar Minuten auf der Hauptstraße biegt Luc links ab und fährt in eine Gasse mit holprigem Kopfsteinpflaster. Am Ende der winzigen Straße halten wir endlich vor einer Art Hof mit einem großen roten Holztor, das geschlossen ist. Ich kneife die Augen zusammen. Was steht da? Auf einem Metallschild, das aussieht, als würde es nicht nur im Sturm so windschief am Tor hängen, ist in zerkratzter Schrift »Garage de Luc« zu lesen. Hier befindet sich also seine Werkstatt, wo wir hoffentlich unser kaputtes Vehikel abstellen und reparieren lassen können. Ich schicke ein Stoßgebet zum Himmel, dass er bei der Reparatur mehr Tempo draufhat, denn wir müssen morgen auf schnellstem Weg weiter nach Paris.

Luc springt vom Traktor, öffnet das Tor und fährt uns in den Hof. »Bon«, sagt er dann – für ihn fast schon ein vollständiger Satz –, steigt ab und verschwindet ohne ein weiteres Wort im Wohnhaus neben der Werkstatt.

Nachdem wir alle ausgestiegen sind, stehen wir, nass bis auf die Haut, in einem fremden elsässischen Hof, mit einem Auto, das keinen Mucks mehr macht, einer durchgeknallten Eso-Tante und dem ganzen Gepäck ziemlich weit von unserem ursprünglichen Ziel entfernt. Der Stadt, in welcher der heißeste Mann aller Männer auf mich wartet …

»Voilà, meine Lieben, nous sommes ici«, unterbricht

Regine heiter meine Gedanken, als sei kein Tropfen auf sie niedergegangen oder jeder einzelne ein Geschenk Gottes. »Wo ist das Haus von eure Tann-tee?«

»Rue de la Forêt 2«, sagt Sophie mit einem Blick auf das Schild an Marlenes Schlüsselbund, den sie schon aus dem Handschuhfach herausgekramt hat.

»Parfait. Das ist nicht weit. Seht ihr die Bäume dahinten?« Regine deutet zum Hoftor in die rechte Richtung.

Um ehrlich zu sein, kann ich durch den Regen rein gar nichts erkennen.

»Ihr müsst nur von der Straße aus nach rechts abbiegen, dann kommt bald eine Feldweg. Den immer bis an die Ende gehen und dann links Richtung Wald abbiegen. Dann seht ihr der Haus schon. Luc wird sich morgen euer Auto anschauen, das hat er … comment tu dis … versprochen! Oui? Er hat es bestimmt auch bald repariert. Vraiment, er ist eine rischtige Schatz! D'accord? Nicht verzagen, Regine fragen, ha, ha, ha«, endet sie mit ihrem glucksenden Lachen, streckt die Arme zum Himmel aus und lässt den Regen auf ihr Gesicht prasseln.

Man glaubt nicht, was es für Leute gibt. Da zieht sie auch schon ihre Siebensachen aus Sophies Karre, drückt uns allen mit einer herzlichen Umarmung drei Küsschen links, rechts, links auf die Wangen, bedankt sich noch mal fürs Mitnehmen und verabschiedet sich mit den Worten: »Vergesst nicht: ›Das Schicksal liegt in unserem Munde!‹ Alte Schamanenweisheit. Wir sehen uns bestimmt wieder. Passt auf euch auf, eure Reise sei gesegnet. Adieu, Schwestern!« Und zack, verschwindet sie in Lucs Haus.

»Na dann, aber schnell jetzt!« Sophie steht triefend neben mir und macht ein Gesicht wie zehn begossene Pudel oder hundert Tage Elsasswetter. Freddy, nur noch ein durchnässtes Elend, scheint in Schockstarre und wirkt hilflos. So hat sie sich den Beginn ihrer Sommerferien sicherlich nicht vorgestellt. Unterdessen kommt das Gewitter zu seinem grollenden Höhepunkt.

»Jeder schnappt sich sein Gepäck, und dann rennen wir, so schnell es geht, zu Marlenes Haus. Ich laufe vor, ich erinnere mich an den Weg. Also auf drei – go!« Sophie sprintet, so gut es geht, mit Reisetasche und Koffer los. Die Klangschale tönt leise und dumpf unter ihrem Arm.

Wie von ihr befohlen, schnappen Freddy und ich ebenfalls unsere Sachen, stürzen aus dem Hoftor und ihr hinterher. Wir rennen und rennen fluchend den matschigen Feldweg entlang, um uns nichts als Regen und vollkommene Dunkelheit.

Nach einem schier endlosen Lauf stoppt Sophie am Waldrand vor einem zugewachsenen Backsteinhaus mit Veranda, rotem Dach und geschlossenen grünen Fensterläden. Das Häuschen steht inmitten eines riesigen Gartens, umsäumt von einer Rosenhecke. Sie hechtet zur Haustür, lässt ihr Zeug fallen und kramt in ihrer Handtasche nach dem Schlüssel. Aufschließen und rein ins Trockene!

Freddy und ich folgen ihr, zu dritt stolpern wir ins Haus. Im Chor stöhnend werfen wir unser Gepäck ab und schütteln uns erst mal aus, wischen uns den Regen von den Gesichtern. Keine sagt ein Wort, nur unser Keuchen und Schnaufen füllt den dunklen Flur.

Hier war lange Zeit keine Menschenseele mehr. Alles ist verstaubt und düster. Immerhin, die alte Leuchte in der Küche funktioniert, wie Sophie gleich entdeckt hat.

»Ein bisschen gruselig«, bemerkt Freddy, nachdem wir wieder zu Atem gekommen sind.

Erst wechseln wir die Klamotten, dann verzehren wir in der Küche unseren restlichen Proviant, und ich rauche noch eine Gute-Nacht-Zigarette auf der kleinen überdachten Veranda. Schon halb elf Uhr am späten Abend, sagt mir meine Armbanduhr. Wie benommen schaue ich auf den Garten. Obwohl der Regen inzwischen aufgehört hat, kann man nicht viel erkennen, nur ein großer Baum in der Mitte lässt sich ausmachen. Die Luft ist klar und wie gereinigt, die Dunkelheit wirkt auf mich beruhigend und friedlich nach diesen letzten aufregenden Stunden.

Kurz darauf gähnen wir drei um die Wette. Nach einem kurzen Plausch in der Küche – Freddy kann kaum mehr die Augen aufhalten – beschließen wir, dass es Zeit ist, ins Bett zu gehen. Was für ein Tag! Mit letzter Kraft machen wir uns auf die Suche nach Schlafplätzen. Im ersten Stock werden Sophie und Freddy in Marlenes Schlafzimmer fündig. Die zwei lassen sich nebeneinander auf das grand lit fallen und versinken direkt in Tiefschlaf. Ich entdecke schließlich ein passendes Plätzchen unter dem Dach: einen kleinen Raum mit Sekretär vor dem Fenster, einem alten staubigen Sessel und schmalem Gästebett. Ich will nur noch schlafen, sofort!

Mit immer noch feuchten Haaren, die sich in diesem

Zustand noch wilder locken, und völlig geschafft krieche ich unter die Daunendecke.

Paris, denke ich im Halbschlaf, Coco Chanel und … Nik, Nik, Nik … Sein Name klingt so schön … Ich will zu dir … In deinem Arm einschlafen …

Obwohl ich jetzt immerhin schon mal in Frankreich bin, scheint er heute weiter weg als jemals zuvor. Hätten wir doch besser ein Taxi nehmen sollen? *Paris für einen Tag, weil ich Paris nun mal so mag*, summt eine Stimme in meinem Kopf. Dann tauche ich erschöpft in erlösendes Nichts.

Sophie

Herzkirschen, Piraten und Déjà-vus

Eigentlich gehöre ich zu den Menschen, die Regen lieben. Wenn auch nicht gerade an einem so verkorksten Tag wie gestern. Er ist mir sogar viel lieber als die Hitze der vergangenen Wochen. Ich mag es, wenn die Welt so riecht, als habe jemand einen riesigen Eimer mit frischem Wasser über ihr ausgekippt und alle Sorgen weggeschwemmt. »Regen bringt Segen«, hat Tante Marlene immer gesagt.

Daran muss ich denken, als ich die Gartenpforte hinter mir schließe. Ursprünglich war das Holz dunkelgrün gestrichen, passend zu den Fensterläden von Marlenes Haus, doch die Farbe ist bis auf ein paar Reste verblasst. Ich schaue mich um. Vieles ist grün hier. Der Jägerzaun um Marlenes Garten hinter der Rosenhecke. Ihre alten Obstbäume und Sträucher, die das Grundstück um das Haus zur verwunschenen Wildnis haben werden lassen. Die Wiesen davor und der dichte Wald dahinter. Ebenso wie die Weinberge, auf die man von hier einen wunderbaren Blick hat. Und natürlich auch die Trauben, aus denen schon bald im Herbst der fruchtige Riesling gekeltert wird. Grüne Wellen und Hügel, so weit das Auge reicht. Da haben wir drei Grazien mit unserem quietschgrünen Laubfrosch noch gefehlt.

Gestern noch in Aufbruchsgelb herausgeputzt für die Champs-Élysées, mache ich mich jetzt im ausgewaschenen altrosa-grau gestreiften Shirtkleid auf den Weg ins Dorf. Coco Chanel hätte mich in diesem Aufzug glatt übersehen. Mein alter Renault sollte uns in die Stadt der Liebe kutschieren, nachdem schon aus der Auszeit in der Rhön nichts geworden ist. Jetzt sind wir hier hängen geblieben. Ob damit eine tiefere Botschaft für mein Leben verbunden ist, nach dem Motto: Sophie, vergiss es, egal, wohin du willst, du kommst eh nie an?

Ich nehme sonst nie Anhalter mit. Warum habe ich bloß diese Regine aufgegabelt, die ausgerechnet nach Sonnenau wollte? Coco und Freddy waren dagegen, von der Autobahn abzufahren. Was hat mich nur geritten? Es war, als hätte eine Stimme zu mir gesagt: Los, bieg ab, das soll so sein.

Das Gedankenkarussell lässt mich immer noch nicht los, den ganzen bekloppten gestrigen Tag sehe ich wie im Zeitrafferfilm vor mir: die Obermeier, den vermeintlichen CT, das Schild an der Landesgrenze, Regine, das rote Alarmlicht, den Rauch aus der Motorhaube, schließlich unseren wortkargen Retter Luc, den Fleischer. Und dann dieser Regenschauer wie aus Kübeln … Was für eine verrückte Geschichte! Wenn das ein Roman von der Kura wäre, würde ich jetzt gelassen die Füße hochlegen, aber so stecke ich leider selbst mittendrin und muss sehen, wie ich uns heil wieder herausbringe.

Coco und Freddy haben vorhin noch so fest geschlafen, dass sie nicht mal wach geworden sind, als ich in der Küche mit Geschirr klapperte. Ich erinnere mich, wie schön die große Stube früher bei Marlene aussah. Bevor sie das Haus kaufte, hatte es wohl eine Zeit lang leer gestanden. Es habe auf sie gewartet, erzählte sie mir einmal. Dabei hat sie sicher geschmunzelt, als wüsste sie Dinge, die andere nicht wissen. Als sähe sie etwas, das andere nicht sehen. Dabei strich sie weiter Blumen glatt und legte sie zum Pressen zwischen dicke, schlaue Bücher.

Hat das Haus vielleicht gestern auf *mich* gewartet?

Am Ende des Feldwegs gehe ich automatisch schneller. Ich muss mich beeilen, denn in unserem Essensrucksack war heute früh kein einziger Krümel mehr zu finden, nur ein zerknitterter Grußzettel von meiner Mutter klebte am Boden fest: *Denkt dran, Mädchen, auch der Weg kann ein Ziel sein. Wir wünschen euch eine wunderschöne Reise. Mama und Paps.* Typisch Mama. Auch wenn ich nicht mehr ihr kleines Mädchen bin, versteckt sie Zettel in meinem Gepäck. Und mit diesem Satz könnte sie glatt bei SHINE YOUR LIGHT mitchatten. Ich schüttele lächelnd den Kopf. Ihr kryptischer Spruch hat mich wenigstens zu Plan B geführt. Das nächste Ziel meines Wegs: Ich will für uns den versprochenen Gugelhupf und Kaffee besorgen. Ohne ihr Koffeindoping ist Coco am Morgen nicht ansprechbar und für Stunden schlecht gelaunt, das möchte ich heute auf keinen Fall riskieren. Wenn ich es schaffe, rechtzeitig zurück zu sein, bevor sie und Freddy aufgestanden sind und Hunger haben, wird der Tag bestimmt gut. Das Wetter ist schon mal vielversprechend, der Himmel über mir strahlt so leuchtend blau, dass das Gewitter wie ein böser Traum erscheint, der im hellen Tageslicht mehr und mehr verblasst. Dafür kehren die Erinnerungen an die Wochen bei Tante Marlene mit jedem meiner Schritte zurück.

Ich bin in Sonnenau. Es ist warm, still und riecht nach Sommerferien. Alles hier fühlt sich seltsam vertraut an. Mit dreizehn Jahren etwa muss ich das letzte Mal länger hier gewesen sein. Im Teenageralter war das Elsass für mich nicht sexy genug, und ich wich meiner Mädchenclique kaum von der Seite. Schon gar nicht, um von einem Dorf ins nächste zu fahren. Das hier ist ganz typisch für das Elsass, ein uriges Fachwerkhaus reiht sich an das nächste, sie bilden, mal groß, mal klein, mal krumm und schief, eine bewegte Reihe. Dazwischen von Efeu, Wein und Stockrosen bewachsene Hofeinfahrten. Vor den meisten Häusern stehen farbige Holzbänke zum Ausruhen und Erzählen. Abends sitzen die Dorfbewohner bestimmt hier auf ein Glas Wein, doch um diese Uhrzeit sind die Sitzgelegenheiten verwaist. Sonnenau schlummert noch.

Von ein paar Straßen weiter höre ich leise Klaviermusik. Ich komme an einer alten Frau vorbei, die in einem idyllischen kleinen Hof voller Blumentöpfe ihre Wäsche an die Leine klammert. Sie schaut zu mir herüber. Ich nicke ihr kurz zu. Ein Mann auf einem Fahrrad saust an mir vorbei und erzeugt einen Luftzug, der mein Kleid flattern lässt. Sein »Salut, mademoiselle« klingt mir noch in den Ohren, als er schon hinter der nächsten Ecke verschwunden ist. Dann ist es wieder still. Neben mir fließt ein Bach klar und leicht entlang, als kenne er jeden Stein. Ab und zu unterbricht das Bellen eines Hundes das morgendliche Vogelgezwitscher.

An der nächsten Kreuzung lese ich die Holzschilder – *Pharmacie, Poterie, Charcuterie* – und entscheide mich für *Place du Marché*, den Marktplatz. Der befindet sich ja in der Regel im Ortskern, dort gibt es bestimmt Geschäfte und vielleicht ja auch noch das mit dem Gugelhupf. Der Weg führt nach rechts in eine Gasse. Prompt erinnere ich mich wieder, wie ich als Kind auf einem großen Platz den Spatzen hinterherlief. Ich hatte meine Sandalen ausgezogen, um schneller voranzukommen und die glatten, kühlen Pflastersteine unter den Füßen zu spüren, während Marlene meine Schuhe lachend mit einer Hand festhielt.

Ich nähere mich der Rückseite einer Sandsteinkirche, auf deren Turm ein Wetterhahn thront. Am Ende der schmalen Gasse öffnet sich ein wunderschöner Platz. Das Herz von Sonnenau.

Auf der gegenüberliegenden Seite fällt mein Blick auf eine kleine Bäckerei, die mir bekannt vorkommt. Die Fassade ist rosa, und die alte weiße Tür sieht aus, als ob sie schon lange beim Öffnen quietscht. »Le Gâteau«, Kuchen, steht auf dem schmiedeeisernen Schild, das im Morgenwind leise klackernd darüber baumelt. Hin und her. Hin und her. »Backe, backe Kuchen. Der Bäcker hat gerufen«, singt Marlenes Stimme in meinem Kopf. Sie sitzt auf dem schmalen Mauervorsprung vor dem großen Schaufenster und klatscht, während das Mädchen in mir im Takt dazu lachend Hüpfhäuschen spielt. Eier und Salz, Butter und Schmalz, Milch und Mehl …

Jeannes Laden. Ich bin gerettet. Er ist noch da. Endlich habe ich mal Glück! Die Realität deckt sich mit meinen aufploppenden Kindheitserinnerungen. Hier muss es den legendären Gugelhupf aus meiner Kindheit geben! Jetzt wird alles gut.

Schon beim Blick durch das große Sprossenfenster auf die Auslage fließt mir das Wasser im Mund zusammen. Hörnchen, Kekse, Brioches und vor allem jede Menge Gugelhupfkuchen in verschiedenen Größen und, wie es aussieht, auch Geschmacksrichtungen, liegen dort dicht an dicht. Ein Bild wie aus dem süßen Schlaraffenland. Ich schwelge. Wie es wohl duftet, wenn man den Laden betritt? Ich drücke gegen die Tür. Doch im Inneren des Geschäfts ist und bleibt es dunkel und die Tür geschlossen. O nein, bitte nicht! Zu früh gefreut. »Anstatt in Paris Croissants mit Café au Lait zu schlemmen, wo die Schönen und Reichen vorbeiflanieren, sitzen wir in einem elsässischen Kaff fest, das Sophies verstorbene Patentante in den Sechzigern hip fand«, wird Coco sauer denken. Was ich ihr nicht verübeln kann. Und Freddys Begeisterung für meinen spontanen Abstecher hierher hielt sich eh von Anfang an in Grenzen.

Geschlossen. Wenn das nicht zu meinem aktuellen Lebensgefühl passt: Sophie muss leider draußen bleiben. Keine Rhön, kein Paris, nicht mal ein Stück Kuchen ist mir vergönnt. Ungläubig klopfe ich an die Tür und drücke die Nase fest an die Glasscheibe. Drinnen ist niemand zu sehen.

»Hallo?«, rufe ich zunächst zögerlich, dann etwas lauter. Ich klopfe noch einmal fester. Keine Reaktion.

Enttäuscht sinke ich in die Hocke. Unten auf der Tür weisen angekratzte, zum Teil unleserliche Buchstaben die Inhaberin des Geschäfts aus. *Jeanne Miller* steht dort in verblasster Schrift eingraviert und *Montag bis Samstag von* – die Uhrzeit, die folgt, ist nicht mehr erkennbar. Lesbar ist nur – *bis 18 Uhr*. Ich reibe mit Spucke über die Ziffern. Doch wann Jeanne am Morgen öffnet, kann ich beim besten Willen nicht erkennen. Ob ich warten soll? Es ist schon Viertel nach zehn. Oder ist es besser, zuerst zu Luc zu gehen und zu fragen, wann das Auto fertig ist, damit wir schnell weiterfahren können? Seine Garage liegt, wenn ich mich richtig orientiere, genau zwischen dem Marktplatz und Marlenes Haus, dann wäre ich wieder auf dem Weg zurück. Es ist zum Verrücktwerden.

Ich schaue mich um. Ein paar Häuser weiter führen Steinstufen auf eine etwas höher liegende Terrasse, sieht nach einem Restaurant aus. Ich könnte mich einfach an einen der Tische setzen, Jeannes Laden im Blick behalten und warten, bis sich darin etwas bewegt. Einen Versuch ist es wert. Überzeugt von der Idee steige ich die Stufen zur Terrasse hoch und bin auf Anhieb verzaubert.

Die Kronen dreier großer Linden und an Drähten geführte, ineinander verschlungene Weinranken bilden ein dichtes Blätterdach, durch das zaghaft die Morgensonne lugt und fröhliche Lichtflecken auf den Tischen tanzen lässt. Ich bleibe dazwischen stehen, drehe mich im Kreis und blicke nach oben ins Grün, bis mir leicht schwindelig wird. Schön ist es hier und ebenso friedlich wie im ganzen Dorf an diesem Morgen. Von den bunten Holzstühlen, die angelehnt um die Tische stehen, blättert ein wenig der Lack ab. Dennoch lassen sie mit ihren Farben den Platz vor der alten Kirche strahlen.

Grün, Blau, Gelb … ich entscheide mich für Bordeaux und klappe einen dunkelroten Stuhl auseinander. Beim Aufstellen verhakt er sich kurz. Als ich nach unten auf den Kies schaue, fällt mein Blick auf etwas Glänzendes, das zwischen den Steinchen auf dem Boden liegt. Neugierig hebe ich den Fund auf. Es ist ein silbernes Armband, links und rechts wie geflochten, in der Mitte ein glattes Medaillon, das mich ein bisschen an eine Hundemarke erinnert, nur schmaler. Darauf sind ein Unendlichkeitszeichen eingraviert sowie die Initialen C & C. Das Schmuckstück sieht etwas mitgenommen aus, dennoch vermisst es sicher jemand, vielleicht *Christine et Christian* oder … Ich schiebe den Stuhl in Blickrichtung der Bäckerei, lasse mich auf den Sitz fallen und das Armband über meine Hand streifen. *Cathérine et César* oder *Carla et Cyrill* oder … Wem es wohl gehört? Ob eine Liebesgeschichte dahintersteckt? Bestimmt sind die beiden ein Paar. Vielleicht waren sie hier zum Hochzeitstag oder zum Jahrestag essen, dabei hat sie ihr Geschenk verloren und ist seitdem untröstlich, kein Tag vergeht …

»Désolé, mademoiselle. Le Petit Paris est fermé«, reißt mich eine Stimme aus meinen Gedanken.

»Wie bitte?« Erschrocken fahre ich auf dem Stuhl herum.

Neben mir steht ein Pirat.

Wie ein Riese wirkt er von hier unten. Seine kinnlangen dunklen Haare lugen unter einem dunkelblauen Tuch hervor, auf dem kleine weiße Säbel kreuz und quer herumfliegen. Er trägt es lässig im Nacken zusammengebunden, wie es sich für einen Piraten gehört. Zudem hat er breite Schultern, die zum Anlehnen einladen.

Meine Güte, so was denke ich sonst nie. Wahrscheinlich kommt mir das auch nur so vor, weil ich wie ein kleines ratloses Mädchen vor diesem Mann sitze? Sophie, draußen vor der Tür. Eigentlich in der Rhön, fast in Paris … Mal wieder am falschen Ort, zur falschen Zeit.

»Oh … Äh …«, stotterte ich, während mein Französisch erfolgreich im Sprachzentrum in Deckung geht. Ob es nicht mit breitschultrigen Seemännern spricht? Gegen die Sonne anblinzelnd sehe ich erst jetzt das schmiedeeiserne Schild hinter ihm mit der geschwungenen Aufschrift: *Le Petit Paris – Restaurant et Auberge*.

Ist nicht wahr! Mein Bedarf an Überraschungen ist für die nächste Zeit gedeckt. Klein-Paris – soll das ein Witz sein?! Für das große bin ich wohl nicht gut genug.

Captain Hook ist nicht so begriffsstutzig wie ich. Ungeduldig zieht er eine Augenbraue nach oben und wechselt dann kurz und knapp ins Deutsche. »Geschlossen. Le Petit Paris est fermé. Zu!«

Ich nicke nur. Wird ja immer besser, Sophie. Superintelligente Konversation.

»Entschuldigen Sie bitte, ich dachte … Ich hätte … Ich wollte … eigentlich einen Gugelhupf kaufen … nebenan bei Jeanne«, bringe ich stockend hervor. Puh, das war annähernd ein Satz. »Aber sie hat leider noch zu. Kennen Sie sie?«, schiebe ich zügig hinterher.

Was rede ich denn da für blödes Zeug? Was für eine dämliche Frage. Natürlich kennt er sie, er arbeitet hier! Selbst ich kenne sie. Wenn es diese braunen Affensmileys, die sich die Augen zuhalten, als Mützen oder Tarnmasken gäbe, dann wäre ich hundertprozentig die beste Kundin dafür.

»Kommt nicht vor elf. Lundi, es ist Montag.« Der Kellner tippt kurz auf seine Armbanduhr, um seine Worte zu verdeutlichen. Und als habe er wahrlich Besseres zu tun, als sich mit mir merkwürdigen Deutschen zu befassen, beginnt er, den Nebentisch mit einem Lappen abzuwischen. »Vallée du Soleil ist ein verschlafenes Dorf.«

»Das habe ich gemerkt. Ich bin … Wir sind …«

»Je sais, ich weiß Bescheid.« Er lächelt mir zu. »Bei Marlene.«

Ob er den Grund unseres Aufenthalts hier bemitleidenswert oder lustig findet, kann ich nicht einschätzen.

»Regine hat das Dorf informiert über Ihre …«, er sucht kurz nach dem richtigen Wort, »Ankunft. Sie sind auf der Durchreise nach Paris.« Er spricht es »Pari« aus, was irgendwie charmant klingt. Pari …

»Äh, ja, genau. Wir fahren auch direkt weiter, sobald …«

Meine Reiseprobleme interessieren ihn nicht die Bohne,

denn er hat mir bereits den Rücken zugedreht, klaubt ein paar heruntergefallene Weinblätter von den Tischen und verschwindet im Restaurant. Regine hat also geplappert und unser Malheur überall herumposaunt. Vielen Dank auch.

Und was für ein unfreundlicher Kerl. Geschlossen! Zu! Wen stört es denn, wenn ich noch einen Moment hiersitze? Blödmann. »Typisch deutsch«, denkt er bestimmt. »Les allemands! Die machen sich überall breit.« Was heißt noch mal breit auf Französisch?

Die Innenfläche meiner Hand, in der ich immer noch das Silberarmband festhalte, ist ganz feucht, und das Kettchen hat einen regelmäßigen Abdruck auf der Haut hinterlassen.

Attention! Ich bin mit den Silberhirschen fertiggeworden, da werde ich auch mit einem rüpelhaften Seeräuber aus *Fluch der Karibik* klarkommen. Zumal mit einem in ungefähr meinem Alter. Couragiert gehe ich auf das Gasthaus mit den großen Fenstern zu und durch den dunklen Restauranteingang ins Innere, in dem der arrogante Pirat gerade verschwunden ist. Was bildet der sich ein? Nur weil er glaubt, dass er gut aussieht, was er zugegeben auch tut …

»Hey! Passen Sie doch auf!«, rufe ich erschrocken aus, als ich direkt hinter dem unbeleuchteten Flur mit dem Kerl zusammenstoße.

Er tritt einen Schritt zurück und macht eine mit Sicherheit ironisch gemeinte, antiquierte Miniverbeugung mit einer Handbewegung à la »Treten Sie ein, Mademoiselle, stets zu Diensten.« Doch schon eine Sekunde später schaut er mit einem aus seiner Sicht ausreichenden trockenen »Alors« einmal an mir hoch und runter.

Ha! Verraten. Die Galanterie ist nur gespielt. Was für ein aufgeblasener Typ, denke ich und fühle mich trotzdem irgendwie ertappt. Nach den Aufregungen rund um die Reise liegen meine Nerven blanker als blank. Beschämt versuche ich, mir das Lotterkleid über die Knie zu ziehen. Ohne Erfolg. In diesem Moment kracht es irgendwo verdächtig im Stoff. Zum Glück fängt zeitgleich draußen ein Hund laut an zu bellen und lenkt seinen Blick ab. Mir reicht's. Jetzt ist auch noch das olle Kleid irgendwo gerissen. Das und dieser unfreundliche Franzose haben mir gerade noch gefehlt. Ist es denn zu viel verlangt, dass Exmänner funktionieren, Autos fahren, Autoren schreiben, Läden offen sind und Reisen glücklich machen oder dass man einfach nur ein paar Minuten auf einem Stuhl auf einer verdammt noch mal komplett leeren Restaurantterrasse sitzen darf?

Entschlossen reibe ich die schweißfeuchten Handflächen an meinem Kleid trocken. »Monsieur, kann ich bitte kurz den Chef des Hauses sprechen? Ich möchte etwas abgeben«, frage ich betont zuckersüß und mit einem starren Lächeln, das der Obermeier gelten könnte.

Süffisant lächelt er zurück, als sei *ich* die selbige. »Natürlich, Mademoiselle! Voilà. Steht vor ihnen. Chef, Koch, Kellner, Rezeptionist. Was kann ich für Sie tun?«

Punkt für ihn. Nicht auszuhalten, wie selbstgefällig dieser Klein-Pariser Säbelkoch doch ist. Und das Grinsen in seinem Gesicht scheint festgetackert zu sein. Ich kenne solche Typen, die alles besser wissen und glauben, über einem zu stehen.

»Hier!« Ich knalle das Armband auf den Tresen hinter ihm, der Gastraum und Küche trennt. Gerade noch rechtzeitig, bevor es mit meiner Hand verschmolzen wäre. »Das lag in Ihrem …«, ich räuspere mich, wedele nach draußen und stoße hervor: »*Biergarten.*« Die erste Silbe betone ich extra abfällig. Natürlich ist mir klar, dass Sonnenau eine Weingegend ist, und dass diese Bezeichnung wirklich gar nicht zu diesem zauberhaften Lokal passt. Erstens fällt mir im Moment kein anderer passender Begriff ein, und zweitens gebe ich diesem Möchtegernpiraten gerne etwas Kontra. Sofort zieht er beide Augenbrauen hoch. Mit diesem Blick würde er beim Casting für *Rächer der sieben Weltmeere* ganz weit vorne landen.

»Das Armband muss ein Gast von Ihnen verloren haben. Bestimmt vermisst es jemand, der sehr verliebt ist. Grand amour.« Ich mache auf mitfühlend und setze hinzu: »Wenn Sie verstehen, was ich meine.«

»Oh, merci.« Er schaut das Teil kurz und emotionslos an, murmelt »C et C«, was ihm ebenfalls nichts zu sagen scheint, und legt es in die leere Vitrine, die sonst wahrscheinlich für elsässische Quiches und Co. reserviert ist. Dann sieht er mich herausfordernd an. »Mein Chef lässt ausrichten: Wenn Sie draußen Platz nehmen möchten, sollten Sie auch etwas bestellen.«

Nun zucken meine Augenbrauen. Klingt ja supergastfreundlich. Ich werfe einen Blick auf die Uhr hinterm

Tresen. Immer noch zwanzig Minuten, bis die Bäckerei öffnet, und ich habe keine Lust, die ganze Zeit vor Jeannes Tür Däumchen zu drehen.

»Gut, dann bringen Sie mir bitte ein kleines Frühstück. Gibt es bei Ihnen so etwas?«

»Bien sûr! Aber gerne, Mademoiselle«, antwortet er übertrieben charmant.

In meiner Tasche brummt mein Handy mehrmals hintereinander, offenbar findet es gerade ein Netz. Ein guter Grund, endlich nach draußen zu verschwinden.

Ich schaue kurz zu Jeannes Laden rüber, der genauso unbelebt wie vorhin wirkt. Dann begebe ich mich wieder auf meinen Beobachtungsposten in Position und ziehe das Telefon aus der Tasche. Drei unbeantwortete Anrufe von Mascha in der Früh, diverse Hilferufe von Arno, die er sich zum Teil, was er mir wiederum auch schreibt, selbst beantwortet hat, eine Anfrage von Harry, der wieder Gesellschaft zum Essen sucht, und eine neue Shiny-Botschaft. Um all das kann ich mich beim besten Willen nicht gleichzeitig kümmern und stecke das Handy weg. Geschafft lege ich den Kopf auf die Tischplatte, um für einen Moment durchzuatmen.

Plötzlich ein Räuspern neben mir.

Ich fahre hoch. Vor mir steht wieder der Pirat, nun offiziell mit langer roter Schürze bekleidet. Steht ihm, das muss ich ihm lassen. Passend zu meinem Stuhl breitet er ein bordeauxfarbenes Tischtuch auf dem Holz aus und streicht mit den Handflächen noch einmal kraftvoll in alle vier Richtungen, um auch die letzte Falte glatt zu ziehen.

Es kommt mir vor, als würde er das extra so übertrieben ausführen, um mir zu zeigen, wie viel Arbeit ich ihm am frühen Morgen mache, und das obwohl *fermé*, geschlossen ist. Dann stellt er eine dampfende Schale Milchkaffee vor mich, ein Croissant und ein getöpfertes Gefäß voller Kirschmarmelade, ein Schälchen Butter sowie ein ziemlich großes Schnapsglas, gefüllt mit einer blutroten Flüssigkeit.

»Kirsch«, erklärt er mit lang gezogenem und weich klingendem »sch« auf meine nicht laut gestellte Frage und nickt mir zu.

Anscheinend soll ich das Zeug direkt probieren. Was soll's? Mein Leben kann jetzt nur besser werden, und ich will auf keinen Fall zimperlich wirken. Also schnappe ich mir das Glas, proste ihm mit einem lauten »Vamos« zu – eigentlich meinte ich »Allez«, nur fiel es mir so schnell nicht ein, aber auch das wäre als französischer Toast unbrauchbar gewesen – und kippe mir die zähe, dicke Flüssigkeit auf einmal in den Mund. Erst dann schlucke ich alles hinunter.

Der Kirschlikör ist hochprozentig und süß. Herzkirschen, schießt es mir durch den Kopf, wie die von dem alten Baum in Marlenes Garten. Plötzlich wird mir ganz warm, und heiße Röte steigt mir zielsicher ins Gesicht. Eine leichte Brise weht über den Platz und trägt Piratenduft zu mir, eine untrügliche Mischung aus Sandelholz und weitem Meer. Für einen Augenblick schließe ich die Augen. Es ist, als ob hinter der von Weinranken überdachten Terrasse die ganze Welt auf einmal ganz leicht wäre und fließend und nur wir beide hier ganz klar und deutlich im Fokus: die gestresste Deutsche und der Pirat mit der roten Schürze aus Klein-Paris. »Das Schicksal liegt in unserem Munde«, hat Regine gesagt.

Wieder brummt es in meiner zusammengedrückten Tasche unter dem Tisch. In diesem Moment interessiert mich nicht, wer anruft. Es ist, als habe jemand den vorwärtsrasenden Sekundenzeiger meiner inneren Uhr auf Slow eingestellt. *Leute, ich sitze im Petit Paris – mit Appetit und Aperitif. Letzteren hat mir gerade ein Pirat serviert. Die Sonne wirft hüpfende Lichtmuster auf meinen Tisch, sie sehen so leicht und fröhlich aus, und ich habe keine Ahnung, was kommt,* schreibe ich in Gedanken in die digitale Welt.

Cut. Ruhig Blut, Sophie! Bauen die Elsässer etwa heimlich Hanf an und mischen es in dieses dunkelrote Kirschzeug?

Ich schiele zu dem Piraten rüber, der zum Glück schon die Nachbartische eindeckt. Irgendwie fürsorglich. Der Superkoch hat bestimmt eine Superfrau am Start, schießt es mir durch den Kopf. Sophie, ist gut. Rasch schicke ich dem Likör einen halben Milchkaffee hinterher, verbrenne mir natürlich tierisch die Zunge und nehme gleich drei Bissen von dem Croissant, das vor lauter Butter sofort im Mund zerfällt. Schnell noch den Milchbart abwischen, und schon bin ich wieder klar und parat.

Die Kirchturmuhr zeigt fünf vor elf an. Endlich.

»Monsieur, kann ich bitte zahlen?« Ich straffe die Schultern und versuche, mich zu konzentrieren.

»Geht auf uns«, sagt er, als habe er eine multiple Persönlichkeit oder sei tatsächlich der jüngste Spross eines international aktiven Hanf-Clans.

Das passt zu seinem arroganten Auftreten, dass er mich auch noch einlädt. Dann will ich wenigstens selbstsicher aus der Nummer rauskommen. Also schiebe ich meinen Stuhl auf dem Kies zurück und erhebe mich halb, um großmütig und polyglott »Merci beaucoup« zu sagen. Dafür reichen meine vielleicht sogar durch den Kirsch langsam wiedererweckten Sprachkenntnisse. Bescheuert sehe ich sicher dennoch dabei aus. Denn die Steinchen auf dem Boden bremsen mich abrupt, und meine Kniekehlen bleiben an der Sitzfläche hängen, deren splittriges Holz sich sekundenschnell in die Haut bohrt.

Der Pirat zieht hellseherisch unter einer Plane neben dem Nachbartisch ein Kissen hervor und reicht es mir. »Voilà!«

Statt ihm gebe ich nun dem Kissen die Hand und schiebe es unter meinen Hintern. Dabei wollte ich doch gerade gehen.

»Danke … Ich bin … Sophie«, stottere ich. »Aber nicht die Mutter der Kastenkuchen«, setze ich dämlich grinsend meinen Lieblingsspruch hinzu.

Der Pirat schaut mich irritiert an und rüber zu Jeannes Laden. Wahrscheinlich ist Sophie Dudemaine in Frankreich schon wieder out, oder er kennt die bekannte Köchin gar nicht. O Mann! Warum muss ich immer drauflosquatschen, selbst wenn mir die Worte fehlen?

»Paul«, erwidert der Pirat ungerührt, »je m'appelle Paul.« Er streckt mir die Hand hin. Sie ist weich und zupackend zugleich. »Koch, aber nicht Bocuse«, kontert er.

Punkt drei. In diesem Moment schießt wie auf Kommando ein heller langhaariger Riesenhund auf uns zu.

»Bocuse!«, lacht Paul, an dem das Tier begeistert hochspringt. »Bocuse, ist gut. Pas sauter! Hörst du? Stopp!«

Der Hund ignoriert die Worte seines Herrchens. Er stürzt sich auf mich und leckt mir die Hände und Arme ab wie einer lang vermissten Bekannten. Seine Zunge kitzelt auf meiner Haut, und ich muss lachen, woraufhin er die Zähne zeigt und zurücklacht.

»Bocuse, Schluss jetzt!«, ruft Paul. »Aus!« Er packt das Tier am Halsband, um den bärigen Vierbeiner wegziehen. »Excusez-moi«, murmelt er.

»Macht nichts«, will ich sagen, tue ihm den Gefallen aber nicht. Dass ich Hunde mag, muss ich ihm nicht verraten. Auf alle Fälle mag der Hund mich und lässt sich mit Schwung auf meine Füße fallen, als wolle er nie wieder aufstehen.

Da gehen im Gugelhupf die Jalousien hoch.

Coco

Im Leben einer anderen

»Eene, meene, miste, es rappelt in der Kiste. Eene, meene, meck, und Nik ist weg!«, zählt Freddy. Sie ist klein, hat schwingende Zöpfe und eine Zahnlücke.

Neben ihr steht Sophie mit einem leeren Eimer in der Hand und lacht. Lacht und lacht und lacht. Immer lauter, sodass es in meinen Ohren dröhnt.

Dann verändert sich ihr Lachen plötzlich und wird tiefer, männlicher, wahnsinniger. Auch Sophies Gestalt verändert sich. Zunächst erkenne ich nichts, dann wird das dunkle Lachen noch lauter. Ich drehe mich um und renne weg, renne um mein Leben, merke aber, dass sich meine Beine nicht von der Stelle bewegen, immer schwerer werden …

Die Stimme ruft mir fast flehend hinterher: »Coco, wo willst du denn hin? Komm doch zurück, na los, komm her, du gehörst doch hierher … zu mir!«

Es ist Carl-Torben.

Plumps. Ein schmerzhafter Stich durchfährt meine Lendengegend ohne Vorwarnung. Autsch, mein Rücken. Ich krümme mich zusammen, unter mir Holzfußboden. Wo bin ich überhaupt? Ich sehe eine alte Kommode, ein Dachfenster, einen Holzstuhl … Stimmt ja! Mein Gott, wir sind tatsächlich im Elsass, in dem Haus von Sophies Tante Marlene.

Das Bett war viel zu klein für mich, mir tut alles weh. Wobei das natürlich auch an der schrecklichen Autofahrt und der unbequemen Fahrt mit Lucs Trecker liegen kann.

Was träume ich nur dauernd für einen Quatsch? Jetzt taucht CT auch schon in meinen Träumen auf. Hat er irgendwo eine Voodoopuppe von mir aufgehängt und nimmt sie nachts mit in sein Bett? Was will Sophie dauernd mit diesem Eimer? Und Nik – schon wieder verschwunden am Ende? Was soll mir das sagen?

Mein Unterbewusstsein scheint da Einiges zu vermischen. Okay. Immer mit der Ruhe. Erst mal langsam aufstehen nach dem schmerzhaften Aufwachen, und zweitens brauche ich *dringend* einen starken Kaffee, aber tout de suite.

Nachdem ich mich aufgerappelt habe, schnuppere ich an meinen Achseln. Oha, drittens eine ausgiebige Dusche. Viertens muss ich Nik anrufen. Ich brauche seine Stimme ganz nah an meinem Ohr. Außerdem muss ich ihm sagen, dass sich unsere Ankunft in Paris verschiebt. Und um sicherzugehen, dass es ihn wirklich gibt, und wofür ich den ganzen Schmonzes hier eigentlich durchziehe.

Mein Magen fängt laut an zu knurren. Fünftens wäre

ein leckeres Frühstück klasse. Und sechstens: Lage und Haus inspizieren.

Ich klappe das kleine Dachfenster auf und schaue hinaus. Laut meiner Uhr ist es schon später Vormittag, und die Sonne scheint fröhlich am hellblauen Himmel, der nur mit ein paar Schäfchenwölkchen gesprenkelt ist. Die dunklen Gewitterwolken sind alle weg. Unter mir liegt Marlenes Garten, malerisch wie aus einem Kinderbuch. Der große, alte Kirschbaum in der Mitte wirkt, als stünde er schon ewig dort. Ihn kann sicher nichts mehr erschüttern. Und seine Blätter rauschen leicht im Wind, als wolle er mit einem Lächeln sagen: »So ist das Leben, Chérie. On ne peut rien faire.« Oder wie mein Kollege Herr Bode bestätigen würde: »Da machste nix, Mädsche.«

Noch nie in meinem Leben habe ich so dicke rote Kirschen gesehen. Noch ein paar Wochen, dann sind sie reif. Ich stelle mir vor, wie Coco Chanel mir ein passendes Kostüm auf den Leib schneidert. »Coco's Cherry« könnte es heißen, ein enges Kleid mit Jäckchen in Schwarz, mit genau solchen ultraroten Herzkirschen als Muster. Und dazu trage ich selbstverständlich farblich abgestimmte Kirschohrringe und ein Halsband mit einem Kirschanhänger. Der Gedanke gefällt mir.

Um den Baum herum lädt eine romantische alte Holzbank dazu ein, unter dem Blätterdach Platz zu nehmen. Eine Kirschbaumbank, wie schön! Dort möchte ich heute meinen Kaffee trinken, bevor es weitergeht nach Paris. Aber ist überhaupt Kaffee im Haus? Oh, mein Magen wird ganz flau …

»Sophiiieee!« Panisch stürme ich aus der Dachkammer und poltere die Treppe hinunter zum Schlafzimmer. »Sophie?«

Nichts. Das Zimmer ist leer.

»Hallo? Wo seid ihr denn? Freddy? *Freeedddyyy!*«

Auch aus dem Bad keine Antwort. Und die anderen Räume sind noch alle dunkel, die Fensterläden geschlossen. Von meiner besten Freundin samt Tochter keine Spur. Ich springe die Stufen hinunter und sehe in der Küche und im Wohnzimmer im Erdgeschoss nach.

»Sophie? Hallo?«

Nichts. Keine Menschenseele. Ich bin allein in diesem staubigen, alten Haus. Ich schaue mich weiter um. Überall hängen Marlenes Bilder an den Wänden. Sophie hat ja erzählt, dass ihre Tante Künstlerin gewesen war. Riesige Bilder von beeindruckenden Landschaften oder Porträts, verziert und bestückt mit allerlei getrockneten Blumen, Blüten oder Gräsern.

Kaffee. Ich brauche Koffein! Ich gehe wieder in die Küche und öffne nacheinander alle Schränke und Schubladen. Jede Menge altes Steingut und Keramik, Kupfertöpfe, schweres Silberbesteck und kitschige Tischdecken mit Blumenborten, aber kein Kaffeepulver. Warum sollte auch welches vorrätig sein, Sophies Tante ist ja schon seit über einem Jahr tot, und wer weiß, wann das letzte Mal jemand hier war?

Niedergeschlagen lehne ich mich an die Küchenzeile und lasse meinen Blick schweifen. Marlene kann ich hier überall spüren, obwohl ich sie nie kennengelernt habe.

Ob der Geist eines Verstorbenen oder seine Seele wirklich noch an den Orten weiterexistiert, die er liebte? Marlene ist hier auf jeden Fall noch präsent. Die Einrichtung, jeder klitzekleine Winkel, erzählt etwas über sie, ihre Energie steckt in jeder Ecke. Ein seltsames Gefühl, so ungewollt und überraschend an den Mittelpunkt ihres Lebens versetzt worden zu sein, während Sophie wie vom Erdboden verschluckt ist.

Diese Ruhe muss ich ausnutzen. Ich ziehe mein Handy aus der Hosentasche und tippe auf Niks Nummer. Nik, mein Lieber, geh bitte ans Telefon. *Neeeiiin*, kein Empfang! Das gibt`s jetzt nicht.

Mir wird schlagartig heiß und kalt. Mit hochgehaltenem Handy renne ich in jedes Zimmer – irgendwo muss in dieser verdammten Bude doch ein Netz sein!

Im Wohnzimmer zeigen sich wenigstens zwei mickrige Balken auf dem Display. Bitte, bitte. Ich steige auf den Couchtisch – nichts –, halte das Handy Richtung Fenster und überprüfe schließlich jede Ecke des Hauses, sogar die Abstellkammer, doch noch nicht mal auf der Terrasse habe ich eine Chance auf Empfang. Ein Balken gerade mal ganz hinten im Flur bei einer großen Vase, verziert mit furchtbarem buntem Blumenmuster. Zum Telefonieren reicht das nicht, also gebe ich auf. Wenigstens kann mich so CT auch nicht erreichen. Außer den letzten zweiundzwanzig eingegangenen Anrufen von ihm, plus dreizehn WhatsApp-Nachrichten, davon fünf Sprachnachrichten, die ich alle schon gecheckt habe, nichts Neues. Wo bekommt man denn hier am besten eine Verbindung? Ich will telefonieren!

Was soll ich nur tun? Mein Magen knurrt immer lauter, ich brauche einen Kaffee, und ohne Vorwarnung schießen mir plötzlich die Tränen in die Augen.

»Sophie«, wage ich einen letzten, leisen Versuch, »wo bist du denn? Freddy? Sophie?«

Ich fange an zu schluchzen, kann einfach nicht mehr, weiß nicht mehr weiter. Wie soll das bloß alles werden? Wie komme ich denn hier wieder raus? Einmal wollte ich ein bisschen glücklich sein, Leichtigkeit spüren, herausfinden, was das ist mit Nik, nur für mich, Sophie und vor allem Carl-Torben da raushalten. Einmal wieder alles vergessen und frei sein. Verliebt. In Paris. Mit dem tollsten Mann der Welt … Und jetzt bin ich hier in Sonnenau gestrandet mit diesem Geheimnis im Gepäck – oder ist es eine Lüge?

Die Gedanken an all das machen mich noch trauriger. Die Tränen laufen in Strömen, meine Nase auch. Ich kann meine angestauten Gefühle nicht mehr zurückhalten in diesem Moment, im Leben einer anderen, während mein Traummann in Paris wartet und meine beste Freundin nichts von alledem ahnt – und mir die Kräfte schwinden.

Mitgenommen, wie ich bin, setze ich mich auf einen der abgenutzten Küchenstühle und heule, das Gesicht in den Händen vergraben, hemmungslos vor mich hin. Es geht gerade aber wirklich alles schief! Seit der Redaktionssitzung, in der mein Chef Rüdiger unsere Neuausrichtung verkündet hat, ist der Wurm drin. Und in diesem Haus gibt's noch nicht mal Kaffee.

Eilige Schritte nähern sich.

»Die Scheune!«, höre ich Freddy auf einmal aufgeregt von draußen brüllen. »Leute, in der Scheune! Stellt euch vor! Mamaaa, Cocooo! Ich hab's!« Die Küchentür wird geräuschvoll aufgerissen, und der Teenager stürmt herein. »Die Scheune! Coco, total geil, ich hab's rausgekriegt. In der Scheune … gibt's … Empfang!« Sie stutzt und schaut sich suchend im Raum um, dann fällt ihr Blick auf mich. »Coco? Alles okay? Hast du einen Heulflash? Wo ist Mama?«

Sophie

Und ewig hüpft der Gugelhupf

Lalalalala – ich trällere »Je veux« von Zaz vor mich hin und laufe gestärkt den Feldweg entlang zurück zu Marlenes Haus. Der Anblick der herrlichen Kuchen in Jeannes Bäckerei und zugegeben wahrscheinlich auch der Zauberlikör bei diesem Paul haben meine Stimmung im Nu verbessert. In meiner Beuteltasche befinden sich drei große Gugelhupfe – heißen die so im Plural? Egal, Hauptsache, sie schmecken. Und das ist gewiss.

Als ich endlich in Jeannes Le Gâteau Einlass bekam, rollte mir eine warme duftende Welle entgegen, als würde ich sanft, aber sicher in einen Riesenbottich Vanillepudding hineingezogen. Jeanne, die natürlich auf Anhieb wusste, wer ich bin (Merci, Regine!), machte zwar ein Gesicht, als hätte sie lieber die Tür geschlossen gehalten, doch das Warten hat sich gelohnt. Denn jetzt habe ich drei Kuchen mit Orange, Schoko und Rosinen erstanden, dazu ein großes Paket Kaffee Arabica, eine Flasche Kakao für Freddy und eine mit Kirschlikör für Coco und mich.

Bei Jeanne stand ein ganzes Regal davon. Coco muss ihn einfach probieren! Vielleicht vergisst sie dann auch ihren Ärger über unseren Zwischenstopp.

Dieser Tag *muss* einfach besser werden, richtig gut soll er werden. Endlich Urlaub. Auch wenn ich nachher dringend Mascha zurückrufen muss, ist Frankfurt dennoch weit weg.

Erst frühstücken wir fein, dann bringen wir mithilfe von Luc den Laubfrosch wieder zum Hüpfen. Das wäre doch gelacht, wenn der ihn nicht im Handumdrehen reparieren könnte. Paps schafft es ja auch immer. Beschwingt gehe ich in den Hopserlauf über. Sieht mich eh keiner hier, bin ja nicht im Frankfurter Nordend, wo mich jeder kennt.

Als es hinter mir raschelt, bleibe ich stehen und drehe mich um. Alles ist ruhig. Nur auf dem Feld ist an ein paar Stellen das Korn platt gedrückt. Merkwürdig. Ist da jemand? Ach was. Wahrscheinlich springen hier die jungen Rehe so wie ich durch die Gegend und freuen sich ihres Lebens. Think positive! Fröhlich setze ich meinen Weg fort, der Beutel mit Gugelhupf schwingt an meiner Seite mit.

Zum ersten Mal seit Wochen habe ich das Gefühl, wieder richtig Luft zu bekommen. Ich atme so tief ein, dass mir für einen Moment schwindelig wird, und drücke die alte Gartenpforte zu Marlenes Grundstück auf.

»Coco, Freddy! Mädels! Wo seid ihr? Frühstück ist da«, rufe ich gut gelaunt.

Die Haustür steht offen, und im Flur und in der Stube

herrscht eine gespenstische Stille. Wo sind die beiden? Habe ich die Tür aufgelassen, und die zwei schlafen noch?

»Hey, ihr beiden. Ich habe den Laden gefunden. Kommt schnell runter, die Kuchen sind der Traum.«

Ich stelle die Beuteltasche auf den urigen Eichentisch vor dem Haus. Dann gehe ich hinein. In der Küche ist keiner. Ich schaue im Obergeschoss nach, doch Marlenes Bett ist leer, auch das Bett in der Dachkammer. Cocos Decke liegt auf dem Boden. Ich schaue aus dem Dachfenster. Der Garten wirkt unbelebt, nur die Tür zur Scheune steht einen Spaltbreit offen. Da kommt mir eine Idee. Vielleicht inspizieren sie Marlenes Atelier. Ob es noch so schön aussieht wie früher, mit dem riesengroßen Werkstatttisch in der Mitte, der den ganzen Raum ausfüllt? Als Kind durfte ich immer darauf sitzen, um mich herum ihre Staffelei mit dem neuesten Werk, die ganzen anderen Bilder und Entwürfe, die Schränke voller Schubladen, Kästchen mit getrockneten Blüten und Pflanzen, Farbtuben, Stiften, Pinseln und edlen Papieren und in den Regalen Bücher zu Natur und Garten.

Als ich die Tür zur Scheune weit aufreiße und noch mal laut »Frühstück, ihr Schlafmützen!« rufe, rumst es, und Coco kommt aus der hintersten Ecke des Raums hervor, niesend und sich den Staub aus den Kleidern klopfend. In ihrem Haar hängen Spinnweben, und sie sieht irgendwie verheult aus.

»Was ist denn hier los?«, frage ich.

»Was hier los ist?«, regt Coco sich auf. »Das kann ich dir sagen: Anstatt in Paris Croissants zu essen und Café au

Lait zu trinken und das Stadtleben in vollen Zügen zu genießen, sitze ich in einem elsässischen Kaff fest, in das sich deine verstorbene Patentante, Gott hab sie selig, irgendwann in den fernen Sechzigern verliebt hat. Und mindestens so lange hat hier in dieser Scheune auch keiner mehr abgestaubt.« Sie hustet.

»Ach Liebes, beruhig dich doch.« Ich klaube ihr die Spinnweben aus den blonden Locken, und Coco schüttelt sich angewidert. Sie war noch nie ein Naturmensch.

In der Ecke links vom Eingang entdecke ich Freddy, die bäuchlings auf dem roten samtenen Kanapee liegt und döst. Ich lupfe einen ihrer Kopfhörer. Man könnte mittlerweile meinen, die Dinger seien ihr von Geburt an angewachsen. Aber daran müsste ich mich als ihre Mutter ja erinnern. »Was macht ihr überhaupt hier drinnen?«

»Hi, Mum. Hunger«, sagt Freddy in einsilbigem Teenagerjargon.

»Das passt perfekt«, antworte ich. »Ich habe euch den besten Kuchen der ganzen Welt mitgebracht, außerdem Kakao und Kaffee, Coco, für uns. Setzt du schon mal Wasser in der Küche auf?«

Meine Freundin grummelt, geht dann aber vor ins Haus.

Als wir endlich am gedeckten Holztisch auf der massiven Baumstammbank vor Marlenes Haus sitzen und uns die Sonne auf die Nase scheinen lassen, erzähle ich den beiden von meinen Erlebnissen im morgendlichen Sonnenau: von Jeannes Bäckerei, davon, dass die gute Regine natürlich schon überall rumposaunt hat, dass wir hier sind, vom Petit Paris – »So ein Zufall, was?« – und dass ich irgendwie ein klitzekleines bisschen das Gefühl hatte, nach Hause zu kommen. »Ist das nicht komisch? Nach all den Jahren?«

Dass ich selbst schon in den Genuss eines kleinen Frühstücks und eines blutroten Zauberelixiers gekommen bin, serviert von einem arroganten Piraten mit Kochschürze, verschweige ich lieber. Coco und Freddy sind gerade dank Jeannes fantastischer Kuchen etwas besser auf mich zu sprechen als vorhin.

»Da hast du jetzt aber richtig Glück gehabt, Sophie Bayer. Diese Gugelhupfdinger sind wirklich superlecker!« Coco ist ganz angetan und nimmt sich noch ein Stück. Nach Schoko sind jetzt die Rosinen dran. Freddy schmecken sie auch. Sie hat beide Backen voll und streckt in Emoji-Sprache den Daumen hoch, was so viel heißen soll wie megagenial.

»Ach, und: Ich habe uns noch etwas mitgebracht, Coco«, fällt mir da ein. Ich greife unter den Tisch in meine Beuteltasche, um den Kirschlikör hervorzuzaubern. Jetzt kommt die Kür. Leider krieg ich ihn nicht auf Anhieb zu fassen. Komisch. Ist doch keine Stecknadel, das Teil. Ich strecke meinen Arm aus und sinke dabei mit der rechten Schulter immer tiefer nach unten. »Das gibt es doch gar nicht. Wo ist denn nur …?« Ich muss mich endgültig ducken und unter dem Tisch verschwinden.

»Kennt ihr diese Schmonzette *e-m@il für Dich* mit Tom Hanks und der zuckersüßen Meg Ryan?«, fragt Coco plötzlich völlig zusammenhanglos.

»Wie kommst du denn jetzt auf die?« Ich tauche mit dem Kopf unter dem Tisch ab. Vielleicht ist die Flasche aus dem Beutel gekullert.

»Ich meine die Szene am Ende, wo Tom alias Joe Fox mit so einem goldenen Hund über den Hügel im Park geschlendert kommt.«

Seltsam, der Kirschlikör ist nicht da. »Klar! Kennt doch jeder«, stöhne ich von unten.

»Kennt keine Sau«, konstatiert Freddy.

»Was ist denn damit?« Ich verstehe nicht, worauf Coco hinauswill.

»Genau die sehe ich gerade vor mir«, antwortet sie amüsiert.

Noch bevor mir dämmert, wen sie sieht und wo, und ich »Was?!« rufen kann, schleckt mir eine weiche Hundezunge nass und kalt über das Gesicht.

»Bocuse!«, brüllen eine tiefe Stimme und meine synchron.

Ich schieße unter dem Tisch hervor und stoße mir dabei heftig den Kopf an der dicken Holzplatte. »Mist!«, fluche ich und spüre, wie sich sofort eine Beule an der verletzten Stelle bildet.

Dummerweise habe ich beim Hochfahren auch noch den ganzen Inhalt meines Beutels auf die Wiese gekippt. Bocuse, der so gut hört wie vorhin im Restaurant, nämlich null, beschnüffelt alles in Seelenruhe: Taschentücher, Portemonnaie, Lippenpflege, ein Filzstift, zwei Kugelschreiber, einer davon ohne Mine, mein Notizbuch, Rescue-Notfalltropfen, Karamellbonbons, natürlich mein

Handy und eine eingedrückte Packung Uralt-Kondome. Meine Güte, die war ja auch noch da drin. Mein halbes Leben liegt offen da, alles, nur kein Kirsch. Hastig rutsche ich auf den Knien vor, um meinen Kram aufzusammeln und in die Tasche zurückzuschieben.

»Salut.«

Nein, das hier ist nicht *e-m@il für Dich*! Schlagartig habe ich dieses untrügliche Bridget-Jones-Gefühl, nur ohne Megaslip und Ugly-Christmas-Pulli.

»Suchen Sie die hier?« Eine Männerhand hält mir besagte Flasche Kirschlikör entgegen.

Ich starre nach oben. Vor mir steht der Pirat. Dieser Paul. Ohne Bocuses feuchte Vorwarnung hätte ich ihn womöglich nicht sofort erkannt in kurzer Hose und Nummernshirt, so ohne Schürze und Säbel auf dem Kopf. Seine Haare sind im tuchfreien Status leicht gelockt und, wie man jetzt auch sehen kann, tatsächlich fast schwarz. Automatisch fasse ich an meine Frisur und spüre, wie sie verschwitzt und zottelig in alle Richtungen absteht. Da ist nichts zu machen. Damit niemand meine Verunsicherung bemerkt, drücke ich schnell wieder die Hand auf den Kopf und reibe meine Beule.

»Grüße von Jeanne. Die Flasche haben Sie wohl bei ihr vergessen. Sie hatte den Eindruck, Sie brauchen sie heute.«

Dabei guckt er so verschmitzt, dass ich auf der Stelle puterrot werde. Rot wie Kirschlikör. Was will die verrückte Deutsche mit einer ganzen Bouteille?, meine ich in seinem Blick zu lesen. Schließlich war sie nach einem

Glas im Restaurant schon kräftig angeschickert und wie auf Drogen.

Coco wirft mir einen strengen Blick zu, wendet sich dann direkt an Paul und sagt kühl: »Guten Tag, Monsieur… Ich bin Coco. Wie war Ihr Name?« Kess streicht sie sich ein paar Locken hinters Ohr. Typisch Coco, kaum ist ein Kerl in Sicht… »Heute Abend sind wir hoffentlich schon in Paris, Monsieur. Aber danke trotzdem!« Mit diesen Worten schnappt sich meine Freundin resolut die Flasche und stellt sie demonstrativ auf den Tisch.

»Salut, Coco. Ich bin Paul. Paul Durand«, stellt sich Paul höflich und gleichzeitig irgendwie auch lässig vor. Freundlich streckt er Coco die Hand über den Gugelhupfen auf dem Tisch entgegen.

»Sie hätten nicht extra vorbeikommen müssen«, grätsche ich dazwischen, darum bemüht, trotz unseres ersten, eher schwierigen Treffens am Morgen im Dorf einen neutralen Ton in das Gespräch zu bringen.

»Bin ich nicht. Bocuse wollte Mäuse ärgern, und ich muss bei Mathieu nach dem Rechten sehen.«

»Bocuse?« Coco blickt argwöhnisch zu dem wuscheligen Etwas. »Ungewöhnlicher Name für einen Hund. Besonders wenn er Mäuse mag«, kommentiert sie bissig.

Sie ist leider kein Tierfreund, und das liegt nicht nur an ihrer Tierhaarallergie oder einem fehlenden Krafttier.

Unterdessen hat sich Freddy auf den zotteligen Vierbeiner gestürzt und flitzt Fangen spielend und Stöckchen werfend mit Bocuse um den Kirschbaum. Die beiden verstehen sich prächtig. So ausgelassen und vor allem in Bewegung habe ich sie lange nicht gesehen. Bocuse bellt vor Freude, Freddy lacht und quiekt vergnügt. Erstaunt beobachten Paul und ich das ungewöhnliche Paar.

»Meine Tochter«, erkläre ich. »Frederike.«

Entdecke ich da einen Anflug von Verwunderung in Pauls Blick? Hätte er mir die Mutterrolle nicht zugetraut?

Coco sieht mich fragend an. »So nennt sie aber keiner außer ihr Vater vor Geschäftskollegen. Sie heißt Freddy.«

»Hör mir bloß auf mit dem«, setze ich hinzu.

Dann wendet sie sich an Paul. »Und wer ist Mathieu?«

»Mein Großvater. Ihm gehört das Weingut hinter dem Hügel.« Er deutet den Weg entlang und auf einen der Weinberge, die sich nicht weit von Marlenes Grundstück hinter den Feldern erheben. »Seit Grandmère gestorben ist, betreibt er nur noch die Destillerie. Die Leute sind verrückt nach seinem Kirsch. Sie mögen ihn, wie es scheint, auch ganz gerne?«

Ohne meine Antwort abzuwarten, pfeift Paul zweimal laut mit den Fingern, und plötzlich kommt Bocuse brav zu ihm gelaufen.

»Mesdemoiselles.« Er tippt sich galant-militärisch an die Stirn, dreht sich um und geht weiter den Weg am Garten entlang Richtung Weinberge.

Für einen Augenblick hängt wieder dieser Geruch aus Holz und Meer in der Luft. Und Kirsche. Pah, davon lasse ich mich nicht berauschen. Was für ein Schnösel, dieser Paul. Er schafft es doch jedes Mal, dass ich mir total blöd vorkomme.

Als er außer Hörweite ist, dreht Coco den Kopf zu mir

und fixiert mich. »Paul?! Aha, das ist ja interessant. Hast du uns eigentlich *alles* von deinem Stadtbummel heute Morgen erzählt, Schätzchen? Oder soll ich sagen: Chérie?« Dann schaut sie an mir herunter und schüttelt den Kopf.

Mein Aufzug kann in der Tat nicht mit dem eleganten Stil der Französinnen mithalten. Das doofe Shirtkleid hängt ausgeleiert und mittlerweile staubig an mir herunter und verbirgt gekonnt jegliche meiner weiblichen Rundungen. Coco stattdessen sitzt wie aus dem Ei gepellt im grünen Sommerkleid und mit passenden Sandaletten am Gartentisch. Fehlt nur noch ein Hut.

»Wie sagte die große Chanel? ›Eine Frau sollte sich jeden Tag so anziehen, als könnte sie jederzeit ihrer großen Liebe begegnen.‹«

Ich stöhne und fasse mir instinktiv wieder an den Kopf, wo mittlerweile eine amtliche Beule gewachsen ist. »Du und die Chanel. Die war doch selbst unglücklich in der Liebe. Hatte die eigentlich jemals eine Beziehung? Wirklich keine gute Lehrmeisterin. Außerdem weißt du doch, dass ich keinen Mann suche. Jedenfalls zurzeit nicht.«

»Sicher!« Coco grinst amüsiert.

»Der Typ ist ein eingebildeter Kerl, das hast du doch gehört. Der Kaffee war gut, der Kirsch okay – ich wollte dir die Flasche als Geschenk mitbringen. Scheint hier so was wie das Nationalgetränk zu sein. Basta. Das war's.«

Trotzig streiche ich über mein Straßenköterkleid und drücke mit dem linken Oberarm das Loch zu, das seit meinem Restaurantbesuch seitlich an der Naht klafft. Coco bemerkt das natürlich und verdreht die Augen. Ich gehe in die Hocke. Entmutigt hole ich meine Tasche unterm Tisch hervor und ziehe das Handy heraus.

Tom Hanks, Joe Fox, was für ein Quatsch. Von dem hat Paul nun wirklich gar nichts … Außer dem Hund vielleicht. *e-m@il für Dich*, pah!

»So! Ich checke jetzt meine Mails und gucke, was SHINE YOUR LIGHT uns heute zu sagen hat«, wechsele ich entschieden das Thema.

»Geht nicht!«, rufen Coco und Freddy im Chor.

»Wieso denn nicht?«

»Kein Netz! Nur in der Scheune. Mit viel Glück.«

»Mum, dein Sonnenau ist echt abgeschnitten von der Außenwelt«, erklärt mir meine Tochter.

Und Coco ergänzt mit funkelnden Augen: »Nehmt es als Zeichen. Wir müssen so schnell wie möglich hier weg.«

Coco

Ein harter Brocken

Tut. Tut. Tut. Das Freizeichen klingt wie ein Lovesong in meinen Ohren. Mein Spaziergang zu Lucs Werkstatt ist die Chance, in Ruhe mit Nik zu telefonieren. Bitte, bitte, geh ran, geh ran, jetzt passt es bei mir perfekt, und ich bin ganz allein, flehe ich ihn innerlich an. Tut, tut …

»Hallo?«

O mein Gott, der warme Klang seiner Stimme lässt sofort meine Knie weich werden, als er wirklich rangeht. Wenn du willst, dann nimm mich, jetzt, auf der Stelle, denke ich erotisch aufgeladen, lasse mir aber nichts anmerken.

»Hi, Nik, schön, dass ich dich erwische! Es tut mir so leid, mich nicht eher gemeldet zu haben. Hier ist nirgendwo richtig Empfang, und überhaupt, du ahnst ja nicht, was los war …« Mein Herz spielt völlig verrückt, und durch meinen Bauch fährt eine Achterbahn.

»Coco! Hallo, schöne Frau! Ich freue mich, dich endlich zu hören. Hab mich schon gefragt, welcher Erdboden dich verschluckt hat oder ob du kurzfristig dein Ziel geändert hast«, sagt er und lacht dabei so jungenhaft frech, dass ich ihn direkt küssen möchte. »Na, wie geht's dir? Seid ihr schon in Paris angekommen? Wollen wir uns treffen? Die Bar gegenüber vom Moulin Rouge macht den besten Pastis im Viertel.«

Ich berichte ihm etwas traurig, dass wir unseren Begrüßungsdrink verschieben müssen, und in wenigen Sätzen von unserer Panne und dem Abstecher nach Sonnenau auf Lucs Traktor. Und von Regine, der Käsefüße-Anhalterin mit Erleuchtungspotenzial, die uns aber zugegebenermaßen quasi »gerettet« hat. Außerdem erzähle ich ihm, dass wir in Tante Marlenes Sommerhaus gelandet sind, das Sophie nach deren Tod letztes Jahr geerbt hat, und dass man dort nirgendwo Empfang hat, nur in der Scheune, wie verhext!

»Was? Ach du Schande. Das ist ja echt blöd. Tut mir total leid. Und ich hatte mich schon so gefreut, dich hier eher als geplant sehen zu können. Richtig ärgerlich das mit der Panne. Schade, schade … « Er räuspert sich. »Sag mal … Dann … Also das heißt aber auch, dass ihr jetzt noch gar nicht wisst, wann ihr loskommt, oder wie?«

Schwingt in seiner Stimme eine leichte Enttäuschung mit?

»Nein, nicht genau. Für mich ist es auch unerträglich. Schrecklich ist es hier. Bis auf diese wirklich guten Gugelhupfe, wegen denen Sophie uns überhaupt erst hierhergelockt hat. Stell dir vor, dieser Luc, unser Abschlepper, ist nicht nur Fleischer, sondern repariert wohl auch Autos. Er hat uns versprochen, sich den Renault gleich heute anzuschauen. Ich bin jetzt gerade unterwegs zu ihm, um nachzufragen. Er hat gestern nicht genau gesagt, *wann* wir das Auto holen können – ist eher der einsilbige Typ. Wenn alles gutgeht, hat er den Laubfrosch schon repariert oder ist gerade dabei, und wir können im Laufe des Nachmittags nach Paris aufbrechen.«

Bei Nik raschelt es im Hintergrund, und ich höre jemanden mit ihm sprechen.

»Warte kurz, ich muss noch schnell was unterschreiben, hier ist die Hölle los«, sagt er, und es ist einen Augenblick still in der Leitung, bevor er weiterspricht. »Mensch, Coco, du tollste Frau der Welt. Jetzt haben wir uns so lange nicht gesehen. Ich zoome schon deine Fotos auf meinem Phone ran und küsse darauf deine Lippen. So auf Dauer ist das irgendwie sehr armselig und auch keine artgerechte Behandlung meines Telefons.«

Ich muss lachen, und er fährt fort: »Und ich habe mir schließlich ein super Willkommensprogramm für dich überlegt: Pastis und die Nacht im Pigalle durchmachen, eine Bootsfahrt auf der Seine, Wein trinken auf den Treppen der Sacré-Cœur, den Eiffelturm per Treppe bezwingen, wenn am wenigsten los ist – und für unser erstes Dinnerdate habe ich das schönste Restaurant am Montmartre ausgesucht. Da gibt es den besten Fisch in ganz Paris. Und du ahnst ja nicht, was ich noch alles mit dir vorhab …«

In jedem seiner Worte schwingt pure Freude mit. Oh my goodness, ich schmelze dahin. »Ach, Nik …«

»… da würde es mir das Herz brechen, wenn ich am Ende gegen einen alten Klapper-Renault verlieren würde!

Aber Kopf hoch, Coco, die Verzögerung lässt sich im Moment wohl nicht ändern. Dann sieh mal zu, dass ihr die Karre möglichst schnell wieder zum Laufen bekommt. Ist hoffentlich nichts Dramatisches. Halt mich unbedingt auf dem Laufenden, ja? Und hey, schöne Frau …« Seine Stimme wird zärtlich und leise, sie klingt wie flüssiger Karamell. »Ich hab ziemlich Sehnsucht nach dir.«

»Ooooh, mir geht es genauso«, hauche ich gerührt. »Ich freue mich so sehr auf dich und Paris! Das muss man sich mal vorstellen: Fünfhundert Kilometer sind doch keine Entfernung heutzutage. Mit dem Zug wäre ich in vier Stunden von Frankfurt zu dir gefahren. Ich werd noch ganz verrückt vor Sehnsucht. Hatte sogar schon ein paarmal das Gefühl, Carl-Torben gesehen zu haben. Ich hätte schwören können, dass er uns folgt!«

Nik lacht. »Ja, das kann mein Bruder sehr gut, selbst wenn er nicht da ist, ist er sehr präsent und übt deutlichen Einfluss aus. Das hat er als Kind auch schon immer super bei unserer Mutter hinbekommen. Stell dir vor, als kleiner Junge ist er auf Kindergeburtstagen zwischendurch jedes Mal nach Hause gelaufen, um zu sehen, ob meine Eltern auch ja noch da sind. Bei mir war's umgekehrt. Ich bin immer heimlich abgehauen«, lacht Nik wieder, diesmal über sich selbst. »Entspann dich, Coco. Mein Bruder fährt freiwillig nur zum Wandern in den Taunus, bei dem Magen.« Dann wird seine Stimme plötzlich ernst. »Aber sag mal, noch was anderes: Hast du eigentlich Sophie inzwischen eingeweiht?«

Die Frage ist wie ein Schlag in meine Magengrube.

»Ähm, nein, ehrlich gesagt noch nicht … Weißt du, Nik, es gab bisher keinen guten Zeitpunkt, der ganze Trubel und so. Immer kam etwas anderes dazwischen. Regine, die Panne … Ich muss den richtigen Moment abpassen. Das ist nicht so einfach.«

»Schade …«

Stille. Ist er sauer? Hat er etwa aufgelegt?

»Nik?«, frage ich leise in den Hörer.

»Ich bin noch da. Aber, Coco, bitte versprich mir, bleib da dran, okay? Du solltest echt mit ihr reden. Du bist erwachsen, und, hallo, es ist *dein* Leben! Es ist nicht gut, dass sie nichts von uns weiß. Sophie wird dich bestimmt verstehen, sie ist deine beste Freundin, und ich bin schließlich nicht Carl-Torben. Sag ihr ruhig, dass ich nicht beiße. Nur manchmal.«

»Jaaa, du hast recht …« Ich stocke, weiß nicht weiter.

»Ich tue nichts, was du nicht auch willst«, fährt er amüsiert fort. »Und mach dir nicht zu viele Gedanken um meinen Bruder. Er wird das mit uns verkraften, ihr seid schon so lange getrennt. Er kann dich nicht ein Leben lang pachten. Schau, wie's bei mir ist: Ich habe irgendwann akzeptiert, dass wir zwar Brüder sind, aber *null* Gemeinsamkeiten haben und uns eh immer nur streiten, also was soll's? Dann müssen wir uns auch nicht zwingen, Kontakt zu haben. Leben und leben lassen ist das Motto. Und damit komme ich wunderbar klar. Ich muss jetzt weiterarbeiten, Coco, habe gleich den nächsten Termin. Aber toi, toi, toi für alles. Au revoir!«

Ich verspreche ihm, mich sofort zu melden, wenn es

Neuigkeiten gibt, wir in Paris angekommen sind – und mit Sophie zu sprechen. Dann lege ich seufzend auf.

Verdammt. Jetzt fühle ich mich richtig schlecht. Er hält mich bestimmt für feige und denkt, das hätte er auch unkomplizierter haben können. Oder dass ich nicht zu ihm stehe. Ob er sich das weiter antun will?

Niks Stimme zu hören hat mich aufgewühlt. So abgelenkt war ich, dass ich nicht einmal bemerkt habe: Ich bin schon längst bei Luc angekommen.

Doch das Tor ist geschlossen, und auch auf mein penetrantes Klingeln und Klopfen öffnet keiner. Mist! Wo ist der Typ nur? Ob er überhaupt schon einen Blick auf das Auto geworfen hat? Wahrscheinlich steht er in der Metzgerei und verkauft Lammkeulen und Gänserillettes.

Da ich keine Ahnung habe, wo seine Fleischerei ist, muss ich mich wohl im Ort durchfragen. Und das tue ich auch bis zum wunderschönen Marktplatz, der von Geschäften gesäumt wird und in dessen Mitte ein Brunnen vor sich hin sprudelt.

Dort entdecke ich Lucs »Boucherie & Charcuterie«, wie es auch ein großes Messingschild im Schaufenster bestätigt. Die Metzgerei ist gut besucht, die Schlange geht bis auf den Gehweg. Dass die Leute warten müssen, scheint ihnen nichts auszumachen. Lautes Gelächter und Geplauder dringt zu mir herüber, von dem ich nur einen Bruchteil verstehe. Niemals würden die Deutschen so geduldig, fröhlich und in aller Seelenruhe für gutes Fleisch oder Lebensmittel anstehen. Für die Franzosen ist leckeres Essen viel mehr wert, ein Fest, das sie zelebrieren.

Ich aber habe keine Zeit. Kurz entschlossen drängele ich mich an der Menschentraube vorbei in den altmodischen Laden, murmele dabei mehrmals »Excusez-moi« und ernte großen Unmut und ein paar Beschimpfungen. Doch das ist mir gelinde gesagt wurscht, denn in diesem Moment entdecke ich hinter dem gläsernen Verkaufstresen Luc. Während über ihm luftgetrocknete Salamis in allen Größen von der Decke baumeln, sodass man nicht weiß, wo man überhaupt hingucken soll, bedient er seine Kunden in voller Montur: blutige Schürze und weiße Fleischermütze samt Gummihandschuhen. Igitt, das ist ja widerlich. Metzger und Autoschrauber, wie passt das nur zusammen?

Ich schiebe mich vor in die erste Reihe und rufe freundlich: »Bonjour, Luc!«

Sofort ernte ich empörte und tötende Blicke von allen Seiten, und Luc sagt nur »Un moment«, bevor er mich kurzerhand ignoriert und weiter ein Stück Rinderbraten für die Dame neben mir abschneidet.

O nein! Nicht mit mir. Paris ruft, Nik wartet!

»Bonjour, Luc, excusez-moi … Äh, bitte, sorry, Entschuldigung …«

Ich trommele ungeduldig mit einer Hand auf den Tresen, woraufhin der Fleischer-Mechaniker mich nur feindselig ansieht.

»Mais je voudrais savoir, äääh hh, you know, I´m Coco, you remember … Je voudrais savoir si vous avez réparé la voiture? The car, the green car, the frog car, grenouille … äääh hh … is it ready? You know, we have to go to Paris … äääh hh … parce que nous devons aller à Paris!«

Puh, mir geht die Puste aus und mein verkümmertes Französisch auch. Jetzt ablenken. Mit meinem zauberhaftesten Lächeln strahle ich ihn an und schüttele kokett meine Locken.

Hinter mir hat niemand Sinn für meinen Auftritt à la Vogue. Es hagelt laute Beschimpfungen der anstehenden Sonnenauer, weil ich mich so frech vorgedrängelt habe. Die Kunden neben mir starren mich zunächst sprachlos und mürrisch an, dann feuern auch sie ordentliche Schimpftiraden auf mich ab. Ich ignoriere sie, lächele aber zur Sicherheit gleich noch mal nach links und rechts.

Luc verzieht keine Miene und sieht mich unbeeindruckt an. Dann runzelt er missbilligend die Stirn.

Los, sag schon was.

»S'il vous plaît… Please…«, setze ich nach, diesmal noch eindringlicher und mit Schmollmund.

Er knirscht nur mit den Zähnen und murmelt etwas in seinen Bart, gefolgt von »Un moment«.

Ich verstehe kein Wort. »Pardon, s'il vous plaît? Comment?«

Ein kleines bisschen lauter, aber noch grimmiger zischt Luc mir etwas mit seiner tiefen Stimme zu. Wieder habe ich nichts verstanden und zucke nur verzweifelt mit den Schultern. Ist der Laubfrosch zu retten? Wann können wir endlich weiterfahren? Ich drehe noch durch.

»Chérie, du sollst dich hinten anstellen und warten, bis du dran bist, sonst… er redet keine Worte mehr mit dir«, ertönt in diesem Augenblick eine bekannte Stimme hinter mir.

Ich drehe mich um. Natürlich, Regine! Sie steht auch auf der Treppe zum Laden, ihre wirren Zottelhaare mit einem Tuch hochgebunden wie ein Turban.

Regine lächelt entschuldigend. »Ich weiß aber zufällig, dass er noch nicht dazu gekommen ist, la voiture anzuschauen, weil ich ihm geholfen habe. Seine Kuh hat gekalbt.«

Ich fasse es nicht.

»Gefällt es dir hier in Vallée du Soleil, Chérie?«, wechselt sie im Plauderton das Thema.

Für den Augenblick gebe ich auf und grinse Regine an. Danke schön auch. Luc bedeutet mir mit einer raschen Kopfbewegung – sst, sst –, mich hinten anzustellen. Also drängele ich mich erhobenen Hauptes wieder durch die Menge der ärgerlichen, kopfschüttelnden Kunden zurück ans Ende der Warteschlange auf dem Gehweg. Na warte.

Ob es mir in Sonnenau gefällt? Warum fragt Regine mich das? Das ist doch völlig irrelevant. Schließlich bin ich eigentlich gar nicht da, sondern sitze gedanklich schon mit einem Traummann namens Nik am Ufer der Seine …

»Genieße den Augenblick, Chérie«, winkt Regine mir noch mit einer Kusshand zu.

Meine Güte, geht die mir auf den Zeiger.

Eine Riesendosis Thymiansalamiduft kriecht mir in die Nase. Das wäre was für meine Lieblingshasskollegin Sibylle. Die würde als militante Veganerin auf der Stelle umkippen. Lebt Lucs Frau Vero nicht auch vegan? Hat doch Regine im Auto erzählt. Was es für Konstellationen gibt.

»Un moment!«, höre ich da den Fleischer vorne wieder brummig zu jemandem rufen.

Genervt verschränke ich die Arme. Ein harter Brocken, dieser Luc. Aber ich auch.

Sophie

Momente, Männer, Schnaps und jede Menge Blumen

Ich bin verliebt. Verliebt in die Ferien meiner Kindheit. In Sonnenau, das schönste Dorf im Elsass, das ich neu kennenlernen darf. In von Hand getöpferte Tassen und Teller auf allen Tischen. In die weichen grünen Hügel, den Wald und die Weinberge ringsherum und besonders in die entschleunigte Lebensart, die alle hier pflegen. Unsere Notlandung an diesem Ort ist natürlich überhaupt nicht vergleichbar mit dem Wellnessurlaub, den ich eigentlich gebucht hatte, dennoch versuche ich einfach, etwas auszuspannen, bevor unsere Fahrt weitergeht.

Und ich bin auch verliebt in Mathieu, Pauls charmanten Großvater. Er wirkt einerseits rustikal und erdverbunden und ist andererseits kultiviert, charmant und ein exzellenter Gastgeber. Ein absolut reizender, amüsanter, älterer Herr – und das genaue Gegenteil von seinem ruppigen Enkel.

Seit einer Stunde sitzen wir nun schon im Hof seines Weinguts und probieren einen feinen Obstlikör nach dem anderen: Aprikose, Apfel-Birne, Trauben-Feige und natürlich Kirsch. Mathieu war am heutigen Dienstagmorgen an Marlenes Haus vorbeispaziert. Er habe gehört, dass ich mit meinen Begleiterinnen im Dorf sei, er hätte mich schon als kleines Mädchen gekannt. Als er das sagte, bückte er sich und hielt die Hand so knapp über die Grashalme am Rande des Sandwegs, dass ich sofort lachen musste. Er auch. Dann hat er mich wie eine gute Bekannte begrüßt, mir Küsschen rechts und links gegeben und uns kurzerhand alle drei für den Nachmittag eingeladen. Der freundliche Mann mit grauem Vollbart und vielen Lachfältchen um die Augen bestand fest darauf, dass wir unser Wiedersehen feiern, obwohl ich mich, um ehrlich zu sein, nicht genau an Mathieu erinnern kann. Für Coco und Freddy machte es aber sowieso keinen Unterschied, schließlich sind sie zum ersten Mal in Sonnenau, und wir können uns ja nicht vierundzwanzig Stunden am Tag über Luc aufregen.

Da heute schon Tag zwei nach unserer Ankunft ist und Coco gestern extrem sauer und ohne Erfolg von der Fleischerei zurückkam, bin ich für jede Ablenkung dankbar. Und Mathieu freut sich, wie es aussieht, auch sehr über unseren Besuch. Seit wir hier sind, strahlt er über das ganze Gesicht und steckt uns mit seiner Freude regelrecht an.

Freddy und er verstehen sich bestens, es war Liebe auf den ersten Blick oder – Schluck. Er versorgt sie mit selbst gemachter Limonade aus Kirsch- und Traubensaft, und sobald sie ausgetrunken hat, springt er auf, eilt ins Haus und kehrt mit einem vollen Glas an den Tisch zurück. Dann zwinkert er ihr zu und nennt sie »Mademoiselle«. Das gefällt ihr.

Wir sitzen im Halbschatten auf einer Wiese an einem runden Tisch, um uns schützend die alten Mauern des Weinguts, und überall wachsen duftende Blumen in mit bunten Ranken und Ornamenten verzierten Tontöpfen. Das Gebäude aus Backstein dahinter ist grün von Moos und Efeu und erinnert mich an eine Maxiausgabe von Marlenes Häuschen. Vögel zwitschern, und Grillen zirpen, und doch ist alles von einer himmlischen Ruhe erfüllt, die die Welt der Arnos, Rüdigers, CTs und all unserer städtischen Getriebenheit einfach draußen lässt. Wir sitzen hier wie drei Prinzessinnen im Hof eines Dornröschenschlosses fernab der Zeit.

»Ist das nicht wunderwunderschön hier, Mädels? Ich komme mir vor wie in einem Märchen.« Strahlend nippe ich an einem Aprikosenaperitif mit einem Hauch Bourbon-Vanille, wie Mathieu uns blumig erklärt hat.

Er spricht ausgezeichnet Deutsch, wie viele Elsässer seines Alters, und behandelt uns wie Familienmitglieder, die er lange nicht gesehen und sehnsüchtig erwartet hat.

Coco nimmt auch einen Schluck Aprikosenlikör und nickt, streckt dann aber ruckartig den Rücken durch. »Sophie, klar ist es schön hier. Aber *du* wolltest unbedingt mit uns nach Paris, erinnerst du dich? Erzähl mir lieber, was du heute Morgen aus unserem Mechaniker-Metzger herausgebracht hast. Heute ist schon Dienstag, und gestern habe ich mich ewig in die Schlange vor seinem

Wurstladen gestellt und sogar Regines schlaue Sprüche ignoriert, aber ohne etwas erreicht zu haben. Ich hoffe, du hast was aus ihm rausgekriegt, so stumm wie der meistens ist. So langsam läuft uns in deiner Märchenwelt die Zeit davon. Also?«

»Fleischer, Schatz, Luc ist Fleischer. Die Franzosen trennen das«, verbessere ich sie.

Coco stöhnt. »Jetzt werd nicht oberlehrerhaft, Madame Literaturagentin. Ist mir schnuppe, wie das heißt. Und jetzt sag schon, was ist mit deinem Auto? Kriegt er es wieder hin? Wann können wir los?«

Ich schüttele den Kopf. »Ich fürchte, ich habe nur das Gleiche wie du gestern aus ihm herausbekommen. Der Typ ist wie aus Granit, hat nur was wie ›Un moment‹ gesagt.«

»Ach Mist! Ich wusste es, du kommst mit deiner verständnisvollen Tour auch nicht weiter bei dem Kerl. Das ist ein Kauz, ein echter Metzgerschrat. Der hat den ganzen Tag tote Viecher vor sich, da muss er nicht quatschen. Wahrscheinlich hat er keinen blassen Schimmer von Autos und Motoren, und das Garagenschild baumelt da schon seit hundert Jahren, weil alle Männer in seiner Familie Luc hießen. Was soll das überhaupt heißen, ›Un moment‹?« Coco zieht das letzte Wort verächtlich in die Länge und verdreht dabei die Augen wie Mr Bean. »Dass er gleich was dazu sagen will? Dass die Reparatur noch einen Moment dauert? Dass wir warten sollen, bis wir dran sind? Haben die Franzosen eine andere Zeitrechnung? Die zählen doch auch so komisch 40 plus 20 ist 80 oder so ähnlich. Was um Himmels willen bedeutet sein ›Un moment‹?«

Ich ziehe die Schultern hoch, denn die Frage kann ich auch nicht beantworten.

»Wenn das eine größere Sache ist mit der Reparatur, sollten wir uns mal nach einem Mietwagen erkundigen«, setzt Coco nach.

»Einen Mietwagen bekommst du hier nicht so leicht, wir sind ja auf dem Dorf. Außerdem müssten wir dann ja den Renault die ganze Zeit bei Luc stehen lassen und auf dem Rückweg wieder hier vorbeifahren! Dazu kommen die Kosten. Das ist doch viel zu umständlich«, versuche ich Coco zu vermitteln.

»Und was ist mit der Bahn? Gibt es hier in der Nähe überhaupt einen verdammten Bahnhof?« Meine Freundin wird immer lauter – ist sicher auch dem Aprikosenlikör geschuldet.

»Ja sicher, es gibt einen, soweit ich mich erinnern kann. Aber jetzt entspann dich doch mal, Coco. Wir haben Urlaub, es ist Sommer, die Sonne scheint, es ist schön hier, das Hotel wurde eh schon von Frank bezahlt, Luc kriegt das mit dem Auto bestimmt bald hin, und in Paris haben wir doch gar keine festen Termine. Da läuft nichts weg. Ist es nicht so?«, versuche ich sie mit schlagenden Argumenten zuversichtlicher zu stimmen. Coco verzieht säuerlich den Mund.

»Meine Mädchen«, rettet da der gute Mathieu die Stimmung. »Wer wird denn streiten an so einem schönen Sommertag in Vallée du Soleil? Nicht bei Mathieu.« Er bringt uns ein großes Holzbrett mit Käse, in dünne Scheiben geschnittener Fenchelsalami und knusprigem Baguette.

»Wir streiten gar nicht, Mathieu. Wir finden es alle wunderschön hier und bei Ihnen auf diesem wunderbaren Weingut ganz besonders. Sonnenau ist wirklich ein einzigartiger kleiner Ort.«

Ich lächele ihm beruhigend und dankbar zu, und er schaut mich an, dass es mir ganz warm wird. Ein bisschen fühle ich mich, als wäre ich bei meinem eigenen Großvater.

»Deine Tante hat diesen Ort auch sehr geliebt«, sagt er und lässt den Blick über die Weinberge schweifen, als könne er Marlene dort irgendwo sehen. Automatisch schaue auch ich in Richtung der grünen Hänge. »Und Sonnenau hat sie geliebt«, fügt er sich räuspernd hinzu, bevor er rasch ins Haus verschwindet, um weitere Köstlichkeiten aus der Küche zu holen.

Mein Angebot, ihm mit dem Essen zu helfen, hört er nicht, also schicke ich Freddy vorsorglich hinterher. Erstaunlicherweise erhebt sich meine Tochter, für die sonst jeder Handgriff im Haushalt eine nicht zu bewältigende Herausforderung darstellt, sofort mit einem freundlichen »Klaro!«.

Ich wende mich wieder Coco zu. »Du, was anderes, ich habe vorhin überlegt, ob ich hier nicht mal einen Schreibworkshop für meine Autoren organisieren soll. Coco, was meinst du? Arno würde angeln, die Kura könnte in den Weinbergen der Liebe lustwandeln und ich genießen, frei vom Großstadttrubel zu sein. Die Neuburg ist autark, die kann überall sein und schreiben, und Harry wäre ohnehin beglückt, wenn ich mal eine Mahlzeit mit ihm einnehme.«

»Du meine Güte, Sophie! Du willst dich doch nicht hier einnisten? Du wirst ja noch ein richtiges Landei. So kenne ich dich gar nicht. Du hast einfach zu viel Stress in der Agentur und dazu eindeutig zu wenig Sex, eine ganz schlechte Mischung. Oder machen dich diese Esoteriktypen online so wuschig? Ich habe das Gefühl, du willst gar nicht mehr nach Paris!« Sie schaut mich prüfend an.

»So ein Quatsch!« Ich boxe sie liebevoll gegen die Schulter. »Ich finde es einfach schön hier. Natürlich will ich mit dir nach Paris. Mit euch. Tout de suite. So schnell wie möglich. Ich möchte nur die Zeit, so gut es gut, genießen. Soll man nicht all das annehmen, was man nicht ändern kann? Das kann doch nicht falsch sein.«

»Ommm! Da ist sie wieder, die scheinende Sophie. Dann schalte wenigstens mal richtig ab. Hör auf, an deinen Arno und Konsorten zu denken, und sieh zu, dass wir auch so schnell wie möglich weiterkommen.« Howgh, sie hat gesprochen! Coco schiebt sich ihre große Sonnenbrille von den Haaren auf die Nase und setzt einen coolen Gesichtsausdruck auf. Dann schnappt sie sich ein Baguette, hält es wie ein Mikrofon in meine Richtung und mimt mit verstellter Stimme einen Livereporter: »Wie erträgt diese Frau diese ganzen Sendungsbewussten bloß? Was fasziniert sie an diesen selbstverliebten Schreiberlingen und ihren Werken?«

»Danksagungen, Mum steht total auf Danksagungen«, wirft Freddy ein, die gerade mit einem vollen Tablett mit weiteren Leckereien – Cocktailtomaten, Kräuterbutter und verschiedenen Chutneys – vor Mathieu aus dem Haus kommt.

»Freddy!«, rufe ich lachend und springe auf sie zu. »Pass nur auf, dich krieg ich.«

In Sekundenschnelle streckt Freddy Coco das Tablett hin und rennt vor mir weg. Dabei ruft sie über die Schulter: »Stimmt doch! Du bist der einzige Mensch auf der Welt, der keine Preisverleihung im Fernsehen auslässt, vom Bambi bis zu diesem Börsenverein, whatever. Und du liest nach dem ersten Satz immer das Ende von Büchern, also die Dankesseiten. Klarer Fall, Mum.«

Ich laufe weiter hinter ihr her, aber gegen diesen jungen Hüpfer habe ich keine Chance. Irgendwann sind wir beide so außer Puste, dass wir uns erschöpft und prustend auf die Holzstühle fallen lassen.

»Also, erstens ist das völliger Blödsinn, und zweitens bin ich sicher, meine Arbeit interessiert den lieben Mathieu herzlich wenig«, verteidige ich mich, nachdem ich wieder zu Atem gekommen bin. »Aber um dieses Thema abzuschließen und damit ihr eure Ruhe habt: Ja! Ich lese immer schon für mein Leben gerne die Danksagungen hinten in den Büchern. Wie das Buch entstanden ist, dass alles an einem kalten Wintertag am See begann, dass damals so ein Licht auf das Wasser fiel wie an keinem anderen Tag, dass der Autor bis zum Ende zweifelte, es ohne den weltbesten Tee mit Rum von seiner Nachbarin niemals geschafft hätte oder diesen herrlichen roten Kirschlikör, der nach Liebe schmeckt …«

Ich zwinkere Mathieu zu, der sich inzwischen wieder zu uns gesetzt hat und an seinem Kirsch nippt. Er lächelt fast verschämt. Mit unserem Hühnergegacker kann er bestimmt nicht viel anfangen.

»Und dann schreiben Leute wie Arno hinten unten links: ›Mein herzlichster Dank gilt meiner wunderschönen und liebreizenden Agentin Sophie Bayer, die mich monatelang ertragen und rund um die Uhr mit Limetten oder Ingwertee versorgt hat, sogar an allen Ostermeiers der Welt hat sie mich tapfer und todesmutig vorbeigeschleust. Jetzt hat sie zwar Augenringe bis zu den Knien und steht kurz vorm Nervenzusammenbruch, aber sie ist und bleibt einfach die Beste‹«, beginnt Coco mit geradem Rücken und gekünstelter Stimme eine Pseudolaudatio.

»Du doofe Kuh!« Ich starte eine Kitzelattacke auf meine Freundin, die wie im Rausch fortfährt, absurde Danksagungen zu formulieren. Bald lachen wir alle Tränen.

»Ich hab so einen Lachflash!«, brüllt Freddy.

Kirsch, Abricot und Co. tun weiter ihre Wirkung, und bald formuliert jede von uns ein Dankeschön an alle möglichen Leute aus den verrücktesten Gründen.

»Danke an Luc, der nach hundert Tagen und einer Million Momente unseren Laubfrosch repariert hat. Danke an Jeanne, für die zehn Kilo, die ich durch ihren Gugelhupf zugenommen habe«, lache ich.

Nun ist Freddy dran. »Danke, dass wir hier im Megafunkloch hocken.« Sie reißt ein Stück Baguette ab und tunkt es kräftig in ein orangerotes Chutney. Dann nimmt sie einen Bissen und ruft aus: »Das schmeckt ja mega! Ein Superfood!«

»Danke an Rüdiger, der unseren Glauben an die Gelindustrie gestärkt hat, denn seine Frisur hält allem stand«, wirft Coco in die Runde, »und an Sibylle, die unsere Leidenschaft für Mett neu entfacht hat.« Sie nimmt sich gleich mehrere Stücke Salami. »Danke auch an CT, dass ich selbst in einem elsässischen Dorf das Gefühl habe, er sei immer um mich, und der nicht müde wird, mir täglich mehrere Nachrichten zu schicken, um sich in Erinnerung zu rufen. Danke an Regine, die uns bei vierzig Grad im Schatten über die Sinnhaftigkeit von Schwitzhüttenritualen aufgeklärt hat.«

»Danke an den Erfinder der Bleistifte, sonst könnte mein liebes Kind nicht die ganze Zeit zeichnen«, setze ich hinzu.

»Und Danke an die drei hübschen Damen, die mich heute zum Lachen gebracht haben wie schon lange niemand«, spielt unser Gastgeber freudig unser Spiel mit.

»Danke an Mathieu und seine Zaubergetränke aus Herzkirschen und Glücksfrüchten«, rufe ich und umarme den alten Mann spontan.

Als wir uns endlich beruhigt haben und ich wieder normal atmen kann, schnappe ich mir auch ein Stück Brot und probiere den Rest des Wunder-Chutneys, denn viel hat meine Tochter nicht übrig gelassen.

»Wow!«, kann ich nur sagen und Freddy absolut recht geben. »Und tausend Dank, Mathieu, für dieses wunderbare Essen! Das Chutney ist ja ein Traum.«

Mathieu strahlt. »Ich freue mich sehr, dass es den Damen schmeckt. Es ist von meinem Enkel Paul. Nach einem Geheimrezept seiner Großmutter, meiner verstorbenen Frau.«

Bei dem Gedanken an diesen Paul verliert der süßsaure, mit Kräutern fein gewürzte Dip in meinem Mund schlagartig seine raffinierte Note. Ich lege mein Brot auf den Teller, und Coco sichert sich den letzten Rest der gelobten Speise.

Als wir das meiste von den Platten verputzt haben, fragt Mathieu: »Wollt ihr vielleicht mal sehen, wie mein Schnaps gemacht wird?«

Das lassen wir uns nicht zweimal sagen und folgen ihm in seinen kühlen Weinkeller, in dem aus großen, runden Glasbehältern rote, orange, braune und farblose Flüssigkeiten Tropfen um Tropfen in diverse Töpfe laufen. Die Luft ist schwer und angefüllt von dem alkoholischen Fruchtgeruch. Daher entdecke ich erst auf den zweiten Blick die vielen Bilder. Zeichnungen, Collagen, Aquarelle von Obstbäumen und Stillleben mit Früchten, Krügen und Gläsern. Der Stil ist unverkennbar: Marlene. Ihre Bilder hängen ringsherum an Mathieus Wänden. Wie es aussieht, hat sie die Bilder sogar für Mathieu gemalt, hat seine Bäume, Hügel, Weinberge und Likörflaschen festgehalten.

Ergriffen sehen wir alle uns um. Der Raum, in dessen Mitte die Liköre und Schnäpse in Glasgefäße tropfen, hat etwas Heiliges. Er wirkt wie die Essenz aus Mathieus und Marlenes Leben. Tränen schießen mir in die Augen. Freddy findet als Erste ihre Sprache wieder.

»Mathieu, das ist ja wunderschön. Hat Marlene diese Bilder alle für Sie gemalt? Ich wünschte, ich könnte auch so zeichnen.«

»Das kannst du doch, ma petite«, sagt Mathieu verlegen und streicht meiner oft kratzbürstigen Freddy sanft über den Kopf. »Du musst nur fleißig weiterüben und alles zeichnen, was dir wichtig ist. So hat Marlene«, er spricht ihren Namen französisch ohne »e« am Ende aus, »das auch gemacht. Und wenn du so weit bist, eröffnen wir eine Ausstellung mit deinen Bildern bei mir auf dem Hof. Ja, das machen wir«, sagt Mathieu beglückt von seiner eigenen Idee.

»Und mit Marlenes«, setzt Freddy aufgeregt hinzu. »Das könnte man doch super kombinieren. Einverstanden, Monsieur Mathieu?«

»D'accord!« Er reicht ihr die Hand, um den Deal offiziell zu besiegeln.

Freddys Wangen glühen, und ihre Augen strahlen. Sie fällt dem alten Mann um den Hals.

Nein, ich will nicht weinen. Ich bin im Urlaub, eigentlich im lebensprallen Paris, und bis vor vier Tagen hatte ich Ewigkeiten nicht ans Elsass gedacht und an Marlenes Haus, das offiziell meines ist, und an ihr französisches Künstlerleben.

»Entschuldigt mich, ich muss kurz raus«, sage ich mit tränenerstickter Stimme und drücke mich durch den dunklen Bogengang aus altem kühlem Backstein nach oben an die frische Luft.

An der Tür nach draußen stoße ich gegen jemand Großes, während ein weiches Etwas sich kraftvoll an meinen Beinen vorbei ins Innere quetscht.

»Hoppla!«

Es ist Paul.

»Passen Sie doch auf«, entfährt es mir. Schnell wische ich mir die Tränen aus den Augen und blinzele in die Sonne.

»Paul, Junge, bist du es? Wie schön, dass du da bist«, ruft Mathieu von der Treppe. Er, Coco und Freddy sind mir hinterhergekommen. »Das sind Sophie, Coco und Freddy. Aber wie ich sehe, habt ihr euch schon kennengelernt. Sie kommen aus Deutschland. Sophie hat als Kind oft ihre Ferien bei Marlene verbracht. Sie ist ihre Patentochter. Ich kenne sie noch, als sie ganz klein war. Sogar kleiner als die liebe Freddy hier.«

»Ich weiß, Grandpère, wir hatten bereits das … Vergnügen«, sagt Paul, der vor dem letzten Wort eine Denkpause einlegen musste, um den richtigen Ausdruck zu finden. »Das wollte ich dir gestern schon erzählen, aber ich habe dich nicht angetroffen.«

Mathieu geht gar nicht auf seinen Enkel ein, so begeistert ist er, ihm seinerseits als Erster die neuen Gäste in Sonnenau vorstellen zu können. »Sie wohnen jetzt hier in Marlenes Haus, stell dir vor.«

»Wohnen ist übertrieben«, kontert Coco. »Wir sind nur auf der Durchreise.«

Jetzt stehen wir alle oben im Innenhof des Guts. Mit einem »Salut, Grandpère«, einer herzlichen Umarmung und den obligatorischen Küsschen begrüßen sich die beiden Männer jetzt richtig.

»Ich weiß Bescheid«, erklärt Paul. »Seit die Damen hier sind, muss man anscheinend mehr aufpassen in Vallée du Soleil.« Paul zieht sein Hemd gerade und wirft mir einen herausfordernden Blick zu.

Warum regt mich dieser Typ eigentlich so auf, und was will er ausgerechnet jetzt hier mit seinem albernen Säbeltuch auf dem Kopf? Sobald er auftaucht, verhalte ich mich dämlich oder ziehe den Degen. En garde, Monsieur, an die Waffen. Und das beruht wohl auf Gegenseitigkeit. Sagt Damen und meint mich!

Mathieu sieht zwischen Paul und mir hin und her. Und Freddy und Coco schauen auf Pauls Bus, der im Hof steht. Wirklich ein Hingucker. Wie es aussieht, befindet sich der Pirat mit einem grün-weißen VW-Bulli auf einer Zeitreise direkt aus den Siebzigern, fehlt nur noch das Peace-Zeichen. Von wegen Frieden. Ich verschränke die Arme abwehrend vor der Brust.

»Ich brauche Nachschub.« Paul ignoriert mich und meine Kampfstimmung komplett. Er öffnet die Seitentür, die den Blick auf eine Hundedecke mit Quietschtier freigibt. »Und ich wollte mal sehen, wie es dir geht.«

Bocuse rennt fröhlich schwanzwedelnd von Freddy zu mir und retour. Coco lässt er vorsorglich aus. Sie reibt sich bereits die Nase und blickt ziemlich mürrisch drein. »Hatschi!«, niest sie auch direkt los. Auf ihre Tierhaarallergie ist Verlass, da kann man die Uhr nach stellen.

»Wir wollten ohnehin gehen. Wir müssen noch mal ins Dorf zu Luc«, meint sie schnell und schnäuzt sich geräuschvoll die Nase.

Freddy ist Bocuse inzwischen zu Pauls Wagen gefolgt. Dieser nimmt mit einem Satz das quietschende Etwas ins Maul und fordert Freddy zum Spielen auf. »Mum!«, ruft sie entzückt in meine Richtung. »Das ist ja Sophie, die Giraffe! So eine hatte ich doch auch als Kind.«

Ich stehe da wie versteinert. Natürlich hat Freddy recht. Alle französischen Kleinkinder haben so eine Quietschgiraffe aus Gummi mit hübschen Augen und roten Wangen. Ihre war natürlich ein Geschenk von Marlene, das noch ewig zwischen ihren Stofftieren im Kinderzimmer wohnte. Dass dieses Vieh serienmäßig meinen Namen trägt, habe ich erfolgreich verdrängt. Auch das noch. Bocuse quietscht, Freddy auch. Sie läuft schnell wie der Wind um den Hund herum, um ihm sein Spielzeug abzuluchsen.

»Sieht Ihnen gar nicht ähnlich.« Paul grinst.

Wie meint er das? Findet er mich etwa fett im Vergleich zu diesem grazilen Giraffenpüppchen? Instinktiv strecke ich mich. Coco niest. Giraffen-Allergie.

»Un moment«, sagt Mathieu in diese absurde Szenerie hinein. Das scheint in der Tat der beliebteste Ausdruck der Sonnenauer zu sein. Denn »Un moment« wiederholt er noch einmal. Dann dreht er sich ohne eine weitere Erklärung um und geht zurück in den Keller. Wieder oben, drückt er jeder von uns eine Flasche in die Hand und zwei herzliche Küsse auf die Wangen: Kirsch für mich, Apricot für Coco und Kirschsaft für Freddy. Bei Mathieus Charme kann ich nicht lange sauer sein.

»In jedem Fall: willkommen in Sonnenau, die Damen!

Und danke an Sie alle für den wunderschönen Nachmittag. Ein alter Mann wie ich hat nicht mehr so viele Gäste. Dazu noch so drei reizende Damen. Nicht wahr, mein Junge?« Er nimmt seinen Enkel väterlich in den Arm.

Bocuse begleitet uns bis zur Biegung, dann ruft Paul ihn mit einem lauten Pfeifen zurück.

Coco

Wenn alles so einfach wär,
wär alles nicht so schwer

Augen zu. Welt aus. Endlich. Augen auf. Welt an. Auf, zu, auf und zu. Es nützt nichts. Ich bin immer noch hier. Gestrandet in Sonnenau.

Eine Ameise krabbelt mir den Nacken hoch. Das kitzelt, und ich schlage nach ihr. Hab ich sie erwischt? Igitt, dieses Landleben! Ich sitze auf der Holzbank unter Marlenes Kirschbaum, den Kopf an den dicken Stamm gelehnt, und meine Zigarette neigt sich dem Ende zu. Gierig inhaliere ich den Rauch des letzten Zugs und schaue in die Baumkrone hinauf. Noch nie in meinem Leben habe ich solche dicken tiefroten Herzkirschen gesehen. Wie schön sie sind. Ich muss zugeben, der Baum beruhigt mich auf eine gewisse Art und Weise, er erdet mich.

Ich drücke die aufgerauchte Kippe in meiner Kaffeetasse aus. Ich muss los, zu Luc. Schon wieder! Wir haben schon nach sechs Uhr. Vielleicht konnte er am Nachmittag in die Werkstatt und den Renault reparieren. Sein Fleischerladen war heute zumindest nur vormittags geöffnet, wie Sophie entdeckt hat.

Freddy ist noch einmal zu Mathieu gegangen, sie isst auch bei ihm zu Abend. Da haben sich zwei gefunden. Die beiden mochten sich auf Anhieb, und Mathieu interessiert sich sehr für ihre Zeichnungen und betüddelt sie wie ein echter Großvater.

Sophie ist nach unserer Rückkehr im Haus verschwunden und bisher nicht wiederaufgetaucht. Sie hat alle Fenster weit geöffnet, und ich höre sie mit Geschirr klappern.

Als wir vorhin von Mathieus Weingut zurückkamen, stand die Tür zur Scheune merkwürdigerweise weit offen. Wir haben alles abgesucht, aber es hat nichts gefehlt, und es war auch niemand zu sehen. Wahrscheinlich hat Freddy vergessen abzuschließen, oder ein Tier hat sich Einlass verschafft, so nah am Wald. Eindeutig zu viel Natur hier für meinen Geschmack.

Drinnen im Haus fängt Sophie an zu singen, irgendein französisches Lied. Hat sie mir doch gestern wirklich kein Wort von ihrer Begegnung mit Paul erzählt! Und dann taucht der auch noch hier bei uns und vorhin bei Mathieu auf. Verrückt. Da sieht man mal wieder: Alles kommt immer irgendwann heraus. Darüber darf ich gar nicht weiter nachdenken.

Pling, pling. Neben mir auf der Bank leuchtet das Display meines Handys auf, eine Nachricht. Wie kann das sein, unter dem Kirschbaum ist doch der Empfang so schlecht?

Eigentlich brauche ich gar nicht erst nachzuschauen,

denn ich weiß sowieso, von wem die Nachricht ist. Trotzdem lehne ich mich vor und nehme das Handy. Natürlich. Carl-Torben. Der kommt selbstverständlich überall durch, sogar im Funkloch.

Seit gestern bombardiert er mich noch mehr mit Nachrichten und Anrufen, wenn das Maß überhaupt zu steigern war. Stoisch ignoriere ich heute alles, was er schickt und spricht, was ihm wiederum völlig egal zu sein scheint. Auch meinen kurzen Hinweis am Vortag, ich hätte keinen Empfang, nahm er nicht ernst und hielt ihn für eine Ausrede. Sogar Sophie hat er schon angerufen. Die ist kurz davor, ihn auf allen Kanälen zu blockieren. Am meisten ärgert mich, dass ich seine Nachrichten trotzdem lese und höre. Warum tue ich das? Kann ich seine übermäßige Anhänglichkeit doch irgendwie verstehen? Habe ich so viel Mitleid? Oder will ich einfach sichergehen, dass er nichts von Nik ahnt?

So oder so schafft er es, in meinem Kopf dauerpräsent zu sein, und meine Geduld neigt sich langsam, aber absolut sicher dem Ende zu.

Pling. Neue CT-Sprachnachricht, 12 Minuten 36 Sekunden, neuer Rekord. Automatisch tippe ich auf Start und hasse mich gleichzeitig dafür. Jetzt höre ich sie mir doch an!

»Hallo, Coco. Carl-Torben hier.«

Als würde ich das nicht wissen.

»Du, ich mache mir jetzt wirklich ernsthafte Sorgen um dich. In meinem Magen ist Krieg, ich muss alle halbe Stunde aufs Klo und schwitze die ganze Zeit. Ich ertrage diese Unsi-

cherheit nicht. Wo bist du, Coco? Ist dir was passiert? Hattet ihr einen Unfall?«

Seine Stimme klingt immer hektischer.

»Warum meldest du dich nicht bei mir? Seid ihr schon in Paris? Ich möchte doch nur mit dir REDEN!!! *Ich* WILL *mit dir reden, verstanden?! Zwei Minuten nur! Jetzt. Sofort. Ich halte das nicht mehr aus ohne ein Lebenszeichen von dir, Coco! Ich bin's, Carl-Torben, haaallooo …«*

Ich, ich, ich. Der Mann besteht nur aus Ichs. Es ist zum Verzweifeln, immer geht es nur um *ihn*! Warum kann er mich nicht *ein einziges Mal* in Ruhe Urlaub machen lassen?

»Geh doch mal BITTE, BITTE *ans Telefon! Was soll das denn? Coco, ich halt das ohne dich nicht aus. Wirklich, Coco! Oder ist es … was anderes? Verheimlichst du mir was? Ist es das? Was hast du eigentlich vor in Paris? Und … mit* WEM? *Coco, bitte rede mit mir, ich mache mir Sorgen …* SORGEN … *Weißt du überhaupt, was das ist? Du hast mich nie geliebt … Wenn du jemals nur ein Fünkchen für mich … für uns … wenn …«*

Er verschluckt sich und fängt an zu husten.

»Ich kann ohne dich nicht leben!«

Hicks. Jetzt hat er wieder Schluckauf bekommen, weil er sich so aufregt. Hicks, hicks, hicks.

»Und fang jetzt nicht damit an, du hättest Urlaub und so, und ich solle dich in Ruhe lassen! Wir waren mal verheiratet, wir sind miteinander verbunden! Das lässt sich nicht einfach trennen, nur weil du Ferien machst. Zumindest nicht bei mir. Ist es denn zu viel verlangt, dass du mal einen kurzen Piep von

dir gibst? Du weißt doch, wie hochsensibel ich bin! HSP …« Hicks.

»Ich habe das Gefühl, irgendwas stimmt nicht. Coco, hörst du …? Es liegt was in der Luft. Nein, keine Außerirdischen oder der Klimawandel, ich meine … es liegt wirklich etwas in der Luft! Was ganz … Bedrohliches. Es ist ernst. Ich spüre das in meinem Körper. Da kommt was auf uns zu. Eine allumfassende Veränderung. Ich bin mir sicher, es hat was mit dem gesamten Kosmos zu tun, eine ganz …« Hicks. *»… ganz komische Atmosphäre ist das zurzeit … Ich schlafe kaum noch, ich bin so unruhig, meine Haut ist voller roter Pusteln, und dann gehst du einfach nicht ans Telefon!«*

Hicks, hicks. Und so weiter und so fort. Bla, bla, bla – für ganze 12 Minuten 36 Sekunden Carl-Torben pur. Als er endet, mit einem Hustenanfall vom Allerfeinsten, und vergisst, das Mikrofon dabei auszuschalten, lehne ich mich erschöpft auf der Holzbank zurück. Möge sie mich beschützen.

Augen zu. Welt aus.

Ich will mich verstecken, verschwinden, die Realität ausknipsen wie eine Lampe. Tschüss, Welt. Alles weg: meine Lüge, Carl-Torben, das kaputte Auto, dieses Haus voller fremder Erinnerungen, sogar Sophie und Nik, Regine und ja, auch tschüss, Sibylle, Rüdiger, Herr Bode, Laura Lee, Freddy, Frank und, und, und … Alle weg. Bye, bye! Und damit alle Sorgen.

Ich komme mir so hilflos vor, spüre, wie sich in mir alles zusammenknotet. Wie in aller Welt soll ich hier rauskommen? Aus Sonnenau, meiner Lage, diesem Kuddelmuddel. Ich verstricke mich immer mehr in Lügen, Komplikationen und Problemen.

Aber eins weiß ich: Das kann nicht so weitergehen! Wenn ich mich noch mehr verzettele, kann ich es sowieso keinem recht machen. Mir am allerwenigsten.

Vorhin hat mich Sophie dabei erwischt, wie ich mir auf meinem Handy ein Foto von Nik angeschaut habe. »Wer ist das?«, hat sie neugierig gefragt, konnte aber nichts erkennen, weil ich schnell weitertippte. Zum Glück hat sie sich mit meinem hastigen »Ach, nur ein alter Schulfreund« zufriedengegeben. Und Freddy fragt mich dauernd, wem ich denn in der Scheune immer so lange schreibe. Außerdem scheint Carl-Torben etwas zu ahnen. Er wird von Nachricht zu Nachricht vehementer und unruhiger.

Wie lange kann ich das durchhalten? Dabei sollte doch nur zählen, was *ich* will. Sagen das nicht auch Sophies SHINE-YOUR-LIGHT-Fuzzis? Und dann, wenn ich es weiß, klar Schiff machen – mit allen und allem um mich herum.

Sophie

Wenn die innere Mitte den Weinbergen entspringt

»Salut, Chérie!«

Regine lacht und winkt von Weitem überschwänglich. Ist sie etwa barfuß? Tatsächlich. Sie geht mit nackten Füßen auf dem Schotterweg in den Weinbergen spazieren. Ich schaue kurz nach rechts und links, keine Chance abzuhauen, nur Wiesen und Wein. Aus der Nummer komme ich an diesem schönen Sommernachmittag ad hoc nicht heraus. Irgendwie und irgendwo kreuzt diese Frau immer meine Wege.

Gestern Abend war Coco noch mal dran, heute habe ich unseren nun fast schon obligatorischen Gang zu Luc übernommen und bin bereits auf dem Rückweg. Wir beide wechseln uns ab, bisher nur leider ohne durchschlagenden Erfolg. Es ist wie bei *Und täglich grüßt das Murmeltier* oder besser gesagt beim Murmelmetzger, pardon, Fleischer.

Coco wird von Tag zu Tag missmutiger, je länger wir in Sonnenau festhängen. Heute ist schon Mittwoch, und zu allem Übel bombardiert sie ihr Exmann, seit wir hier sind, mit noch mehr Nachrichten aus dem Liebeswahn. CT war immer schon irre, doch aktuell liegt er im Ranking unserer schlimmsten Ex einsam an der Spitze. Gestern hat er sie mit Weltuntergangsverschwörungstheorien belästigt und damit, dass sie ewig verbunden seien und so weiter. Wenn es nicht so traurig wäre und nervig … Warum geht sie auch ständig mit ihrem Handy in die Scheune? Keinen Empfang zu haben hätte doch in diesem Fall auch mal was für sich. Aus dem Funkraum, aus dem Sinn. Adieu, CT.

Immerhin gibt es einen kleinen Lichtblick, und zwar eine aktuelle Diagnose für den kranken Laubfrosch. Luc, grummelig und wortkarg wie immer, fragte mich eben, ob jemand an unserem Auto herumgeschraubt hätte. Aber außer Paps war keiner dran, und der kennt sich mit Motoren aus. Als ich Luc das sagte, verfiel er in sein bekanntes Schweigen, und nun überlege ich schon den ganzen Weg zurück zu Marlenes Haus, was oder wen er mit der Frage gemeint haben könnte. Am Ende war es einer der Silberrocker an der Raststätte, der sich nach meiner Abfuhr am Auto zu schaffen gemacht hat. Möglich wär's, die Motorhaube war ja für kurze Zeit offen. Doch den Gedanken verwerfe ich wieder.

Nun stehe ich fast vor meiner Bekanntschaft und ihren von Nahem ziemlich staubigen Barfüßen. »Hallo, Regine! Ça va? Wie geht's?«

Seit ich sie vor ein paar Tagen so frisch und frei an der Autobahn aufgegabelt habe, überkommt mich jedes Mal ein mulmiges Gefühl im Bauch, wenn ich an sie denke oder ihr, wie jetzt, begegne. Das hat uns kein Glück gebracht. Sofort zieht sie mir aus der Nase, was es Neues gibt. Doch Regine meint, nachdem ich ihr von meinem Verdacht erzählt habe, man müsse einfach immer an das Gute in allen Menschen glauben. Außerdem habe uns der Motorschaden ins schöne Sonnenau geführt. Und wie sich herausstellt, weiß sie natürlich auch schon im Detail über den Schaden Bescheid.

»Ich habe gehört«, flötet sie in mitfühlendem Ton, als wäre der Laubfrosch ein echtes Lebewesen, »euer Auto hat, wie heißt es?«

»Die Zylinderkopfdichtung ist kaputt, und Luc muss auch die Zahnriemen auswechseln.«

»Voilà, c'est ca. Genau.«

Gibt es in diesem Dorf eigentlich noch andere Themen, oder sprechen die Bewohner alle Tag und Nacht nur über uns?

»Ich hoffe sehr, wir können bald weiterfahren. Erst habe ich Coco und Freddy überredet, von unserer geplanten Route abzuweichen, und jetzt stecken wir schon drei Tage in Sonnenau fest. Das ist meine Schuld.«

»Luc schafft das, Sophie. Mach dir keine Sorgen. Schuld oder Schicksal, ganz egal. Wenn es sein soll, seid ihr schon morgen in Paris oder übermorgen oder …«

Regine lacht laut und wiehernd, wodurch mein komisches Gefühl nicht verschwindet.

»Ja, hoffentlich. Zum Glück hat das Hotel in Paris die Reservierung bestätigt. Bei der Hitze scheinen sie froh um jeden Gast zu sein, und bezahlt ist auch schon. Trotzdem haben wir natürlich gesagt, wir seien quasi fast auf dem Weg«, erkläre ich noch.

Während Regine und ich so auf dem Feldweg stehen, die Sonne hoch über uns, knurrt mein Magen hörbar. Ich habe auf meiner Runde durch das Dorf bewusst einen großen Bogen um das Petit Paris gemacht. Ich muss ja nicht ständig diesen elsässischen Piratenkoch treffen, die Säbel zum Nahkampf zücken und mir im Urlaub mein Selbstbewusstsein ramponieren lassen.

»Ah, hast du Hunger, Sophie? Hunger ist eine gute Gefühl, und Fasten kann sehr, sehr heilsam sein. Wenn mehr Platz im Bauch ist, findet man ganz schnell zur inneren Mitte.« Wieder lacht sie ihr glucksendes Lachen.

»Das ist ja merkwürdig, Regine. Hast du auch diese App SHINE YOUR LIGHT? Da stand nämlich heute auch so etwas drin wie ›*Finde deine stabile Mitte*‹.« Automatisch richte ich mich auf.

Regine entgeht nichts. Da ist sie wie meine Mutter.

»So ist es richtig, ma fille! Nein, dafür brauche ich keine App«, ruft sie, das Wort französisch aussprechend mit langem A. Dann geht sie um mich herum, zieht mir ohne Vorwarnung mit beiden Händen die Schultern zurück, drückt meinen Bauch rein und das Kinn leicht nach oben, sodass ich mich nicht wehren kann und plötzlich stocksteif auf dem Weg stehe.

»Ja, nach oben und ziehen«, sagt sie so bestimmt, als habe ich sie als Personal Trainerin auf Lebenszeit gebucht. »Ohne eine stabile Mitte leidet nicht nur die Haltung, weißt du? Eine starke Mitte gibt im Leben Stabilität und Balance – nicht nur körperlich, auch emotional. Nur wenn wir aufrecht durch die Leben gehen, getragen durch eine stabile Mitte, können wir den Wellen des Alltags mit Gelassenheit begegnen. Du wirst sehen, Sophie, je stabiler und kraftvoller du in diesem Bereich bist, desto weniger kann dich etwas umhauen. Sagt man nicht, hör auf dein Bauchgefühl? Damit ist natürlich das Gefühl gemeint, das aus der Körpermitte entspringt.«

In ihren Sätzen fehlen ganz klar die H, sodass die Silben ungehalten aus der Reihe purzeln, lektoriere ich im Geiste. Berufskrankheit. Und so bleiben wenigstens meine Gedanken in Bewegung, während ich mehr und mehr versteife.

»Regine, du erklärst das sehr schön«, erwidere ich dennoch höflich in bravem Agentinnenton. Einmal Dienstleisterin, immer Dienstleisterin. Aber Hunger ist mein Stichwort, und wie zur Bestätigung knurrt mein Magen noch einmal. Ich danke ihm innerlich für die Unterstützung. »Du, ich muss los. Freddy und Coco warten sicher schon mit Gugelhupf auf mich und auf Neuigkeiten von Luc.«

Dafür hat Regine Verständnis, schließlich ist sie auch eine Helferin wie ich.

»Komm doch mal zum Yoga«, sagt sie noch. »Wir treffen uns jeden Morgen um neun auf dem Marktplatz zum Sonnengruß. Passt perfekt zu Sonnenau. Die Gruppe wächst Tag für Tag. Du kannst auch ganz langsam anfangen. Jeder hat seinen eigenen Rhythmus. Du musst nicht sofort die Heuschrecke oder das offene Kuhgesicht machen.«

»Ach, das ist ja interessant, überlege ich mir gerne«, sage ich freundlich, denke zeitgleich aber »Gott bewahre!« und schiebe die entsprechenden Bilder von sich biegenden Insekten und Paarhufern schnellstmöglich beiseite.

Ich danke Ada und allen Göttern der Welt, dass ich dieses Spektakel bisher zum Glück verpasst habe. Yoga in der Dorfmitte vor dem Petit Paris – das fehlte noch, dass ich mich dort krumm mache und am Ende vor Paul und seinen Gästen den buckligen Hund oder die steife Katze mime. Von der offenen oder geschlossenen Kuh mal ganz zu schweigen. Und das Ganze um diese Uhrzeit. Mon dieu! Frühmorgens reicht mir fürs Erste der Ingwershot, den ich mir nach Shiny-Pflichtrezept, wenn irgendwie möglich, kredenze. Freddy findet ihn »grausam«. Danach muss ich erst mal lesen, weil ich so am besten entspannen kann. Dabei rolle ich ja immerhin meine Augen hin und her, ist doch auch Bewegung. Zu mehr Körperlichkeit bin ich morgens ganz bestimmt nicht fähig.

»Also dann, salut, Regine.«

Ich will mich schon zum French Kiss vorbeugen, da legt Regine die Hände aneinander, verbeugt sich buddhistisch anmutend und flötet: »Schwester, deine Weg möge gesegnet sein und die kleine Frosch-Auto bald fertig.«

Ich danke ihr hastig und gehe schnell weiter den Hügel hoch, bevor ich einen Blick über die Schulter zurückwerfe. Als ich sehe, dass Regine an der gegenüberliegenden Anhöhe angekommen und schließlich außer Sichtweite ist, verlangsame ich mein Tempo. Dann setze ich mich in das weiche Gras oberhalb der Weinberge.

Endlich. Ich liebe diese welligen Hügel. Hier geht einer in den nächsten über, dazwischen im Tal liegt das Dorf, klein wie die Landschaft einer Märklin-Eisenbahn und umgeben von Wiesen und Wein, auf seine Art in der inneren Mitte und von der Sonne beschienen.

Ich schlage wie zum Test die Beine übereinander in den Yogasitz, dabei muss ich meine Füße einzeln mit Gewalt auf die Oberschenkel quetschen. In meinen bürokonditionierten, schlappen Muskeln zieht es, und ich bin froh, dass mich niemand sieht. Zwischendurch tut es wirklich gut, einmal ganz allein zu sein und den eigenen Gedanken nachgehen zu können. Arnos tägliche mobile Pflege habe ich für heute schon abgehakt, Mascha lässt mich auch im Großen und Ganzen in Ruhe. Sicher geht ihre halbe Verwandtschaft in unserer Agentur ein und aus. Eine ihrer russischen Tanten hätte bestimmt auch ein Geheimrezept gegen meinen sofort beginnenden Muskelkater. Oder auch gegen Cocos Kater. Nachdem sie sich gestern Abend noch vor Land- und Luc-Frust den ganzen Liqueur d'Abricot gegönnt hat, war sie heute Morgen kaum ansprechbar. Ich hatte sie noch gewarnt, dass das Zeug es genauso in sich hat wie der herzige Kirsch. Nur weil die Früchte heller sind, heißt das ja nicht, dass die Wirkung schwächer ist, aber sie wollte nicht auf mich hören. Und Freddy ist zwar vorhin mit mir losgegangen, dann aber an der Kreuzung zu Mathieu abgebogen. Sie ist ganz begeistert von seiner Idee, auf dem Weingut eine Ausstellung mit ihren Zeichnungen zu planen. Ich erkenne sie kaum wieder, so voller Tatendrang ist sie. Und Mathieu ist wirklich ein liebenswerter, herzlicher Mann. Marlene und er müssen sich gut gekannt haben, wenn sie ihm so viele Bilder geschenkt, gemalt und zur Verfügung gestellt hat. Sie passen perfekt in den Weinkeller und geben den alten Steinen selbst in der kühlen Tiefe eine heimelige Note.

Das alles geht mir durch den Kopf, während meine Beine verschränkt sind und die Sonne mein Gesicht wärmt. Meine Augen sind geschlossen. Es ist ganz still, die Blumen zwischen den Weinstöcken duften süß. Konzentriert auf den Augenblick sitze ich da. Ich atme. Ich bin. Im Hier und Jetzt. Der Wind steht still. Fast meine ich, das Gras wachsen zu hören …

»Nein!«, schreie ich in der nächsten Sekunde auf, als ich mit voller Wucht nach hinten gedrückt werde. Wie ein Maikäfer falle ich in meinem auf die Schnelle unlösbaren Profi-Schneidersitz auf den Rücken. Etwas Weiches, Großes, Wuseliges ist auf mich gesprungen, drückt seine großen Fellpfoten auf meinen Brustkorb und hechelt mir feucht ins Gesicht, sodass ich im ersten Moment gar nichts sehen kann. Ich will aufspringen, kriege aber meine schmerzenden, verknoteten Yogabeine nicht auseinander.

»Bocuse! Hierher!«

Natürlich, dieser Paul! Wo der Hund ist, ist sein Herrchen nicht weit. Ist der Kerl überall? Streng ruft er seinen Hund erneut. Dieser läuft schwanzwedelnd von mir zu ihm und wieder retour.

»Verfolgen Sie mich etwa?« Ich rappele mich hoch und hole tief Luft nach dieser, jedenfalls von Hundeseite, stürmischen Begrüßung.

Dem goldenen Fellknäuel kann ich nicht böse sein. Endlich schaffe ich es, meine Beine zu entwirren, und klopfe mir im Sitzen die Grashalme und Hundehaare von den Kleidern. Meine Füße und Unterschenkel kribbeln heftig. Den Gefallen, mit eingeschlafenen Beinen zur Begrüßung aufzuspringen und wieder umzufallen, tue ich Paul nicht.

Er zieht die rechte Braue hoch, wie ich es schon von ihm kenne. Ob er das schon als Teenager vor dem Spiegel geübt hat, um Mädchen zu beeindrucken? Die Kura schreibt auch immer von solchen gut aussehenden Brauenhochziehern. Hat dieser hier eigentlich nichts in seinem Restaurant zu tun, dass er ständig mit seinem Hund Gassi und mir auf die Nerven gehen kann?

»Mademoiselle, Sonnenau ist ein Dorf«, erwidert er besserwisserisch auf meine Frage und setzt hinzu: »Bocuse muss Sie gewittert haben.«

Geht's noch? Ich bin doch keine Beute!

Paul mustert mich von oben herab, ich komme mir vor wie bei unserem ersten Zusammentreffen im Restaurant. Zum Glück habe ich heute eine luftige Sommertunika mit Shorts an und sehe zumindest annehmbarer aus als an jenem Tag. *Gerade sitzen und an die innere Mitte denken, Sophie. Und atmen nicht vergessen.* Bocuse scheint meine neue Meditationshaltung zu gefallen. Er setzt sich neben mich und lässt sich, den Kopf zu mir gestreckt, hinter den Ohren kraulen. Wir geben ein schönes Paar ab.

»Ich habe gehört, Luc hat den Fehler gefunden. Dann können Sie ja bald weiterfahren«, meint Paul.

»Hmmm.«

Mehr fällt mir dazu nicht ein. Freut ihn bestimmt, wenn die deutschen Tussen bald weg sind. Datenschutz und Privatsphäre sind in diesem Dorf jedenfalls ein Fremdwort, wahrscheinlich hängt der Landarzt seine Patientenakten auch an den nächstbesten Baum zur allgemeinen Information, und der Pfarrer pinnt ihm Anvertrautes draußen an den Beichtstuhl.

»Mathieu versteht sich ja ausgezeichnet mit Ihrer Tochter«, wechselt Paul jetzt in freundlicherem Ton das Thema und durchbricht meine Gedanken. »Das ist gut. So fröhlich habe ich Grandpère schon lange nicht gesehen.«

Und ich Sie auch noch nie so wohlwollend, Monsieur, denke ich immer noch wütend. Doch dann geht Paul auf der anderen Seite neben seinem Hund in die Hocke und klopft Bocuse liebevoll das Fell. So sitzen wir drei da und schauen über die alten Weinstöcke und die grünen Trauben, die überall an den Zweigen hängen, hinunter ins sonnenverwöhnte Tal. Trotz der ungebetenen Gesellschaft werde ich etwas ruhiger.

Fast zeitgleich fangen Paul und ich schließlich nach einer Pause an zu sprechen. Mit einer Handbewegung lässt er mir für seine Verhältnisse galant den Vortritt, und ich frage ihn das Erste, was mir in den Sinn kommt.

»Leben Sie eigentlich schon lange hier, ich meine in Vallée du Soleil?«

Die Frage überrascht ihn, denn er blickt erstaunt zu mir rüber, bevor er antwortet.

»Nicht sehr lange. Seit anderthalb Jahren. Ich habe zuvor in Paris gearbeitet. Dann ganz plötzlich ist meine

Großmutter gestorben. Das Petit Paris war ihr Reich, müssen Sie wissen. Sie war die Seele des Hauses. Sie war für alles, was Essen und Gäste anging, zuständig, mein Großvater Mathieu für die Getränke, Weine und Spirituosen.«

»Wenn ihr Essen so gut war wie sein Kirsch, dann war es bestimmt ganz wunderbar«, sage ich und meine es ehrlich. Da Mathieu zur Sprache kommt, bin ich weniger feindselig als sonst.

Paul schaut mich freundlich an. »Und ob es das war«, sagt er lächelnd und schließt für einen Moment die Augen, als würde seine Großmutter gerade sein Lieblingsessen für ihn kochen und er den Geschmack auf der Zunge haben.

Scheint ganz so, als hätten wir einen kleinen Waffenstillstand eingelegt. Denn er erzählt in ruhigem Ton weiter, dass er zuvor Koch im großen Paris war, in einem In-Restaurant an der Seine, alles schwarz-weiß, modern und mit Stahl, das genaue Gegenteil also vom Petit Paris.

»Vor anderthalb Jahren war das? Das muss ja kurz nach Tante Marlenes Tod gewesen sein«, fällt mir auf. »Sie wissen schon, meine Patentante.«

»Ich habe von ihr gehört. Kann mich leider nicht sehr gut an sie erinnern, obwohl ich als Kind oft hier war.«

Hm, und ich mich nicht an einen strubbeligen Jungen im Piratenlook oder mit Augenklappe. Wie Paul damals wohl aussah?

»Sie war eine sehr schöne Frau, sagt Grandpère.«

»Ja, das war sie, und herzenswarm. Und sie liebte Blumen über alles. Ich war ganz überrascht zu sehen, wie viele Bilder von ihr bei Mathieu hängen. Dass ihre Blumenkunst überall in ihrem eigenen Haus verteilt ist, ist ja selbstverständlich, aber bei ihm… Von ihr habe ich auch meine Liebe zu Geschichten…« Ich stoppe, bevor ich in Versuchung gerate, ihm auch noch mein Leben zu erzählen.

Er nickt. »Verrückt, wie uns Menschen prägen. Bei meiner Großmutter in der Restaurantküche hatte ich zum ersten Mal einen Kochlöffel in der Hand, einen großen, abgewetzten aus Holz. Sie zeigte mir, dass ein Schluck Wein, eine Prise Salz, ein paar Estragon- oder Thymianzweige dem Tag eine andere Richtung geben können.«

»Das klingt schön. Und Ihre Eltern?«

»Meine Eltern lieben die Stadt, sie kommen beide aus dem Elsass, aber sie leben schon lange in Metz. Ich mag das Land mehr, die Ruhe, die Menschen, die Weinberge, dass es immer nach Natur riecht und zu jeder Jahreszeit anders, dass die Dinge hier so sind, wie sie sind, und alle das akzeptieren, ohne viele Worte.«

Er sieht mich eindringlich an, wie um sich zu vergewissern, dass ich verstehe, was er meint. Ich muss an zu Hause denken, an meine Familie in der Pfalz, die erste Station unserer Reise, und nicke.

»Erst auf der Beerdigung meiner Großmutter fiel mir auf, wie sehr mir genau das hier in Paris fehlte – und dann war auch noch so ein wichtiger Teil davon weg, ein für alle Mal. An dem Abend ging ich alleine im Petit Paris umher. Es war schon dunkel, und es fühlte sich an, als habe die Küche mit dem Tod meiner Großmutter geschlossen. Fermé. Passé. Für immer. Aber eine innere Stimme sagte zu mir: ›Koch doch etwas, Paul. Diese Küche braucht brodelnde Töpfe.‹ Ich schaute in der Speisekammer nach, stellte einen großen Topf auf den Herd und kochte Omas Lieblingseintopf mit Kohl, Kartoffeln, Kasseler, Kümmel und Lorbeer. Die ganze Küche und auch der Gastraum rochen immer mehr danach. Der Geruch, das Licht und die Wärme breiteten sich von der Küche aus. Ich öffnete die Fenster und stellte mir vor, wie die Gäste draußen stehen bleiben, den Duft einatmen und einkehren würden. Und ich dachte, das ist es, Paul, gutes Essen muss einen wärmen, tief drinnen, und gleichzeitig den Raum füllen.«

Er stoppt und denkt, so hat es den Anschein, über seine eigenen Worte nach. »Verstehen Sie, was ich meine?« fragt er dann. Wieder mit dem leicht arroganten Unterton, den ich schon kenne. Als würde es ihn sehr wundern, wenn ich all das tatsächlich verstünde.

»Ja, das tue ich, auch wenn ich keine Sterneköchin bin, sondern Literaturagentin«, halte ich dagegen. »Mit Büchern verhält es sich nämlich ähnlich. Sie können auch tief berühren und einem das Gefühl schenken, mit der Welt verbunden zu sein, dazuzugehören.«

»Warum erzähle ich das eigentlich alles?« Nachdenklich schüttelt Paul den Kopf und wirft einen Blick auf seine Armbanduhr. »Oh, apropos kochen, ich muss los.« Er klopft Bocuse kumpelhaft auf den kuscheligen Fellkörper und schaut noch einmal sehnsüchtig in die Weite der Weinberge, bevor er schwungvoll aufsteht. »Außerdem ist es besser, dass mein Großvater nicht alleine ist. Ich helfe ihm, so gut ich kann. Und … es gibt schlechtere Orte als diesen, nicht wahr?«

Ich bin mir nicht sicher, ob er den letzten Satz zu seinem Hund, zu mir oder sich selbst sagt. Die Worte über seine Großmutter, der Gedanke an Mathieu und der Hund haben auch mich nachdenklich gestimmt und milde.

»Es ist wunderschön hier«, antworte ich ehrlich.

»Ja«, sagt er und schaut mich offen an. Dieses Mal ohne kritische Bemerkung. »Das mit den Büchern müssen Sie mir bald mal genauer erzählen.«

Dazu wird es nicht kommen, bedauere ich im Stillen. Vielleicht fahren wir morgen schon weiter nach Paris. Oder übermorgen. Jedenfalls bald.

Dann verabschieden wir uns friedlich und setzen unseren Weg fort, jeder für sich. Paul und Bocuse gehen nach links, ich nach rechts. Ich ziehe die Schultern zurück, halte den Rücken gerade, was Regine freuen würde, und spüre meiner inneren Mitte nach.

Zeit, ins Haus zurückzukehren zu Freddy und Coco und ein bisschen den Garten zu kultivieren, bevor wir fahren.

Coco

Der Scheunengast

»Hey!«, rufe ich perplex. »Wo willst du denn hin?«

»Raus!«, motzt Freddy und drängt sich im Flur an mir vorbei. »Ich hasse sie!«

»Hast du schon gefrühstückt?«, kann ich gerade noch sagen, doch eine Sekunde später ist sie schon zur Haustür raus und verschwindet in der Scheune. Pardon. In ihrem neuen Atelier, Chatroom, Unterschlupf. Kopfschüttelnd gehe ich zu Sophie in die Küche.

»Bin ich wirklich so eine schlimme Mutter?«, begrüßt mich Sophie lakonisch.

Ich gehe zu ihr, umarme sie fest und gebe ihr einen Schmatzer auf die Wange.

»So ein Quatsch! Natürlich nicht, Schatz, das hab ich dir schon tausendmal gesagt. Lass dich doch von deiner Tochter nicht verrückt machen. Mädchen in dem Alter haben einen ganz eigenen Blick auf die Dinge, weißt du doch. Was war denn überhaupt los?«, frage ich neugierig und setze mich hungrig an den gedeckten Tisch.

Sophie zuckt mit den Schultern und nimmt sich eine Erdbeere. »Am Anfang ging es nur um einen Pickel …«

Wir schauen uns an und fangen beide gleichzeitig an zu lachen. Sophie winkt ab und stellt mir eine Schüssel mit duftenden Croissants vor die Nase.

»Dabei müsste ihre Periode doch fast durch sein«, stellt Sophie fest. Meine Freundin schüttelt den Kopf und setzt sich zu mir. »Sag mal, Coco, hast du das vorhin auch gehört?«

»Was denn? Deine motzende Tochter?«

»Nein. Diesen Knall heute Morgen. Vorhin, als du bei Luc warst – ich war noch im Halbschlaf –, hab ich plötzlich einen wahnsinnig lauten Rums von draußen gehört, direkt vor meinem Schlafzimmerfenster. Vorher hatte ich schon das Gefühl, es ruckelt ständig etwas an den Fensterläden, dabei ist heute das herrlichste Wetter, alles windstill. Ich hab dann das Fenster geöffnet und rausgeschaut. Auf dem Boden vor unserem Haus lag die lange Leiter aus der Scheune, weißt du, die immer über dem Holzstapel hängt. Als hätte sie an der Hauswand gelehnt und wäre umgefallen. Ist doch unheimlich, oder? Was meinst du, wollte uns da einer einen Streich spielen?«

»Bist du dir sicher, dass die Leiter nicht am Haus stand? Hing sie wirklich über dem Holzstapel?«

»Ja, natürlich! Wir haben doch am ersten Tag alles inspiziert. Da ist sie mir schon aufgefallen. Ich habe mich gefragt, ob sie noch zu gebrauchen ist, vielleicht zum Kirschenernten.«

Ich verdrehe die Augen. Wie lange will Sophie denn

noch hierbleiben? Die Kirschen sind nicht mal endgültig reif, und sie denkt schon ans Ernten. Am Ende will sie auch noch mit mir Marmelade kochen. Sophie schnappt sich ein Croissant und streicht Kirschmarmelade darauf, was meine Befürchtungen noch mehr pusht.

»Hmmm«, strahlt sie. »Himmlisch.«

»Vielleicht hat Mathieu einen Handwerker geschickt, der die Fensterläden reparieren sollte? Wir hatten ihm ja erzählt, wie marode hier Einiges ist … Aber schon komisch. Oder hat Freddy sich einen Scherz erlaubt?«, lenke ich den Fokus wieder auf Sophies Leiterermittlungen.

»Das habe ich sie auch gefragt, aber du siehst ja, Madame ist heute Morgen nicht ansprechbar. Sie ist sofort in die Luft gegangen. Und zugegeben, warum sollte sie das tun? So viel Aktivität liegt einem Teenager ihres Alters eher fern.«

»Bestimmt gibt es eine ganz harmlose Erklärung, zum Beispiel, dass es zwei ähnliche Leitern gibt, und die eine stand schon immer am Haus. Haben wir nur nicht bemerkt.« Ich schenke Kaffee mit Milch in eine große Schale und fülle sie bis zum Rand. »Wir schauen nachher noch mal nach. Kann auf jeden Fall nicht schaden, alles gut abzuschließen, wenn wir nicht da sind.«

»Heute ist sowieso ein seltsamer Morgen. Weißt du, was der SHINE-YOUR-LIGHT-Spruch des Tages ist? Ich frage mich die ganze Zeit, was er bedeutet: ›*Wenn du bemerkst, dass dein Pferd tot ist, dann steig ab.*‹ Weisheit der Dakota-Indianer.«

»Haha, interessante Aussage. Was deiner Shiny-Sekte alles einfällt«, gluckse ich.

Sophie schaut mich streng an, woraufhin ich versöhnlich ihre Schulter tätschele.

»Ist ja gut, Schatz, also im Ernst. Vielleicht kommt der Spruch in Wahrheit von einem …«, ich überlege kurz, »Ich hab's: Pferdemetzger. Oder von Luc persönlich?«

»Coco!«, ruft Sophie mit gespielter Empörung aus.

»Mehr fällt mir dazu beim besten Willen nicht ein. Ein Tierarzt, Tierheilpraktiker, Rodeoreiter oder Krafttiermörder könnte es auch sein … Veganer war der Autor jedenfalls nicht.«

Wir prusten wieder los. Seit wir hier sind, wirkt Sophie von Tag zu Tag ausgelassener und entspannter – während bei mir die innere Uhr unaufhörlich tickt, und ich das Gefühl habe, die Zeit zerrinnt von Tag zu Tag wie in einer blöden Sanduhr.

»Coco, schau nicht so traurig«, sagt Sophie, die gemerkt hat, wie meine Stimmung plötzlich gekippt ist.

Sie ist echt die Beste, und es ist verrückt, aber sie sieht immer, wenn es mir nicht gutgeht.

»Ich weiß, dass das Elsass nicht dein Urlaubsziel Nummer eins war«, fährt sie fort. »Pass auf, Coco. Luc ist kurz vor dem Durchbruch, das spüre ich. Er weiß ja seit gestern, wo der Fehler liegt, dann kann er ihn auch beheben. Und, schwups, sind wir zwei Hübschen am Montmartre und trinken Rotwein. Ich kann es schon vor mir sehen.«

»Bist du jetzt unter die Hellsichtigen gegangen, haben die Shinys dich quasi erleuchtet, Chérie?«

Eigentlich krieg ich sofort miese Laune, wenn ich an den schweigsamen Metzger denke, der unser Auto reparieren soll, aber Sophie springt auf und nimmt mich herzlich und fest in ihre Arme. Kurz vergesse ich Nik, unser Date und mein schlechtes Gewissen und dass ich ihr auf unserer Reise etwas verheimliche. Ich drücke sie ebenso voller Liebe zurück, die Umarmung tut gut.

Nachdem wir uns voneinander gelöst haben, setzt Sophie sich wieder und berichtet genauer von ihrer gestrigen Begegnung mit Regine und dass sie von ihr zum Marktplatz-Yoga eingeladen wurde. Wo die Leute überall Yoga machen, unglaublich!

Neugierig lausche ich ihrer Erzählung, denn am Vorabend sind wir alle drei ziemlich müde und ganz früh in unseren Zimmern verschwunden und haben gar nicht mehr gesprochen.

Dann verrät Sophie, dass sie auch noch diesem Paul über den Weg gelaufen ist. Dabei glühen ihre Wangen, und ihre Augen leuchten wie schon lange nicht mehr. Als ich Details wissen will, winkt sie ab.

»Er ist nur hier in Sonnenau, um seinem Großvater zu helfen. Eigentlich hat er in Paris gearbeitet, in so einem Schickimicki-Schuppen für Steinreiche. Aber in der Küche seiner Großmutter hat er auf einmal verstanden, dass es bei gutem Essen um was ganz anderes geht, um Wärme in jeglicher Hinsicht, verstehst du?«

Sie wird ganz still, versucht, die genauen Worte wiederzugeben, die er benutzt hat.

»Und weißt du, was merkwürdig ist?«, fährt sie dann

fort. »Mathieus Frau ist vor anderthalb Jahren gestorben, das muss kurz nach Marlenes Tod gewesen sein. Irgendwie geht mir das nicht mehr aus dem Kopf, seit er mir von ihr erzählt hat.«

»Ich glaube eher, der schnieke Koch mit dem Riesenhund geht dir nicht mehr aus dem Kopf, Schatz. Findest du ihn plötzlich nicht mehr arrogant?«, frage ich teils amüsiert, teils verwundert.

»Unsinn!«, wehrt meine beste Freundin ziemlich vehement für ihre Verhältnisse ab.

Wahrscheinlich fühlt sie sich wegen Paul so wohl hier und nicht an erster Stelle wegen Marlene und ihrer Kindheit und überhaupt. Noch ein Grund, warum es gut ist, dass wir bald von hier wegkommen. Was will sie mit einem elsässischen Koch, der sie von oben herab behandelt und rund um die Uhr an sein Restaurant gebunden ist?

Sophie blickt ins Leere und beißt gedankenverloren in ihr Croissant. »Es ist nur … Gestern hat er sich von einer ganz anderen Seite gezeigt. Es war so friedlich da auf der Wiese über den Weinbergen. Von dort hat man das ganze Tal im Blick und schwebt irgendwie über den Dingen. Ich muss dir den Platz unbedingt mal zeigen … Und Paul war irgendwie so offen. Hatte wohl einen guten Tag …«

»Tja, fast schade, dass wir dann bald wieder weg sind, was, Sophie?« Ich streichele meiner Freundin zärtlich über die Wange. Wir sind immerhin so etwas wie Blutsschwestern, nur mit Litern von Faber-Sekt statt mit Blut.

Plötzlich poltert es im Flur. Die Tür wird rabiat aufgerissen, und Freddy stürmt atemlos in die Küche.

»Das ist der Hammer! Da kommt ihr nie drauf! Ratet mal, wer in der Scheune liegt und … schläft!« Sie keucht atemlos und schaut uns aufgeregt an. »Na?«

»Wer denn?«, fragt Sophie erschrocken und verschluckt sich dabei fast an einem Krümelrest ihres Croissants.

»Der Köter vom Koch? Wie heißt der noch mal … Mälzer?«, fällt mir nur ein.

»Kalt!«

»Etwa die Obermeier von der Tanke?«

»Megakalt! Kommt, Leute, denkt mal ganz scharf nach! Hopp, hopp, hopp! Das ist der Hammer …«

»Dann die gute Regine? Oder eine Ratte?« Mir fällt der komische SHINE-YOUR-LIGHT-Spruch ein, und ich zwinkere Sophie zu. »Vielleicht ein totes Pferd?«

»Schockgefroren! Ihr kommt nicht drauf. Viel besser! Ich gebe euch noch einen allerletzten Tipp.« Freddy überlegt, dann sagt sie: »Es hat mit Medizin zu tun. Naaa?«

Sie schaut uns bedeutungsschwanger an, als müsse sie die Antwort aus uns heraushypnotisieren. Wir schauen uns ratlos an und zucken mit den Schultern. No idea.

Dann brüllt sie: »Mensch, Alter! CT! *Carl-Torben*!«

»*Was?*«, schreien Sophie und ich unisono zurück. Wie zwei Synchronschwimmerinnen halten wir die Luft an. Ich sehe nur, wie Sophie die Backen aufbläst, dann tauche ich innerlich ab, es rauscht in meinen Ohren. Freddys Stimme höre ich wie unter Wasser. Ich fühle mich, als würde ich ertrinken. Blubber, blubber, blubber. Das darf nicht wahr sein. Freddy muss sich täuschen. Sie muss einfach. Sophie denkt das Gleiche, das sehe ich ihr an.

»Freddy, so ein Blödsinn! Das kann gar nicht sein. Was erzählst du denn da?«, höre ich meine beste Freundin streng zu ihrer Tochter sagen. Sie versucht, sachlich zu bleiben und hält alles für einen Irrtum, den es aufzuklären gilt. »Carl-Torben ist in Frankfurt und muss arbeiten. Wie kommst du denn auf so was Absurdes?«

»Doch, er ist es, das könnt ihr mir glauben! Er liegt draußen in der Scheune und schnarcht. Außerdem sieht er aus wie ein Busch. Und neben ihm liegen lauter Gummibärchen.« Freddy macht eine kurze Pause, als wir nicht weiter reagieren, um dann, nun ärgerlich, noch lauter zu werden: »Ich weiß doch, was ich sehe! Ich kenne CT ganz genau, schon vergessen?«

CT, Scheune, ein Busch? Gummibärchen? Fassungslos höre ich, was sie sagt, ohne die Zusammenhänge und den Sinn ihrer Worte zu verstehen.

»Freddy, das ist *nicht* witzig«, rege ich mich auf, als ich mich halbwegs wieder gefangen habe. »Du weißt genau, wie Carl-Torben mich drangsaliert, er stalkt und nervt mich, wo er nur kann. Sich damit einen Scherz zu erlauben, findest *du* vielleicht amüsant, *ich* finde das mehr als geschmacklos. Hast du vergessen, was mich dieser Mann schon an Zeit, Nerven und Kraft gekostet hat? Das ist *nicht* lustig!«, wiederhole ich gereizt und verständnislos.

Freddy bleibt wie angewurzelt stehen, blickt stumm von ihrer Mutter zu mir und zurück und atmet einmal tief ein und aus. Dann kommt sie zu uns an den Tisch. »Das war ja klar, dass ihr mir nicht glaubt. Bitte, wenn ihr es nicht anders wollt: Ich habe Beweise! *Tadaaaa!*«

Sophie und ich tauschen einen fragenden Blick.

Freddy zieht ihr Handy aus der Hosentasche und hält es uns hin. »Ihr könnt mir ruhig glauben, es *ist* CT. Dein Ex. Hier, seht ihr, ich hab ihn nämlich fotografiert.«

Voller Genugtuung wischt sie rasch über das Display, dann zeigt sie uns beiden ein Foto, dann noch eins und noch eins. Von allen Seiten hat sie den Mann aufgenommen inklusive Nahaufnahme des Gesichts samt Hut auf dem Kopf. Moment mal, der erinnert mich doch an …

Die blauen Slipper. Der graue Trenchcoat.

Sophie und mir fällt gleichzeitig die Kinnlade hinunter.

Tatsächlich. Er ist außerdem bekleidet mit einer Art Blätterkostüm, ein Carl-Torben-Busch sozusagen mit Hut oben und blauen Slippern unten, getarnt wie bei einem Militärmanöver. Neben ihm liegt eine leere Gummibärchentüte, und ein paar übrig gebliebene Exemplare der Süßigkeit sind auf dem Boden verstreut.

O mein Gott! Ich schlage mir mit der flachen Hand gegen die Stirn. Natürlich, ich hatte die ganze Zeit recht. Carl-Torben ist uns schon seit Frankfurt auf den Fersen. Ich habe schon an meinem Verstand gezweifelt – und Sophie und Freddy auch. Und jetzt liegt er leibhaftig in Marlenes Scheune auf dem Kanapee und schläft. Hier in Sonnenau, diesem Kaff im tiefsten Elsass, wo ich nie hinwollte. Und er nicht sein sollte.

Sophie und ich starren wie versteinert auf die Fotos.

»So, da habt ihr's!« Freddy schaltet ihr Handy aus und zieht es beleidigt weg.

»Carl-Torben … Das gibt's doch nicht«, bricht es aus Sophie heraus.

Hitze steigt mir in den Kopf, gefolgt von einer Welle Gänsehaut. Ich springe auf. Ende der Schockstarre und meiner Geduld. Es brodelt gefährlich in mir wie in einem Vulkan. Plötzlich weiß ich genau, was ich zu tun habe.

Schluss. Aus. Ende. Finito.

»*Aaahhh!* Dieser Arsch! So ein Dreckskerl! Dieser elende Stalker! Ich bringe ihn um!«, schreie ich.

Meine Wut muss raus, sonst platze ich. Nichts und niemand hält mich mehr, ich schimpfe und schreie weiter, so laut ich nur kann. Es reicht. Das ist das Ende von CT, zumindest in *meinem* Leben. Der Typ muss endlich verschwinden, sonst drehe ich durch und schaffe es nie nach Paris, sondern höchstens in eine elsässische Nervenklinik.

»Na warte! Der kann sich auf was gefasst machen!« Bereit für den finalen Kampf stürme ich brüllend aus der Küche, stoße dabei einen Stuhl um, renne aus dem Haus und auf direktem Weg zur Scheune, um meinem schlafenden Exmann an die Gurgel zu gehen.

»Coco!«, höre ich Sophie und Freddy hinter mir rufen.

Mir egal, ich reiße krachend die klapprige Holztür auf, poltere in die Scheune und …

Autsch! Verdammt, jetzt bin ich auch noch über einen Sack mit Gartenabfall gestolpert und hingefallen. Warum lässt Sophie den Mist auch hier mitten im Weg stehen? Ich rappele mich auf und spucke ein paar Halme aus. Gras, Ästchen und Disteln kleben an mir wie bei einer Vogelscheuche – doch ich kümmere mich nicht weiter darum, sondern stürme zum Kanapee.

Dort liegt tatsächlich, selig schlafend wie ein unschuldiges Baby, der echte Carl-Torben, wie er leibt und stalkt, auf dem Kopf ein zerknautschter brauner Herrenhut.

Mir geht ein Kronleuchter auf: Er war das also doch in der Raststätte, er war der Typ mit den Gummibärchen und die Erscheinung am Waldrand, als unser Auto liegen geblieben ist (hat er auch etwas damit zu tun?). Die tausend Nachrichten, die er mir geschickt hat – dabei wusste er längst, dass ich gar nicht in Paris bin. Die Leiter am Haus … Und jetzt liegt er hier, in diesem lächerlichen Buschkostüm.

»Es reicht! Jetzt ist Schluss, ein für alle Mal! Was fällt dir bloß ein?« Blitzschnell schaue ich mich um und schnappe mir einen Besen, der in der Ecke lehnt. Mit einem zerstörerischen Urschrei springe ich – die Vogelscheuche – dann zu ihm – dem Busch – und stoße ihn mit dem Ende des Besenstiels laut schimpfend von seinem Schlafplatz. Mit einem kräftigen Plumps landet er auf dem Boden.

»Aua!« Aufgeschreckt starrt er mich mit aufgerissenen Augen an. »*Coco!* Hey! Was machst du denn? Lass mich! *Hilfe!* Was soll das? Und wie siehst du denn aus? Spinnst du!«

Jetzt ist er wenigstens wach und hält sich den schmerzenden Po. Das hat gesessen. Insgeheim fängt es an, mir Spaß zu machen, ich pikse und malträtiere ihn weiter mit dem Besen, lasse Schimpftiraden auf ihn los und meinen Ärger raus.

Er wehrt sich, versucht, den Besenstiel zu greifen. Wir kämpfen hin und her, doch zwecklos, denn er hat nicht mit meiner unbändigen Kraft gerechnet. Meine ganze Wut und Verzweiflung entladen sich über ihn, dieses armselige Würstchen im Blätterrock. Ich habe so was von die Faxen dicke.

»Was *ich* hier mache?«, schreie ich. »Du hast die Frechheit, das zu fragen? Und wie *ich* aussehe? Geht's noch, Carl-Torben, bist du irre?«

Er starrt mich weiter an.

»Ja, du bist ein Wahnsinniger«, gebe ich mir selbst die Antwort. »Was machst *du* hier? *Du* verfolgst mich! Sogar bis nach Frankreich in *meinen* Urlaub? Was bildest du dir eigentlich ein? Wir sind getrennt, Carl-Torben! Warst du das etwa auch mit der Leiter? Hast du an unserem Auto rumgeschraubt? Bist du schuld, dass wir hier festsitzen, und besitzt die Frechheit, mich mit deinen blöden Nachrichten zu bombardieren, obwohl du ganz genau wusstest, wo ich bin? Im Urlaub! Und was soll diese alberne Tarnung? Du siehst aus wie ein Busch! Das ist echt der *Gipfel! Ich will das nicht mehr!*«, mache ich meinem Ärger gehörig Luft.

»Coco, lass mich! Das kitzelt! Was soll das denn?«

Pustekuchen, der kann mich mal, ungerührt mache ich weiter und stoße ihn immer wieder mit dem Besenstiel. Er starrt mich entsetzt an und krabbelt um das Kanapee herum, um vor mir und meinem Besen zu flüchten. »Vergiss es, Carl-Torben, zu spät, um dich zu verstecken!«, brülle ich. Was für eine Befreiung.

»Coco, hör auf! Coco!« Sophie und Freddy sind hinter mir hergestürmt und ziehen mich nun beide an den Armen, um mich von ihm wegzureißen.

»Lass CT! So lass ihn doch! Was soll das denn?«, ruft Sophie und zerrt an dem Besen, mit dem ich wild herumfuchtele, als sei ich die kleine Hexe auf dem Blocksberg.

»Ich mach dich fertig!«, schreie ich immer noch kampfeslustig, noch längst nicht durch mit dem Kerl.

Die beiden sehen mich erschrocken an.

»Jetzt beruhig dich erst mal. Komm schon, gib mir den Besen, er hat jetzt genug«, redet Sophie beschwichtigend auf mich ein.

CT hat es inzwischen bis hinters Kanapee geschafft, lugt mit dem Kopf vorsichtig hervor und beobachtet ängstlich, auf allen vieren hockend, den Ausgang unserer Diskussion.

»Ich will mich aber nicht beruhigen. Im Gegenteil. Ich will mich befreien von diesem Bekloppten. Wie sagte schon die Chanel? ›Die meisten Frauen wählen ihr Nachthemd mit mehr Verstand als ihren Mann.‹ Was hat mich damals nur geritten, den zu heiraten! Und jetzt steige ich aus. Nein, ich steige *ab*! Sophie, siehst du? Da hast du dein totes Pferd. Hier liegt's!« Demonstrativ zeige ich auf meinen Exmann beziehungsweise den Busch hinterm Sofa. »Ab sofort gehe ich zu Fuß weiter oder fahre mit deinem klapprigen Laubfrosch, wenn dieser Fleischer ihn irgendwann in diesem Leben noch mal repariert …«

Atemlos schnappe ich nach Luft, die mir immer dünner vorkommt. Alles kommt in mir hoch, der ganze Irrsinn der Reise, die Misere, in der ich hier stecke wie in einem tiefen elsässischen Sumpf voll zähflüssigem Kirschsaft. Pah!

Wieder will ich mich auf CT stürzen, da zerrt mich Sophie an den Schultern zurück. »Hey, hey, ist jetzt gut, Coco. Schluss damit, basta, hör auf!«, sagt sie betont streng. Dann reißt sie mir einfach den Besen aus der Hand und wirft ihn in die andere Ecke des Ateliers.

Ihrer zitternden Stimme merke ich an, wie sehr auch sie das alles mitnimmt. Eindringlich fixiert sie mich, als wäre ich Freddy, und sie müsste mich davor bewahren, einen Schulverweis oder Schlimmeres zu kassieren.

»Was soll's.« Ich streiche mir die Locken voller Grünzeug aus dem Gesicht und klopfe mir ein paar Halme vom Körper. Dann baue ich mich vor Carl-Torben auf. Unweigerlich lässt er die Lehne des Kanapees los, unruhig und aufgescheucht, und sieht mich eingeschüchtert an, während er etwas zurückweicht. Eigentlich sieht er urkomisch aus, getarnt mit diesem Gestrüpp. Ein Wunder, dass kein Vogel sein Nest auf ihm gebaut hat.

»Carl-Torben, du hörst mir jetzt gut zu, ich sag es nämlich nur *einmal. Ein einziges Mal!«* Meine Stimme klingt fest entschlossen. »Mit dieser Aktion hast du den Boten … äh, Bogen … absolut überspannt. Seit zwei Jahren sind wir geschieden, und trotzdem belästigst oder verfolgst du mich Tag und Nacht. Wie kann ich mir so ein neues Leben aufbauen? Das muss ein Ende haben. Kapierst du das? Ich habe die Nase gestrichen voll von dir, und ich will auch nicht mit dir befreundet sein! Such dir andere Freunde. *Lass mich ein für alle Mal in Ruhe!* Ich buchstabiere: I-N R-U-H-E! Ich stehe für dich hiermit nicht mehr zur Verfügung. Und wehe, du hältst dich nicht daran, dann … dann … «

Verflixt, jetzt fällt mir nichts ein.

»*Hau ab!*«, brülle ich deshalb einfach nur und richte mich zu meiner vollen Größe auf. »Ach ja, und noch was, Carl-Torben. Das wollte ich dir immer schon mal sagen: Ich *hasse* blaue Slipper!«

CT guckt wie ein begossener Pudel. Sein Gesichtsausdruck erinnert mich an ein Hundeporträt, das in der Frankfurter City-Galerie gegenüber von meinem Wohnhaus hängt.

»Coco, ich dachte immer, du magst sie. Wegen dir habe ich mir sogar drei Paar davon gekauft, damit sie immer tipptopp aussehen …« Er stoppt für wenige Sekunden, dann fährt er fort wie ein Lied in Endlosschleife: »Siehst du nicht, wie gut wir zusammenpassen?«

Carl-Torben schaut erst an sich herunter und zupft an seinem Blattwerk herum, dann wirft er mir einen verklärten Blick zu. Sophie hält mich erneut am Arm fest.

»Ich kann ohne dich nicht leben, das weißt du doch. Was soll ich denn machen, ich liebe dich eben. Ich liebe dich!«, bricht es aus ihm heraus, und er beginnt, hemmungslos zu schluchzen. Plötzlich kriecht er hinterm Kanapee hervor und fällt vor mir auf die Knie, versucht, meine Beine zu umklammern. »Coco, ich liiieeebe dich!«

»O Gott«, kommentiert Sophie hinter mir entsetzt, und Freddy, der es seit geraumer Zeit die Sprache verschlagen hat, entfährt ein »Krass!«, wobei mir erst in diesem

Augenblick auffällt, dass das kleine Aas die ganze Szene auch noch mit dem Handy filmt.

»Freddy, mach das Ding aus!«, brülle ich und an meinen Exmann gerichtet: »Verdammt noch mal, Carl-Torben! Hör auf zu weinen. Das ist doch keine Liebe. Das ist Knast, Klinik, Belagerung. Such dir was aus und jemand anderen und lass mich endlich los!« Ich schüttele ihn ab, bleibe hart und atme kurz durch. Dann suche ich wieder seinen Blick. »Carl-Torben, sieh mich an. Los! Du verschwindest jetzt auf der Stelle von hier, und ich will dich in nächster Zeit nicht mehr, hörst du, *nicht mehr* in meinem Leben sehen! Auch keine WhatsApp-Nachrichten, E-Mails oder Anrufe. Niente, nichts, nada!«

Hicks.

Das war ja klar. Vor lauter Panik bekommt CT Schluckauf, und es hat ihm die Sprache verschlagen. Ganz gewiss hat er mich so wütend noch nie erlebt.

Hicks. Hicks. Hicks.

»Schluss mit lustig. Hast du mich verstanden?«, frage ich vorsichtshalber noch einmal scharf nach.

»Hmmm … Hicks«, gluckst CT, fünf Oktaven höher als sonst.

»Gut.«

Die Luft ist zum Schneiden angespannt, keiner traut sich, mir zu widersprechen.

»Ich gehe jetzt wieder ins Haus, und wenn ich in fünfzehn Minuten zurückkomme, bist du hier verschwunden. Kein Carl-Torben mehr. Kein Busch, kein Hut, keine Slipper und kein einziges Gummibärchen. Capito?«

Hicks. Hicks.

Erschöpft wende ich mich von ihm ab, fühle mich jedoch zugleich befreit und erleichtert. Jetzt eine Zigarette.

Sophie und Freddy, sprachlos und beeindruckt von meinem filmreifen Wutausbruch, beeilen sich, mir Platz zu machen, damit ich die Scheune verlassen kann. Erhobenen Hauptes und mit energischen Schritten schreite ich wie eine Königin zur Tür hinaus.

Freddy höre ich noch entschlossen zu ihrer Mutter sagen: »Eins verspreche ich dir, Mum: Ich werde *niemals* heiraten! Never!«

Sophie

Eine gute Tat am Tag genügt –
manche zählen ganz klar doppelt!

»CT, jetzt beruhig dich doch. Hier hast du ein Taschentuch. Putz dir die Nase und hör auf, dich ständig umzudrehen. CT, du musst Coco vergessen. Hör bitte endlich auf zu weinen. Das ist ja furchtbar. Verstehst du mich?! Hallooo! Halt mal die Luft an, dann geht der Schluckauf weg. Kennst du den Spruch? ›Wenn du bemerkst, dass dein Pferd tot ist, dann steig ab.‹ Es ist so weit!«

»Aber Coco ist doch nicht tot. Sie lebt – und ist sie nicht wunderbar? Sie hat so eine Leidenschaft, so ein Temperament. Ich kann ihr nicht egal sein«, stammelt Carl-Torben, während ich ihn am Arm hinter mir herziehe.

Dem Kerl ist wirklich nicht zu helfen. Dennoch wiederhole ich meine Sätze mantraartig auf dem Weg zu seinem Auto, jedoch ohne große Hoffnung, dass irgendwas davon bei ihm hängen bleibt. Die kurze Strecke zieht sich außerdem wie ein Marathonlauf.

Als die Situation vorhin innerhalb von Sekunden eskalierte, Coco wie im Rausch auf CT losging und ihn aus der Scheune und damit endgültig aus ihrem Leben warf, musste eine schnelle Lösung her. Das Naheliegendste war, CT erst mal von der Bildfläche und damit aus der Schusslinie zu schaffen. Also beschloss ich, Cocos Ex aus der Scheune und zu seinem Auto zu bugsieren, das er gut versteckt am Waldrand geparkt hatte. Dem roten Golf seiner Mutter.

Ich kann es immer noch nicht glauben: Coco lag richtig, die ganze Zeit. CT hat uns tatsächlich verfolgt. Von meiner Haustür in Frankfurt bis hierher nach Sonnenau. Am Ende ist er vielleicht auch noch verantwortlich für unsere Panne, wobei er das nicht zugegeben hat. Und ich habe an Cocos Verstand gezweifelt anstatt an seinem, obwohl mich der Typ seit Jahren nervt. Wieso sie ihn nicht schon viel früher in die Schranken verwiesen hat, ist mir ein Rätsel. Aber irgendwie tut er mir fast auch ein bisschen leid. Verrückt das alles, aber jetzt gilt es, nach vorne zu schauen.

Mein Plan, ihn ins Auto zu verfrachten und nach Hause zu schicken, droht jedoch gerade zu scheitern. CT ist zwar nun in seinen Golf gestiegen, macht aber null Anstalten loszufahren. Er starrt nur apathisch auf das mit hellem Fell eingehüllte Lenkrad (wer um Himmels willen hat denn noch so was?). Also tippe ich auf sein linkes Bein, damit er die Kupplung tritt.

Nachdem er nicht reagiert, beuge ich mich durch das offene Autofenster, lege den ersten Gang ein und sage streng: »Es war ein Riesenfehler, CT, dass du hergekommen bist. Du fährst jetzt auf dem schnellsten Weg nach Hause. Verstanden? Du *musst* Coco in Ruhe lassen. Halt dich erst mal ganz zurück: keine Nachrichten, keine Anrufe, keine Belästigungen. Such dir Hilfe, einen Therapeuten, eine Gesprächsgruppe. Die SHINE-YOUR-LIGHT-App kann ich dir empfehlen. Bringt einen auf andere Gedanken. Auf jeden Fall musst du jetzt hier weg, hörst du?«

Carl-Torben hebt den Kopf und sieht mich mit einem Blick an, dass mir unwillkürlich das von Regine erwähnte offene Kuhgesicht in den Sinn kommt, ohne einen Schimmer zu haben, wie diese Yogaübung aussehen mag.

»Gangschaltung, Kupplung, Gas«, sage ich und habe das Gefühl, er leide an spontaner Bewegungsamnesie. »Den Schlüssel drehen«, erkläre ich wie einem Kleinkind und mache dabei eine Drehbewegung mit der Hand. Klick-klick-klick-klick. Ohne Erfolg.

So wird das nichts. Ich reiße die Fahrertür auf, ziehe Carl-Torben an den Armen hoch aus dem Auto und schiebe ihn um das Heck des Golfs herum zur Beifahrerseite. Er lässt es bereitwillig geschehen. Mit einer Hand öffne ich die rechte Tür und schiebe ihn auf den Sitz. Dabei halte ich schützend die andere Hand über seinen Kopf, wie man es aus Fernsehkrimis kennt. Tür zu. *Ich* fahre.

Nur wohin? Während ich den Golf auf die Waldstraße lenke und an Marlenes Haus vorbeifahre, sehe ich die arme Coco auf der Bank sitzen, den Kopf auf den Tisch gelegt. Die Situation mit Carl-Torben hat sie echt fertiggemacht. Was für ein Morgen …

Auch CT sieht sie. »Coco«, seufzt er. »Aber ich liebe

dich doch …« Seine Stimme klingt leise und trotzdem erstaunlich heftig. Das macht mich wütend.

»Carl-Torben Hufschmied, Schluss damit! Das ist keine Liebe. Echte Liebe ist immer auf Augenhöhe. Liebe macht den anderen stark und nicht schwach. Liebe lässt den anderen sein, sie ist leicht, nicht schwer. Sie fordert nichts und kriegt trotzdem viel«, predige ich wie aus der Bibel, dem Buch der Bücher. Aber es stimmt doch. Wenn das hier Liebe sein soll, dann nein danke! Nichts für mich. Sogar Freddy hat die Nase voll, und sie ist gerade mal vierzehn, mein kleines Mädchen.

»Du musst dringend Abstand halten, dich um dich kümmern. Tu dir selbst den Gefallen, CT – und Coco.« Und mir. Letzteres verkneife ich mir laut zu sagen.

»Ich verstehe sie nicht. Ich liebe sie doch. Ich bin müde. Ich will schlafen«, sagt er nur.

Coco hat recht, er kann tatsächlich nur in Ich-Sätzen sprechen. Die werde ich meinen Autoren ab sofort rigoros verbieten, die Welt braucht definitiv weniger Ich-Sätze.

Gleich erreichen wir den Markplatz. Wohin soll ich CT nur fahren? Ich mochte ihn zwar noch nie, aber jetzt muss ich etwas tun, auch für Coco. Wie er da wie ein Häufchen Elend neben mir sitzt und sich in seiner eigenen Welt dreht und wendet ohne eine Chance, den Ausgang zu finden. Vielleicht sollte er tatsächlich zuallererst mal durchschlafen. Mir fällt das Petit Paris ein. Auf dem Schild steht doch »Restaurant et Auberge«, also Pension. Dort könnte er vielleicht übernachten und dann morgen directement zurück nach Hause ins heiße Frankfurt düsen.

Fast haben wir es geschafft, die Weinterrasse des Petit Paris ist schon zu sehen. Doch heute ist Markttag und viel mehr los als sonst. Die Händler haben ihre Stände aufgebaut, im Vorbeifahren sehe ich Brote und Hefezöpfe, prächtige Kohl- und Salatköpfe zwischen Bundmöhren, daneben riesige Käserollen und pralle Würste an Haken. Der Geruch von Räucherwurst, Thymian und anderen Kräutern zieht durch die offenen Fenster zu uns ins Auto.

Ich fahre einen Bogen um das Treiben und stoppe den Wagen ruckartig vor dem Restaurant. CT sackt neben mir noch ein Stück mehr in sich zusammen. Wenigstens hat sein Schluckauf aufgehört. Was für ein Typ! Was hat Coco nur jemals an ihm gefunden? Ich schäle ihn vom Sitz, ziehe ihn an der Hand aus dem Auto und schlage die Autotür hinter seinem Rücken zu. Erst jetzt fällt mir mit Schrecken auf, dass er immer noch seinen exquisiten Waldschmuck trägt. Ungeduldig zerre ich ihm das Blattwerk vom Körper und aus den Haaren, bis ein kleiner grüner Haufen zu seinen Füßen liegt. Den schiebe ich schnell mit Händen und Füßen unters Auto. Was man nicht alles aus Freundschaft macht.

Als ich mich wieder aufrichte, entdecke ich Jeanne in der Tür ihres Ladens. Sie schüttelt abschätzig den Kopf. Wie peinlich, sie hat die Entlaubungsaktion mitgekriegt. Was sie jetzt wohl denkt? Auf jeden Fall kann sie mich nicht leiden, denn sie dreht sich um und geht zurück in die Bäckerei, mein »Salut« samt Winken ignorierend.

Verstohlen blicke ich mich um. Zum Glück scheint sie als Einzige in dem trubeligen Marktgeschehen Notiz von uns genommen zu haben. Hauptsache, Paul hat mich nicht gesehen, nachdem wir gestern ein einigermaßen wohlwollendes Gespräch geführt haben und er mich wirklich positiv überrascht hat mit seiner Heimatküchenphilosophie.

Resolut drücke ich Carl-Torben mit beiden Händen zur Treppe des Petit Paris. »Jetzt komm schon, CT. Wir fragen, ob noch ein Zimmer für dich frei ist. Dann legst du dich hin, und sobald du ausgeschlafen hast, fährst du nach Hause. Sonst kriegst du es auch noch mit mir zu tun! Und das willst du nicht, glaub mir.« Hoffentlich klingt das entschlossen genug.

Wie ein Kind ziehe ich Cocos leise vor sich hin jammernden Ex an der Hand hinter mir her die Stufen hoch. Am Eingang des Restaurants kommt uns Paul in vertrautem Piratenlook entgegen. Ich bereite mich innerlich darauf vor, die Säbel zu zücken, und prompt pfeift er leise durch die Zähne, als er uns beide sieht.

»Salut, Sophie. Bonjour, Monsieur.«

CT schweigt.

Paul schaut überrascht. »Haben Sie Besuch aus Deutschland? Ich freue mich, Freddys Vater auch einmal kennenzulernen.«

Freddys Vater? So weit kommt es noch!

»Nein! Nein!«, beeile ich mich zu antworten, »das ist nicht mein Ex, äh, Freddys Vater, wir sind schon lange nicht mehr zusammen ... Das ist Cocos ... Ach was, das ist CT, also genauer gesagt Carl-Torben Hufschmied. Er ist ...« Was soll ich sagen? Ein Irrer, der Coco seit Jahren heimsucht, uns bis in dieses Nest verfolgt hat, mit der Leiter zu unseren Schlafzimmerfenstern hochgeklettert ist, dessen kompletten Stoffwechsel ich besser kenne als meinen eigenen, ein hypochondrischer Buchhalter, der … Ich atme tief durch. Das hier versteht kein Mensch. »Ein Gast«, konstatiere ich stattdessen kurz und knapp.

»Interessanter Aufzug, so militärisch. Typisch deutsch?«, fragt Paul rhetorisch und mustert Carl-Torben, an dem noch ein paar Blätterreste kleben, von oben bis unten.

»Er ist Jäger«, lüge ich spontan. Das hat mir noch gefehlt. Bestimmt hat er uns doch am Auto gesehen und den halben Wald dazu.

»Wo haben Sie den denn aufgelöffelt? Haben Sie keinen Platz im Haus?«, fragt Paul dann mit einem unverschämten Grinsen.

»Aufgegabelt heißt es. Nicht aus … also *auf*gelöffelt«, meldet sich CT zu Wort.

Am liebsten würde ich beide Kerle mit meinen Säbeln, sprich meinen Blicken, aufspießen, doch ich versuche, mir nichts anmerken zu lassen. »Herr Hufschmied ist ein unerwarteter Gast aus Deutschland. Haben Sie noch ein Zimmer frei? Es muss auch nichts Besonderes sein. Er ist müde, muss dringend ausschlafen und reist, so schnell es geht, wieder ab.«

»Tut mir leid, Mademoiselle. Wir sind fast ausgebucht. Im Übrigen haben wir nur besonders schöne Zimmer.«

Mann, Mann, Mann, gib ihm einfach irgendein Bett! Warum sind Männer manchmal so kompliziert? Ich habe wirklich keine Lust und keine Kraft zu diskutieren.

»Dann eben ein *besonderes* Zimmer.« Ich lächele Paul übertrieben freundlich an. »Herr Hufschmied arbeitet hauptberuflich als Buchhalter bei einer großen Bank, Geld spielt keine Rolle.«

Beim Stichwort Finanzen ist CT plötzlich hellwach. Mit drei großen Schritten stürzt er vor zur Kasse. »Da ist es ja! Jetzt wird alles gut.« Er schnappt sich das silberne Armband, das mittlerweile neben einem »Gefunden«-Schild mit Klebeband auf dem Tresen befestigt ist und seit Tagen auf seinen Besitzer wartet.

Ich fasse es nicht, jetzt fehlen mir endgültig die Worte. C & C – warum bin ich nicht gleich darauf gekommen? Coco und Carl-Torben. Mein Gott!

Mit Tränen in den Augen hält CT das Armband hoch. »Schau mal, Sophie, das habe ich mir anfertigen lassen als Zeichen unserer großen Verbundenheit. Mit Unendlichkeitszeichen. Ist es nicht schön? So schön wie Coco. Ich muss es verloren haben. Dass es ausgerechnet hier wiederauftaucht, ist ein Zeichen. Ob ich es ihr schenken soll?«

Warum habe ich das Ding am Montag überhaupt aufgehoben und Paul gegeben? Entgeistert starre ich auf die Unendlichkeit. Hört das denn nie auf? Mir wird ganz mulmig. Wie krank muss man sein …

Ich muss an Freddy denken, bei ihr und ihren Freunden heißt »voll krank« supergut und bewundernswert. Ich habe das untrügliche Gefühl, dass mir das alles hier rasant über den Kopf wächst: Unten ist plötzlich oben und oben unten. Das scheint auch Paul zu bemerken. Er übernimmt spontan und zeigt mit einem Blick auf mich kurz wohlwollend Richtung Tür. Ausnahmsweise hat er recht, ich muss an die frische Luft. Und zwar jetzt. Tout de suite.

Wenige Minuten später hat CT ein Zimmer bekommen und ist dorthin verschwunden, und ich sitze mit einem Kirsch und einem Glas Wasser an einem Tisch unter den Bäumen und Reben. Bocuse kommt schwanzwedelnd aus einer Ecke auf mich zu und begrüßt mich freudig.

»Noch einen?«, fragt Paul kurz darauf im Vorbeigehen. Die Terrasse ist halb voll, und er begrüßt freundlich ankommende Gäste.

Ich winke ab und schicke CT eine schnelle SMS: Schlaf dich aus, und dann MUSST du abreisen, wenn du möchtest, dass Coco jemals wieder auch nur einen einzigen Mini-Piep mit dir spricht. Das schwöre ich dir. Am besten schickst du mir ein Foto, wenn du wieder in Frankfurt bist. Tschüss, Sophie

»Würden Sie Herrn Hufschmied den bitte geben?« Ich halte Paul den Autoschlüssel hin und lege genügend Geld für die Getränke auf den Tisch.

»Merci.« Paul nimmt den Schlüssel, kassiert und verbeugt sich leicht.

Wieder weiß ich nicht, ob das eine höfliche oder ironische Geste sein soll. Fast scheint es mir, als ob das schöne Gespräch in den Weinbergen vorgestern nur in meinen Gedanken stattgefunden hätte. Als wir über der Welt saßen. Jetzt hocken wir wieder mittendrin. Leider. Wenigstens Bocuse ist wie immer, er spürt die angespannte Stimmung und hat seinen Kopf auf meinen Schoß gelegt.

»Ich kümmere mich um Ihren Gast«, setzt Paul hinzu.

»Und wenn Sie etwas Ablenkung brauchen, Sophie: Wir feiern morgen die Fête du Soleil in Sonnenau, das schönste Fest des Jahres. Alle kommen! Wenn Sie, Ihre Freundin und Ihre Tochter vielleicht auch einmal etwas bei mir essen und nicht nur trinken möchten, wäre der Zeitpunkt ideal. Es wird auch Musik geben und Tanz. Oder tanzen Sie nicht?«, fragt er mit einem provozierenden Unterton.

Nett gemeint und dennoch wieder mit Seitenhieb. Typisch. Zum Ausfechten habe ich heute aber definitiv keine Kraft mehr.

»Doch, ich tanze sehr gerne. Falls wir morgen wider Erwarten noch hier sein sollten, überlegen wir es uns, danke«, antworte ich neutral bis kühl.

»Bon, dann habe ich einen Tanz gut. Ich werde Sie daran erinnern.«

Auf der Stelle werde ich rot und nicke hastig, dabei gleitet mein Blick zum efeuumrankten Gebäude des Petit Paris. Es strahlt eine große Ruhe aus mit seinen stabilen Mauern. Hinter den hohen gebogenen Sprossenfenstern brennt Licht im Gastraum, und oben in einem der Gästezimmer schläft Carl-Torben hoffentlich. Coco will ihm ganz sicher nicht mehr hier begegnen, und zum Feiern und Tanzen ist mir nach diesem Vormittag erst mal gar nicht zumute.

Coco

Namaste, ein Dorf lässt grüßen

»Hallo, Nik, bitte entschuldige, dass ich mich länger nicht gemeldet habe, aber du ahnst nicht, was hier los ist. Ich bin so aufgeregt – und sauer. Stell dir vor, Carl-Torben ist hier aufgetaucht, er ist uns bis nach Sonnenau gefolgt, wirklich wahr! Im Golf eurer Mutter! Die ganze Zeit habe ich es doch geahnt und auch ein paarmal geglaubt, ihn zu sehen – weißt du ja. Dann hat Freddy ihn schlafend in der Scheune erwischt, und ich hab ihn rausgeschmissen. Ich hätte ihn umbringen können! So wütend war ich in meinem ganzen Leben noch nicht. Er behauptet allen Ernstes, immer noch ein Recht auf mich zu haben. Sophie hatte Mitleid mit ihm und hat ihn in die Pension von Paul verfrachtet, diesem Restaurantchefkoch, den sie kennengelernt hat. Hatte ich dir erzählt, oder? Ich kann nur für Carl-Torben hoffen, dass er sich nicht mehr blicken lässt und schnell nach Hause fährt … Unser Auto ist noch in Reparatur, Luc ist dran, aber ich muss unsere Verabredung zum Begrüßungsdrink wieder absagen. Es tut mir so leid!

Ich weiß einfach nicht, wann wir in Paris ankommen werden. Vielleicht morgen. Hast du Zeit? Es ist echt zum Verzweifeln, Nik, dabei gibt es nichts, was ich mir momentan mehr wünsche, glaub mir … Aber man kriegt hier weit und breit auch keinen Mietwagen, und mit unserem gesamten Sack und Pack für uns drei eine Zugverbindung nach Paris zu bekommen, ist in der Urlaubssaison nahezu unmöglich. Und Sophie möchte auch nicht einfach das kaputte Auto bei Luc stehen lassen … Nein, ich hab sie immer noch nicht eingeweiht wegen uns … Hat wieder nicht gepasst. Aber ich hab eine Idee: Heute Abend ist ein großes Fest in Sonnenau. Falls wir nicht eher loskommen, werden wir wohl hingehen. Vielleicht ergibt sich ja da mit ein paar Wein intus eine gute Gelegenheit, um den Kerl festzunageln, dass er endlich unser Auto repariert … Und dann reisen wir morgen ab, komme, was wolle. Ich dreh hier völlig am Rad, wirklich, ehrlich, ich tue alles, um schnellstmöglich … zu dir … nach Paris … zu fahren … Oh, ich glaub, es kommt jemand. Dann mach's gut, ja? Ich meld mich wieder. Freu mich so auf dich …«

»Coco?«

Verdammt, Sophie. Ich muss schnell hier raus. Sprachnachricht senden und fertig. Hastig versuche ich, mich aus dem alten Bauernschrank in Marlenes Scheune herauszuquälen, leider wirklich der einzige Ort hier auf dem ganzen Grundstück mit optimalem Empfang. Doch als ich die Tür aufdrücken will, knallt sie gegen einen Widerstand.

»Aua!«

Vorsichtig steige ich aus dem Schrank und sehe, wie Sophie sich die Nase hält.

»Sag mal, spinnst du, Coco? Willst du mir die Nase brechen? Das wär's jetzt noch … Was machst du denn in diesem alten Schrank? Versteckst du dich? CT traut sich nach deinem Auftritt bestimmt nicht mehr her«, meint meine Freundin mehr als verwundert und reibt sich erneut die angeschlagene Nase.

Auf der Stelle werde ich rot bis zu den Haarspitzen. »Äh … tut mir leid, Schatz … Äh, ich, also … tja … Es ist so …«

»Jaaa?«, bohrt Sophie mit neugierigem Blick weiter.

»Nun, äh … ach … ja, also … Rüdiger hatte mehrfach versucht, mich zu erreichen. Er hatte eine wichtige Frage zu einem Artikel, und hier ist der Empfang wirklich am allerbesten, solltest du auch mal testen! Und da hab ich kurz was recherchiert und ihm eine Nachricht hinterlassen«, erkläre ich hektisch. Ich spüre, wie sich rote Flecken auf meinem Dekolleté ausbreiten, und grinse verlegen.

»Und hast mit den Worten geendet: ›Freu mich so auf dich‹?«, fragt Sophie misstrauisch. Doof ist sie ja nicht. »Auf *Rüdiger*?!« Ihre Blicke durchbohren mich.

»Ja, nun, äh, weißt du, er war so schlecht drauf. Sibylle nervt ständig rum, Herr Bode hat Rücken, Laura-Lee ist krank, und sein Lover geht wieder mal fremd, da tat er mir so leid … Ich hab das eigentlich eher ironisch gemeint, so nach dem Motto: Du mich auch. Verstehste?«, fällt mir dazu nur ein, allerdings nicht besonders glaubwürdig.

»Aha.« Sophie kneift die Augen zusammen, wie um

meine Worte noch mal zu überprüfen. »Na dann. Ich wollte dir eigentlich nur Bescheid sagen, dass ich jetzt kurz bei Mathieu vorbeischaue. Freddy ist bei ihm und noch nicht wieder zurück. Ich will mal nach den beiden sehen. Kommst du mit? Auf dem Weg könnten wir mal in Ruhe quatschen. Wir sind zwar im Urlaub, aber ich habe das Gefühl, wir haben weniger Zeit füreinander als zu Hause. Du fehlst mir!«

Sophie fasst ihre Haare am Hinterkopf zu einem unordentlichen Knoten zusammen, sodass die Spitzen lustig in alle Richtungen abstehen.

»Da hast du recht. Umso mehr freue ich mich, wenn wir endlich unser richtiges Reiseziel erreichen und genießen können. Aber geh bitte alleine. Ich will unbedingt noch mal bei unserem Fleischer-Luc vorbei. Und vorher hüpfe ich noch schnell unter die Dusche, ich rieche nämlich schon nach Land. Madame Chanel wäre entsetzt.« Ich schnuppere prüfend an meinen Achseln, wie ich es immer tue, und verdrehe die Augen, eine Ohnmacht vortäuschend.

»*Das* kann ich natürlich verstehen«, lacht Sophie. »Und mach Luc noch mal ordentlich Dampf.«

Sie zieht mich an sich in einer kurzen Umarmung, während der ich mein Handy, das Beweismittel meiner Heimlichtuerei, seitlich an mein Bein presse und zum Himmel bete, dass ich heute Erfolg haben werde.

Wie eine Heilquelle lasse ich das warme Wasser über mich laufen. Ich muss lächeln, weil mir eine meiner alten Reportagen über den Brunnen Fálki in Island einfällt, der unter Denkmalschutz steht. Der Legende nach soll er über drei Quellen verfügen: Aus der ersten kommt gewöhnliches Trinkwasser, aus der zweiten Heilwasser, und aus der dritten Quelle fließt Bier. Warum bin ich da nicht eher draufgekommen und habe Carl-Torben davon erzählt? Der wäre möglicherweise sofort hingereist, um es zu überprüfen, in den Brunnen gefallen und – zack – weg! Aber von dem lasse ich mir keinen Tag mehr versauen. Und er wird mich auch nicht davon abhalten, ins Dorf zu gehen.

Eine halbe Stunde später stehe ich vor Lucs Garage. Keine Menschenseele ist zu sehen oder zu hören, auch das große Tor ist geschlossen.

»Das gibt's doch nicht!«, entfährt es mir laut.

Ich zünde mir eine Zigarette an, atme tief den Rauch ein und zähle bis fünfzig, um mich zu beruhigen. Wie erwische ich diesen Typen heute am besten? Wahrscheinlich ist er doch schon in seinem Fleischerladen und trifft Vorbereitungen für das Fest.

Es ist schon Freitag, und wir hängen immer noch in Sonnenau fest. Vielleicht sollten wir heute Abend wirklich auf die Fête du Soleil gehen, wenn sich bis dahin nichts mit Sophies Renault tut, allein um auf andere Gedanken zu kommen.

Coco Chanel kommt mir in den Sinn. Sie wäre auch zu dem Fest gegangen, weil sie keine Minute ihres Lebens verschwenden wollte und immer neugierig auf alles blieb. Vielleicht wird die Feier sogar ganz lustig, zumindest soll sie ein absolutes Highlight im Ort sein. Carl-Torben ist dann hoffentlich schon abgereist. Das will ich ihm geraten haben. Und feiern tut immer gut, tanzen sowieso.

Hat Nik eigentlich schon geantwortet? Ich schaue prüfend auf mein Handy. Nichts. Komisch. Der muss doch aus den Latschen gekippt sein nach der Nachricht, dass sein Bruder bei uns in der Scheune lag. Hoffentlich ist er nicht verschreckt, dass ich CT rausgeschmissen habe, immerhin war ich noch nie so konsequent.

Auch nachdem ich die Zigarette fast aufgeraucht habe, kein Luc weit und breit.

»Wie du willst, Luc«, sage ich trotzig und mache mich schnurstracks auf den Weg zur Ortsmitte. Die deutsche Hartnäckigkeit ist auch nicht zu unterschätzen. Zigarette aus und los!

Als vor mir der Marktplatz in Sicht kommt, fällt mir wieder einmal auf, wie unfassbar schön das Zentrum von Sonnenau ist, und für dieses Wochenende ist sogar alles toll geschmückt. Blumengestecke und prachtvolle Girlanden zieren den Ortskern, überall hängen Ankündigungen für das Fest. Auf den Straßen herrscht reges Treiben, die Vorbereitungen laufen auf Hochtouren.

Dies und die bunten Fachwerkhäuser, das alte Kopfsteinpflaster, die Blumen überall – in jedem Fenster und vor jeder Haustür – und die kleinen Fachgeschäfte und Cafés lenken mich ab und bringen mich auf andere Gedanken. Ich schlendere an den Lebensmittelläden vorbei und staune über die vielen französischen Käsesorten, Chèvre, Winzer- und Munster-Géromé, Roquefort und natürlich Camembert, aber auch über den Fisch und die Meeresfrüchte, Pasteten, Gänsestopfleber, Honigspezialitäten und zahlreiche andere Leckereien. Und immer wieder Gugelhupf in allen Varianten. In anderen kleinen Geschäften gibt es Kosmetik und Pflegeprodukte zu kaufen, Seifen, Shampoos, Parfüms, Cremes und Lotionen – selbstverständlich alles auf natürlicher Basis.

Am Marktplatz angekommen gehe ich an den vielen Ständen vorbei, die zur Feier des Tages aufgebaut wurden. Ach, ich liebe Märkte! Hier wird keine steril verpackte Massenware angeboten, sondern viele Köstlichkeiten aus der Umgebung, frisch abgefüllt, gepflückt, gebacken oder sonst wie in Handarbeit hergestellt. Das wäre auch was für meine liebste Nerv-Kollegin Sibylle, die nur Dinge trägt oder auf sich schmiert, die man theoretisch guten Gewissens auch essen könnte – was sie selbst permanent betont.

Als merkwürdige schrille Geräusche an mein Ohr dringen, wende ich mich um. Klingt wie ein durchdringendes Tonfeuerwerk.

»Namasteee, Namasteee, Namasteee, Namasteee, Namasteee, Namasteee …«, singt eine laute, grelle Frauenstimme, die einer Sirene ähnelt, so falsch und schief klingt es.

Ich drehe und wende mich in alle Himmelsrichtungen. Wo kommt dieser schreckliche Singsang her? Am anderen Ende des Marktplatzes, vor dem kleinen Café direkt hinter den Marktständen, erspähe ich eine Menschentraube, aus deren Mitte die laute Stimme erklingt. Neugierig nähere ich mich dem Auflauf.

»Namasteee, Namaste, Namasteee, Namaste – et maintenant tout le monde. So, meine Lieben, und jetzt *alle* zusammen, los, los, allez! Traut euch, singt alles aus euch raus, frisch und frei. Un, deux, trois: Namaste … Namasteee …«

Irgendwie kommt mir die Stimme bekannt vor. Ich gehe noch ein Stück näher, stelle mich hinter die letzte Reihe der Gruppe und luge über die Schulter meines Vordermanns.

Das gibt's doch nicht! Umringt von umstehenden Schaulustigen liegen doch tatsächlich mehrere Personen im Kreis angeordnet auf Matten auf dem Kopfsteinpflaster und machen *Yoga*! Mitten auf dem Marktplatz! Von wegen innere Einkehr, die Leute sind wirklich nicht mehr ganz dicht heutzutage.

Inzwischen sind die anderen Teilnehmer auch in den Namaste-Gesang eingefallen, und es hallt jetzt mehrstimmig über den Platz. Mir kommt eine dumpfe Ahnung, hat Sophie nicht erzählt, dass …? Ich lasse meinen Blick über die Yogis schweifen, um die Lehrerin mit der Stimme, die am lautesten dröhnt, ausfindig zu machen. Sie steht mit erhobenen Armen in der Mitte des Kreises und gibt den Ton vor: Regine!

Meine Güte, die Schwitzhüttenfrau in Aktion. Die fehlt mir gerade noch. Am besten schleiche ich mich schnell vorbei und ziehe mich dezent zurück.

»*Coco! Chérie!* Hier! Hier sind wir!«, ruft es in diesem Augenblick, als ich mich gerade umdrehen will.

Um Gottes willen, sie hat mich entdeckt.

»Coco, das ist ja wundervoll! Chérie, Schwester, komm,

komm, vite, vite, na los, komm zu uns. Schau mal, wir haben noch eine Matte frei. Wie für dich gemacht! Ich wusste, dass sie auf jemand ganz Besonderen wartet.« Über das ganze Gesicht strahlend winkt mir Regine zu.

Die übrigen Umstehenden drehen die Köpfe zu mir und nicken mir zu, als würden wir uns kennen, aus welchem Leben auch immer. Sogleich bilden sie eine Gasse, damit ich zu Regine in die Mitte gehen kann. Das glaube ich jetzt nicht. Wie angewurzelt bleibe ich stehen. Eine ältere Dame lächelt mir aufmunternd zu und schiebt mich entschlossen nach vorne.

Mist, Mist, Mist. Aus der Nummer komme ich nur durch ein Wunder wieder heraus.

Alle schauen mich erwartungsvoll an.

»Allez, los, Coco, komm her, sei nicht schüchtern! Allez, allez! Ich freue mich so, dich zu sehen. Très bien, so ist es gut. Trau dich ruhig, da ist noch was frei.« Regine wedelt aufgekratzt mit den Händen, bevor sie die Menge anspricht: »Freunde des Lichts, das ist Coco, eine Schwester in Not! Sie ist gelandet in Sonnenau, das Schicksal hat sie hergeführt. Willkommen in unserer Mitte, Coco!«

Am liebsten würde ich im Erdboden versinken, stattdessen stehe ich mitten im Yogakreis. Regine nimmt mich herzlich in Empfang, umarmt mich und drückt mich lächelnd auf die freie Matte neben ihr. Das Publikum klatscht. Ich sterbe vor Scham, ist das peinlich. Fehlt noch, dass mich Freddy oder Sophie so sehen. Oder Luc.

»So, meine Lieben, wir haben noch nicht genug gesungen. Wir singen jetzt noch mal alle zusammen eine

Runde Namaste, bevor unser Sonnenfest-Yoga beginnt. Das wird heute eine ganzheitliche Stunde für Körper, Seele und Geist, wir werden alle unsere sieben Hauptchakren öffnen, die Verbindungstore zu unseren Energiekörpern. Lasst euch darauf ein, lasst alles los, konzentriert euch nur auf meine Worte, die Musik und die Übungen, dann werden wir die Energiezentren des Universums mit eurer eigenen Energie in kosmischen Einklang bringen. Alles soll fließen und weich sein. Bon. Un, deux, trois: Namaste, Namaste …«

Mein Widerstand schwindet, ich gebe innerlich auf. Nun gut, ein bisschen Yoga wird mir sicher nicht schaden. Leise falle ich in den Gesang mit ein und hoffe, dass vielleicht doch eine höhere Macht Erbarmen mit mir hat und mich hier rausholt. Dann schließe ich widerstandslos meine Augen und denke an … Nik.

An seine Augen, wie sie strahlen, wenn er mich anlacht, seine geschwungenen schwarzen Wimpern. *Konzentriere dich, Coco.* Wie sieht er aus? Ich rufe die Erinnerung an ihn in meinem Gedächtnis hervor. Versuche mir vorzustellen, dass ich seine Haare zurückstreiche, sein Gesicht berühre, die Stoppeln seines Fünftagebarts. Dann seine Lippen, diese wunderschönen Lippen. Ich küsse sie in meiner Vorstellung ganz zart. Meinen Kopf möchte ich an seine Brust lehnen, er soll mit seiner Hand über meine Locken streicheln. Obwohl die Schmetterlinge in meinem Bauch tanzen, werde ich mit jedem Gedanken ruhiger …

Und stelle mir vor, wie ich schwebe. Das Bild ist ganz plötzlich da. Ich schwebe über den Wolken, ganz leicht und sanft. Friedlich, glücklich und voller Liebe. Unter mir erkenne ich Landschaften, Städte und Meere, über mir ist nichts als blauer Himmel. Alles kommt mir bekannt vor, und doch so fremd. Ich fliege wie ein Vogel, weil ich körperlos bin. So wie ich es als Kind immer geträumt habe. Und ich habe etwas vor, ich möchte mich *versöhnen*. Mit allen Menschen, in deren Herzen ich in meinem Leben eine Spur hinterlassen habe. Jeden besuche ich, für jeden habe ich die passenden Worte. Das, was ich immer schon sagen wollte, ob »Danke«, »Ich hab dich lieb« oder »Verzeih«.

Mein Leben und all die Menschen darin fliegen vor meinem inneren Auge vorbei. Ich sehe Carl-Torben neben einem toten Pferd sitzen. Als er mich bemerkt, winkt er. Sibylle steht bei Luc im Laden und probiert ein Mettbrötchen, dabei lächelt sie mir zu. Auch Arno kann ich erkennen, er löst gerade einen riesigen Fisch von der Angel. Mascha nimmt ihm den Fisch behutsam ab und legt ihn in eine Pfanne, während sie und Arno mir freundlich zunicken. Sophie und Nik sind in ein Gespräch vertieft, ganz vertraut. Nik ist pitschnass, Sophies Eimer ist neben den beiden umgefallen. Daneben steht Regine im Blätterkostüm, singt etwas und schwingt dabei die Arme. Daraufhin kommt Sophie auf mich zu, schaut mich an und sagt: »Ohne Vergebung gibt es keine innere Freiheit. Coco, ich vergebe dir, Schwester.« Sie umarmt mich. Dann kommt der nasse Nik hinzu, lächelt mich an, gefolgt von Regine, dann Luc, Sibylle, Arno … und wir alle umarmen uns im Kreis. We are one. Frieden. Für immer.

Ein starkes Gefühl der tiefen Rührung überkommt mich plötzlich wie eine Monsterwelle, die ich nicht mehr aufhalten kann. Sie überrollt mich vollkommen, und ich muss weinen. Ganz still und leise. Die Tränen laufen mir über die Wangen, sie laufen und laufen einfach so aus mir heraus – ich kann nichts dagegen tun.

Dann ist die unverhoffte Yogastunde beendet. Während aus einem tragbaren CD-Player im Hintergrund leise sphärische Klaviermusik läuft, meditieren wir und üben den Tod. So zumindest hat es Regine erklärt. Es sei der Weg zur Tiefenentspannung. Wie alle anderen liege ich auf dem Rücken, die Augen geschlossen, die Arme ausgestreckt und die Hände empfangend zum Himmel, die Beine hüftbreit geöffnet.

Und muss mal.

Inzwischen muss ich dermaßen *dringend* aufs Klo, hoffentlich halte ich durch. Ich spähe unter halb geöffneten Augenlidern hervor, um die nächste Toilettenmöglichkeit auszumachen, da sehe ich, dass auch dieser Köter Bocuse auf der Terrasse vom Petit Paris routiniert eine Yogapose einnimmt und sich gelenkig mit ausgestreckten Vorderpfoten und hochgestrecktem Hundepopo in die Tiefenentspannung begibt. Das wär mal ein Thema für einen Artikel, kommt mir in den Sinn: Daily Dog Yoga. Das glaubt mir echt keiner.

Regine hat Decken für alle mitgebracht und breitet sie nun behutsam über uns wie eine Mutter bei ihren Kindern. Danach sprüht sie einen exotischen Duft in die Luft, der unser Herz noch weiter öffnen soll. Mandarine-Zimt-

Kardamom? Mir wird ganz schwummrig-weihnachtlich. Hoffentlich beschweren sich gleich die Marktleute bei so viel Fruchtduftoffensive. Dann können wir vorzeitig abbrechen und ich aufs Klo durchstarten.

Stattdessen liege ich stumm auf meiner Matte und weine vor mich hin. Ich kann nicht mehr aufhören, es fließt und fließt, als wäre ein Tor geöffnet, ein Damm gebrochen. In diesem Meer aus Mandarine, Zimt und Co. lasse ich los. Adieu, Carl-Torben, und alles, was mich belastet. Gleichzeitig spanne ich meine Beckenbodenmuskeln an, damit mir kein Malheur passiert.

Mit leisen, sanften Worten holt Regine uns langsam wieder in die Realität zurück, und wir beginnen, uns nach ihren Anweisungen zu strecken. Dann kommen wir im Schneidersitz an und beenden die Stunde mit einem gemeinsamen Ommm.

Als ich meine Augen öffne, merke ich überrascht: Ich fühle mich wie neugeboren! Meine Blase jedoch nicht. Sie will endlich auch loslassen. Jetzt ein Klo!

Hektisch sehe ich zum Petit Paris rüber, wo Bocuse gekonnt seinen Rücken durchbiegt. Die anderen Yogis reiben sich die Augen, strecken ihre Glieder oder stehen langsam auf. Plötzlich klingelt es laut. Wie peinlich, wer hat denn sein Handy angelassen?

Unbarmherzig klingelt es weiter, und alle starren mich an. O nein, auch das noch! Abtauchen ist hier nicht. Schnell krame ich mein Telefon aus der Tasche.

Nik ruft an! Ach herrje, was für ein Timing. Namaste, ich grüße das Licht in dir – aber später. Erst pinkeln gehen und weg von den beobachtenden Blicken meiner Mit-Yogis.

Entschuldigend grinse ich in die Runde, klimpere charmant mit den Wimpern und drücke rasch auf *Anruf ablehnen* und anschließend auf *Stumm schalten*.

Sophie

Meistens ist der Himmel weit und manchmal in der Küche

Allmählich setzt die Dämmerung ein, und ein sanfter Glanz liegt über dem ganzen Marktplatz. Coco, Freddy und ich sind doch zur Fête du Soleil gegangen, dem Fest des Jahres in Sonnenau. Mitten im Sommer, wenn die Sonne das Dorf zwischen den grünen Weinbergen erstrahlen lässt.

Für die Feier haben die Dorfbewohner unzählige Kübel mit blühenden Blumen herangekarrt. Über dem Platz vor der mittelalterlichen Kirche flattern gelb-grüne Wimpelgirlanden fröhlich im Wind. Der romanische Sandsteinbau ist hell erleuchtet. Auf der Hälfte des Platzes stehen Tische und Bänke mit grasgrünen Tischdecken. Für mich die Farbe des Elsass. Auch das Petit Paris hat seine Sitzmöglichkeiten erweitert und an diesem Freitagabend zur Feier des Tages auch unten, rings um die Steinmauer der Terrasse, eingedeckt. Darüber spielt die Live-Combo, die wir schon von Marlenes Haus aus gehört haben, unermüdlich einen Chanson nach dem anderen. Einige Gäste schieben sich eng verbunden über die aus Holzdielen gezimmerte Tanzfläche. Die Luft flirrt an diesem herrlichen Sommerabend.

Auch das Petit Paris zeigt sich von seiner besten Seite, beinahe wirklich wie ein Klein-Paris. Die bordeauxfarbenen Markisen vor den Bogenfenstern sind ausgefahren. Die altmodischen Gaslaternen um die Terrasse sehen original wie die in der Hauptstadt aus. Zusammen mit den Petroleumlampen, die auf den Tischen stehen, tauchen sie den Platz in ein wunderschönes, warmes, gemütliches Licht.

Von der Terrasse des Lokals aus kann man weit weg am Horizont den stolzen Odilienberg sehen, neben dem die Sonne orangerot untergeht.

Und Paul hatte recht: Der ganze Ort ist heute Abend auf den Beinen. Von acht bis achtundachtzig, wie es bei Brettspielen heißt, sind alle Altersgruppen anzutreffen. Ein bisschen fühle ich mich wie zu Hause auf der Kirmes. Jeder kennt jeden. Die Sonnenauer wirken glücklich, die Stimmung ist fröhlich und ausgelassen. Alle lachen, trinken, feiern und tanzen. Ein perfekter Abend. Fast perfekt.

Nach dem ganzen Schlamassel mit Luc und dem Auto (er murmelte vorhin, es sei so gut wie fertig, »Un moment«) sowie mit CT (zum Glück haben wir ihn seit dem Eklat in der Scheune gestern Morgen nicht mehr zu Gesicht bekommen) habe ich Coco und Freddy dazu überredet, dass wir uns schick machen und heute Abend mal so richtig schön ausgehen. Schließlich haben wir Urlaub. Dass ich insgeheim hoffe, Paul wiederzusehen, der in den Weinbergen so offen von seinem Beruf und seiner Familie erzählte, was mir irgendwie gefiel, habe ich vor den beiden nicht ausgesprochen. Was hätte es auch geändert? Rien. Nichts.

Wir drei Mädels haben bereits etwas getanzt, alleine, zu zweit, zu dritt, mit unzähligen Sonnenauern geplaudert und nette Pensionsgäste kennengelernt. Natürlich auch Bocuse gestreichelt und an ein paar Ständen köstliche Weinsorten probiert. Nur einer lässt sich seit – ich sehe zur Kirchturmuhr gegenüber hinauf – fast zwei Stunden nicht blicken: der Chef de Cuisine. So lange sind wir bereits hier, und fast die Hälfte davon sitze ich schon auf Pauls Terrasse.

Ein wenig enttäuscht drehe ich mein Weinglas in den Fingern, nehme immer mal wieder einen Schluck und beobachte meine Mädels und die Szenerie um mich. Coco scheint ihren Unmut wegen des Autos und ihrer öffentlichen frühmorgendlichen Zwangsyogastunde mitten auf dem Marktplatz vergessen zu haben. Sie zwinkert sogar Luc über die Tische hinweg zu und kann scheinbar immer noch nicht glauben, dass er ihrem weiblichen Charme so ganz und gar nicht erliegt. Freddy hockt auf einem Blumenkübel an der Hauswand und chattet eifrig mit ihren Freundinnen. Sie macht Fotos, dreht Videos und schickt musikalische Sprachnachrichten. Auch sie ist heute erstaunlich gut gelaunt. Vielleicht weil die Hoffnung auf unsere baldige Weiterreise wächst.

Nur ich werde von Minute zu Minute stiller und nachdenklicher. Paul hat mich doch eingeladen. Okay, uns, aber irgendwie hatte ich das Gefühl, er meinte mich im Speziellen. Habe ich mir das nur eingebildet? Bestimmt hat er ganz viele Leute zur Fête du Soleil eingeladen, schließlich ist er der Restaurantchef und freut sich über jeden Gast, der die Kasse zum Klingeln bringt. Was will ein Pirat auf der Durchreise über die sieben Weltmeere auch von einer Literaturagentin, die zufällig hier gestrandet ist, weil ihre Schrottkarre schlappgemacht hat?

»Salut! Ihr Hübschen, habt ihr schon getanzt? Ist das nicht ein herrlicher Abend? Gibt Paul euch auch genug zu trinken?«

Mathieu ist an unseren Tisch gekommen. Er trägt eine elsässische Tracht mit Blumenstickereien. Ich frage mich, ob Marlene ihn mal so gesehen hat. Wenn ja, dann hätte es ihr bestimmt gefallen. Richtig fesch sieht er darin aus. Er schüttelt den Kopf, als er unsere leeren Gläser entdeckt, und winkt der Bedienung zu, die uns sofort nachschenkt.

In diesem Moment tritt Paul aus dem Gasthaus. Heute hat er sich ein schwarzes Piratentuch mit weißen Säbeln um den Kopf gebunden, dazu trägt er ein weißes Hemd, eine enge schwarze Jeans und eine dunkelrote Schürze wie sein ganzes Team. Ich kann den Blick nicht von seinem Gesicht und den fliegenden Säbeln abwenden. Schnell nehme ich einen großen Schluck Riesling, und mir wird schwindelig.

Paul breitet die Arme aus. »Grandpère! Da bist du ja. Wir haben dich schon vermisst auf dem Fest.«

»Mein Junge, du bist ein lausiger Gastgeber«, rügt Mathieu ihn mit gespielter Entrüstung. »Wie es aussieht, hatten die reizenden jungen Damen hier noch gar keinen Kirsch. Und für meine kleine Freundin einen Kirschsaft bitte.«

Paul lacht. »Guten Abend, Mesdemoiselles! Das müssen wir dringend nachholen.« Er winkt seiner Mitarbeiterin, hält drei Finger hoch plus den Daumen der anderen Hand, und sofort weiß sie Bescheid.

»Paul, Sie sieht man heute Abend ja gar nicht«, bemerke ich, all meinen Mut zusammennehmend, und hoffe, dabei einigermaßen gleichgültig zu klingen.

Während Coco mir einen prüfenden Blick zuwirft, ruft Mathieu: »Richtig so, Sophie. Machen Sie meinem Enkel mal Dampf. Er muss mehr unter die Leute, sonst wird er eines schönen Tages noch seine Töpfe heiraten.«

Mathieu lacht so herzlich und schallend über seinen Witz, dass alle drumherum spontan mitlachen und gottlob keinem auffällt, wie mir die Hitze ins Gesicht steigt.

»Keine Sorge, Grandpère. Im Bett sind die mir definitiv zu kalt«, kontert Paul. »Doch heute, fürchte ich, wird es sowieso nicht zu einer Hochzeit kommen. Dazu habe ich einfach zu viel zu tun. Eine Aushilfe hat abgesagt, und eine andere ist krank. Ich weiß gar nicht, wo mir der Kopf steht, und könnte gleichzeitig tausend Hände gebrauchen. Wie ein Oktopus. Apropos, ich muss zu den Fischen zurück. Sie müssen mich daher entschuldigen. Mes dames.«

Er macht eine lässige Armbewegung zum Abgang, sodass ich nur noch schnell nachschieben kann: »Hatten

Sie mir nicht einen Tanz versprochen, Paul? Oder halten Franzosen ihre Versprechen nicht?«

Mist, die letzte Bemerkung hätte ich mir sparen können, das habe ich schon beim Aussprechen gemerkt. Aber ich bin eben enttäuscht. Da rutscht mir schnell mal was heraus.

Paul geht direkt wieder in den Fechtmodus über. »Liebste Sophie, vielleicht möchten Sie mir ja in der Küche helfen, dann bin ich schneller fertig und habe vielleicht danach noch Zeit zu tanzen. Oder können Sie nur Kuchen backen wie Ihre Namensvetterin, Sie wissen schon?«

Provozierend zwinkert er mir zu und sieht dabei in der Tat ziemlich abgekämpft und gestresst aus.

»Kein Problem«, antworte ich süßlich. »Ganz Frankfurt steht Schlange für meine Quiches. Habe ich das nicht erwähnt?«

Ich springe auf, sage zu Paul: »Gerne nach Ihnen« und ziehe, den Blick auf die verdatterte Coco gerichtet, entschuldigend die Schultern hoch.

Nachdem Paul uns den Rücken zugedreht hat und auf dem Weg zurück in die Küche ist, zeigt sie mir mit beiden Zeigefingern einen Vogel und zischt: »Sophie, du und dein bekloppptes Helfersyndrom! Kannst du das nicht wenigstens im Urlaub mal zu Hause lassen? Wir wollten doch *feiern*!« Sie täuscht wieder einmal eine Ohnmacht vor und versinkt, vermeintlich aller Kräfte beraubt, im Stuhl.

Die Bedienung bringt den Kirsch, den ich zügig hinunterkippe, bevor ich schnell hinter Paul in die Küche laufe.

Dort angekommen bleibe ich vor Schreck erstarrt in

der Tür stehen. Beim Anblick dieses Arbeitsplatzes muss ich unwillkürlich an meine Frankfurter Agenturmansarde denken, und zwar bei vierzig Grad Hitze, vollgestopft mit durcheinanderredenden Möchtegernbestsellerautoren und gleich mehreren Ostermeiers parallel in der Telefonleitung. Das wäre vergleichbar. Du meine Güte! Was ist denn hier los?

Paul begegnet meinem erschrockenen Blick mit einer Mischung aus Kampfeslust, Bedauern und Verzweiflung. Resignierend zuckt er mit den Schultern und stürzt sich sofort wieder in die Arbeit. Die wartende Tellerreihe mit Garnierungen auf der Anrichte kann ich auf einen Blick nicht zählen, so viele sind es. Im Spülbereich stapeln sich schmutzige Schüsseln, Platten und Kupfertöpfe schon beinahe stylisch wie auf einer dieser nostalgischen Küchenpostkarten. Hier ist wirklich Holland in Not oder besser gesagt: Frankreich.

»Habt ihr noch eine Schürze für mich?«, frage ich Marie, die Küchenhilfe, die ich bisher nur aus der Gastperspektive kenne, entschlossen.

Sie wundert sich kein bisschen über meine Anwesenheit und drückt mir eine rote Latzschürze in die Hand. Indessen hat sich Paul umgedreht. Vor ihm geht der Wahnsinn weiter: *3 Flammkuchen traditionell, 5 frittierte Zucchiniblüten, 2 Casseroles d'Alsace, 3 Zander in Riesling, 4 Quiches Lorraine* rufen die abgehetzten Servicekräfte, *schnell, raus, allez, allez!* Schon werden die nächsten weißen Teller *vite, vite* neben ihm bereitgestellt.

So klingt also der Sound unseres Dates. Okay, Sophie,

es war keine richtige Verabredung, vielmehr eine allgemeine Einladung, eine Veranstaltungsinfo mit der Aussicht auf vielleicht einen Tanz. Das Fest des Jahres habe ich mir etwas anders vorgestellt und bestimmt nicht als Küchenhilfe. Aber ich bin auch selbst schuld. Warum habe ich mich wieder von diesem Typen in die Enge treiben lassen?

Eifrig knote ich mir die Haare zusammen und ziehe die Schürze über mein weißes luftiges Sommerkleid mit Spitzenborten. Meine Gedanken drehen sich im Kreis, und meine Augen schielen immer wieder zu Paul hinüber, während ich schrubbe, spüle, schnippele, belege und wische, umrühre, hin- und herräume. Das Ganze in Endlosschleife. Zum Glück macht mir Küchenarbeit nichts aus, und Kochen hat mich schon immer beruhigt. Es tut gut, etwas mit den Händen zu machen, besonders wenn Herz und Verstand verrücktspielen. Und es gefällt mir, Paul in seinem Metier zu erleben. Wie leicht und souverän er in seiner Küche herumwirbelt, alle Abläufe im Blick behält und gleichzeitig mit seinen Fingern feinste Gerichte auf die Teller zaubert. Er lässt es sich als Chef de Cuisine nicht nehmen, die Gerichte am Ende immer noch mit einem Blatt Minze, Petersilie oder einer Beere als i-Tüpfelchen zu dekorieren. Mir war bisher noch gar nicht aufgefallen, wie schön Pauls Hände sind.

Sophie!, ermahne ich mich immer wieder zwischendurch. *Jetzt reiß dich mal zusammen. Du bist kein Teenie mehr, im Gegenteil, du hast sogar eine Tochter in besagtem verrücktem Alter. Konzentriere dich!*

Vor allem die Quiche-Zuarbeiten gelingen mir nahezu professionell: Zwiebeln reiben, Schinken würfeln, Schmand anrühren. Von den Zwiebeln tränen mir die Augen, und als ich mir über die Wangen wische und tapfer weiterschneide, sieht Paul mich überrascht an. Liegt da eine Spur von Anerkennung in seinem Blick? Das hat er mir wohl nicht zugetraut, dass ich hier richtig mit anpacke. Keine Zeit, weiter geht's. Paul schmeckt die Soßen mit Riesling und Kräutern ab, es zischt. Kurz umrühren, über den Coq au Vin, und schon sind die nächsten Teller auf dem Weg nach draußen.

Durch das offene ovale Fenster fällt die Abendsonne auf den Piraten in seiner Kombüse und zaubert ihm Gold ins Gesicht. So wie er da steht, könnte er auch in *Fluch der Karibik* seine Mannschaft in den Sonnenuntergang steuern. Ich gebe zu, ich mag sein kantiges Profil, den Dreitagebart, die lachenden Augen und irgendwie auch ein bisschen das Überhebliche in seinem Blick. Die Musik von draußen hört sich an wie aus einer anderen Welt. Hier drinnen geben das Klappern der Teller, Kochlöffel, Töpfe und Schubladen und Pauls »Bon«, »Merci«, »Allez« den Takt an. Schnell weiter, Zwiebeln schälen, weinen, wischen, ein kurzer Blick zu ihm.

Mittlerweile ist es unerträglich heiß in der Küche. Der Backofen läuft auf Hochtouren, die Enge des Raumes und die schnellen Bewegungen tun ihr Übriges. Paul zieht sein Piratentuch gerade, die Haare darunter sind nass geschwitzt. Er hält kurz seine Handgelenke unter fließendes kaltes Wasser, dann winkt er mich wortlos heran. Als sei ich in Gefangenschaft geraten, nimmt er meine beiden Hände vorsichtig über Kreuz mit den Handrücken nach oben und zieht sie unter den kühlen Wasserstrahl. Dabei dreht er auch seine ruhig hin und her. Immer wieder berühren sich unsere Finger und Unterarme für Sekunden im Wasser.

Mir wird gleichzeitig heiß und kalt. Für einen Moment schließe ich die Augen. Ewig könnte ich so stehen. Das erfrischende Wasser, dieser Mann, seine Hände und meine … Bevor ich romantisch werden kann, schnippt Paul mir Wasser ins Gesicht. Welcome to reality, Sophie. Er lacht und geht zurück zu seinem Platz, wo er im Akkord weiter Teller bestückt. Seine flinken Finger fliegen nur so über die Zutaten und Gerichte. Fast sieht er wie ein Klavierspieler aus, der virtuos Taste für Taste anschlägt. Jeder noch so kleine Handgriff sitzt, seine Kompositionen folgen einem inneren, zielsicheren Plan. Ich gehe zurück zu meinem Schneidebrett und kann es nicht vermeiden, immer wieder zu Paul zu schauen. Es ist wunderbar, ihm zuzusehen und, zugegeben, es macht auch Spaß, mit ihm zu arbeiten. Im wahrsten Sinne des Wortes Hand in Hand.

Durch das Bullaugenfenster vor meiner Arbeitsfläche sehe ich Coco tanzen. Sie hat die Schuhe ausgezogen, wirft lachend den Kopf zurück, und ihre lustigen blonden Locken wippen im Takt ihrer Bewegungen mit. Gerade tanzt sie mit Freddy und Mathieu. Um die beiden muss ich mir also keine Sorgen machen, sie amüsieren sich prächtig.

»Es tut mir leid, dass du wegen mir nicht draußen feiern kannst«, sagt Paul, meinem Blick durch das offene Küchenfenster folgend.

Auf einmal klingt die Stimme des sonst eher arroganten Kochs ganz weich, und er duzt mich zum ersten Mal, als sei es die normalste Sache der Welt. Wahrscheinlich hat es gar nichts zu bedeuten und ist einfach so ein Wir-von-der-Küchencrew-duzen-uns-alle-Ding.

»Lass bitte alles stehen, Sophie. Du hast mir wirklich sehr geholfen, merci beaucoup. Es ist nicht mehr viel zu tun, die letzten Quiche-Portionen et voilà. Dann haben wir es geschafft. Ihr könnt jetzt alle raus und feiern.« Paul klatscht in die Hände, verbeugt sich vor seinem ganzen Team, klatscht noch mal anerkennend mit den Händen über dem Kopf und ruft in die Runde: »Los, raus mit euch! Und merci, merci. Vielen Dank für eure Arbeit. Ohne euch wäre das Schiff heute untergegangen. Also los, raus, on y va.«

Marie und die beiden anderen Küchenhilfen lassen sich das nicht zweimal sagen. Erfreut entledigen sie sich ihrer Schürzen, rufen Paul ein knappes »Salut!« zu, und weg sind sie.

Erschöpft lehne ich mich an die Spüle. Was für ein Abend. Ja, ich hatte ihn mir zwar anders ausgemalt, aber es hat Spaß gemacht, gemeinsam etwas mit den Händen zu erschaffen. In meiner Agentur in Frankfurt wird immer viel geredet, diskutiert, wieder verworfen, dort wird jede Menge heiße Luft verbreitet, aber hier entstehen aus selbiger duftende Köstlichkeiten. Das gefällt mir.

»Hey, wir sind fertig, Sophie«, reißt Paul mich aus meinen Gedanken. Unbeweglich stehe ich da. »Sophie, was ist los?«

Ich blicke wieder aus dem Bullauge nach draußen. »Ich … Ach nichts … Schau nur, wie schön Coco ist. Ich liebe es, wenn sie tanzt, und gerade stehen ihre Füße gar nicht mehr still.«

Paul lächelt und sieht zu mir rüber. »Ja, sie ist très jolie, sehr hübsch. Möchtest du nicht zu deiner Freundin gehen und endlich feiern?«

»Wie es aussieht, kommt sie gut ohne mich klar, und Freddy auch.« Sie ist mit Mathieu und ein paar anderen alten Herren zur Boulebahn gewechselt. Ich lache. »Schau nur, alle wollen heute mit Coco tanzen. Es würde mich nicht wundern, wenn sie nachher sogar noch den guten Luc auf die Tanzfläche schleppt.«

»Nicht alle.«

Paul schiebt die letzten herzhaften Quiches des Abends in den Steinbackofen und läutet der Bedienung, um noch drei Portionen Zander in Riesling zu servieren. Dann geht er auf mich zu. Ein leichter Wind dringt durch das Fenster in die Küche und weht eine Prise Paul zu mir. Sanft zieht er mir die Schürze über den Kopf aus.

»Nicht alle«, wiederholt er.

Paul wischt sich die Hände an seiner Schürze ab, zieht sie aus und legt sie auf die Arbeitsplatte. Wie er so nah vor mir steht, werden meine Knie ganz weich. Die Hitze, bestimmt die Hitze.

»Darf ich bitten, Mademoiselle?«

»Was, ich? Hier?«

»Siehst du noch eine andere schöne Frau in meiner Küche?«

»Ich rieche nach Zwiebeln«, sage ich und drehe meine Hände als Entschuldigung vor seiner Nase hin und her.

Er nimmt sie wie ein Geschenk in seine Hände, schaut sie lächelnd an und riecht daran: »Sie duften nach Vanille… und Aprikose und…«, er überlegt kurz, bevor er erneut sein Gesicht meinen Fingern nähert, »… nach der perfekten Quiche d'Alsace, nach dem Sommerwind, der durch die Weinberge streift, nach blühenden Wiesen, mit Tinte geschriebenen Worten auf Papier und…«, er macht noch eine Pause, »… stimmt, auch nach Zwiebeln«.

»Du Blödmann.« Ich will ihn schubsen, für die Zwiebeln und überhaupt, und zugleich bin ich sicher, dass noch nie ein Mann so etwas Wundervolles zu mir gesagt und in mir gesehen, genauer gesagt gerochen, hat.

Doch wie selbstverständlich zieht Paul mich zu sich, und mir fällt auf, dass die Musik bis hier drinnen zu hören ist. Jetzt, da alle Küchengeräusche weitgehend verklungen sind. Elegant dreht er mich von sich weg und so schnell wieder zu sich, dass ich ganz nah bei ihm stehe. Ich kann seinen Atem hören und habe Angst, dass meiner gleich aussetzt.

»Merci, mademoiselle, merci beaucoup«, sagt er leise an meinem Ohr. »Ehrlich, du hast mich gerettet, Sophie. Ich glaube, du bist gar keine Literaturagentin. In Wahrheit bist du eine Köchin oder eine gute Fee.«

In der Art, wie er es sagt, schwingt mit, dass er nicht nur meine Spül- und Schnippeldienste meint.

»Und Menschen, die sich einmal gerettet haben, sind auf ewig miteinander verbunden. Das weißt du ja sicher«, flüstert er.

Wir tanzen um den silberglänzenden Arbeitstisch in der Mitte der Küche. Paul hält mich fest in seinem Arm, als wolle er das Band zwischen uns noch fester ziehen und mich gar nicht mehr loslassen. Draußen erklingt das Akkordeon – »Sous le ciel de Paris« –, und ich muss an Coco denken und die Dachterrasse ihrer Wohnung, Paris, Montmartre, die Tuilerien und den Jungen mit den blauen Augen und all die Bücher, die er mir damals gezeigt hat. In meinem Kopf höre ich ihn vorlesen wie aus einer fernen Welt. Ich bin Sophie, seine Prinzessin. Auf einmal liege ich lachend unter Marlenes Kirschbaum und sehe zu, wie die Wolken am Himmel vorüberziehen und die Äste sich biegen. Die Kirschen haben Gesichter, sie schaukeln im Wind und schauen fröhlich zurück …

»Einen Penny für deine Gedanken«, lacht Paul.

Wir sind stehen geblieben. Dass draußen die Musik gewechselt hat, habe ich gar nicht gemerkt. Die Band covert jetzt »Quelqu'un m'a dit« von Carla Bruni.

»Sagst du das immer zu Frauen?«, halte ich dagegen.

»Willst du das wirklich wissen?« Paul blickt mir selbstsicher in die Augen, als sehe er ganz deutlich etwas in mir, das ich selbst gar nicht sehen kann. »Ich liebe alte amerikanische Filme, darin sagen die Männer so etwas. Ich wollte das auch immer schon mal zu einer tollen Frau sagen. Gepasst hat es noch nie. Bis jetzt, bei dir. Und ich würde sogar noch mehr zahlen in deinem Fall. Viel, viel mehr.«

»Hey! Das ist aber frech.« Ich knuffe ihn kumpelhaft, auch um die knisternde Spannung zwischen uns etwas zu lösen.

Auf der Terrasse haucht die Sängerin weiter ihre schönen Worte der wiedergefundenen Liebe ins Mikrofon. Zum Verwechseln ähnlich mit dem Original.

Paul lässt nicht locker. »Also? Was denkst du, schöne Sophie?«

»Nichts«, sage ich. »Ich denke an nichts.«

»Das glaube ich nicht. Frauen wie du denken nie nichts. Jamais.« Er stemmt die Arme in die Seiten und lehnt sich lässig am Arbeitstisch hinter sich an.

Wie verdammt attraktiv er aussieht, dieser Piratenkoch mit den lachenden braunen Augen.

»Du kennst dich ja sicher aus mit Frauen?«

»Mit ein paar vielleicht«, winkt Paul ab und hebt das Kinn. »Also?«

Ich schmelze dahin. »Okay, dann … Es ist so, dass ich mich gerade wie Sophie fühle. Reicht dir das?«

»Was heißt das? Ist das gut?«

»Ja, Paul, das ist sogar richtig gut.«

Ich mache einen Schritt auf ihn zu wie eine stolze Piratenbraut und puste mir lässig eine Haarsträhne aus der Stirn. Dann küsse ich den Piraten auf seinen weichen, warmen Mund. Und er küsst mich leidenschaftlich zurück. Dabei drehen wir uns langsam zur Musik. Alles dreht sich und schwankt, als wären wir tatsächlich in der Kombüse eines Segelschiffs auf dem weiten, weiten Meer.

In diesem Moment bleibt mir tatsächlich die Luft weg.

3

Hunde lügen nie,
wenn es um die Liebe geht.

Coco

Sehnsucht nach …

Die Mittagssonne scheint warm durch das Holzdach und hinterlässt lustige Sprenkel an den Bretterwänden. Ich liege auf dem alten Kanapee in Marlenes Scheune und muss kurz eingenickt sein, denn ich habe wieder von Nik geträumt. Wir waren mitten in einer leidenschaftlichen Kussszene im Hotelbett, als mich irgendetwas geweckt hat.

In meinem Kopf pocht es. Die Nachwirkungen der Fête du Soleil. Mein lieber Scholli. Die Weine und der Kirsch waren aber auch verdammt lecker und alle Sorgen wie weggeblasen. All die Leute feierten so offen und freundlich, sogar Luc war zwischendurch fast charmant, dass ich die ganze Nacht hätte durchtanzen können. Nun ja, genau genommen habe ich das eigentlich auch. Ob das an meinem Yogaerlebnis liegt? Sophie meinte heute Morgen beim Kaffee, das könne sich wie eine innere Befreiung auswirken, die neue Energien freisetzt.

Langsam drehe ich den Kopf zur Seite. Die Sonne flutet den Raum mit wunderschönem Licht, sodass alles viel bunter erscheint. Erst jetzt bemerke ich Freddy, die zeichnend am langen Werktisch sitzt, etliche von Marlenes Blumenkunstwerken um sich herum, dazu eine Unmenge von Papier, Pinseln und ein paar alte Rahmen. Sie hat die Haare mit Stiften hochgesteckt, ein abgenutztes weißes Hemd übergeworfen und ist ganz vertieft in ihre Arbeit. Neben ihr steht eine Bananenkiste, proppenvoll mit kleinen Kunstwerken, die augenscheinlich von Marlene stammen.

Eine Weile beobachte ich sie zärtlich. Unsere kleine Freddy. Wie groß sie geworden ist! Was für ein tolles Mädchen. Nie hätte ich früher geahnt, wie nahe ich einmal einem Kind stehen könnte und wie glücklich es mich machen würde, diese Bindung zu haben und so viel Liebe zurückzubekommen. Selbst hatte ich nie den Wunsch oder eine Sehnsucht nach Kindern, aber als mein Patenkind hat Freddy einen festen Platz in meinem Herzen – ich würde alles für sie tun. Dass sie nun ihren eigenen Weg geht, erwachsen wird, ihr Talent lebt und liebt, sich durch nichts und niemanden beirren lässt und dabei ganz Freddy bleibt, so wunderbar eigen, macht mich stolz und glücklich.

Ich setze mich auf. Zu schnell. Mein Kopf fährt Karussell, und eine leichte Übelkeit steigt in mir hoch. Wie soll ich bloß mit dem Schädel heute nach Paris kommen? Das ist das Stichwort. Am besten nutze ich den guten Empfang in der Scheune.

»Stört es dich, wenn ich noch ein bisschen hierbleibe?«, frage ich Freddy.

Sie dreht sich zu mir um und lächelt mir zu. »Du bist ja wach! Hast eben noch so komische Geräusche im Schlaf gemacht. Klar, kein Problem. Hier ist es eh ruhiger. Mum ist drüben im Haus und dermaßen abgedreht. Sie dekoriert überall rum und stellt frische Blumen und Obstschalen an jede freie Stelle, rückt Möbel und hängt Bilder um, und dabei *singt* sie laut – auf Französisch! Da bin ich lieber geflüchtet. Sie hat sogar das alte Plattendings von Marlene rausgeholt und dudelt einen Schlager nach dem anderen runter. Da kriegt man ja einen Mittelalter-Flash.« Freddy verdreht die Augen.

»Plattenspieler meinst du wohl.« Ich muss grinsen. Die Kids von heute leben wirklich auf einem anderen Stern als wir damals. »Bist du schon lange hier?« Hoffentlich habe ich im Schlaf nicht auch noch geredet.

»Nö, keine Ahnung. Wollte dich nicht wecken. Alter, Mamas Energieschub stresst so was von. Diese mega Klangschale hat sie auch noch aufgebaut. Hatte mich schon gefragt, warum die mitmusste. Ab und zu schlägt sie mit einem Riesenklöppel drin herum. Hört man bis hierher. Wahrscheinlich bist du davon wach geworden.«

»Du, ich hab gar nicht gemerkt, dass ich eingenickt bin. War wohl zu gemütlich auf dem Kanapee. Aber lass deine Mutter ruhig mal werkeln und klingen. Es entspannt sie, was mit den Händen zu tun.«

Ich grinse in mich hinein. Ob Sophies Aktionismus an dem schönen Piratenkoch Paul liegt? Gestern hat sie ihm stundenlang in der heißen Küche geholfen, anstatt mit uns zu feiern, und dann ist sie ganz verklärt rausgekommen. Als wir durch die Nacht nach Hause gegangen sind, hat Sophie so gestrahlt, dass sie dem Mond und allen Funkelsternen Konkurrenz machen konnte, und den ganzen Weg über getanzt, bis ihr fast schwindelig wurde.

»Wie heißt noch mal das Lied, Freddy, das deine Mutter gestern die ganze Zeit auf dem Heimweg gesummt hat? Im Original ist es, glaub ich, von dieser Bruni.«

»Null Peilung! Die Alte sagt mir nix.«

»So alt ist die gar nicht, und außerdem ist sie die Ehefrau des ehemaligen französischen Staatspräsidenten. Mensch, wie heißt der Song noch gleich? Sophie hätte besser mal mit uns getanzt, als den halben Abend in der Küche geschuftet.«

»Typisch Mum. Muss immer allen Opfern helfen«, konstatiert Freddy trocken und widmet sich gleich wieder ihrer Zeichnung.

»Tja, Süße, so ist sie. Und der Song von der Bruni war auch vor deiner Zeit en vogue. Mir fällt doch partout nicht der Titel ein«, überlege ich weiter und stelle mir meine Freundin vor, wie sie drüben durchs Haus fegt. So beschwingt habe ich sie lange nicht erlebt. Sophie ist verliebt, hundertprozentig. Dabei hat sie die ganze Zeit immer nur über diesen Paul geschimpft, und auch heute Nacht hat sie nur ein paar Andeutungen gemacht, was in der Küche los war. Aber es heißt ja nicht ohne Grund *Was sich liebt, das neckt sich* und *Gegensätze ziehen sich an* – oder aus. Ich war heute Morgen nach dem Aufstehen zu müde, um lange mit ihr zu quatschen, und ehrlicherweise mit mir selbst beschäftigt.

Wie ist das eigentlich bei uns beiden, Nik und mir? Was zieht uns nur so magisch an? Hoffentlich nicht nur was Erotisches. Und wenn ich damit richtigliege, dass Sophie in diesen Koch verknallt ist, dann hat sie ein verdammt schlechtes Timing. Gerade jetzt, wo wir nach Paris *müssen*, verguckt sie sich in diesen Paul aus dem Elsass! Dabei geht es jetzt gerade um *mein* Glück. Das Leben ist doch wirklich ungerecht. In den vergangenen Jahren haben nur ihre Tochter und die Arbeit für Sophie gezählt. Ich kann mich nicht erinnern, wann sie das letzte Mal ein richtiges Date hatte. Schade, eine heiße Liebesgeschichte hätte ich ihr natürlich von Herzen gegönnt, zumal sie sie dringend nötig hätte. Ein erfülltes Liebesleben bringt für Körper und Seele bestimmt mehr als tausend theoretische Eso-Sprüche von SHINE YOUR LIGHT.

Pling, pling, pling. Die ganzen WhatsApp-Nachrichten von gestern trudeln auf einmal ein. Verstehe einer dieses elsässische Kommunikationsnetz. Allein drei Nachrichten von Nik. Sofort fängt mein Herz an, schneller zu klopfen.

Hey, Coco, ich erreich dich nicht, ruf mich mal bitte zurück!

Wo bist du? Bin schockiert und irritiert von deiner Nachricht! Mein Bruder hat euch verfolgt?! Das Auto immer noch nicht fertig? Und mit Sophie hast du auch nicht geredet? Ich würde dich gern mal persönlich hören, bitte melde dich.

Coco? Hallo? Sag mal, ist alles okay? Willst du überhaupt noch nach Paris kommen? Ich weiß nicht so recht, was ich von alldem halten soll. Sei ehrlich und sag mir bitte, was los ist. Hab ich was falsch gemacht? Mach mir Sorgen … Lass uns telefonieren, ja? Der Pastis wartet, ich auch. Wann sehen wir uns?

O mein Gott, ist Nik sauer? Besorgt? Oder verunsichert? Gestern hatte ich keine ruhige Minute mehr zum Telefonieren, und jetzt denkt er, ich drücke mich davor? Ich muss ihn unbedingt anrufen.

Es ist aber auch zum Verzweifeln. Wenn er wüsste, wie sehr ich mich nach ihm sehne. Es tut schon fast überall weh. Und wie oft ich von ihm träume – Tag und Nacht.

Bald weiß ich vielleicht gar nicht mehr, wie er genau aussieht, spricht, riecht, sich bewegt. Ist es der Nik unserer Begegnungen, an den ich mich erinnere, oder kenne ich ihn nur noch von den Fotos, die ich von ihm habe? In Gedanken male ich mir sein hübsches Gesicht aus: seine grünbraunen Augen mit den dichten, dunklen Wimpern, die perfekt geschwungenen Augenbrauen im gleichen Kastanienbraun wie seine Haare, die gerade Nase, die vollen Lippen, die ich immer wieder küssen will, sein verwegener Fünftagebart, die weißen Zähne, die bei seinem ausgelassenen Jungenlachen zum Vorschein kommen und bei dem man erst erkennt, dass der eine Schneidezahn ein klein wenig vor dem anderen steht, was ihn nur noch interessanter macht. Die Grübchen auf beiden Wangen, seine breiten Schultern, der muskulöse Körper – nicht zu viel, sondern gut trainiert mit wohldefinierten Konturen. Wenn ich Nik berühre, fühlt sich seine Haut ganz warm an, wie ein menschlicher Ofen, *mein* Ofen, warm wie sein Herz …

Ach, ich möchte zu ihm, jetzt, endlich, sofort. Ich brauche seine starken Arme, seine Sicherheit, seinen Mandel-Zitronen-Tannengeruch, seine Leichtigkeit, sein Lachen, seinen Witz, seine Tiefsinnigkeit und sein Versprechen auf … Glück.

Und … Liebe?

Mir steigen Tränen in die Augen, ich kann die Sehnsucht kaum aushalten. Da *muss* etwas zwischen uns sein! Etwas ganz Großes, ein Band, eine magnetische Anziehung. Was zwischen uns war und ist, das ist wirklich stark. Ich wünsche mir, wieder glücklich zu sein mit einem Mann.

Nein, mit *diesem Mann*. Ich will *ihn*. Und ich muss ihm das endlich sagen, egal, wie er dazu steht. Muss den Mut finden. Genauso wie ich CT aus meinem Leben geworfen habe, muss ich Nik in mein Leben lassen. Diese Chance haben wir beide verdient.

Ich *muss* nach Paris. Komme, was wolle.

Voller Entschlossenheit springe ich auf. Ich muss irgendetwas tun und hier raus, mit aller Kraft mein aufkommendes Selbstmitleid verdrängen. Nichts wird mich mehr aufhalten – keine Autopanne, kein Luc, keine Regine, kein CT, keine Sophie –, genug mit der Warterei! Und Schluss mit meiner Angst!

Im Gehen tippe ich Nik eine Nachricht:

NEIN! So ist es nicht, Nik. Du musst (!!!) mir glauben. Gestern hatte ich keine ruhige Minute zu telefonieren. Erklär ich dir später. Sobald es geht, rufe ich dich an. Versprochen! Ich komme nach Paris. Ganz sicher.

Sophie

Die Welt ist voller Weinberge und Kuras Liebesinseln

»Er ist ein guter Junge, nicht wahr?«, fragt Mathieu und lehnt sich im Holzsessel zurück.

Heute bin ich mit Freddy zum Weingut gelaufen. Voll bepackt mit einer Kiste mit Marlenes Kunstwerken. Die kleine Künstlerin wollte unbedingt noch mal zum Weingut, um über die Ausstellung zu sprechen und zu schauen, wie man ihre Zeichnungen und die Blumenkunst kombinieren könnte. Sofort hat Mathieu uns leckere Butterkekse, Kaffee und Kakao mit den Worten serviert: »Erst das Vergnügen, dann die Arbeit.« Was für ein schönes Motto und gar nicht deutsch. Jetzt sitzen wir zusammen am Tisch vor seinem Haus, und er wartet auf eine bestätigende Antwort auf die rhetorisch gestellte Frage zu seinem Enkel.

»Natürlich, Mathieu, das ist er. Einer der Guten«, antworte ich, um einen neutralen und freundlichen Ton bemüht. Am liebsten hätte ich gesagt: *der Beste*. Mich damit aber natürlich sofort verraten. Ich spüre auch so, wie ich rot werde und mir der Atem stockt, wenn ich an Paul und den gestrigen Abend in der Küche des Petit Paris denke. Wir konnten einfach nicht aufhören, uns zu küssen, zu berühren und festzuhalten. Alles drehte sich in Endlosschleife. Als wäre die ganze Welt eins, als gehörte alles zusammen, als hätte alles zu diesem Moment hinführen müssen, zu ihm, zu mir, zu uns. Irgendwann musste ich mich losreißen und nach draußen zu Coco und Freddy gehen. An diesen Stellen hören Romane meistens auf, und alles ist wunderbar. Was danach kommt, fragt sich kein Mensch. Doch *ich* frage es mich heute. Ist das wirklich passiert? Ist das Gefühl noch da? Wie soll das nur weitergehen, und geht es überhaupt weiter?

Ich höre Mathieus Stimme wieder deutlicher: »… Es ist ein großes Glück, dass Paul hierhergezogen ist und das Petit Paris übernommen hat. Er war schon immer viel mehr ein Landkind. Die Stadt hat nie richtig zu ihm gepasst. Er liebt die Natur und seine Arbeit im Restaurant.«

Ich war so in meine Gedanken vertieft, dass ich gar nicht alles gehört habe. Was soll ich darauf erwidern? Jaaa, das ist ein Glück? Aber warum spricht Mathieu heute überhaupt nonstop von seinem Enkel? Ob er etwas ahnt und mich nur auf die Probe stellen will? Ich schaue zu Freddy neben mir, die wieder mal ganz in ihre Zeichnungen vertieft ist. Hin und wieder nimmt sie, ohne lange aufzuschauen, einen Schluck Kakao oder beißt in ihr Gebäck.

Ich war dankbar, als Freddy mich vorhin fragte, ob ich

tragen helfen und sie begleiten könnte. Froh, aus dem Haus und auf andere Gedanken zu kommen, ging ich mit. Doch auch hier dreht sich alles um den Koch. Wenn ich an seine schönen Hände denke, seine Küsse …

»Kommt, ihr Lieben, wir wollten doch über Marlenes Kunst sprechen und sichten, was alles da ist und was wir damit anstellen können.« Mehr zur Selbst- als zur Fremdmotivation klatsche ich in die Hände und wechsele schlagartig das Thema. »Dann mal los!«

»Du hast recht, Sophie. Es geht ja um die talentierte Freddy und um … Marlene.« Mathieus Stimme wird leiser, brüchiger. Andächtig blickt er hinüber zur Wiese. Freddy hat dort auf dem großen Tisch Blumenvasen, Teelichter, Seifenschalen, Holzkästchen und Postkarten von Marlenes Blumenwerken ausgebreitet. Es gibt kaum ein Gefäß und Material, auf das meine Patentante nicht gepresste Blüten und Blätter geklebt oder deren Bilder gemalt hat. Die meisten haben wir in Schubladen, Regalen und Kisten in ihrem Atelier entdeckt. Mathieu war ganz gerührt, als wir sie vorhin hier ausgebreitet haben. Einige Bilder hat er aus seinem Weinkellerfundus dazugestellt.

Jetzt räuspert er sich, dann geht er rüber zu dem Tisch und nimmt eine blaue Schale in die Hand. »Es ist unglaublich, wie viele schöne Sachen Marlene gemacht hat. Man sieht in jedem Stück, wie sehr sie diesen Ort geliebt hat.«

»Sie hat die Blumen und Pflanzen der Region in ihren unzähligen Kunstwerken verewigt. Und fast ist es, als sei sie selbst hier«, spreche ich aus, was ich empfinde. Denn heute Mittag liegen eine ganz besondere Stimmung und ein Leuchten über dem Weingut.

»Das ist sie, ganz sicher.« Mathieu berührt ein Windlicht, dessen Glas außen mit getrockneten Kornblumen und Gräsern geschmückt ist. Er räuspert sich, und auch Freddy sieht das Glitzern in seinen Augen, eine Mischung aus Lachen und Weinen, denn sie stößt mich mit dem Fuß unter dem Tisch an.

»Na klar. Ganz bestimmt, Mathieu«, ruft sie, springt auf und umarmt den alten Mann von hinten.

»Und auch deine Zeichnungen und Comics sind ganz wunderbar, ma petite. Sie passen perfekt dazu. Also, lasst uns schauen, wie wir Alt und Jung zusammenbringen.« Er lacht begeistert und drückt Freddys Arme auf seiner Brust.

Er ist wohl der Einzige außer meinem Vater, der sie »meine Kleine« nennen darf, ohne um sein Leben fürchten zu müssen. Und wenige Sekunden später stehen die beiden vor dem Tisch und fangen mit flinken Fingern an, Bilder, Zeichnungen und Gegenstände hin- und herzuschieben und neu zu ordnen. »Das ja … das nein … das hier … das so … zu diesem Thema muss ich auch noch etwas Passendes malen« und so weiter. Jetzt bin ich abgemeldet.

Schade, dass Coco nicht mitkommen wollte, sonst könnten wir jetzt auf Mathieus idyllischem Hof ein bisschen Freundinnenzeit genießen. Am Morgen habe ich sie in Ruhe gelassen, weil sie so erschöpft schien von der durchtanzten Nacht. Außerdem musste ich mich erst einmal selbst sammeln.

Während ich im Haus wirbelte, sah ich auf einmal, wie Coco in der Scheune verschwand. Ich hatte das starke Bedürfnis, etwas mit meinen Händen zu tun und Marlenes Haus weiter zum Leben zu erwecken. Und nach einiger Zeit rannte Coco plötzlich wieder in einem Affenzahn aus dem Atelier in Richtung Dorf. Bei ihr ist es umgekehrt wie bei Paul. Zu viel Landluft macht sie nicht ruhig, sondern eher aggressiv. Ich müsste sie wahrscheinlich mehr in der Autosache unterstützen und selbst häufiger und dringlicher bei Luc nachhaken. Paris war schließlich meine Idee, wir sind im Freundinnenurlaub, und der Laubfrosch gehört mir. Ich muss… *Wir* müssen weg von hier. Egal, wie, und zwar bald, auch wenn ich gar nicht daran denken möchte und die Abreise am liebsten in weite Ferne schiebe. In meinen Gedanken wie auf dem Kalender.

Um mich abzulenken, überfliege ich meinen vernachlässigten Mail-Account. Das war ja klar, dass Arno detailreiche Angelergüsse geschickt hat, in denen er betont, dass er ohne mich nicht mehr schreiben kann. Warum hat der eigentlich keine andere Betreuung oder wenigstens eine Frau oder zumindest einen Therapeuten an seiner Seite? Stattdessen hält er mich auf Trab und beschwert sich ausschweifend über Mascha, die zu ihm gesagt habe, er müsse einfach mal »loslassen, mal etwas wagen in seinem Leben«. Solche Ratschläge gehören nicht primär zu den Aufgaben unserer Agentur. Und was das mit seiner Anglerstory zu tun hat, werde ich meine rechte Hand nach meiner Rückkehr fragen. Scarlett O'Hara würde es in *Vom Winde verweht* auch auf morgen verschieben. Ich lehne mich im Klappstuhl zurück, schließe die Augen und höre Mathieu und Freddy zu, wie sie lachen und reden. Wie die Bienen summen sie um Marlenes Blumen herum.

»Hat jemand Bocuse gesehen?«

Die Frage trifft mich wie ein Blitz, erschrocken reiße ich die Augen auf. Auch Paul, der gerade auf den Hof stürmt, zuckt für eine Minisekunde zusammen, als er mich sieht.

»Bonjour, Grandpère! Salut, Sophie, salut, Frédérique!«

Ich setze mich aufrecht hin. Nicht mal den Bulli habe ich gehört, so sehr war ich in Gedanken vertieft.

»Nein, Paul, bei uns ist er nicht«, antwortet Mathieu und schüttelt den Kopf. »Bestimmt streunt er über die Felder. Du weißt doch, wie sehr er das liebt.«

»Ja, aber muss das gerade heute sein? Wir haben so viel zu tun nach dem Fest gestern, und auch für heute Abend sind fast alle Tische reserviert«, sagt Paul und sieht dabei in meine Richtung. Dabei lässt er nicht durchblicken, was er über unsere Annäherung denkt. Spuke ich auch seit gestern durch seine Gedanken? War der Abend für ihn vielleicht gar keine große Sache? Schiebt er es auf das Fest, die Stimmung, den Stress in der Küche, die Musik? Woher soll frau nur wissen, was bei den Kerlen im Kopf herumschwirrt? Und im Herzen erst.

»Ich habe so viel zu tun, da kann ich nicht ständig nach dem Hund schauen. Außerdem ist er schon ein paar Stunden verschwunden. Seit heute früh. So langsam mache ich mir wirklich Sorgen.«

»Wo gehst du denn immer mit ihm spazieren? Habt ihr Lieblingswege?«, frage ich pragmatisch dazwischen.

»Genau, Paul. Geht ihr eure Wege ab, wir zwei halten hier die Stellung, falls er auftaucht«, schlägt Mathieu vor und zeigt auf Freddy und sich.

Mir fällt auf, dass er automatisch den Plural benutzt hat, und ich werfe Paul einen Blick zu, der sagt: »Soll ich wirklich mitkommen?« Doch der scheint das vor lauter Sorge um seinen Hund gar nicht zu bemerken.

»Mach dir keine Gedanken. Der wird wiederauftauchen. Meinen Räucherwürsten kann Bocuse sowieso nicht widerstehen«, versucht sein Großvater ihn zu beruhigen und schmunzelt. Dann widmet er sich wieder meiner Tochter und der Kunst.

»Na, dann los. Ich bin dabei«, gehe ich in die Offensive.

»Ja, ja, Mum, geht nur. Wir kommen hier klar«, bestätigt Freddy, die sich ja nie wundert, wenn ihre Mutter auf dem Helfertrip ist. Auch dass Paul und ich uns inzwischen duzen, hat keiner gemerkt.

Als wir mit raschen Schritten den Weg Richtung Felder einschlagen, streift Paul meine Hand.

»Geht es dir gut, Sophie?«, fragt er, doch gerade als ich zurückfragen will, wie er sich fühlt – oder besser gesagt, was –, hören wir ein Bellen. »Da lang, nein, hier lang, nein… Bestimmt ist er dahinten im Maisfeld, das liebt er. *Bocuuuse!*«

Wir laufen los über die Felder, trennen uns, finden uns

wieder, suchen in verschiedenen Richtungen nach dem fröhlichen Golden Retriever und rennen uns einmal im dichten Maisfeld sogar fast um, sodass ich gar nicht anders kann, als Paul zu berühren. Jetzt weiß ich, was Purple Schulz in seinem Lied mit der Ameisenarmee meint, die über die Haut rennt, so ein Megakribbeln, ein Gefühl zwischen drohender Ohnmacht und Stromschlag.

Bocuse rufend durchstreifen wir die hohen Maisstauden. Bei jedem auch noch so leisen Bellen ändern wir die Richtung. Ich habe das Gefühl, der bärige Vierbeiner will mit uns Fangen spielen. Oder Verstecken. Irgendwann sind wir beide so außer Puste, dass wir die Suche aufgeben und uns wieder auf dem Weg treffen.

»Rien. Nichts«, keucht Paul enttäuscht und stützt sich nach vorne gebeugt auf seinen Oberschenkeln ab.

»Leider keine Spur«, ergänze ich.

Hechelnd stehen wir voreinander, völlig außer Atem.

»Tut mir leid«, schnaufe ich schulterzuckend und meine den Hund, aber irgendwie auch unser glanzloses Wiedersehen im Feld.

»Du kannst doch nichts dafür. Bocuse macht einfach, was er will.« Paul richtet sich auf und blickt sich resigniert um, aber weit und breit kein Vierbeiner in Sicht. Dann dreht er sich wieder zu mir. »Und du, Sophie, willst wohl zu meiner Dauerretterin werden«, lächelt er und macht das, was ich schon die ganze Zeit tun möchte. Er nimmt mich fest in den Arm und küsst mich, als hätten wir seit gestern Abend nicht damit aufgehört.

Auf einmal sind alle Fragen beantwortet: Ja, er spürt es

auch! Nein, es lag nicht nur an dem Fest und der besonderen Stimmung, der Musik, dem Tanz, dem Wein und meiner Quiche-Kompetenz! Ja, es fühlt sich sogar noch besser an als gestern, und noch mal ja, ich glaube, so gut wie noch nie! Alles dreht sich ganz ohne Bruni- und Aznavour-Chansons. Und wieder ja: Niemals werde ich den Geschmack seiner Küsse vergessen, eine Mischung aus Pfefferminze und Kirschen! *Jamais!*

»Mama! Paul! Wir haben ihn. Bocuse ist wieder da!«, brüllt in diesem Moment Freddy vom Weingut zu uns rüber.

Und Mathieu stimmt ein: »Sophie, Paul! Der Hund liegt hinterm Haus und frisst Würste.«

Und von Freddy wieder ein lautes: »Hallooo! Wir haben ihn! Ihr könnt zurückkommen.«

Paul und ich küssen uns einfach weiter, wir wollen sie nicht hören. Freddy und Mathieu sind nah und doch wie in einer anderen Welt. Die Geschichte soll bitte weitergehen, einfach weiter und weiter …

Er nimmt mein Gesicht zwischen seine Hände und strahlt mich an, dann versinke ich in seiner kraftvollen, sicheren Umarmung. Könnten wir doch die Zeit anhalten. Uns spüren. Wir sind auf einer von Kuras Liebesinseln. Es gibt sie wirklich. Nur nicht auf Helgoland, wer hätte das gedacht, sondern mitten im Elsass. Zwischen grünen Weinbergen. Jetzt weiß ich es, ganz sicher.

Coco

Der Autoraub

Bei Luc ist alles zu, die Fensterläden sind geschlossen, und am großen Tor hängt ein Schild: »Fermé«. Der Anblick ist mir leider nur zu vertraut. Dennoch nähere ich mich und ruckele energisch am Griff. Das Tor ist gar nicht verschlossen. Ich drücke es auf und betrete den Hof.

»Bonjour! Salut?«, rufe ich laut in die Stille. »Hallooo?! Ich bin's, Coco. Luc? Bist du da? Ist hier irgendjemand? Est-ce qu'il y a quelqu'un?«

Keine Antwort. Vielleicht ist ja die Garage offen. Im hinteren Teil des Hofs, gegenüber vom Eingangstor, befindet sich Lucs Werkstatt samt altmodischer Hebebühne, in der er die Autos repariert und auch seine ganzen Werkzeuge und Ersatzteile lagert. Sein Hof erinnert mich immer ein bisschen an *Meister Eder und sein Pumuckl*, nur dass der Schreiner war.

Die Flügeltüren der Werkstatt sind fest verschlossen. Luc ist also wirklich nicht da. Und seine Frau Vero wohl auch nicht. Trotzdem steige ich vorsichtig auf eine Regentonne – hoffentlich hält sie mich aus –, luge durch die verstaubten Oberfenster ins Innere und erstarre. Ich kneife die Augen einmal fest zusammen, um ganz sicherzugehen, dann wage ich erneut einen Blick in die Werkstatt – und tatsächlich. Der Raum ist *leer*! Keine Menschenseele, und was ich definitiv nicht erwartet habe: kein Auto weit und breit, vor allem kein quietschgrüner Renault. O nein! Was hat der Kerl mit unserem Auto gemacht? Hat er es kaputtrepariert, und nun muss ein Freund danach schauen? Fährt er mittlerweile selbst damit und transportiert Schweinebauch und Rinderlenden im Kofferraum?

Ich klettere von der Tonne und schaue mich im ganzen Hof um. Nein, hier steht es tatsächlich nirgendwo, auch nicht in der etwas versteckten kleinen Garage rechts neben der Haustür und nicht im Garten, der durch die Garage zu erreichen ist. Verwundert und hektisch verlasse ich das Grundstück und suche im näheren Umfeld alles ab, jeden möglichen Platz in der Nähe, jeden Winkel hinter seinem Haus, auch bei den Nachbarn, dann laufe ich die ganze Straße ab. Die ist noch vollgeparkt von den Autos der Festgäste, zahlreiche Fahrzeuge mit fremden Nummernschildern stehen Stoßstange an Stoßstange. Doch kein Laubfrosch. Das glaube ich jetzt nicht! Wo zur alten Odilie ist nur unser verdammtes Auto?

Wütend und wild entschlossen gehe ich weiter und biege instinktiv in eine kleine Sackgasse Richtung Weinberge ab. Auch hier parken jede Menge Autos, die ich der Reihe nach begutachte.

Und siehe da, am Ende der Gasse blitzt etwas Grasgrünes unter einer schmutzigen Plane hervor. Ha! Wusste ich es doch. Als ich direkt davorstehe, »purzelt« das Limettengrün von Sophies Auto geradezu unter der Abdeckung heraus. Ich reiße die Plane vom Dach. Ja, wirklich: Er ist es! Unser Frosch! Aber warum steht er hier so versteckt? Hat ihn jemand geklaut? Oder hat Luc ihn am Ende vertickt? Und wo ist der überhaupt? Hat Carl-Torben, dieser Wahnsinnige, das eingefädelt? Vielleicht hat er Luc bestochen, damit er das Auto nicht repariert. Weiß er etwa von Nik?

Coco, jetzt hör auf damit, ermahne ich mich selbst. Wenn das Auto hiersteht, ist es wahrscheinlich längst repariert, dann schafft es auch die Reststrecke bis Paris. Erneut rasen tausend Fragen durch meinen Kopf, dazu gesellt sich eine Mischung aus Wut und wachsender Hoffnung. Endlich wird alles gut. Wir können weiterfahren.

Ich hole mein Handy heraus, tippe auf Sophies Namen.

»Sophie? Gut, dass du drangehst. Wo bist du?«, keuche ich konspirativ ins Telefon.

»Wir sind gerade von Mathieu zurück. Es war so schön, du hättest …«

»Hör mir zu!«, unterbreche ich ihr Schwärmen. »Du glaubst nicht, was ich gefunden hab. Ich bin so sauer.« Ohne meinen Ärger zu unterdrücken, rede ich aufgeregt weiter. In ein paar Sätzen berichte ich von meiner Entdeckung. Sophie ist genauso perplex wie ich, und ihre Entgeisterung echt. Natürlich weiß sie nichts von dem Auto oder wie es aus der Garage gekommen ist.

»Ob es denn wirklich wieder fährt, Coco? Was meinst

du, ist es überhaupt fahrtüchtig? Aber wie hätte man es sonst wegschaffen können aus Lucs Werkstatt? Probier es doch mal aus!«, schlägt Sophie aufgeregt vor.

»Du bist lustig. Wie soll es denn sonst hierhergekommen sein? Aber da ich ja keinen Autoschlüssel dabeihabe und bei Luc alles dicht war, kann ich es nicht testen. Was ist denn, wenn es einer geklaut hat? Luc ist ja so oft nicht da. Stell dir das mal vor! O mein Gott! Was, wenn der Dieb mich sogar beobachtet?« Hektisch drehe ich mich in alle Himmelsrichtungen um. Die Straße wirkt nach wie vor ruhig, fast ausgestorben. Vielleicht macht das ganze Dorf ein Nickerchen und schläft seinen Kirschrausch aus. »Sophie, du *musst* sofort herkommen, ich flehe dich an! Und bring den Schlüssel mit!«

Mir wird ganz schlecht und mulmig im Bauch, und ich checke zur Sicherheit erneut, ob sich mir jemand nähert oder mich verfolgt wie Carl-Torben die ganze Zeit. Aber nichts deutet darauf hin.

»Ja, und dann, Coco? Was machen wir dann? Sollen wir einfach mit dem Auto wegfahren, oder was? Wir wissen doch gar nicht, was los war oder ist. Sollten wir nicht erst Luc fragen?« Sophie macht eine kurze Pause, und ich kann sie praktisch denken hören. »Und überhaupt, Coco … Wenn es wirklich geklaut ist, denk doch mal nach, können wir den Laubfrosch nicht einfach wieder … zurückklauen! Wäre das nicht auch Diebstahl?«

Fassungslos schlage ich mir die Hand vor die Stirn. »So ein Quatsch! Typisch für dich, Sophie. Du hast sogar Bedenken, dein eigenes Auto zu retten!« Meine Stimme wird lauter. »Geht's noch? Das kommt alles von dieser Shiny-Gutmensch-Gehirnwäsche. Richtig manipulativ ist das schon. Was ist denn eigentlich mit dir los? Wir wollen nach Paris, P-A-R-I-S, hast du das etwa vergessen?! Oder willst du gar nicht mehr?«

Nik hat mir die gleiche Frage gestellt wie ich jetzt Sophie, dabei will ich unbedingt. So schnell wie möglich. An mir liegt es weiß Gott nicht, dass wir im Elsass festsitzen. Gut so, Coco! Den Ball direkt abgeben!

»Hast du plötzlich andere Pläne? Ich verstehe dich wirklich nicht«, setze ich nach.

Rote Flecken bilden sich auf meinen Wangen und meinem Dekolleté, ich spüre es genau. Das passiert immer, wenn ich mich zu sehr echauffiere.

»Mensch, Coco, du spinnst! Jetzt komm mal runter und beruhig dich«, erwidert Sophie. »Ich meine doch nur, wir sollten alles in Betracht ziehen und nichts überstürzen. Stimmt sicher, es ist womöglich das Recht des Besitzers, das eigene Auto abzuholen, auch wenn es in Reparatur ist. Abgesehen davon ist die französische Gendarmerie wahrscheinlich nicht ganz so streng wie in den Louis-de-Funès-Filmen … Ist ja auch wurscht. Auf jeden Fall haben die bestimmt andere Sorgen, oder?«

Meine Freundin klingt nach wie vor unsicher, und ich habe allmählich das Gefühl, dass sie alles hinauszögern will. Absichtlich. Aber ich nicht, ganz im Gegenteil. Das habe ich mir geschworen.

»Völlig egal, Sophie. Das Auto gehört dir, es fährt wahrscheinlich wieder. Und das Hotel in Paris wartet seit Tagen auf uns. Es reicht doch jetzt wirklich mit der elsässischen Landidylle. Und gut aussehende Köche gibt es auch in der Hauptstadt, versprochen. Komm bitte mit dem Schlüssel hierher … Ja, warte, ich sag dir, wohin genau. Das ist die Sackgasse, die links von Lucs Straße abgeht, sie heißt … Allée du bonheur … Ich stehe ganz am Ende. Beeil dich! Und dann holen wir uns zurück, was uns gehört!«

Ein bisschen fühle ich mich bei diesen Worten wie in einem alten Western. Langsam, aber sicher spüre ich die gute alte Coco-Leidenschaft in mir, *die* Coco à la Chanel, die sich von keinem etwas vormachen lässt: nicht von Rüdiger, nicht von Carl-Torben und auch nicht von einem Metzger mit Wagenheber! Mein Kampfgeist ist unerschütterlich. Von einem dreisten Autodieb aus der Provinz lasse ich mir doch nicht mein Rendezvous mit Nik und den Urlaub in Paris versauen.

Zwanzig Minuten später trifft Sophie endlich mit dem Schlüssel ein – Mund und Nase mit einem Tuch vermummt und die Augen hinter einer Audrey-Hepburn-Sonnenbrille verborgen. Ihr schlechtes Gewissen, ihr eigenes Auto zurückzuholen, ist offenkundig, doch ich ignoriere das konsequent. Keine Gnade – auf geht's!

Wir lassen die Plane auf dem Gehweg liegen, setzen uns ins Auto, und ich bete, dass der Wagen problemlos startet.

»Da schaut schon jemand aus dem Fenster gegenüber«, flüstert Sophie ängstlich, als könne die Frau hinter der Scheibe uns hören. »Los, beeil dich, Coco.«

»Ja doch.«

Schlüssel rein, Motor an. Es ruckelt und röchelt, aber nach ein paar Fehlversuchen springt unser Baby an. Mit einem Freudenschrei gebe ich ordentlich Gas und jage den Laubfrosch in Richtung Marlenes Haus. Sophie drückt sich so tief wie möglich in den Beifahrersitz, damit sie bloß keiner sieht.

Ich muss lachen. »Schatz, meinst du nicht, dass du mit deinem vermummten Gesicht in dem grasgrünen Auto noch mehr auffällst?«

Sophie legt nur den Zeigefinger vor den Mund und macht »Pssst!«, bevor sie noch weiter auf ihrem Sitz abtaucht.

Sobald wir angekommen sind, werden wir unsere Siebensachen zusammenpacken, höchstens noch ein bisschen aufräumen und dann, vielleicht schon heute Abend oder spätestens morgen früh, ab in die Stadt der Liebe!

Ich gebe noch mehr Gas.

Sophie

Alte Liebe, neue Liebe, heiße Liebe

»Paul, jetzt warte doch mal.«

Er zieht mich an der Hand hinter sich her. »Sophie, komm mit. Ich muss dir unbedingt etwas erzählen. Es ist sehr wichtig. Allez, allez!«

»Ich dir auch«, keuche ich, habe aber den Eindruck, dass er mir gar nicht zuhört.

Das Auf und Ab der Gefühle dieses Tages übersteigt meine innere Kraft: Mathieu, Freddy, Marlene, Arnos Mails, Paul und der Hund im beziehungsweise doch nicht im Maisfeld. Und schließlich Coco, die mich anstiftet, mein *eigenes* Auto zu klauen, ohne erst mal mit Luc Rücksprache zu halten. Im Haus angekommen, wollte sie dann unbedingt, dass wir sofort anfangen zu packen, alle Zelte ab- und schon morgen früh nach Paris aufbrechen. Sie ist direkt nach oben gerannt und hat hörbar begonnen, Kleider aus den Schränken zu räumen und in ihrer Reisetasche zu verstauen.

Da musste ich mich erst mal hinsetzen. Das Einzige,

was ich denken konnte, war: *Paul! Ich muss mit Paul reden, ich will nicht weg, nicht so überstürzt, nicht ausgerechnet jetzt.*

Erschöpft habe ich mich in Marlenes Sessel sinken lassen, die Füße seitlich über die Lehne gelegt. Atmen, atmen, Sophie, habe ich mich ermahnt, ganz im Sinne von Regine und der so wichtigen inneren Mitte. Sogar mitgezählt habe ich. *Eins, ein und aus. Zwei, ein und aus. Drei …* Das hilft, sich zu beruhigen. Es musste eine Lösung geben. Wenn der liebe Gott, das Schicksal, Ada oder wer auch immer mich hierhergeführt hat, dann … Während ich darüber sinnierte, ist Bocuse hereingestürmt und mit den Vorderpfoten auf meinen Schoß gesprungen. Und kurz darauf stand dann auch sein Herrchen laut schnaufend in unserer holzgetäfelten Wohnküche, packte meine Hand – »Ein Gluck, dass ich da wäre« – und zog mich mit den Worten hinter sich her, ich solle mitkommen und zwar sofort, es wäre ganz wichtig, er müsse mir dringend etwas sagen … Was er dann noch gefühlte hundert Mal wiederholte. Also folgte ich ihm überrumpelt in die Weinberge.

Hilfe! Was muss Paul mir denn so Wichtiges sagen? Hat Luc sich beschwert, und das ganze Dorf ist nun empört? Weiß er das mit dem Auto, und dass wir schon morgen wegfahren werden? Was soll dringender sein als eine überstürzte Abreise, wenn man gerade dabei ist, sich Hals über Kopf zu verlieben? Ich fühle mich wie ein Segelschiff im Sturm auf den sieben Weltmeeren.

»Allez, Sophie, ma chère!« Paul blickt kurz über die Schulter zu mir und erhöht das Tempo.

Meine Teure. So hat er mich noch nie genannt. Das klingt schön, aber auch irgendwie ernst.

Er hält mich fest an der Hand, und wir laufen den Schotterweg hoch zu den Weinbergen, dorthin, wo er mir vor ein paar Tagen vom Petit Paris und von seiner Großmutter erzählt hat. Es kommt mir vor, als sei jener Augenblick Lichtjahre entfernt.

Auch heute ist ein warmer Sommertag in Sonnenau. Lange habe ich mich nirgendwo so geborgen und lebendig zugleich gefühlt wie in diesem Dorf. Doch das Tempo, in dem mich mein Schicksal gerade vorantreibt, genauer gesagt der Mann vor mir, geht mir im wahrsten Sinne des Wortes zu schnell.

»Mensch, Paul, warte doch. Was ist denn los? Du hast es hier nicht mit der deutschen Meisterin im Weinbergmarathon zu tun, ich bin Literaturagentin, eine Bürotussi.«

Ich bleibe kurz stehen, um durchzuatmen, dabei stütze ich keuchend die Hände auf die Knie. Mein Top klebt an mir wie bei einem Wet-Shirt-Contest auf Ibiza, doch Paul scheint das nicht im Geringsten zu interessieren. Er nimmt wieder meine Hand und zieht mich weiter. Vierbeiner Bocuse ist im Gegensatz zu mir voll in seinem Element. Der Hund mit dem goldenen Wuschelfell springt immer wieder verspielt von Paul zu mir, vor und zurück, und lässt sich schwanzwedelnd streicheln. Völlig unbeeindruckt von der Hektik seines Herrchens.

»Komm, Sophie, nur noch ein Stück«, bittet Paul. »Ich müsste längst in der Küche sein, aber das, was ich dir sagen muss, kann nicht warten, und ich brauche dafür den passenden Ort.«

Meine Güte, wenn er sogar das Petit Paris hintanstellt, ist es fast dramatisch. Will er Schluss machen, kaum dass es richtig angefangen hat? Mir sagen, dass das mit uns keinen Sinn macht? Was ja auch definitiv stimmt. Dass es nur ein kleiner Ausrutscher war und er Franzose ist, die ja bekanntlich … Vor lauter Anstrengung, Verunsicherung und Grübeln muss ich husten.

Und dann endlich, auf dem schmalen Stück Wiese, auf dem wir vor ein paar Tagen zusammensaßen, zwischen Weg und Wein, bleiben wir stehen. Erschöpft lasse ich mich ins Gras fallen. Bocuse läuft fröhlich wedelnd weiter, die schmalen Pfade zwischen den Weinstöcken runter und wieder hoch. Unter uns liegt das Dorf, ruhig und sonnig wie alle Tage. Paul geht vor mir in die Hocke, selbst noch ziemlich außer Atem. Doch im Gegensatz zu meinem von dem Marsch verzottelten Pferdeschwanz wirkt seine Wuschelfrisur lässig und sein Shirt wie neu.

»Sophie«, beginnt er. Sein Gesicht ist jetzt ganz nah vor meinem. Ich sehe nur noch seine wunderschönen dunkelbraunen Augen. Alles andere verschwimmt, die Reben, der Himmel, die Sonne. Ich möchte ihn küssen, aber bevor meine Lippen seine berühren können, wehrt er sanft mit der Hand ab und sieht mich mit einem bedeutungsvollen Ausdruck an.

Was ist nur los? Ist etwas Schlimmes passiert? Mir fehlen die Worte. Erstens, weil ich vor lauter Rennen immer noch keine Luft kriege, und zweitens, weil ich jetzt doch voller Sorge bin und keine Ahnung habe, um was es eigentlich geht.

»Sophie, voilà. Ich habe dich hierhergebracht, weil dies unser Platz ist. Hier habe ich dir vom Petit Paris erzählt, von meiner Liebe zum Kochen, von …«, er stockt, »Grandmère und Grandpère. Und deswegen muss ich es dir auch unbedingt an diesem Ort erzählen …«

»Paul«, falle ich ihm hastig ins Wort, »ich muss dir auch ganz, ganz dringend etwas sagen. Es ist nämlich etwas …«

»Gleich, Sophie. Bitte lass mich ausreden. Ich muss dir zuerst erzählen, was ich vorhin erfahren habe.«

Was war denn vorhin? Ist eine alte Liebe wiederaufgetaucht, nachdem wir uns bei Mathieu gesehen haben, und er muss mir leider sagen, dass alles ein Irrtum war? Das Fest, unser Tanz in der Küche, die Musik – alles bloß die naturgemäße Folge von zu viel Kirschlikör?

»Sophie, du *musst* das wissen. Ich bin noch bei meinem Großvater auf dem Weingut geblieben, nachdem ihr gegangen wart. Grandpère hat natürlich gemerkt, dass da etwas zwischen uns ist. Zwischen dir und mir.« Paul streicht mir sanft über den Arm, sodass sich sofort wieder Millionen Haare auf meiner Haut aufstellen. »Er kennt mich zu gut. Und er fing an, über sein Leben zu erzählen und die Liebe. Es war ihm so wichtig, dass ich ihn nicht unterbrechen durfte. Er redete wie ein Fluss, der nach unten fällt. Wie sagt man?«

»Wasserfall«, ergänze ich.

»Genau. So als hätte er Angst, dass er sonst nicht sagen könnte, was er zu sagen hatte. Verstehst du?«

Ich nicke. In Wirklichkeit verstehe ich nur Bahnhof beziehungsweise Abfahrt. Meine Güte, Coco ist im Haus längst am Packen, morgen müssen wir weg von hier, und dann war es das mit meinem kleinen Pariser Glück. Schluss, aus, passé.

»Und dann war da auch noch diese Kiste mit den Blumensachen von deiner Tante, die ihr auf den Hof gebracht habt. Ich habe gleich gemerkt, dass ihn das alles sehr beschäftigt.« Sanft hebt Paul mein Kinn und sieht mich eindringlich an, dabei schüttelt er den Kopf. »Es ist wirklich unglaublich, Sophie. Weißt du, warum deine Tante Marlene so oft in Sonnenau war, warum sie dieses Haus am Waldrand gekauft hat, warum sie nie geheiratet hat?«

Jetzt schüttele ich den Kopf. Ich habe keine Ahnung.

»Ich weiß nur, dass sie als junge Frau mit meiner Großmutter Hilde zum ersten Mal ins Dorf gekommen ist. Im Urlaub. Die beiden waren Anfang zwanzig und beste Freundinnen, wie Coco und ich. Und irgendwann hat sie dann das Haus gekauft, ist, so oft es ging, nach Sonnenau gefahren, um abzuschalten und in ihrem Atelier zu arbeiten. Marlene liebte diesen Ort. In den Ferien durfte ich ja später oft mitkommen. Es war wunderbar, der Garten, das Dorf, der Gugelhupf…« Ich unterbreche meinen Kindheitsfilm und überlege einen Augenblick, bevor ich fortfahre: »Sie mochte das Elsass sehr, und die Zeit, die sie hier verbracht hat, war sicher eine willkommene Abwechslung zu ihrem Bürojob in Deutschland. Hier konnte sie ihrer Kunst nachgehen, und so weit hatte sie es auch nicht von der Pfalz. Mehr kann ich dir dazu leider nicht sagen.«

»Aber ich!« Jetzt steht Paul auf, dreht sich nachdenklich zu den Weinbergen und dann wieder zu mir. »Marlene, sie ist, sie war… Sie liebte das alles hier.« Paul schwenkt ausladend den Arm in Richtung Tal und Sonnenau.

»Genau, das habe ich doch gerade gesagt.« Wenn auch nicht so französisch emotional. Wie er so vor mir steht, wie ein großer Junge, und herumdruckst, möchte ich ihn in den Arm nehmen und nie mehr loslassen.

»Aber ganz besonders liebte sie…« Paul verfällt für einen Moment in Schweigen. »… meinen Großvater. Sie war nämlich fünfzig Jahre lang Mathieus Geliebte.«

Jetzt bin ich diejenige, die aufspringt.

»Waaas?«, rufe ich ungläubig. »Wie kommst du denn darauf? Das kann nicht sein! Mathieu war verheiratet, er liebte doch deine Großmutter. Er ist so ein herzlicher Mensch. Das kann ich mir nicht vorstellen, sonst würde es dich auch gar nicht geben…«

Vor meinem inneren Auge sehe ich den liebenswerten, charmanten, betagten Mann mit Bart. Ein gemütlicher, freundlicher, alter Herr, den wir alle sofort ins Herz geschlossen haben. So sieht keiner aus, der seine Frau ein Leben lang hintergeht.

»Du hast recht«, unterbricht Paul meine Gedanken. »Er hat meine Großmutter geliebt. Sie sind zusammen aufgewachsen, mochten sich von klein auf. Sie waren verlobt, als Marlene und ihre Freundin das erste Mal ins Dorf kamen. Meine Großmutter arbeitete bereits im Restaurant ihrer Eltern mit, und auch Mathieu half dort aus.«

Ich kann die Szene vor mir sehen: meine Oma Hilde

und Tante Marlene, jung, hübsch und in Ferienstimmung, wie sie in Tellerröcken, gestärkten Blusen und schick frisiert die Stufen zur Terrasse des Petit Paris hochgingen. Dort, wo auch ich vor ein paar Tagen Paul zum ersten Mal traf. Vielleicht waren damals die Reben erst frisch gepflanzt worden, und das Blätterdach rankte noch nicht so üppig. Und dann war da bestimmt der fesche Mathieu, der die beiden Damen aus Deutschland begrüßte und fragte, was sie zu trinken wünschten. Sie saßen am Tisch, und der junge Mann stand vor ihnen wie Paul am Montag vor mir …

»Zuerst waren sie sich wohl gar nicht so sympathisch, die Deutsche und der Franzose.« Das kommt mir bekannt vor. Paul zwinkert mir zu, bevor er weiterspricht: »Marlene war schick und eingebildet, eine Künstlerin, wie sich herausstellte, und Mathieu ein Junge vom Land, der außer Sonnenau und Umgebung nicht viel gesehen hatte. Und dann fand irgendwann die Fête du Soleil statt. Stell dir vor, Sophie! Das Fest wird seit Jahrzehnten immer am letzten Juliwochenende gefeiert. Die beiden haben getanzt, nur ein einziges Mal, aber da wusste er, dass er immer mit diesem Mädchen tanzen wollte. Ein Leben lang. Und auch ihr erging es so. Sie erzählte ihm später, dass sie bei ihrem ersten Tanz schon dachte, dass sie nie mehr aus seinen Armen fortwollte …«

Das kann doch nicht sein! Was ist denn das für eine unglaubliche Geschichte? Bin ich hier etwa in einen schlechten Zeitreiseroman geraten, in dem alle Liebesgeschichten nach dem gleichen Muster verlaufen, bis endlich ein

Paar zusammenfindet und damit – Klischee, Klischee – alle Unglücklichen erlöst sind?

»Nach dieser Begegnung war es um die zwei geschehen. Sie konnten nicht mehr voneinander lassen trotz aller Umstände. Fortan trafen sie sich heimlich, um sich besser kennenzulernen. Aus einem leidenschaftlichen Kuss wurde eine leidenschaftliche Nacht, dann zwei, dann mehrere … Als sie merkten, dass sie sich liebten, beschloss Mathieu, mit meiner Großmutter zu sprechen. Er wollte klare Verhältnisse schaffen und mit Marlene zusammen sein. Doch genau an dem Abend, als er ihr die Wahrheit sagen wollte, offenbarte ihm meine Großmutter, dass sie schwanger war. Sie war schon im vierten Monat. Überglücklich meinte sie, sie müssten nun so schnell wie möglich heiraten und wie sehr sie sich freute. Und da konnte Mathieu ihr nicht wehtun. Er behielt sein Geheimnis für sich und tat das, was von ihm erwartet wurde: Er heiratete meine Großmutter und übernahm die Verantwortung als Familienvater. Aber die Liebe zu Marlene blieb und wuchs im Laufe der Jahre noch, er konnte sie nie aufgeben. Und sie ihn auch nicht. Irgendwann kaufte sie das leer stehende Haus, das jetzt dir gehört. So konnte sie ihm wenigstens im Urlaub nahe sein und fuhr ihr ganzes restliches Leben immer wieder nach Sonnenau.«

Den Teil der Geschichte kenne ich, aber ich hatte nie nach Marlenes Beweggründen gefragt. Als Kind nimmt man die Welt einfach, wie sie ist. Und als erwachsene Frau bin ich davon ausgegangen, dass meine Tante nur ein großer Fan dieser Gegend war. Jetzt bin ich sprachlos. Was für eine berührende, traurige Liebesgeschichte. Traurig, aber irgendwie auch schön.

Die Armen. Marlene, Mathieu, Pauls Großmutter. Was für ein Schicksal. Warum sind sie sich überhaupt über den Weg gelaufen? Mein Gott!

Paul berührt mich an der Schulter. »Sophie, du bist ja ganz blass.«

Wieder schüttele ich den Kopf. »Ich kann das nicht glauben, Paul. Wieso hat niemand etwas gewusst? Warum bin ich nicht eher darauf gekommen? Es tut mir so leid, auch für deine Großmutter. Sie muss so unglücklich gewesen sein, sie hat das doch bestimmt gespürt.«

»Sie war ein wunderbarer Mensch. Ich bin mir sicher, sie wusste, dass Mathieu sie nie verlassen hätte und sie auf seine Art auch liebte, du kennst ihn ja. Du brauchst dir keine Gedanken zu machen, Sophie, sie wirkte immer fröhlich. Die beiden hatten sich arrangiert, wie es scheint.«

Jetzt wird mir Einiges klar. Marlene, die in jeder freien Minute ins Elsass fuhr, meistens alleine. Warum sie diesen Ort so liebte, dieses Dorf mit dem schönen Namen, zwischen den Weinbergen.

»Deine Großmutter, wann ist sie gestorben? Es muss ein paar Wochen nach Marlenes Tod gewesen sein, vor anderthalb Jahren. Auf einmal macht alles Sinn, sogar die mürrische Jeanne. Sie war doch eine gute Freundin deiner Großmutter«, sinniere ich dann auch laut.

»Ihre beste«, bestätigt Paul.

»Bestimmt wusste sie etwas von der Affäre zwischen

Marlene und Mathieu und kann mich deswegen nicht leiden.«

Paul nickt und nimmt meine Hände fest in seine. »Und wir, Sophie, wir beide. Was ist mit uns? Machen wir dann nicht auch Sinn? Als Mathieu dich gestern bei dem Fest sah und du mir in die Küche gefolgt bist, da spürte er ganz stark, dass die Geschichte sich einen Neuanfang gesucht hat, dass die Liebe eine zweite Chance verdient. So hat er es gesagt. Ganz eindringlich. Er mag dich sehr, weißt du?«

Paul setzt sich am Hang ins Gras und ritzt mit einem Stock Striche in den Sand zwischen den Grashalmen.

»Natürlich, Paul, das weiß ich, aber du und ich, das kann man doch nicht mit Marlene und Mathieu vergleichen. Wir leben in einer anderen Zeit, und wir kennen uns erst seit Kurzem. Ich sollte eigentlich gar nicht hier sein. Wir haben beide einen Fulltime-Job, kaum Zeit neben der Arbeit. Ich lebe in Frankfurt, du in Sonnenau. Warum hat Mathieu dir das alles erzählt, ausgerechnet jetzt?«

Ausgerechnet heute. Morgen werde ich in Paris sein, dem Ziel unserer Reise, und weiter weiß ich auch nicht, nur dass ich Coco und Freddy nicht enttäuschen kann. Nicht enttäuschen will. Die beiden sind meine Familie, und wir haben uns so auf die Tage in Paris gefreut. In meinem Kopf fahren die Gedanken Achterbahn. Ich setze mich ein kleines Stück entfernt von ihm – Sicherheitsabstand – auch auf die Wiese und beginne, Grashalme zu zupfen, obwohl die nichts für meine Misere können.

»Mathieu hat mir vorhin einen Rat gegeben. ›Halt dein

Glück fest, Junge‹, hat er gesagt. ›Lass es nicht ziehen so wie ich‹«, sagt Paul nachdenklich.

»*Festhalten?* Das hat er gesagt? Der ist gut«, platzt es aus mir heraus. »Ich muss dir nämlich auch etwas Wichtiges sagen. Wir fahren nach Paris, in das richtige, das große Paris, und zwar spätestens morgen. Unser Auto ist repariert, es fährt wieder. Und Coco hält hier nichts mehr, sie packt schon.«

Nun ist Paul derjenige, der überrascht ist.

»Ich kann sie nicht alleine fahren lassen. Es ist unser erster gemeinsamer Urlaub seit ewigen Zeiten, und sie hat solchen Ärger im Büro und dann noch das mit CT. Ich meine Carl-Torben, ihr Ex, dein Gast. Und in einer Woche geht es wieder zurück nach Frankfurt, und dann ist Sonnenau so weit weg wie … wie ein Sternekoch von der Kastenkuchen-Sophie, wie Coco und Regine, wie Kirschlikör und Ebbelwoi … Verstehst du, Paul? Es soll vielleicht so sein, vielleicht haben wir einfach nicht mehr Zeit zusammen, dass sich etwas entwickeln kann, keine Zeit, um uns besser kennenzulernen.«

Jetzt ist es raus. Ich fühle mich so erschöpft wie an dem heißen Morgen in meiner Büchermansarde, als Arno auf der Treppe saß. Es fühlt sich für mich an, als wären die Tage seitdem nur ein Traum gewesen. Entmutigt rutsche ich langsam rückwärts den Hügel hoch, bis ich neben Paul sitze. Dort, wo die Wiese karger ist und schließlich nahtlos in den sandigen Feldweg übergeht, tue ich es Paul nach und ritze mit einem Stein Linien in den Sand. Dann verwische ich sie direkt wieder. Es ist, als wären sie nie da gewesen. Ritzen, wischen, ritzen, wischen. Alles weg. Aus und vorbei.

»Sophie, hey, schau mich an.« Entschieden dreht Paul mich zu sich und hält dabei meine Schultern fest. Mit klarem Blick sieht er mir in die Augen. »Paris ist doch nicht das Ende der Welt, ma chère, im Gegenteil. Für manche ist es sogar ihr Nabel. Das kann doch kein Zufall sein, dass du hier gestrandet bist. Da passiert etwas mit uns. Lass es doch zu. Und ist nicht alles möglich, wenn wir es nur wollen? *Wirklich* wollen? Frankfurt und Sonnenau sind auch nicht so weit voneinander entfernt.«

»Aber Freddy geht noch zur Schule. Meine Autoren brauchen mich, du kannst dir das nicht vorstellen, sie können wie kleine Kinder sein. Dann habe ich keine freie Minute. Und Coco – sie hat immer so ein Pech mit den Männern, sie ist meine Familie und …«

»Stopp«, sagt Paul. »Das sind alles Gedanken, Worte. Das ist das, was dein Kopf dir sagt. Hast du denn gar kein Vertrauen in das, was du fühlst, Sophie? Was ist mit deinem Herzen?« Er legt seinen Kopf an meine Brust und tut so, als führe er ein Zwiegespräch. »Oui, oui, mon cœur. Ja, genau, das versuche ich ihr doch auch die ganze Zeit zu sagen. Aber dieses sture deutsche Mädchen hört mir einfach nicht zu.«

Lachend knuffe ich ihn und wuschele zärtlich durch seine Haare. »Ach, Paul, du verrückter Pirat der sieben Weltmeere. Ich meine es ernst.«

»Ich auch. Und dein Herz erst.« Schnell legt er wieder den Kopf schräg und sein Ohr an mein Dekolleté.

»Was sagt es denn?«

»›Hab Vertrauen‹, sagt es. ›Alles wird gut.‹«

Ich atme tief ein. Vertrauen? Was für ein großes Wort. Paul hebt den Kopf, sein Gesicht ist ganz nah vor meinem. Vertrauen habe ich in mich, in meine Arbeit, in das, was ich kann. In Coco, unsere Freundschaft, manchmal sogar in die Wirkung von Ingwertee. Aber in Beziehungskram? Da lasse ich besser meinen Verstand zu Wort kommen nach meinen bisherigen Bruchlandungen. Trotzdem kann ich in diesem Moment nicht anders. Ich muss Paul küssen, auf der Stelle, diesen wunderschönen, starken Mann, der vor mir sitzt und mit meinem Herzen spricht.

Er küsst mich zurück. Erst meinen Mund, dann mein Dekolleté, meinen Nacken, jeden meiner Finger, die Innenfläche meiner Hände und flüstert dabei: »Je t'aime, Sophie.« Immer und immer wieder, auch während seine Lippen weiter nach unten wandern: »Je t'aime.« Als könnten ihn meine Arme, Brüste, Beine auch verstehen. Diese Franzosen, denke ich, und irgendwann nur noch: Paul! M*ein* Franzose, je t'aime aussi. Ich höre Serge Gainsbourg und Jane Birkin dazu hauchen und finde das Lied zum allerersten Mal in meinem Leben überhaupt nicht peinlich. Ich will an mein Glück glauben, Paul. An unser Glück. Vielleicht wird doch alles gut.

»Loslassen und mal was wagen«, hat Mascha Arno geraten. Das will ich jetzt auch. Ich möchte in Paul hineinkriechen, in ihm versinken, ihm vertrauen, ihn spüren, ihn lieben. Er hält kurz inne, um mich anzusehen. In seinem Blick liegt so viel Liebe, so viel Wärme, so viel Lust.

Seine Augen halten meine fest, während er mich sanft ins Gras drückt und mein (für Frankfurt hundertprozentig) viel zu kurzes Kleid hochschiebt. Aber ich bin ja zum Glück im Elsass, an einem Ort, der nach der Sonne benannt ist, auf einer Wiese in den Weinbergen ... und dann stöhne ich leise auf.

Je t'aime, wie das klingt. Eindeutig viel heißer als *Ich liebe dich*. Französisch ist und bleibt unumstritten die Sprache der Liebe. Und ich lerne sie nun zu verstehen.

Coco

Abfahrt nach Paris

Inzwischen ist es später Samstagabend. Die Grillen zirpen um uns herum, sonst ist es ganz still, und wir sitzen zu dritt mit Wasser und Riesling im Garten auf der Bank unter dem großen Kirschbaum. Der Mond leuchtet hell und silbern über uns, und jede Minute erscheint ein neuer Stern am Himmel.

Sophie kriegt sich gar nicht mehr ein vor Begeisterung. Seit einer guten Stunde quatscht sie von Paul und einer Wiese in den Weinbergen, von der man einen großartigen Ausblick über ganz Sonnenau habe, und von Bocuse, wie süß dieses Viech doch sei, und von Paul – und dann wieder alles von vorne. Aber die unglaubliche Neuigkeit des Tages ist unbestritten: Marlene und Mathieu waren über fünfzig Jahre lang ein heimliches Liebespaar. Wer hätte das gedacht? Sophie erzählt uns aufgeregt die Geschichte der beiden und was sie alles von ihrem Piratenkoch erfahren hat. Freddy und ich hören staunend zu. Vermutlich gibt es niemanden auf der ganzen Welt, der kein Geheimnis in sich trägt. Als Sophie zum Ende kommt, bin ich sprachlos, auch Freddy steht die Überraschung regelrecht ins Gesicht geschrieben.

»Wow! Alter! Ist das echt wahr? Was für eine krasse Story!« Sie schüttelt den Kopf und überlegt. »Aber warum hat Tante Marlene denn Uroma Hilde, Oma Edda oder dir, Mum, nie irgendwas davon erzählt? Du sagst doch immer, ihr wart euch sehr nahe?«

Sophie zuckt ratlos die Schultern. »Das ist mir ein Rätsel. Ich hatte wirklich keinen blassen Schimmer! Vielleicht wusste Oma Hilde ja davon und hat dichtgehalten. Sie war immerhin Marlenes beste Freundin. Meine Mutter wusste es sicher nicht, das hätte sie mir erzählt.« Sophies Wangen glühen, so sehr haben sie die neuen Erkenntnisse rund um ihre Tante aufgewühlt.

»Weißt du, Süße, manchmal behält man auch etwas für sich, um andere zu schützen. Es waren zudem andere Zeiten. Da hat man nicht mal einfach so eine Familie zerstört oder sich scheiden lassen. Marlene wollte bestimmt keinen verletzen, und dann hat sie sich mit der heimlichen Liebe arrangiert. Oder sie hat insgeheim gehofft, dass Mathieu sich irgendwann doch ganz für sie entscheidet … Hmmm … Immerhin hat ihre geheime Liebe lange gehalten. Wenn auch unter schwierigen Voraussetzungen.« Sophie seufzt und streicht ihrer Tochter, die über ihre Worte nachzudenken scheint, zärtlich über den Kopf.

»Verrückt.« Mehr fällt mir an dieser Stelle dazu nicht ein. Ich lehne mich an den alten Baumstamm zurück und nehme auf diese Neuigkeit einen ordentlichen Schluck Weißwein.

Freddy löst sich aus dem Arm ihrer Mutter und steht auf. »Hey, Leute, wir wollen ja morgen früh los, und ich muss noch packen und so. Ich geh schon mal rein. Ku-uss.« Mit diesen Worten gibt sie – in einem Anflug von Sentimentalität und beeindruckt von der ungeahnten Lovestory – Sophie und mir einen lauten Schmatzer auf die Wange, schnappt ihre innig geliebten Kopfhörer vom Tisch und geht ins Haus. Ein sanfter Abgang für unser Teeniemädchen.

Wir blicken ihr nach und schweigen. Meine Freundin schenkt uns beiden noch etwas Wein ein, blickt stumm ins Leere und gähnt.

Jetzt! Jetzt, denke ich plötzlich, jetzt wäre ein perfekter Zeitpunkt, quasi eine letzte Chance vor unserer Abreise, Sophie endlich von Nik und der Sache mit Paris zu erzählen. Reinen Tisch zu machen, alles zu gestehen. *Coco, konzentriere dich.* Ich atme tief ein und aus. *Du schaffst das.* Jetzt, *los*, das ist der ideale Augenblick, Sophie wird das verstehen … Ich nehme all meinen Mut zusammen, setze an … und –

»Paul ist wirklich der *allerbeste* Liebhaber, den ich je hatte«, unterbricht Sophie plötzlich verklärt meinen Geständnisversuch.

»Waaas?«, entfährt es mir, völlig aus dem Konzept gebracht.

»Na Paul!«, ruft Sophie und schwelgt weiter. »Er ist so zärtlich, so leidenschaftlich, so gebend und nehmend, so französisch irgendwie. Wie er mich anfasst, berührt, ganz genau spürt, was mir gefällt, was ich brauche. Dabei kennt er mich ja eigentlich noch gar nicht richtig.«

»Er hat was? Du hast …? Ihr habt miteinander geschlafen?«, hake ich völlig perplex und viel zu scharf nach.

»Pssst!«, pfeift Sophie, obwohl außer uns beiden keiner hier draußen ist, und wird so rot, dass ich das selbst im Dunkeln erkennen kann. »Ja, ähm, es ist einfach passiert. Ich weiß auch nicht. Dieses ganze emotionale Geheimnis um Mathieu und Marlene. Und er hat so schöne Dinge gesagt und war zärtlich und zugleich fordernd, das hat mich total angezogen … Und dann sein ›Je t'aime‹, du glaubst es nicht.«

»Der Typ spricht von Liebe? So schnell? Sophie! Vor zwei Tagen hast du noch gesagt, dass er ein arroganter Arsch ist, und jetzt fällst du auf dieses filmreife Gesäusel rein. Du bist doch keine vierzehn mehr wie Freddy«, zische ich meine Freundin an. Dabei verstehe ich genau, was sie meint. Nik war ich auch beim ersten Wiedersehen verfallen und stecke nun in dieser Paris-Misere. »Du kennst doch die französischen Kerle. Die haben die drei berühmten Worte viel schneller auf der Zunge. Was weißt du denn über ihn? Nichts! Ist der überhaupt noch zu haben?«, frage ich kritisch nach.

Sophie hält kurz inne, überlegt und hält dagegen: »Natürlich ist er das.« Sie schüttelt überzeugt den Kopf und grinst dabei wie ein Honigkuchenpferd an Weihnachten. »Und er muss es ernst meinen. Wie er küsst! Ich wollte, dass er nie mehr damit aufhört. Ich, Sophie Bayer, nach all den Pleiten-, Pech- und Pannentypen. Coco, ich erkenne mich gar nicht wieder. Dass mir das passiert! Auf diesem Umweg in unserem Mädelsurlaub, im klitzekleinen Paris.« Darüber muss sie laut lachen. Dann hält sie kurz inne und fragt mich mit großen Augen: »Ist das *Schicksal*, Coco?«

SHINE YOUR LIGHT lässt grüßen. O mein Gott, meine Freundin hat es voll erwischt.

»Ich würde es eher schlechtes Timing nennen«, antworte ich trocken. Kindchen, Kindchen. Vor allem einen Tag vor unserer Weiterreise.

»O Coco, er ist einfach wundervoll!« Sophie ist in ihrer Begeisterung nicht zu bremsen, dazwischen muss sie immer wieder gähnen, was mich völlig irritiert. »Dieser Tag schafft mich. Was heute alle passiert ist! Ich kann das gar nicht glauben. Bin richtig platt, aber glücklich.« Sie reibt sich ihre Augen und lächelt dabei permanent weiter.

»Äh, ah ja.« Ich darf nun nicht einknicken. *Dranbleiben, Coco.* »Sophie, ich wollte dir eigentlich auch was ganz Wichtiges … Ich muss dringend mit dir re…«

»Du glaubst ja nicht, *wie* der küssen kann! So was habe ich noch nie erlebt! Wirklich, ich übertreibe nicht. Seine Lippen sind so schön und weich, und er ist unfassbar zärtlich, aber auch leidenschaftlich. Ich kann gar nicht genau sagen, was es für eine Mischung ist – aber sie haut mich um! Ich kann nur noch an ihn denken, mein Kopf ist voll von ihm. Ach was, alles: mein Herz, meine Brust, mein Bauch … Coco? Was machst du denn für ein Gesicht?«

Ich reiße mich erneut zusammen und sehe meine beste

Freundin möglichst ruhig und ehrlich an. Ich muss das jetzt hinter mich bringen.

»Sophie, mir liegt etwas anderes auf dem Herzen. Schon länger. Ich wollte die ganze Zeit mit dir reden, wirklich … aber … immer kam etwas … Also es ist so …«

»Auf einer *Wiese* oberhalb der Weinberge haben wir uns geliebt! Da ist nur so ein schmaler Streifen Gras und Sand zwischen Feldweg und Wein. Ich im Gras! Stell dir vor, diese Regine wäre vorbeigekommen oder jemand anders, Mathieu oder Freddy zum Beispiel. Aber es war uns egal. Wir waren ganz alleine auf der großen, weiten Welt. An diesem schönen Ort. Mein Verstand war völlig ausgeschaltet, ich habe mich einfach fallen lassen. Ich, Sophie, die überhaupt nicht mehr an die Liebe geglaubt hat. Null Komma null. Ist das zu fassen?« Glückselig fällt mir Sophie zum dritten Mal ins Wort und anschließend um den Hals.

»Jetzt hör mir doch mal bitte zu!«, entfährt es mir vehement, und ich löse mich aus ihrer Umarmung. »Ich muss dir auch was sagen!«

»Was denn?«, fragt sie erschrocken, aber neugierig, und scheint endlich bereit zuzuhören. »Warte kurz, ja? Ich geh nur schnell aufs Klo, dann bin ganz für dich da, okay? Nicht weglaufen! Ich beeil mich.« Sophie hebt den Zeigefinger, gähnt erneut, lacht mich an und verschwindet ins Haus.

Das gibt's doch wohl nicht. Ich dreh durch. Puh. Aufgeregt nehme ich noch einen Schluck Wein und zünde mir eine Zigarette an. Na gut, nur noch ein paar Minuten, dann wird hier klar Schiff gemacht. Keine Lügen, keine Versteckspielerei mehr.

Nach einer weiteren einsamen Zigarette und dem letzten Tropfen Wein aus der Flasche, als die Kirchturmuhr Mitternacht schlägt und auch der letzte Stern am Nachthimmel zu sehen ist, muss ich mir bitter eingestehen, dass mich Sophie in ihrem Liebeswahn oder aus irgendwelchen anderen unerfindlichen Gründen einfach hier draußen im Garten hat sitzen lassen. Hat Freddy sie aufgehalten? Hat sie noch Paul angerufen? Ist sie etwa schlafen gegangen?

Zwischen Selbstmitleid und Wut hin- und hergerissen räume ich die Gläser und Flaschen vom Gartentisch auf ein Tablett, puste den Kerzenstummel in der Laterne aus und stapfe traurig in die Küche.

Im Haus ist alles ruhig. Außer …

Ich folge dem Geräusch und entdecke Sophie, wie sie in Kleid und Strickjacke auf dem Wohnzimmersofa liegt und leise schnarcht. Die Haare hängen ihr wild übers Gesicht, ihre Wangen sind immer noch gerötet, und mit der einen Hand hält sie ein Taschentuch umklammert. Ist die hier in voller Montur eingeschlafen und hat mich vergessen! Mir entfährt ein ratloser Seufzer.

Das muss ich dann wohl auch tun. Schlafen. Ohne Geständnis.

»Warum bist du denn so sauer, Coco? Ich bin eben müde gewesen. Gestern war ein langer Tag. Ich wollte mir nach dem Klo nur noch schnell die Nase putzen und dann wieder zu dir rausgehen, und als ich mich kurz auf die Couch gesetzt, ja gut, *gelegt* habe, muss ich eingeschlafen sein. Das kann doch mal passieren«, bemüht sich Sophie am nächsten Morgen, mich zu beschwichtigen.

Gemeinsam versuchen wir seit einer Stunde, unseren Laubfrosch zum Fahren zu bekommen.

»Du hast mich vergessen. *Vergessen*! Du hast mir gar nicht mehr zugehört. Du bist einfach eingepennt. Vor lauter Paul und Je t'aime im Kopf hast du mich alleine im Garten hocken lassen! Dabei wollte ich mit dir über etwas Wichtiges reden, aber das war dir völlig egal. Du hast mich einfach vergessen …«, wiederhole ich fassungslos, denn Sophies Verhalten gestern Abend sieht ihr gar nicht ähnlich. Aber am meisten ärgere ich mich darüber, dass der Moment vergangen ist, in dem ich den Mut hatte, ihr die Wahrheit zu sagen.

Wir stehen auf der Straße vor Marlenes Haus und kriegen den verdammten Renault nicht vom Fleck. Keine Chance. Er springt und springt nicht an. Erst hat die Karre ein paar ächzende Geräusche von sich gegeben und für ein paar Sekunden fast vielversprechend vor sich hin getuckert. Doch nun rührt sich nichts mehr. Und Luc können wir nicht fragen, denn der hat von unserer gestrigen Autorückholaktion wahrscheinlich noch gar nichts mitbekommen. Wir wollten ihm erst bei unserer Abfahrt Bescheid sagen. Außerdem ist Sonntag, und da verschwindet er regelmäßig zum Wandern in die Berge, hat Regine erzählt. Er trainiere für den Jakobsweg. Das passt zu ihm, da muss er stundenlang mit niemandem reden.

»Coco, es tut mir leid, aber jetzt komm mal wieder runter. Du kannst ja wohl auch heute mit mir sprechen.« Sophie nimmt mich versöhnlich am Arm und sagt noch milder: »Hey, Coco, sei nicht albern. Nach einer Woche in Sonnenau kommt es auf ein paar Stunden auch nicht mehr an.«

»Doch kommt es, verdammt noch mal! Du nimmst mich nicht ernst! Mir ist es wurscht, was ihr macht, *ich* fahre *jetzt* nach Paris!«, brülle ich meine Freundin an.

»Wie willst du denn da hinkommen? Mit dem Taxi?«, fragt Sophie fassungslos, das Gesicht gerötet und mit Schweißperlen auf der Stirn.

Freddy, die wir ganz übersehen haben, steht stumm zwischen uns und wirkt sehr blass. Noch nie hat sie einen ernsthaften Streit zwischen ihrer Mutter und mir erlebt.

Ich habe die Nase dermaßen gestrichen voll und will auch nicht länger warten, denn morgen ist mein Date. Aber das begreift Sophie natürlich nicht, und ich kann es meiner Freundin auch nicht verraten. Dafür ist es nun zu spät. Das passt jetzt vorne und hinten nicht. Und wenn sie nicht mitzieht, muss ich eben alleine nach Paris.

»Nicht mit dem *Taxi*, mit dem *Zug*!«, schreie ich. »Natürlich mit dem Zug! Du glaubst doch nicht etwa, dass ich es noch eine Minute länger hier aushalte? Mir reicht's endgültig! Ich hab die Schnauze voll. Von allem hier! Von dem ganzen idyllischen Schmonzes samt Naturkulisse. Dieser Landgeruch, diese kleingeistigen Elsässer und auch die paar netten halten mich jetzt nicht auf und schon gar nicht dieses muffige Haus und diese dämlichen Gugelhupfe, das

Stück 5000 Kalorien. Sonnenau – was ist das überhaupt für ein Name? Wir sind doch nicht bei *Herr der Ringe* oder in irgendeinem deiner Fantasyschmöker! Mir kommt das alles so was von aus den Ohren raus, und das müsste es dir eigentlich auch. Aber in Wirklichkeit will Madame ja gar nicht mehr nach Paris … Gib es endlich zu. Wegen diesem Piratenkoch. Der hat dich schön verführt im Weinberg, und du schwebst im siebten Himmel, und Bäm, ist keine Rede mehr von Paris, Coco und Freundinnenferien!«

Ich mache eine Pause, um Luft zu holen und noch eine Schippe draufzulegen. Die Worte tun mir im selben Moment leid, in dem ich sie ausspreche. Doch ich muss mich da jetzt reinsteigern, sonst komme ich nie mehr von hier weg. Nik denkt ja jetzt schon, ich wolle ihn vielleicht gar nicht sehen, und dann … Ich darf den Gedanken nicht weiterverfolgen. Ich muss jetzt hier weg.

»Meinst du, ich durchschaue das nicht? Ich kenne dich in- und auswendig, Sophie. Du bist verknallt bis über beide Ohren, was anderes interessiert dich gar nicht mehr! Seit gestern ist es noch schlimmer geworden, dir ist ja quasi ein Dauergrinsen ins Gesicht gemeißelt! Du hast nur noch diesen Paul im Sinn, machst es dir hier klammheimlich gemütlich, schäkerst ausgelassen mit deinem Franzosen herum und bist schön am Entspannen. Und an mich denkst du gar nicht! Weiß du, wie egoistisch das ist? Aber damit ist nun Schluss, ich lasse mir meinen hart verdienten Urlaub nicht länger verderben!« Stinksauer puste ich mir eine Locke aus dem Gesicht und funkele Sophie möglichst böse an. »Auch nicht von *dir*!«

Das hat gesessen.

Sophie zuckt verletzt zurück. Wütend wende ich den Blick von ihr zu Freddy, die mich mit großen, erschrockenen Augen anstarrt.

»Sagt mal, geht's noch?!«, fragt sie empört.

»Coco, das ...« Mit zitternder Stimme sucht Sophie nach den passenden Worten. »Das meinst du doch nicht im Ernst? Warum gehst du mich so an? Was kann ich denn dafür? Und das stimmt doch gar nicht, was du sagst. Ich wollte schließlich auch nach Paris ... mit euch.« Sie verbessert sich selbst: »Nein, ich will es natürlich immer noch. Und das mit Paul, das ist ... das ist einfach ...«, sie überlegt kurz, »schön! Ich weiß ja auch nicht, warum das passiert ist oder was daraus wird, aber diesen Flirt könntest du mir ruhig gönnen. Du bist nämlich nicht die Einzige, die die letzten Jahre kein Glück mit Männern hatte – auch wenn du das zu glauben scheinst. Du bist unfair!«, kontert Sophie beleidigt.

»Ach ja?«, frage ich spitz. »Prima, dann sind wir uns einig und haben uns an dieser Stelle nichts mehr zu sagen. Du scheinst vergessen zu haben, dass auch ich eigentlich andere Pläne hatte. Immerhin warst du es, die mich hierhergeschleppt hat, erinnerst du dich? Es war *deine* Schnapsidee, den blöden Frank bluten zu lassen. Du hättest dich ja wehren können. Aber das ist typisch. Immer lässt du dir alles gefallen, scheust jeden Konflikt und willst es allen recht machen! Typisch Waage. So funktioniert das aber nicht, Sophie. Und jetzt sitzt du hier in Sonnenau, machst auf Hausbesitzerin, bandelst mit einem Franzosen an, benimmst dich wie ein verliebter Teenager, nippst verklärt am Kirschlikör, und ich kann zusehen, wo ich bleibe. Weißt du was? Du kannst mich mal!«

Mit hocherhobenem Kopf stolziere ich ins Haus.

»Spinnst du? Hey, Coco, bleib stehen! Tickst du noch richtig?«, ruft Freddy mir wütend nach. »Wo willst du denn hin? Und was ist mit meiner Ausstellung? Hey, Coco, komm zurück! Ich bin schließlich auch noch da!«

Die Rufe meiner Patentochter überhöre ich, wenn auch schweren Herzens, und schnappe mein Gepäck. Im Flur setze ich es kurz ab und ziehe demonstrativ meinen großen cremefarbenen Chanel-Hut auf. Ein prüfender Blick in den Spiegel – wunderbar, für Paris perfekt, und abfahrbereit.

»Was soll das, Coco?«, läuft mir Freddy entgegen, als ich aus dem Haus trete.

»*Ich* fahre jetzt nach Paris – und zwar allein. Ihr wollt es ja so. Au revoir! Auf Wiedersehen!«, dränge ich mich an ihr vorbei.

Sophie hält mich nicht auf. Sie versteht die Welt nicht mehr und starrt mich nur traurig an. Eine Träne rollt ihre rechte Wange herunter, dann eine die linke und noch eine, und sie fängt an zu schluchzen.

O nein, ich kann meine beste Freundin nicht weinen sehen. Nichts wie weg, aber schnell, sonst entschuldige ich mich prompt für alles. Aber das geht nicht, zumindest noch nicht. Auf keinen Fall.

Als ich den Griff meiner Reisetasche entschlossen fester packe, nimmt Sophie ihre Tochter wie ein kleines Mädchen an der Hand und zerrt sie ins Haus. »Komm, Liebes. Coco hat sich entschieden zu gehen.«

»Das find ich jetzt echt kacke, Coco!«, brüllt mir Freddy noch böse zu, lässt sich dann aber von Sophie mitziehen.

Ohne ein weiteres Wort verschwinden die beiden im Haus, und in dieser Sekunde weiß ich: Ich habe es versaut.

Ganz Dramaqueen setze ich mich eilig in Bewegung, bevor ich es mir anders überlege. Hoffentlich laufen mir die beiden nicht hinterher, um mich doch in letzter Sekunde aufzuhalten. *Unbedingt hart bleiben, Coco.* Also lege ich noch einen Gang zu und renne fast zum Bahnhof. Dabei bete ich zum Himmel, dass der nächste Zug Richtung Paris nicht allzu lange auf sich warten lassen möge.

Nik werde ich später anrufen, im Augenblick ist mir nicht nach Erklärungen. Bei keinem. Ich habe meine beste Freundin für ihn angelogen und verraten und weiß nicht, ob sie mir jemals verzeihen wird. Auch bin ich nicht sicher, ob er das überhaupt versteht, denn er wollte es ja nicht so weit kommen lassen und hat mich immer wieder gedrängt, Sophie reinen Wein einzuschenken.

Drei Stunden später, die Bimmelbahn nach Straßburg hinter mich gebracht, sitze ich im Schnellzug nach Paris. Ohne Sophie und Freddy. Eigentlich hätten wir den Zug auch gleich nehmen können, aber Sophie wollte ja ihren Laubfrosch nicht zurücklassen. Ich habe einen Fensterplatz in einem Großraumwagen ergattert, eigentlich ein Ruhebereich, aber jetzt in der Urlaubszeit ist es knallvoll, und überall ertönen Gespräche in verschiedenen Sprachen. Ich höre Französisch, Spanisch, Deutsch und Italienisch heraus.

Beim Umsteigen in Straßburg dachte ich für einen kurzen Moment, ich hätte am Bahnsteig gegenüber Sophies Autor Arno gesehen, in seinen altmodischen Tweedklamotten und mit einer riesigen Angelrute in der Hand, dazu jede Menge ausladendes Gepäck. Auf den zweiten Blick jedoch war er verschwunden, und eine Gruppe von Jugendlichen saß an derselben Stelle lustlos auf ihren Taschen und Koffern. Es wird wirklich höchste Zeit, dass ich dieses ganze Chaos, das ich mit mir herumschleppe, hinter mir lasse und wieder klar denken kann. Überall sehe ich Gespenster. Gut, dass wenigstens Carl-Torben ausgeschaltet ist, sonst wäre der mir am Ende noch nach Paris gefolgt.

Um mich herum verstauen Leute ihre Koffer und Taschen polternd in den Gepäckregalen über den Sitzen. Bis alle ihre Plätze eingenommen haben, vergeht eine Ewigkeit, und viele meiner Mitreisenden unterhalten sich laut und rücksichtslos. In Ruhe zu lesen, kann ich wohl vergessen. Wenn der Schaffner die Fahrkarten kontrolliert hat, werde ich mir meine Kopfhörer aufsetzen und so laut Musik hören, dass alle anderen Geräusche ausgeblendet werden.

An mir ziehen Landschaften, Häuser und Wolken im Schnelldurchgang vorbei, und ich lehne den Kopf zurück. Leider sitze ich gegen die Fahrtrichtung, was ich eigentlich hasse. Hoffentlich kein schlechtes Omen.

Mein Handy vibriert, Sophie ruft an. Aber ich will nicht rangehen. Ich schaffe es nicht, mag nicht reden. Ich tippe auf *Anruf ablehnen.* Nun gibt es kein Zurück mehr.

Paris, ich komme!

Sophie

Alles kommt anders, dafür aber richtig dicke

Wenn das ein Urlaub sein soll, dann will ich 365 Tage lang 24 Stunden am Stück arbeiten. Ich erinnere mich daran, wie ich in meinem Schlafzimmer in Frankfurt saß, Frank anrief und mir seine unsäglichen Neuigkeiten anhören musste. Seitdem rackere ich mich ab, um für alle das Beste daraus zu machen. Wie immer. Und jetzt dieses Fiasko. Coco ist bestimmt schon fast in Paris.

Sie schafft immer alles, was sie will. Bei mir ist es genau andersherum: Mich ereilt immer das, was ich nicht will. Zum Beispiel so ein schrecklicher, heftiger Streit, wie wir beide ihn in all den Jahren, die wir uns kennen, noch nie hatten. Und sie geht nicht mal mehr ans Telefon. Wenn sie denkt, dass ich sie weiter anrufe und ihr hinterherdackele, dann hat sie sich geschnitten! Mich so anzubrüllen, mir solche schlimmen Vorwürfe zu machen, und das Ganze vor meiner Tochter. Was ist denn nur in sie gefahren?

Völlig aufgelöst strampele ich auf Marlenes altem Fahrrad den Waldweg entlang. Die Tränen laufen mir in Sturzbächen über die Wangen, sodass ich kaum erkennen kann, wohin ich fahre. Aber ich muss Paul sehen, ihm erzählen, was Coco gesagt hat, und dass sie nach diesem schlimmen Streit alleine nach Paris abgehauen ist.

Mit der rechten Hand wische ich mir die Tränen vom Gesicht und reibe die nassen Finger an meiner Hose trocken. Wenigstens habe ich das Klapperrad entdeckt, so kann ich schnell zu Paul fahren. Er *muss* mir einfach helfen, mir zuhören, mich in den Arm nehmen und mir sagen, dass alles wieder gut wird. Auch wenn ich mir das gerade nicht vorstellen kann.

Ist das jetzt das Ende unserer Freundschaft? Zumindest hat sie einen tiefen, tiefen Riss bekommen, und ich habe keine Idee, wie der zu kitten sein sollte. Ich fühle mich wie ein ausgewrungener Putzlappen. Wahrscheinlich sehe ich auch so aus, doch das ist jetzt egal. Paul liebt mich so, wie ich bin, und wird mich trösten. Ich kann gar nicht sagen, welches Gefühl in mir überwiegt: Ich bin über die Maßen enttäuscht, dass ich nonstop heulen könnte, und gleichzeitig bin ich so sauer, dass ich laut schreien möchte. Coco, diese selbstgerechte, überhebliche, besserwisserische, egoistische, blöde Kuh von einer besten Freundin hat mich mit Dreck beworfen, um sich dann auf einen Egotrip nach Paris zu begeben! In *unsere* gemeinsame Stadt der Freundschaft. Wir hätten doch zusammen fahren können, wenn sie nur normal mit mir geredet, ein Fünkchen Geduld gehabt hätte und nicht so überstürzt abgerauscht wäre.

Im Nachhinein verstehe ich immer noch nicht, wie es

dazu kommen konnte und was ich ihr getan haben soll. Und mir auch noch zu unterstellen, ich wolle nicht aus Sonnenau fort wegen Paul – das ist so ungerecht! Erstens kennen wir uns noch gar nicht lange. Zweitens habe ich es mir nicht ausgesucht, mich zu verlieben. Und drittens hat das doch überhaupt nichts mit unserer Freundschaft zu tun, schließlich hat Coco viel öfter Affären als ich.

Im Dorf angekommen steuere ich auf den Marktplatz und die Terrasse des Petit Paris zu, und plötzlich spüre ich einen Anflug von Zuversicht. Paul, der schöne lebenskluge Piratenkoch, der sich nicht verbiegt und sich treu bleibt, der gesagt hat, dass er mich liebt, und mit dem ich den weltbesten Sex aller Zeiten hatte (und das auf einer holprigen Wiese inmitten jahrhundertealter Weinberge), wird, nein, *muss* mir einfach helfen. Er wird ganz sicher wissen, was ich tun soll.

Ich trete fester in die Pedale. *Atmen! Vertrauen!*, denke ich dabei und *Loslassen!* In meinem Kopf zündet ein ganzes Feuerwerk motivierender Gedanken: *Innere Mitte! Krafttier! Namaste! Shine your light, Sophie!*

Eine Welle der Wut, Traurigkeit und Hoffnung schwappt dabei über mich, bis ich endlich angekommen bin. Ich lasse das Fahrrad einfach auf das Kopfsteinpflaster fallen. Während ich die Stufen zum Kleinen Paris hochlaufe, sage ich mir: *Vergiss die böse Welt, Sophie, und alle treulosen Menschen, die dich nur ausnutzen und bei der erstbesten Gelegenheit verraten …*

Und dann sehe ich Paul.

Er steht auf der anderen Seite der niedrigen Mauer, die

die Terrasse umgibt, und küsst eine Frau mit langem blondem Haar, die eine Zwillingsschwester von Gisele Bündchen sein könnte und entspannt in High Heels und kurzem Rock neben der geöffneten Tür eines weißen Porsche-Cabrio steht, auf den Mund. Mit geschlossenen Augen umarmt er sie, hält sie fest, streichelt ihren Rücken, und sie schüttelt lächelnd ihre Mähne, die ich wie in Zeitlupe hin- und herschwingen sehe.

21, 22, 23 – ich zähle und atme und beobachte die beiden regungslos. 24, 25, 26. Immer noch eng umschlungen fährt er ihr übers Haar. Mir wird übel. Ich will schreien, doch aus meinem Mund kommt kein Ton, und meine Beine zittern. Mir ist so kalt, so furchtbar kalt. Plötzlich ist der Himmel nicht mehr blau, sondern grau.

Habe ich es nicht von Anfang an geahnt? Ein Supermann hat immer auch eine Superfrau am Start! Ein Supermann wartet nicht auf dich, Sophie! Und ein Supermann ist letztlich immer auch ein Superarsch! Wie konnte ich das bloß vergessen?

In mir macht sich ein Gefühl breit, als falle ich in die Tiefe. Die beiden unterhalten sich ganz vertraut, und die Haarsprayfrau redet und lacht und strahlt Paul weiter an.

Ich habe genug gesehen. Hastig drehe ich mich um und stolpere die vor meinen Augen verschwimmenden Treppenstufen hinunter, weg von hier. Weg von diesem Bild, dieser Frau, weg von diesem Mann. Ich zittere am ganzen Körper, denke nicht mehr daran, was ich hier wollte, schon gar nicht an Marlenes Fahrrad. Bin nur noch dieser Schmerz, der durch meine Adern kriecht wie dunkler, zäher Sirup, der über die Enttäuschung wegen Coco schwappt und sie einfach mit sich nach unten zieht. Ich renne fort, renne und renne in der Hoffnung, dass mir Bocuse dieses eine Mal nicht folgt, und wünsche mir sehnlichst, ich wäre nie hier gewesen, sondern mit Coco nach Paris gefahren.

Coco

Endlich am Montmartre

Der Zug hält quietschend am Gare de l'Est, und ich steige aus. Auf dem Bahnhofsplatz bleibe ich kurz stehen, gegenüber eine Reihe altehrwürdiger Stadthäuser, die von vergangenen Jahrhunderten erzählen.

Paris.

Ich hatte ganz vergessen, wie wunderbar alles aussieht, wie bezaubernd es hier ist. Sofort fühle ich mich wie in einer anderen Welt. Vollkommen erleichtert, endlich angekommen zu sein, nehme ich das erstbeste Taxi und lasse mich den Hügel hochkutschieren zum Montmartre. Unser Hotel liegt mittendrin im Künstler- und Vergnügungsviertel, in der Rue Audran. Gierig sauge ich auf der Fahrt alle Eindrücke auf und kann es nicht glauben, wirklich hier zu sein. Und dennoch ist meine Stimmung gedrückt wie vor einem heraufziehenden Gewitter. Mein Kopf tut weh, und eine große Müdigkeit überkommt mich.

Der Taxifahrer hält vor einem schicken weißen Hotelgebäude, die Fenster mit leuchtend roten Markisen geschmückt. Tatsächlich superior, da hat Frank sich nicht lumpen lassen. Sein (wenn überhaupt vorhandenes) schlechtes Gewissen ist deutlich sichtbar und gut investiert.

Ich bezahle und schaue mich kurz um, gehe mit meinem Gepäck zur Orientierung einmal die Straße auf und ab, bevor ich einchecke. Alles in diesem Stadtteil sieht aus wie im Film *Die fabelhafte Welt der Amélie*, der hier ja auch gedreht worden ist. Meine Welt ist aktuell nicht wirklich fabelhaft, aber an diesem Ort kann vielleicht alles gut werden.

Ob Nik spürt, dass ich in der Stadt angekommen bin? Und wo mag er gerade sein? Ich habe das hoffnungsvolle Gefühl, ihm nun schon viel näher zu sein. Aufregung steigt in mir auf bei dem Gedanken daran. Aber inzwischen ist mein Handyakku leer, also muss ich ihn später anrufen. Vielleicht geht es mir dann auch besser. Die Straße ist belebt, feine Pariserinnen führen bei diesem traumhaften Wetter ihre kleinen Hunde aus. Ich brauche erst einmal eine Kopfschmerztablette und will nur schlafen, schlafen. Später ist noch genug Zeit, um zu flanieren. Zutiefst erschöpft betrete ich das Hotel, um einzuchecken.

Die Lobby sieht aus wie in einem französischen Nouvelle-Vague-Streifen aus den Fünfzigern. Dass es so was überhaupt noch gibt! An der Rezeption werde ich – trotz der um eine Woche verspäteten Anreise – freundlich begrüßt. Nach meinen entschuldigenden Erklärungen und dem Hinweis, dass die Ankunft meiner Mitreisenden leider immer noch ungewiss sei, was der junge Mann am

Empfang jedoch anstandslos akzeptiert (zum Glück sind die Zimmer ja schon bezahlt), bekomme ich den Schlüssel ausgehändigt.

Mein Zimmer ist sehr geschmackvoll eingerichtet und großzügig. In der Mitte befindet sich ein gemütlicher Futon mit weißem Plumeau, und es gibt eine Sitzgruppe, einen der typischen schmiedeeisernen Balkone, auf dem ich rauchen kann, und im Bad eine Wanne. Perfekt.

Ich stelle mein Gepäck ab und lege mich erst mal auf das weiche Bett. Schade, dass man den eigenen Akku nicht so leicht aufladen kann wie den eines Handys. Hastig schließe ich meines an das Ladekabel an und falle in schwarzes traumloses Nichts.

Nach zwei Stunden Schlaf fühle ich mich wieder einigermaßen ausgeruht, auch wenn die Kopfschmerzen noch da sind.

Was habe ich nur getan? Der Gedanke an Sophie versetzt mir einen tiefen Stich und verdrängt die Freude, endlich hier zu sein und bald Nik zu treffen. Was sie wohl gerade macht? Keine Anrufe auf dem Handy, nur Nachrichten von Freddy? Die ist sicher immer noch stinksauer auf mich und bitter enttäuscht, schließlich habe ich sie beide hintergangen.

Bei genauerem Hinsehen stelle ich fest, dass ich den Stecker des Ladekabels nicht richtig in die Steckdose geschoben habe und mein Handy immer noch nicht aufgeladen ist. So was Dummes! Wie konnte mir das nur passieren? Schnell prüfe ich akribisch, ob es jetzt richtig lädt und der Blitz über der Batterie auf dem Display auch ja zu sehen ist.

Und ich muss an die Luft, der ganze Wahnsinn steckt mir noch in den Gliedern. In dieser Verfassung kann ich Nik nicht entgegentreten. So sehnsüchtig ich ihn auch sehen möchte – es ist gut, dass unser Rendezvous erst morgen Abend ist. Dann habe ich noch etwas Vorlauf, um mich zu sammeln und mich dann voll und ganz auf Nik einlassen zu können. Aber jetzt erst mal raus, Paris atmen und mich ablenken. Mein Gott, bin ich aufgeregt.

Geduscht und umgezogen, im apricotfarbenen Chanel-Kostüm und weißen Sneakern, schlendere ich kurze Zeit später die Straßen am Montmartre entlang und bestaune die schönen Häuser, Gassen und Plätze. Endlich kann ich mich wieder schick machen, im elsässischen Dorf hat ja kein Hahn nach mir gekräht. Ein bisschen kommt nun – trotz meines riesigen schlechten Gewissens Sophie und Freddy gegenüber – sogar ein Glücksgefühl in mir hoch. Ich kann es nicht glauben. Ich bin wirklich hier, ich habe es geschafft!

Die Aussicht auf Paris ist atemberaubend, das kann kein Reiseführer abbilden. Und überall die tollsten, schicksten, ausgefallensten Läden, Cafés, Bars, Restaurants und Galerien. Alle bis ins Detail liebevoll eingerichtet und dekoriert. Markisen in fröhlichen bunten Farben säumen die Geschäfte, die Menschen sitzen draußen an den kleinen Cafétischen eng beieinander, lachen, reden, trinken und essen. Oft stehen die Kellner bei ihren Gästen und rauchen, lachen und plaudern mit, während die Sommersonne alles erstrahlen lässt. Jeder hier scheint Zeit und gute Laune zu haben. Kein Wunder an einem Ort wie diesem. Sofort weiß ich wieder, warum ich diese Stadt so liebe – und Sophie. Sophie und ich. Wir zwei. In Paris.

Warum konnte ich ihr nicht die Wahrheit sagen?

Der Gedanke an sie bedrückt mich, und meine Nervosität vor meinem Date steigt wieder zusehends, je mehr ich darüber nachdenke. Am besten wird es sein, ich verbringe den restlichen Abend auch alleine, um mich zu sammeln und auszuruhen. Ich brauche Abstand von den letzten Ereignissen. Die Gedanken daran schiebe ich beiseite und gehe weiter, immer weiter.

Der lange Spaziergang tut mir gut und erdet mich. Ich spüre, wie mein Herz wieder ruhiger schlägt, und biege ein in das bunte, trubelige Vergnügungsviertel mit Moulin Rouge und Pigalle.

Ich beginne abzuschalten und die Eindrücke zu genießen, als mein Blick plötzlich in einer weniger belebten Seitenstraße auf einen reizenden Laden fällt. In schnörkeligen, altmodischen Lettern erkennt man über der Tür den Namen, er lautet: »La belle en toi«, die Schönheit in dir. Davor stehen zwei schwarze Caféhausstühle an einem kleinen Marmortisch, ein roter Teppich ist Richtung Eingang ausgerollt. Und das, obwohl heute Sonntag und das Geschäft geschlossen ist. Sein Zauber lässt sich auch in unbelebtem Zustand durch die Fensterscheiben erkennen: Es ist ein Frisier- und Kosmetiksalon der schönsten Sorte. Vor den hohen Spiegeln stehen pastellfarbene Sesselchen aus den Fünfzigern, auf stilvollen Nierentischen stapeln sich Hochglanzmagazine, und an den Wänden hängen Fotos von Pariser Berühmtheiten: Catherine Deneuve, Yves Montand, Jean-Paul Belmondo, Jeanne Moreau und natürlich Coco Chanel mit hochgeschlossener Bluse und Hut.

Auf einer altertümlichen Leuchtreklame blinkt es »Bienvenue« – willkommen! Das lasse ich mir nicht zweimal sagen und notiere mir die Telefonnummer vom Türschild auf ein Taschentuch. Zum Glück habe ich dank meiner Listenliebe immer einen Stift in jeder noch so kleinen Handtasche. Morgen früh rufe ich als Erstes hier an, zahle auch gerne einen Aufpreis, um unbedingt noch einen Termin zu kriegen vor meiner Verabredung, zu der ich dann elegant wie eine waschechte Pariserin aufkreuzen werde. Die Idee, morgen nicht untätig bis zum Abend abzuwarten, beflügelt mich. Und bestärkt mich in der Entscheidung, Nik nicht mit meinem Freundinnenstreitlamento auf die Nerven zu gehen, sondern heute abzutauchen. Morgen erscheine ich dann innerlich und äußerlich strahlend und aufgeräumt!

Fast schon beschwingt verlasse ich die Straße, biege einmal rechts und zweimal links ab, und schon sehe ich sie: die über den Dächern von Paris thronende Basilika Sacré-Cœur. Wie eine weiße Dame erhebt sie sich majestätisch auf dem Berg.

Auf dem Weg zu ihr wird es touristisch. Ein Souvenirshop reiht sich an den nächsten, und zahlreiche Reisegruppen klettern die vielen Stufen zu der berühmten Kirche empor. Auch ich spaziere die Treppen hoch. Sophie und ich haben die Stufen mal gezählt, nur weiß ich das Ergebnis nicht mehr.

Schon von den unteren Stufen ist die Aussicht unglaublich, aber ganz oben ist sie einmalig. Man kann in alle Himmelsrichtungen über ganz Paris und bis zum Eiffelturm blicken. Auf den Treppen zur Sacré-Cœur stehen ein paar junge Musiker, singen und spielen ihre Lieder, um ein wenig Geld zu ergattern. Im Vorbeigehen werfe ich einem Geiger ein paar Münzen in den Hut. Ein paar Inder laufen herum und verkaufen Bier in Flaschen. Ab und zu strömt mir eine Haschischwolke entgegen. Die vielen Liebespaare und Familien schießen Fotos von sich und der Aussicht. Studenten sitzen mit einer Flasche Wein zusammen auf den Treppen, unterhalten sich und lachen. Ich sehe in ihre fröhlichen Gesichter und bin gerührt. Sofort sind die Bilder von damals zurück: wie Sophie und ich in Paris! Sehnsüchtig sehe ich meine beste Freundin vor mir und habe unsere eigene Studienzeit vor Augen. Als ich alles noch vor mir hatte und mich frei fühlte. Dieses Gefühl will ich wieder spüren.

Rigoros verdränge ich die melancholischen Gedanken. Ich muss wohl dazu stehen, was ich getan und ihr an den Kopf geworfen habe. Sicher gibt es bald eine Gelegenheit, ihr alles zu erklären. Alles.

Am besten mache ich schon mal das Restaurant ausfindig, in dem Nik für uns reserviert hat, dann muss ich morgen Abend nicht lange herumsuchen.

Es muss hier ganz in der Nähe sein.

Sophie

Rosenberge, Gefühlschaos
und ein total verliebter Hund

»Ist Sophie da?«

Von unten im Garten dringt Pauls Stimme hoch zu mir in Marlenes Schlafzimmer. Sie klingt sanft und freundlich, als sei nichts passiert. Vielleicht ist doch alles gut … Was, wenn die Szene vorhin beim Petit Paris nur ein Traum war? Ein schlimmer, dunkler, filmreifer Albtraum.

»Mama schläft«, gibt Freddy wie immer kurz angebunden Auskunft. »Und Coco ist weg. Sie hatten einen schlimmen Streit.«

»Oh, das tut mir leid«, sagt Paul.

Ich höre ihn durch das halb offene Fenster und stelle mir vor, wie er unten vor dem Haus steht, mit Piratentuch und in weißer Kochkluft, fertig für das Abendgeschäft. Vielleicht sieht er zu meinem Fenster hoch. Vielleicht, Quatsch, vielleicht. Der Fall ist klar. Sonnenauklar!

Es gibt keine Hoffnung. Heute Abend bekocht er bestimmt sein Topmodel und wahrscheinlich ihren ganzen

Clan gleich mit dazu. Bestimmt sind die beiden längst verlobt, nur ich blöde Kuh dachte, ich könnte, er würde … Verzweifelt heule ich auf und beiße in die Knöchel meiner Faust, damit sie mich unten nicht hören. Wie konnte ich ihm nur vertrauen?

»Deshalb habe ich Sophie heute den ganzen Tag nicht gesehen.« Paul wirkt gehetzt. »Ich muss leider zurück ins Restaurant. In zwanzig Minuten öffnet die Küche, daher kann ich nicht warten. Bitte richte ihr auf jeden Fall viele Grüße aus, und dass ich da war und … Ach, nichts. Das war's, nichts weiter. Ich komme morgen wieder vorbei.«

Das war's, nichts weiter. Wie recht er hat, und wie zynisch das klingt nach dem, was er getan hat. Was er mir angetan hat.

Ich liege im Bett und weine mir das Herz leer. Unaufhörlich laufen mir die Tränen über die Wangen, und schon nach kurzer Zeit sind das Kopfkissen und drei von Marlenes Stofftaschentüchern ganz nass mitsamt dem *M & M*-Monogramm, von dem ich erst seit gestern weiß, was die Initialen bedeuten.

Marlene und Mathieu. Mathieu und Marlene.

Schön klingt das. Sie haben sich geliebt, aber Mathieu, der nach außen so liebe, gute, nette Mathieu, hat seine Frau betrogen, seine Familie und eigentlich auch seine Geliebte – ein Leben lang. Vielleicht ist das genetisch und hat nur eine Generation übersprungen: Jetzt betrügt Paul mich oder die andere.

Ich schnäuze mich kräftig in das mit *M & M* bestickte Taschentuch und lasse meinen Tränen weiter freien Lauf.

In Marlenes Bett, in Marlenes Leben. Das Unglück geht weiter.

Grüße soll Freddy ausrichten. So sieht also das Ende einer Beziehung aus, die noch gar nicht richtig angefangen hat. »Je t'aime«, hat er im Weinberg geflüstert, immer und immer wieder. Drei Worte, die nichts bedeuten. Alles heiße Luft. Eine leere Phrase. Erneut schluchze ich auf und vergrabe mein Gesicht tief im Blumenkissenbezug.

Wie ich die Nacht überstanden habe, weiß ich am nächsten Morgen nicht mehr. Nach dem vielen Weinen muss ich vor Erschöpfung in einen traumlosen Schlaf gefallen sein. Doch eins ist mir heute klar: Nichts soll übrig bleiben von diesen schrecklichen Ferien. Gar nichts. Kein Gugelhupf, kein einziges winziges Krümelchen, keine Erinnerung aus dem Weinberg, kein Lachen. Ich lösche sie aus, wische sie einfach weg. Indem ich putze und putze und putze. Auch wenn ich den Schmutz kaum durch meinen Tränenschleier erkenne. Immer wieder füllen sich meine Augen mit neuen Tränen, die ich mir mit dem Handrücken wegreibe. In mir muss ein Tränensee sein, der nie versiegt, andernfalls dürfte es nach der durchheulten Nacht kein Tröpfchen mehr in mir geben.

Auf allen vieren schrubbe ich die knarrenden Holzdielen so lange, dass mir schon die Hand wehtut und ich zum x-ten Mal um Bocuse herumgekrabbelt bin.

Pauls Golden Retriever hat vorhin auf einmal vor unserer Tür gesessen und mich wie immer stürmisch begrüßt und besonders dolle abgeleckt. Er steht wohl auf

Salzwasser. Seitdem beobachtet er ratlos mit seinen traurigen Hundeaugen, was ich treibe. Von Zeit zu Zeit hebt er den Kopf, als verstünde er, dass alles aus ist. Schließlich hat er mich erst milde gestimmt, Paul eine Chance zu geben. Der liebe, treue Bocuse, der mir jetzt nicht von der Seite weicht.

Hunde lügen nie, wenn es um die Liebe geht. (Jeffrey Moussaieff Masson) In der gestrigen SHINE-YOUR-LIGHT-Botschaft des Tages steckt so viel Wahres. Und der schlappohrige Knuddelbär kann sich gar nicht vorstellen, was für ein falsches Spiel sein Herrchen mit mir spielt.

Von Shine und Strahlen kann seit gestern keine Rede mehr sein: Meine beste Freundin ist Hals über Kopf und ohne mich nach Paris abgereist, geht nicht an ihr Telefon und meldet sich nicht bei mir – ich schrubbe die Enttäuschung weg. Paul knutscht mit einer anderen rum, nachdem er die struppige Deutsche rumgekriegt hat – ich wische weiter. Was wollte er überhaupt von mir? Und dann dieses Achtsamkeitszeug: Ich sollte mich bei SHINE YOUR LIGHT auf der Stelle abmelden. Weg mit der App – die vergangenen Tage haben mich geradewegs und zielsicher in die Krise meines Lebens geführt. Immer schön tiefer rein in den Riesenschlamassel! Dank ihrer schlauen Sätze. Ich hätte lieber eine Horoskop-App abonnieren sollen, vielleicht wäre ich dann gewarnt gewesen. Die Verfasser von Hunde-, Tier- und Tagesbotschaften haben jedenfalls null Ahnung vom Leben, so viel steht fest.

Aber Putzen hilft! Da ist noch ein Fleck unter der Sitzbank, weg damit. Nichts soll noch an unseren Aufenthalt hier erinnern, der für mich mit Karacho in allen nur möglichen Sackgassen geendet ist …

Es klopft an der Tür, und Bocuse steht auf und bellt.

Ja genau, beiß es ins Bein, dein Herrchen, diesen Küchenhelden. Besitzt der doch tatsächlich die Unverschämtheit, noch einmal hier aufzutauchen. Der Kloß in meinem Hals wird größer und größer. Atmen, Sophie, Atmen!

Na warte, so schwach soll Paul mich nicht sehen, dem werde ich es zeigen. Rasch wische ich mir mit meinem mittlerweile fleckigen grauen T-Shirt die Tränen aus dem Gesicht. Vergiss Coco und die Klamotten und am besten auch die schlauen Sprüche der Chanel! Die Dame hat überhaupt keinen blassen Schimmer. Entschlossen schnappe ich mir den vollen Putzeimer, reiße die Eingangstür auf – und schütte das Schmutzwasser, das vor einer Stunde Zitronenaroma hatte, mit Schwung auf mein Gegenüber …

Ich erstarre.

Vor mir steht ein großer, triefender Strauß roter Rosen. So ein protziges Monsterbouquet habe ich noch nie in meinem ganzen Leben gesehen. Den Kerl dahinter auch nicht. Wo ist Paul?

Den leeren Eimer in der Hand schiebe ich den pitschnassen Typen samt Rosenstrauß zur Seite. Hat der Feigling etwa einen Freund vorgeschickt? Dieser miese kleine Provinzsäbelkoch …

»Holla! Das ist ja eine Begrüßung, junge Frau«, sagt der Fremde völlig verdutzt, aber mit einem frechen Unterton.

»Ich will Sie gar nicht begrüßen, Sie … Sie mieser

Handlanger, Sie … Wo ist er? Dieser Feigling, dieser Lügner, dieser Betrüger?« Ich bremse mich, denn als ich dem Fremden die Worte »elender Heiratsschwindler« stellvertretend an den Kopf werfen will, fällt mir ein, dass Paul und ich so weit entfernt davon sind, verheiratet zu sein, wie es nur möglich ist. Und schon schießen mir wieder die Tränen in die Augen.

Etwas Weiches, Warmes streift meine Hand. Bocuse ist zu mir gekommen und steht stark und beschützend an meiner linken Seite, in meiner rechten Hand halte ich immer noch den baumelnden Putzeimer.

Der mindestens eins neunzig große dunkelhaarige Fremde in enger heller Jeans und sportlichem Leinenhemd schüttelt sich ungerührt das Wasser aus den Haaren. Dann streicht er sie sich mit der linken Hand lässig zurück, schüttelt mit der rechten die vor Wasser tropfenden Rosen und schaut mich anschließend, meinen feuchten Willkommensgruß ignorierend, offen und freundlich an.

Irgendwie kommt er mir bekannt vor, nur an wen erinnert er mich? Er wäre definitiv Cocos Typ, kommt es mir in den Sinn. Und wieder muss ich heulen, wegen Paul, wegen Coco und überhaupt. Am liebsten würde ich dem dunkelhaarigen Fremden die Tür vor der Nase zuschlagen. Das ist der allerschlechteste Moment für einen Besuch oder für eine Unterhaltung. Freddy müsste bald zurück sein. Sie ist zu Mathieu gegangen, um sich zu verabschieden. Und dann werde ich zusehen, dass wir aus diesem unsäglichen Albtraum loskommen. Mit Auto oder ohne. Hauptsache weg.

»Wer sind Sie?«, presse ich kurz angebunden hervor. Und obwohl es mir eigentlich völlig egal ist, setze ich direkt hinzu: »Was wollen Sie hier?«

»Nik.«

»Wie bitte? Nik? Welcher Nik?«

»Cocos Nik.«

»Coco hat keinen Nik, das wüsste ich.«

Er ignoriert meinen Einwand, blickt neugierig an mir vorbei ins Haus, dann wieder zu mir. »Du musst Sophie sein.«

War das jetzt eine Frage, und woher kennt der meinen Namen? Was ist denn hier los?

Er lächelt. »Ich will zu Coco. Eine Überraschung. Ist sie da?«

Irgendwie kann ich nicht folgen. Es ist, wie wenn man die ersten fünf Minuten eines Films verpasst hat und dann einfach nicht versteht, um was es eigentlich geht.

»Tut mir leid. Die ist in Paris … Woher wissen Sie überhaupt, wie ich heiße?«

Erschrocken starrt er mich mit großen Augen an, und seine Stimme wird lauter. »Wieso denn jetzt plötzlich doch in Paris? Was ist denn mit dem Auto?«

»Das müssen Sie sie schon selber fragen. Mir erzählt sowieso keiner was.« Ich bin verwirrt und überfordert. Was will der hier? Und woher weiß er von meinem Laubfrosch?

Mein Magen grummelt. Jetzt macht es sich bemerkbar, dass ich seit fast vierundzwanzig Stunden nichts gegessen habe, seit dem Streit mit Coco, ihrer überstürzten Abreise und der Szene vor dem Petit Paris, wo ich Paul in flagranti erwischt habe. Mir wird schwindelig, die Farben verschwimmen, die Namen auch: Paul, Coco, Nik, Cocos Nik, wer zum Teufel ist der Kerl?

Alles dreht sich, immer schneller und schneller. Ich will mich am Türrahmen festhalten, aber ich fasse ins Leere, stolpere rückwärts. Ich höre das dumpfe Geräusch des Putzeimers, der aus meiner Hand fällt und auf dem Boden aufschlägt, sehe die roten Rosen in Slow Motion herunterfallen und auf dem Waldweg hinter dem Herzkirschenbaum einen Mann in Knickerbockerhose und einer Angel über der Schulter, während am Horizont jemand auf einem Fahrrad in Schlangenlinien auf unser Haus zurast. Mir ist übel, so übel. Dann wird auf einmal alles verschwommen und schwarz.

»Sophie. Sophiiieee, hörst du mich? Was ist los? Geht es dir gut?«, höre ich leise eine vertraute Männerstimme. Sanfte Hände klopfen mir fürsorglich auf die Wangen. »Huhu, Sophie, sieh mich an. Komm zu dir. Los, hoch mit dir.«

Mir ist ganz flau im Magen, was der muffig-rosige Geruch nach Putzwasser und feuchten Blumenstielen nicht besser macht. Jemand zieht mich kräftig am Arm hoch. Ich setze mich auf – und fasse mit der anderen Hand in einen glitschigen stacheligen Haufen. Iiihhh!

»Ich hasse Rosen«, presse ich schwach hervor und entdecke, dass ich geradezu in einem ganzen Nest voller roter und gelber Blumenköniginnen sitze. Doch mir fällt partout nicht ein, warum.

»Oh, das tut mir leid. Ich dachte nämlich, Gelb passt zu dir, Sophie«, höre ich die vertraute Stimme wieder, und bevor ich das Gesicht dazu betrachten kann, springt Bocuse auf mich und leckt mir liebevoll und stürmisch Gesicht und Hände ab.

»Alles gut, mein Lieber, alles gut«, flüstere ich ihm beruhigend zu, obwohl ich eigentlich mich selbst beruhigen will. Denn sofort ist die untrügliche Gewissheit zurück: Gar nichts ist gut.

»Nehmen Sie doch mal das Tier weg! Sie sehen doch, dass sie noch ganz benommen ist. Sophie?«, ruft die Stimme besorgt.

Auf einmal habe ich das Gefühl, in Frankfurt in meiner Büchermansarde zu sein – es ist so heiß, alles dreht sich in meinem Kopf. Der Mann reicht mir höflich die Hand, um mich, wie sich herausstellt, auf die Beine zu ziehen, aber irgendwie auch, um mich freundlich zu begrüßen.

»Ich krieg keine Luft. Kann mal jemand das Fenster öffnen?«

»Sophie, die Fenster sind schon offen, auch die Tür. Es ist nur sehr schwül.« Und zu dem anderen Typen gewandt ruft er: »Los! Sie kriegt keine Luft! Könnten Sie bitte mal helfen und ihr Luft zuwedeln? Wer sind Sie überhaupt?«

»Ich bin Nik. Nik Hufschmied.«

Schon wieder dieser Nik. Ich kenne keinen Nik. Dafür weiß ich jetzt, zu wem die andere Stimme und der Tweedanzug gehören.

»Arno!«, rufe ich überrascht aus, als ich endlich klar

sehe. Auch wenn ich null einordnen kann, was mein anhänglichster Autor überhaupt hier im Elsass macht. Denn offensichtlich bin ich nach wie vor in Marlenes Haus, nur dass der nun glänzende, frischgewienerte Boden mit roten und gelben Rosen übersät ist. Hat Arno etwa die gelben mitgebracht?

»Kann mal bitte jemand die Blumen wegtun? Mir wird ganz schlecht von dem Friedhofsgeruch.«

»Natürlich. Natürlich, liebste Sophie. Wir machen das. Bleib du erst mal sitzen.« Arno tätschelt mir die Schulter.

Ich habe ihn noch nie so fürsorglich erlebt, sonst muss ich immer ihn bemuttern und aufbauen. Verkehrte Welt. Vorsichtig betaste ich meinen schmerzenden Hinterkopf.

Arno stellt mir ein Glas Wasser auf den Tisch. »Du solltest etwas trinken, Sophie. Du hattest einen Schwächeanfall.«

Dann beginnt er geschäftig, alle Rosen aufzuklauben, schnappt sich einen getöpferten Krug von Marlenes Regal und stellt die Blumen auf den Tisch im Garten, sodass ich sie durch das Fenster sehen kann. Gelbe und rote gemischt.

Zurück im Haus erklärt er lang und breit in bekannter Arno-Marnier: »Sophie, ich habe dich vierundzwanzig Stunden nicht erreicht, und Mascha hatte nie Zeit für mich und meinen Roman. Jeden Tag musste ich so fettige Teigtaschen bei ihr probieren, bei der Hitze in Frankfurt. Schon drei Kilo habe ich zugenommen. Aber ich brauche kein Essen, ich brauche unbedingt ein richtiges, professionelles, ehrliches Feedback. Ich habe nämlich eine Superidee für die perfekte Wendung in meinem Roman! Die musste ich unbedingt von Angesicht zu Angesicht mit dir besprechen. Ohne dich komme ich einfach nicht weiter. Du *musst* mir helfen! Zum Glück hat mir Mascha deinen Aufenthaltsort verraten, nachdem ich ihr Karten für das Sommerballett des Bolschoi besorgt habe.«

Unfassbar, was das Schicksal gerade für mich bereithält: Coco und Paul sind weg, dafür schneien Arno und dieser Nik hier herein. Verstehe das, wer will und kann. Der Begriff von der perfekten Wendung, den Arno benutzt hat, kreist in meinem Kopf. Dabei scheint sie für mich persönlich in so weite Ferne gerückt zu sein, dass mir wieder die Tränen in die Augen schießen. Arno bemerkt es sofort und reicht mir galant sein Einstecktuch. Dann hilft er mir hoch. Ich setze mich auf die braune Eckbank neben Nik, der sich unaufgefordert bereits am Tisch niedergelassen hat. Arno nimmt uns gegenüber auf einem der Stühle Platz.

»Und was machen Sie hier?«, räuspert er sich und schaut Nik fragend an.

Die Frage lag auch mir auf der Zunge. Der fremde und nicht wie bei Harry Potter »kopflose« Nik will gerade antworten, als es vorm Haus geräuschvoll rumpelt und poltert. Synchron springen wir alle drei auf.

»Du hast ja wirklich Nerven, dich hier blicken zu lassen!«, brüllt Freddy draußen, dann stürmt sie mit den in den Ohren angewachsenen Kopfhörern herein und ruft dementsprechend viel zu laut: »Was ist denn hier los, Mum?« Beim Anblick der beiden Herren in unserer Wohnküche verschlägt es auch ihr die Sprache.

Noch bevor ich irgendetwas antworten kann, stolpert Carl-Torben hinter ihr her und lallt sichtlich angetrunken: »Ich *muss* zu Coco… Ich habe geträumt, sie ist betrunken… nee, ertrunken. Stellt euch das vor, sie hat mir gewinkt und ist immer weitergelaufen, ohne sich noch mal zu mir umzudrehen… und, blubb, weg war sie!«

»Was machst du denn hier? Bist du nicht längst abgereist?«, frage ich CT erschrocken.

Er reißt die Augen auf, lässt sich ohne eine Antwort neben mir auf die Eckbank fallen und hängt sich an meinen Arm.

Arno hält instinktiv seine Angelrute fest. Dann fragt er nachdenklich: »Ist sie in Süß- oder Salzwasser ertrunken? Vielleicht war es ein Waller, der Coco unter Wasser angegriffen hat. Gerade letzte Woche wurde in Ungarn der Hund eines Fischers von einem hundert Kilo schweren Exemplar attackiert.«

CT glotzt nur blöd, und beinahe sieht er selbst aus wie ein zu groß geratener Fisch. Er zuckt mit den Schultern, dann lehnt er sich Trost suchend an mich. Seine schwere Alkoholfahne weht mir in die Nase.

»Ich wollte noch nicht nach… *Hicks*… Hause. Ist schön hier… in… Sonnenblau… äh, Sommerlau. Aber dieses alte Fahrrad, das ich beim Hotel gefunden hab, das ist das Allerletzte, wirklich das Aller…letzte. Es fährt nur Schlangenlinien! Nie geradeaus, nur Schlangenlinien. Mir ist ganz übel. Ein Wunder, dass ich lebend hier angekommen bin. Also… wo ist Coco? Ich muss jetzt zu ihr! Lebt sie?«, lallt er.

»Das möchte ich auch gerne wissen, Bruderherz«, sagt Nik.

Wie bitte? Bruderherz?

Arno, Freddy und ich sehen zwischen beiden Männern hin und her. Was meint er?

Erst in diesem Augenblick bemerkt Carl-Torben meinen durchnässten Besuch. Er setzt sich aufrecht hin und starrt den Fremden gegenüber an, als hätte er tatsächlich einen Geist ohne Kopf gesehen. »Nik? Heilige Maria! Was machst du denn hier?«

»Ich will zu Coco. Und wenn ihr es alle genau wissen wollt: Wir lieben uns!«, ruft er fast ein wenig trotzig.

»*Wie bitte?*«, schreien wir alle vier, jeder auf seine Weise entsetzt. Freddy hat gemerkt, dass es nun spannend wird, und vorsorglich die Kopfhörer rausgenommen. Als CTs Arm zuckt, halten Arno und ich ihn reflexartig zurück, bevor er seinem Bruder, an den ich mich erst jetzt dunkel von Cocos Hochzeit erinnern kann, an die Gurgel geht oder sich beim Versuch, dies zu tun, selbst verletzt. In seinem Zustand.

Nik ignoriert ihn einfach. Die beiden konnten noch nie gut miteinander, soweit ich weiß, demnach scheint er darin jahrelange Übung zu haben.

»Sophie, pass auf. Coco wollte es dir eigentlich selbst sagen. Ich verstehe auch gar nicht, warum sie so lange damit gewartet hat. Wir haben uns vor einem halben Jahr wiedergesehen … und uns seitdem ein paarmal getroffen. Erst haben wir es geheim gehalten wegen Carl-Torben, der Familie und … Na, weil wir ja selbst nicht wussten, was zwischen uns ist. Aber dann wurde das Gefühl immer stärker, und wir wollten uns öfter sehen und besser kennenlernen. Diesen Sommer bin ich beruflich länger in Paris, und da habe ich sie eingeladen, mich dort zu besuchen und endlich mal mehr Zeit am Stück zusammen zu verbringen. Eine ganze Woche, nur wir zwei, für uns. Ohne Arbeit, Druck, Alltag. Weit weg von Frankfurt und … du weißt schon.« Nik schielt zu seinem Bruder. »Nach langem Zögern hat Coco zugesagt. Ich war selbst ganz überrascht. Heute Abend wären wir, besser, *sind* wir verabredet. In Paris. Unser erstes Urlaubsdinnerdate. Ich habe seit heute frei und zur Feier des Tages extra einen Tisch in meinem Lieblingsrestaurant reserviert. Das Rendezvous heute und unsere Paris-Woche danach standen schon länger fest, und dann kamt ihr plötzlich dazwischen. Ich habe Coco immer ins Gewissen geredet, sie soll ehrlich zu dir sein, Sophie, und dir von uns und ihren eigentlichen Plänen erzählen. Aber es kam dauernd nicht dazu. Bestimmt wollte sie dir nicht wehtun, du hast dich so auf euren gemeinsamen Paris-Trip gefreut. Und dann natürlich die Sache mit Carl-Torben, sie weiß, wie du zu dem ganzen Thema stehst. Und je länger sie es geheim hielt vor euch allen, desto schwerer wurde es für sie, in dem ganzen Trubel hier mit der Wahrheit rauszurücken.«

Nik macht eine Pause, um Luft zu holen. Wie gebannt hängen wir alle an seinen Lippen. Sogar CT ist mucksmäuschenstill, doch man sieht ihm an, sprachlos wie er ist, dass es in ihm brodelt. Damit hat auch er ganz sicher nicht gerechnet.

Mir schwirrt der Kopf. Habe ich das alles richtig verstanden? Paris, nicht wehtun, ein Date … Das darf doch nicht wahr sein. Coco wollte mit *Nik* nach Paris? Was soll das denn jetzt heißen? Hat sich wirklich die ganze verdammte Welt gegen mich verschworen? Und überhaupt, sie ist meine beste Freundin, warum sollte sie denn nicht mit mir reden können?

Nik zuckt mit den Schultern, als könne er meine Gedanken lesen, und nickt in Richtung seines Bruders, dem die Wut schon in den Augen funkelt. »Sie hatte große Angst, du würdest es nicht verstehen wegen Carl-Torben – du weißt ja, ausgerechnet ich, sein Bruder – und total ausrasten, wenn du das mit uns erfährst. Ich meine, wir verstehen alles im Grunde selbst nicht, es ist verrückt …«

Und dann erzählt Nik uns aufgewühlt die ganze Geschichte von Anfang an, von ihrem ersten Wiedersehen im Club bis zu dem Punkt, als er gewusst hat, dass er Gefühle für Coco hat. *Ihre* Geschichte, die Coco mir längst hätte erzählen sollen – müssen –, diese Verräterin, diese treulose Tomate.

»Ich war noch in keine Frau so verliebt wie in Coco, und sie ist es auch in mich – das hoffe ich jedenfalls. Ich muss es herausfinden! Wisst ihr, was ich meine?«, endet Nik aufgeregt und blickt fragend in die Runde.

»Du Schwein!«, brüllt Carl-Torben, den jetzt endgültig nichts mehr auf dem Stuhl hält, und stürzt sich auf Nik. »Was willst du von meiner Frau?«

»Hey, Moment mal! Stopp!« Arno packt CT resolut an den Schultern und schiebt ihn wieder zurück auf die

Küchenbank, was dank seines angetrunkenen Zustands auch auf Anhieb klappt. »Du setzt dich sofort wieder ganz ruhig hin. Soweit ich weiß, verehrter Carl-Gustav …«

»Carl-*Torben*!«, herrscht ihn CT an.

»Verzeihung: Carl-Torben. Also, soweit ich vom letzten Agenturfest weiß, seid ihr seit Jahren geschieden, folglich hast du keinerlei Ansprüche mehr auf Coco. Dass sich Nik und Coco getroffen und verliebt haben, dafür kann keiner was. Das ist wie bei den Kaulquappen.«

Abgesehen von den Fragezeichen, die bei Arnos Vergleich in meinem Kopf auftauchen, gehen mir auf einen Schlag plötzlich mehrere Kronleuchter auf: Coco hat einen bösen Streit mit mir inszeniert. Ja klar, weil diese Kuh unbedingt nach Paris musste, hat sie Sonnenau schlechtgeredet, obwohl sie es doch auch schön fand hier, das Haus, den Garten, die Weinberge, Mathieus wunderschönes Gut, unsere gemeinsamen Stunden, den leckeren Gugelhupf, die Herzkirschen.

In meinen Gedanken zieht die ganze Woche an mir vorbei, sieben Tage, die nur Überraschungen und Planänderungen für mich bereithielten. Erst dachte ich noch, die Zeit hier würde mich glücklicher machen – und jetzt das *alles*.

Die einzigen treuen Menschen in meinem Leben sind Arno, mein übergeschnappter Schreiberling in aus der Zeit gefallenen Knickerbockerhosen, und meine pubertierende Tochter, die das ganze Schauspiel staunend beobachtet.

Traurig seufze ich auf. Mir wird das alles zu viel, zu eng,

ich muss hier raus. Frische Luft! Vielleicht weiß der alte Kirschbaum Rat. Ich verlasse das Haus, Bocuse folgt mir auf den Fersen.

Aus den Augenwinkeln sehe ich Freddy in der Scheune verschwinden.

Coco

Die Stunde der Wahrheit naht

Es ist kurz nach vier Uhr, noch knapp vier Stunden bis zum Date, aber nur eine halbe bis zum Beautysalon. Weil im Sommer nicht so viel los ist und ich das Doppelte zahle, habe ich mit viel telefonischer Überzeugungskraft noch einen Termin in dem wunderschönen Salon von gestern ergattert. Das nehme ich schon mal als gutes Zeichen.

So, jetzt aber vite, vite. Ich drücke meine Zigarette aus und gehe vom Balkon zurück ins Hotelzimmer. Reiß dich zusammen, Coco. Konzentrieren. Zähne putzen, leichtes Make-up auflegen, Kleid anziehen. Welches soll ich denn nur nehmen, das rote oder doch das schwarze? O mein Gott, mir ist schlecht vor Aufregung. Ich werde das kleine Schwarze nehmen, ganz im Sinne meiner geliebten Chanel.

Mein Telefon klingelt, es ist Freddy. Was will sie denn die ganze Zeit? Seit einiger Zeit ruft sie mich ununterbrochen an, aber ich kann nicht mit ihr reden. Ich bin so kaum fähig, einen klaren Gedanken zu fassen. Heute ist endlich Nik dran. Die Aussprache muss leider warten, auch wenn ich Freddy und Sophie immer mehr vermisse. Erst muss ich Nik sehen, dann … *Freddy, ich verspreche dir, ich melde mich bei dir, sobald ich hier Land sehe … Es tut mir so leid*, versuche ich, ihr in Gedanken mitzuteilen, in der Hoffnung, die SHINE-YOUR-LIGHT-Aktivitäten ihrer Mutter verleihen ihr womöglich telepathische Fähigkeiten. Dann schalte ich mein Handy auf lautlos. Fokussieren. Ich muss mich fokussieren.

Bei Nik habe *ich* wiederum telefonisch keinen Erfolg: Er geht einfach nicht ran. Ob er heute doch arbeiten muss? Ich will ihn nicht nerven, und wir sehen uns ja eh gleich. Bestimmt hat er meine Nachricht, dass ich in Paris angekommen bin und mich sehr auf unser Treffen freue, längst abgehört. Außerdem sind wir fest verabredet, und er hat einen Tisch reserviert, was soll da jetzt noch schiefgehen? Darf es auch nicht!

Los, ins Bad. Ich muss bildschön aussehen, unwiderstehlich, grandios, verführerisch – komme, was wolle. Beim Zähneputzen übe ich in Gedanken, was ich ihm heute Abend sagen will:

1. Du, Nik, ich muss dir etwas gestehen … Du ahnst bestimmt, was?
2. Ich bin verliebt in dich!
3. Pass auf, Nik: Ich möchte mit dir zusammen sein.
4. Lieber Nik, auch wenn du Carl-Torbens Bruder bist, möchte ich eine Beziehung von

dir! Äh, nein, ich meine, mit dir!

5. Nee, streich das mit Carl-Torben, Bullshit, ich möchte einfach mehr … von dir als eine Affäre. Also mehr als nur eine Affäre. (Puh!)
6. (Oder so:) Nik, du bist einfach geil! (O nein! Doch! Ach!)
7. Ich finde dich toll. Punkt.
8. Ich steh auf dich. Bei mir hat's eingeschlagen wie der Blitz in die Kirchturmuhr … (?!) Nee, vergiss das, ich meine es ernst mit uns. Sehr.
9. Ich habe lange nicht solche Gefühle für einen Mann gehabt. Wie ist es mit dir? Also in Bezug auf eine Frau … äh, mich? Natürlich kein Mann.
10. Ach, oder einfach nur: Nik, hör zu. Nach diesen ganzen Monaten und dem vielen Hin und Her weiß ich es einfach: Ich liebe dich.

Dann ist es raus. Ich liebe Nik.

Ja, das ist es. Ich werde mich trauen, es auszusprechen. Fest entschlossen schlüpfe ich in mein schönstes schwarzes Kleid, lege meine Lieblingsohrringe an, dann noch ein schickes glitzerndes Halsband, prüfe den Sitz meiner Locken, steige in meine knallroten Pumps und ziehe ein letztes Mal den Lippenstift nach. Den Rest muss dann die Dame im Salon übernehmen. Ein kritischer Blick in den Spiegel sagt mir dennoch: Ich sehe ziemlich gut aus.

Wirklich. Ich lächele mir selbst zu – *Go, Coco, auf jetzt* –, schnappe mir Handy, Zimmerkarte und meine Chanel-Handtasche und verlasse nervös das Hotelzimmer.

Unten an der Rezeption erkenne ich denselben Mitarbeiter von gestern. Ein hübscher Franzose, der mich irgendwie an Alain Delon erinnert und mit großen Augen fixiert. Daumen hoch für mein Outfit. Möglichst cool versuche ich, an ihm vorbei hinauszuschreiten. Jetzt bloß nicht umknicken.

»Bonsoir, Mademoiselle. Vous êtes vraiment magnifique! Si votre rendez-vous agace, faites-le moi savoir! Amusez-vous bien!«, ruft er mir fröhlich zu und strahlt mich an.

Was? Ich soll … Hach, diese Franzosen können einfach flirten, da sollten sich manche deutschen Männer eine Scheibe von abschneiden. So weit wird es hoffentlich nicht kommen, dass ich ihn nachher um Hilfe bitten muss, wenn das mit meinem Rendezvous nichts werden sollte. Aber ich zwinkere ihm verführerisch zu und antworte amüsiert: »Merci! Je vais faire ça, promis! Abgemacht, versprochen. Salut!«

Daraufhin wirft er mir noch einen Handkuss zu und verbeugt sich leicht, und ich verlasse mit einem Lächeln im Gesicht das Hotel.

Nun aber schnell zum Salon! Strähnchen und Spezialbehandlung plus Abend-Make-up. Und danach nehme ich all meinen Mut zusammen und direkt zum Relais. Zu meinem lang ersehnten Date. Mit Nik. Vielleicht ist er jetzt schon genauso aufgeregt wie ich. Bei dem Gedanken an ihn steigt solch eine unbändige Freude in mir hoch, wie ich sie seit ewigen Zeiten nicht mehr gespürt habe.

Was würde die Chanel dazu sagen? »Auch im schönsten Kleid denkt eine Frau daran, wie sie es für einen Mann ausziehen wird.« Mein Idol bringt es einfach immer auf den Punkt. Ich muss grinsen – wie recht sie hat – und gehe weiter die Straße hinauf, meinem Schicksal entgegen.

Sophie

Vier Männer, tausend Fragen und eine Lösung

Wie hat dieser ganze Schlamassel nur angefangen? Ich sehe Coco und mich auf ihrer Dachterrasse, bei der Abfahrt in Frankfurt, bei meiner Familie in der Pfalz, im Auto. Wir waren sooo glücklich, so frei, uns so nah und verbunden. Und dabei hat sie mich die ganze Zeit über angelogen? Ich kann es einfach nicht glauben. Meine Welt steht auf dem Kopf, ich stecke in meinem eigenen Roman fest, in einem Film ohne Happy End, nur mit Ende. Chaotisch und herzlos. Ich will nur noch nach Hause und mich verkriechen. Stattdessen hocke ich unter Marlenes Kirschbaum und drücke meine Hände auf seine raue alte Rinde. Der hat bestimmt schon viel erlebt, aber so eine Gefühlsachterbahn kriegt er nicht alle Tage geboten. Auch dass meine Tochter den ganzen Wahnsinn mitkriegen muss, tut mir sehr leid. Sie rannte in einem Affenzahn mit ihrem Handy zur Scheune. Bestimmt will sie ihre Freundinnen anrufen, meine arme Kleine. Sie hätte schöne Ferien verdient und ich ebenso.

Wäre ich doch bloß in die verdammte Rhön gefahren mit ihren Streuobstwiesen, Schafen und ihrer kratzigen Hanfbettwäsche. Ich lasse meinen Kopf auf die Knie fallen. Alles wäre besser gewesen als das hier! Ich stecke tief und fest in diesem Gefühlssumpf, so viel steht fest, und ich habe nicht die geringste Idee, wie ich wieder herauskomme. Da hätte selbst Regine keinen Weltverbesserer-Rat auf Lager. Vorhin las ich bei den Shinys, man solle mehrmals am Tag die Perspektive wechseln nach dem Motto: *»Wenn deine Welt kopfsteht, mache einen Kopfstand.«*

Wer legt eigentlich bei denen die Sprüche fest? Aber warum nicht? Einen Versuch ist es wert. Was Besseres fällt mir ohnehin nicht ein. Wie auch? Ich kann überhaupt nicht mehr klar denken: Coco, Nik, CT, Paul, Arno. Was für ein richtig großer Misthaufen, das alles. Ich laufe zur Hauswand und schwinge an der rauen Backsteinmauer die Beine hoch zum Kopfstand. Leider bin ich aus der Übung, doch beim dritten Anlauf klappt es. Ich bin oben. Dann schließe ich die Augen und spüre, wie das Blut in meinen Kopf rauscht. Kopfüber versuche ich, mich zu konzentrieren. Es gibt nur noch mich, die Luft, die ich ein- und ausatme und dieses Rauschen. Wie ein Fluss, wie ein Meer, wie ein … Automotor.

Genau, wie ein alter VW-Bus.

Ich öffne die Augen, kippe von der Wand weg und komme unsanft auf dem Boden auf.

»Sophie, Salut. Da bist du ja! Was machst du denn hier? Geht es dir wieder besser? Ich habe schon gehört, dass deine Freundin abgereist ist. Das tut mir sehr leid.

Freddy hat erzählt, ihr habt euch gestritten. Was war denn los?«, ruft Paul, auf mich zulaufend. Er will mir hochhelfen und reicht mir die Hand. »Was ist denn los? Du siehst gar nicht gut aus.«

Kein Wunder, wie ich hier auf der Wiese kauere. Er dafür umso besser. Ein bisschen wie an meinem ersten Morgen auf der Terrasse des Petit Paris, nur das Kopftuch und die geschnürte Schürze fehlen.

Ich spüre, wie meine bodenlose Traurigkeit wegen gestern bei seinen Worten in Wut umschlägt, jetzt, da er vor mir steht. Ich lasse mich nicht mehr verraten, ich hole nicht mehr für alle die Kohlen aus dem Feuer, ich habe keine Lust mehr, Sophie, die kleine, hilfsbereite, gute Fee für alle Fälle und jeden zu sein. Und für dumm lasse ich mich auch nicht mehr verkaufen.

Mir reicht's! Endgültig. Fini. Auf Pauls Hilfe kann ich gut verzichten. Ich lehne seine angebotene Hand ab und komme nach meinem jäh unterbrochenen Kopfstand wieder auf die Füße. In meinem Schädel pocht es immer noch. Wieder auf den Beinen suche ich zornig seinen Blick.

»*Ich* sehe nicht gut aus?«, rege ich mich auf und schnappe nach Luft. »Tja, es kann eben nicht jede eine Gisele Bündchen sein! Muss man auch gar nicht. Macht eben nicht jede Werbung für Haarspray und Shampoo oder imitiert die Coco Chanel, weißt du?« Der letzte Satz war mehr für Coco bestimmt, wo auch immer sie jetzt ist, aber egal. »*Ich* sehe nicht gut aus? Ist ja lustig. Wie sieht frau denn aus, wenn sie von allen nur verraten, belogen, betrogen und hintergangen wird? Was meinst du wohl?«

Paul ist einen Schritt zurückgewichen, als hätten meine Worte ihm eine Ohrfeige verpasst.

»Pardon? Ich verstehe nicht, Sophie. Meinst du Coco? Ihr werdet euch bestimmt wieder versöhnen. Ihr seid doch allerbeste Freundinnen, das geht nicht so schnell kaputt.«

»Beste Freundinnen, pahhh! Was heißt das schon? Freundschaft, Liebe, Vertrauen – nichts als Worte. Silbe für Silbe.«

Meine Worte posaune ich so laut hinaus, dass die anderen plötzlich aus der Küche zur Haustür kommen. Wie aus einem Bilderrahmen blicken CT, Nik und Arno auf die Szene hier draußen im Garten. Natürlich läuft auch der Hund gleich zu seinem Herrchen und springt freudig an ihm hoch.

»Bocuse, mein Freund, das hätte ich mir ja denken können, dass du hier bist!«, sagt Paul, froh, einen Vertrauten an seiner Seite zu haben.

Sogar Freddy saust mit schnellen Schritten aus der Scheune zu uns. Arno, der erstaunlicherweise nach wie vor Herr der Lage ist, tritt als Erster in den Garten und gibt Paul freundlich die Hand.

»Hallo, mein Herr, darf ich mich vorstellen? Mein Name ist Heinrich Theodor Arno von Albertshausen, aber bitte nennen sie mich Arno. Passionierter Angler und Autor. Wollen Sie raten? Ja, richtig: Genre Angelromane«, beantwortet er seine Frage selbst.

Auch Nik löst sich von der Haustür und sagt: »Hi, ich bin Nik, Cocos Freund. Heute aus Paris angekommen.«

»Paul. Salut. Ich gehöre zu Sophie, auch wenn ich aktuell nicht weiß, warum sie so wütend auf mich ist«, stellt Paul sich cool wie immer vor. Er und Nik schütteln sich ebenfalls die Hand.

Hicks. Hicks.

Als Letzter meldet sich Schluckauf-Carl-Torben zu Wort. »Kau-Touben«, nuschelt er immer noch sturzbetrunken und grüßt Paul, indem er schwankend salutiert.

»Cocos Exmann und Bruder von dem hier«, erklärt Freddy grinsend und zeigt auf Nik.

»Bonjour. Oh, wir kennen uns bereits. Aber die zweite Information ist mir neu. Schön, dass Sie Besuch haben, Monsieur Hufschmied.« Paul nickt CT verwundert zu.

Da platzt mir endgültig der Kragen.

»Von wegen *Besuch* und *Du gehörst zu Sophie*!«, brülle ich Paul an. »Was fällt dir ein? Dann erzähl doch mal den anderen, welches Topmodel du am helllichten Tag in aller Öffentlichkeit auf deiner Terrasse knutschst! Hast du ihr auch leise ›Je t'aime‹ ins Ohr geflüstert? Oder gesungen? Vielleicht bei einer Spritztour in ihrem weißen Schimmel-Porsche in den Sonnenauer Sonnenuntergang. Bestimmt hat sie es sehr genossen. Bien sûr. Vielleicht ist sie ja deine Verlobte, und ich bin natürlich nur die doofe Deutsche mit der kaputten Klapperkiste, die für die schnelle Amore auf dem holprigen Feldweg.«

Letzteres wollte ich eigentlich überhaupt nicht sagen, schon gar nicht vor all den Männern und meiner Tochter. Aber ich krieg mich einfach nicht mehr ein. Ich rase wie ein Schnellzug in voller Fahrt und stemme beide Hände in die Hüften, um noch ein Minimum an Haltung zu bewahren.

Paul schaut mich ernst und irritiert an. »Du warst gestern beim Petit Paris? Warum hast du denn nichts gesagt? Ich hätte dich Louise gerne vorgestellt. Et oui, Verlobte, stimmt.«

Ich spüre, wie mich alle Kraft verlässt. *Das* muss ich mir nicht länger anhören. Wie betäubt stolpere ich ein paar Schritte Richtung Haus, ich will nur noch rein und nix wie weg von hier. Koffer zu, Affe tot. Doch Paul stellt sich mir in den Weg.

»Lass mich bloß in Ruhe mit deiner Louise und werde glücklich. Aber ohne mich. Pah!«, schimpfe ich und will mit der letzten noch verbliebenen Kraft an ihm vorbeistürmen. Aber Paul hält mich fest.

»Verlobte ist fast richtig, jedoch mit der entscheidenden Vorsilbe Ex. Sie heiratet nämlich nächste Woche ihren Jean-Pierre. In Paris. Da haben wir auch zusammen gelebt, fünf Jahre lang. Doch nachdem ich nach Sonnenau zog, haben wir uns getrennt, sie wollte nie aufs Land, und da war da noch dieser Jean-Pierre. Sie hat mich für ihn verlassen.«

Was meint er? Ich sehe ihm ungläubig in die Augen. Stimmt das, was er da erzählt?

»Gestern hat sie mir nur noch ein paar Sachen gebracht. Ich habe ihr sofort von dir erzählt. Sie freut sich sehr für mich, und wir haben uns verabschiedet und viel Glück gewünscht. Du kannst Mathieu fragen, wenn du mir nicht glaubst, Sophie.« Paul zieht die Schultern hoch. »Nach meinem Umzug hierher dachte ich, mir reichen das Kochen, die Natur, Bocuse. Ich hatte mich, um ehrlich zu sein, schon damit abgefunden, alleine zu bleiben.«

Er klopft seinem Hund, der ihm wie zur Verstärkung auf den Fuß folgt und sich eng an sein Herrchen drückt, das Fell. Dann blickt er mit seinen dunkelbraunen Rehaugen in meine graugrünen.

»Und seit ein paar Tagen ist alles anders. Genau genommen seit ich dich das erste Mal in meinem Restaurant gesehen habe. Wie ein zerzaustes Hühnchen hast du an dem Morgen ausgesehen.« Sanft streicht er mir eine meiner unbändigen Haarsträhnen aus dem Gesicht. »Du warst ziemlich streitbar, hast dieses wirre Zeug geredet und gewartet, dass Jeanne die Bäckerei aufmacht, aber ich fand dich trotzdem sofort besonders und anziehend. Als du dann den Kirsch in einem Zug getrunken hast, deine Lippen so rot wie der Likör und deine Augen so kämpferisch und lebenslustig waren, da habe ich gehofft, gewusst, dass du eines Tages zu mir gehören wirst – und ich zu dir. Wie wenn das entscheidende Puzzleteilchen passt und auf einmal alles ein Bild ergibt. Und das, obwohl du fünfhundert Kilometer entfernt wohnst, du die größte Bedenkenträgerin der Welt bist, deine Quiche Alsacienne unverschämterweise besser ist als meine, mein Hund dich mehr liebt als mich, und du die schönste, schrecklichste, liebevollste und komplizierteste Person bist, die ich kenne, und ihr Deutschen einfach immer viel zu viel redet, obwohl man in der gleichen Zeit so wunderbar küssen könnte!«

Bocuse, der spürt, dass auch von ihm die Rede ist, bellt kurz auf wie zur Bestätigung.

Völlig perplex starre ich erst Paul an und dann in die

Gesichter der versammelten Runde. Freddy, die sich inzwischen wieder zu uns gesellt hat, formt ein Herz mit den Händen und ein »Los, Mum!« mit den Lippen. Nik lehnt mit verschränkten Armen an der Tür und guckt gespannt zu. Carl-Torben hatte sichtlich Schwierigkeiten, so lange gerade stehen zu bleiben, und hat am Tisch vor dem Haus Platz genommen. Er murmelt irgendwas von Gummibärchen und hickst, während Arno sein Einstecktuch aus der Jacketttasche zieht und es mir galant hinhält.

In diesem Moment laufen mir die Tränen nur so über die Wangen. Es sind Freudentränen, Liebestränen, Vertrauenstränen, sie sind ganz warm und schmecken nach Meer. Und dann schmecke ich Kirsch und Pfefferminz, diese einzigartige Paul-Mischung, denn ich schlinge meine Arme um seinen Hals und küsse ihn. Und er mich. Dann hebt er mich lachend hoch und wirbelt mich im Kreis herum. Wir drehen und drehen uns. Meine Beine, meine Liebe, mein Glück fliegen durch den Garten rüber zur stolzen Baumkrone des Kirschbaums, der alle Freuden und Sorgen der Menschen kennt.

Die Herzkirschen sind so wunderbar rot, bald werden sie reif sein. Und da weiß ich auf einmal, was zu tun ist. Wie Schuppen fällt es mir von den Augen. Ich küsse Paul noch einmal fest auf den Mund und gebe ihm ein Zeichen, mich abzusetzen. Ich nehme seine Hand und ziehe ihn zu den anderen.

Außer Atem von der Entwicklung und der – wie Arno sagen würde – »perfekten Wendung«, rufe ich aus: »Nik, wann genau ist euer Date?«

Er scheint nicht zu verstehen, auf was ich hinauswill, denn er sieht mich mit fragend hochgezogenen Brauen an. Männer! In den entscheidenden Momenten checken sie nichts.

»Hallo! Dein Date mit Coco«, erkläre ich. »Um wie viel Uhr seid ihr verabredet und wo?«

»Um acht heute Abend, im Le Relais de la Butte, Montmartre.«

»Okay. Ist sie denn in Paris angekommen, hast du was von ihr gehört?«

Nik schaut hilflos auf sein Handy. »Nee, keine News.«

»Funkloch!«, rufen Freddy und ich gleichzeitig, doch ich bleibe optimistisch.

»Also gut. Bist du mit dem Auto da?«

»Nein, mit der Bahn.«

Auch das noch. Was können wir nur tun? Ausgeschlossen die Vorstellung, dass Coco nach alldem heute Abend alleine in Paris sitzt und vergeblich auf ihren Nik wartet!

Der Renault ist kaputt, den kriegt Luc niemals im Schnellverfahren hin, also denk nach, Sophie. Ich hab's! Ich lächele Paul zu und zeige auf seinen Bus. Er versteht sofort und wirft einen Blick auf seine Armbanduhr.

»Viertel nach vier Uhr. Was meinen Sie, Mademoiselle? Schaffen wir das?«, fragt er angriffslustig, ganz mein Paul.

»Natürlich! Warum nicht, Monsieur?«

Ich umarme ihn stürmisch und sehe gleichzeitig Coco vor mir. Meine tolle, schöne, völlig verrückte Freundin. Auf einmal verstehe ich sie. Sie ist verliebt! Wie ich. Da ist man aufgeregt, unsicher, hat Angst. Dieses Gefühl ist so unbeschreiblich überwältigend, es hat selbst das Leben meiner coolen, souveränen Freundin aus den Angeln gehoben. Wer verliebt ist, macht Fehler, trifft die beklopptesten Entscheidungen und verrennt sich. Wer verliebt ist, der ist hormongeflutet, hat Schmetterlinge im Bauch und dieses Pochen und Schwirren im Kopf. Vom Herzklopfen gar nicht zu sprechen … Wer verliebt ist, dem muss man einfach verzeihen, begreife ich. Auch wenn sie ohne uns abgehauen ist nach Paris, in unsere Stadt. Sie ist dort, in der Stadt der Liebe, ganz allein, und sie wartet auf Nik.

»Los, alle sofort in den Bus! Wir fahren nach Paris!«, rufe ich in die Runde.

Meine älteste, beste Freundin, meine Herzens-Coco, die ich in- und auswendig kenne, wir müssen zu ihr.

»Danke«, strahlt Nik und atmet laut und erleichtert auf.

»Auf was wartet ihr noch? Allez, allez!« Paul küsst mich auf die Stirn und pfeift Bocuse zu sich. Freundschaftlich legt er Nik den Arm um die Schultern und geht mit ihm zügig zu seinem parkenden Bulli.

»Einen Moment«, rufe ich den anderen zu und fühle mich dabei völlig elsässisch. Ich laufe ins Haus, ziehe schnell mein Kleid mit den Schiffchen an, das Coco so gerne mag, und binde meinen Pferdeschwanz neu. Dann schnappe ich meine Tasche, schließe die Tür ab und spurte zum streikenden Laubfrosch, um unseren Paris-Sampler herauszuholen. Fertig! Es kann losgehen.

Unterdessen hat sich Arno den noch leicht torkelnden CT geschnappt und erfolgreich in den Bus katapultiert. Paul wartet dort und zwinkert mir zu. Als er lächelnd die

Tür hinter mir schließt, weiß ich: Zusammen schaffen wir alles.

Bevor wir Richtung Route nationale und nach Paris fahren können und Coco erlösen, muss Paul noch schnell ins Petit Paris, um seinen Mitarbeitern Bescheid zu geben.

»Nach dem Festwochenende wird heute Abend weniger los sein. Da können die heute ruhig mal auf mich verzichten. Gutes Timing von Coco und dir, Nik. Bei der Gelegenheit hole ich auch noch etwas Proviant für uns und dir was Trockenes zum Anziehen von mir …« Er blickt auf das noch ziemlich nasse Hemd von Nik und nickt ihm beruhigend zu.

Ich muss gestehen: Bei näherer Betrachtung ist CTs jüngerer Bruder tatsächlich eine »heiße Fritte«, wie wir ihn als Studentinnen bewertet hätten. Das muss ich meiner Freundin lassen. Bisher hatte ich wenig Muße, ihn mir genauer anzusehen, und auch kein deutliches Bild mehr vor Augen. Ich erinnere mich daran, ihn zumindest bei Cocos Hochzeit und vielleicht mal bei einer Geburtstagsfeier der Hufschmieds gesehen zu haben. Er ist wirklich nett und attraktiv.

Da ich CT, den die ganze Chose wieder etwas ausgenüchtert hat, nicht Arno alleine überlassen wollte, haben wir ihn mittlerweile zwischen uns auf die Rückbank gesetzt. So holpern wir über den Feldweg Richtung Dorf. Paul saust sicher durch die Landschaft wie ein junger Pizzafahrer, der nach Zeit bezahlt wird. Zum Glück sind kaum Menschen unterwegs.

An der Kreuzung biegt er zum Marktplatz ab. Mit quietschenden Reifen hält er vor der Treppe des Gasthauses an und springt aus dem Bulli. Neben dem Petit Paris steht – wie immer, wenn etwas los ist – Jeanne in der Ladentür, die sie nun demonstrativ hinter sich schließt. Ich schiebe die Seitentür des Busses auf und will CT hinter mir herausziehen, als dieser sich mit voller Kraft dagegenstemmt. Obwohl Arno von der anderen Seite drückt, ist Cocos Ex nicht nach draußen zu bewegen. Das fehlt mir noch. Dieses Mal geht es nicht um diesen Verrückten, sondern um Cocos Glück. Und zwar ohne CT.

Freddy, die das Gleiche denkt, kommentiert das Ganze auf Teenie-Deutsch kurz und knapp mit einem empörten: »Echt jetzt!«

»Komm, CT, stell dich nicht so an. Schlaf von mir aus noch eine Nacht deinen Rausch aus. Und dann ab nach Hause. Ich habe die Faxen jetzt wirklich dicke. Du wolltest schon längst wieder in Frankfurt sein!«, setze ich hinzu.

»Wollte ich gar nicht«, hält er wie ein Kleinkind trotzig dagegen.

Jetzt reicht es auch Nik. Sportlich schwingt er sich vom Beifahrersitz nach draußen und nimmt mich fürsorglich beiseite. »Sophie, ist gut. Du hast schon genug getan. Ich glaube, das ist jetzt mein Job. Ich regele das.« Und zu seinem Bruder gewandt sagt er: »So, Carl-Torben, lass uns reden. Alleine.«

Dieser reagiert sofort, steigt aus und folgt Nik plötzlich gehorsam über das Kopfsteinpflaster ein Stück weiter auf den Marktplatz. Die beiden erinnern mich an zwei Gladiatoren in der Arena.

Und schon geht es los, in einem Höllenlärm schreien sich die ungleichen Brüder gegenseitig an. Wie viel sich da über die Jahre hinweg angestaut hat, ist nicht zu überhören. »Du hast doch immer schon … Und was denkst du denn … Weißt du überhaupt, was ich dir nie verziehen habe … Das Allerletzte war nämlich, als du … Wie konntest du nur …« Da sie alles gleichzeitig brüllen, hoffe ich, dass wir schnell mit dem Thema durch sind und eine Lösung finden, denn die Kirchturmuhr hinter mir schlägt, was man bei dem Lärm nur mit Mühe zählen kann, schon fünf.

Ich setze mich auf die Stufe in der offenen Wagentür und puste laut Luft aus. »Tönen« hieß diese Form des Atmens im Schwangerschaftskurs mit Freddy, hat aber auch nichts gebracht. Die elenden Schmerzen blieben. Auch das Geschrei von Cocos wilden Kerlen hört nicht auf. Im Gugelhupfladen gehen rasselnd die Jalousien runter. Jeanne fühlt sich gestört, und ich muss schmunzeln.

Auf dem Platz fliegen weiter wütende Wortfetzen durch die Luft. Bis Arno sich neben mir durch die Tür zwängt und in Knickerbocker-Tweed und englischen Lederschuhen heroisch zu den Streithähnen schreitet. Dort angekommen stellt er sich zwischen die beiden und moderiert ihre Auseinandersetzung wie ein Profi-Mediator. »So, meine Herren. Ruhe! Stopp! Contenance! Jetzt hört ihr mir mal beide zu. Erst du ein Argument, dann du.«

Ich komme aus dem Staunen nicht heraus. So selbstbewusst habe ich meinen sonst ziemlich hilfsbedürftigen Autor noch nie erlebt. Freddy hält beide Daumen hoch, und auch ich nicke erleichtert zu ihm rüber. Bald werden Nik und CT ruhiger und ihr Tonfall versöhnlicher. Arno strahlt zufrieden auf seine in sich gekehrte Art. Ich sollte ihm dringend nahelegen, einen Streitschlichtungsratgeber zu schreiben anstatt übers Angeln oder einen über gewaltfreie Kommunikation.

»Das ist nicht *deine* Coco, Carl-Torben. Und auch nicht *meine*«, spricht Nik schließlich das Wort zum Montag. »Aber ich liebe sie und hoffe, ich bedeute auch ihr etwas. Und ich habe keine Lust, mit dir hier zu streiten, während meine Traumfrau in Paris auf mich wartet. Du hattest deine Zeit, Carl-Torben. Es hat auf Dauer nicht funktioniert. Und jetzt ist sie vorbei. Das musst du einsehen. Mach endlich Platz für etwas Neues. Für Coco und für mich. Auch du hast die beste Zeit in deinem Leben noch vor dir! Hast du schon mal darüber nachgedacht, dass auf dich auch eine andere Frau warten könnte? Eine, die wirklich zu dir passt?«

Respekt. Nik redet klar und bestimmt auf seinen älteren, aber kleineren Bruder ein. Von dem hört man nur ab und an noch ein Schniefen, Hicksen oder Schluchzen.

»Wir waren nie die besten Kumpels der Welt, aber wenn es drauf ankam, haben wir immer zusammengehalten, Carl-Torben, oder nicht? Und es ist mir wichtig, dass du die neue Entwicklung, die uns alle betrifft, akzeptierst. Und zwar ganz ehrlich und aufrichtig! Wir können uns nicht ewig aus dem Weg gehen: Wir sind doch Brüder. Und du bist und bleibst mein großer Bruder.«

Nik klingt jetzt fast zärtlich, und ich sehe, dass er selbst schlucken muss. Nach diesen eindringlichen Worten, die auch Freddy und mich rühren, ist es eine ganze Weile still. Selbst ein Blatt würde man in diesen Sekunden auf der mittelalterlichen Place du Marché fallen hören.

Oben kommt Paul auf die Terrasse zurück. Den Arm um Mathieu gelegt steht er schweigend an der Treppe, beobachtet das Szenario gespannt und staunt wie ich. Arno, der Chef im Ring, schaut zuversichtlich hin und her. Von CT zu Nik und von Nik zu CT.

»Du hast recht! *Hicks*. Weißte was? *Hicks*. Drauf geschissen! Kleiner Bruder, komm her!«, stößt Carl-Torben dann zu unserer aller Erleichterung aus, schnappt sich Nik und drückt ihn fest an sich.

Arno muss bei dieser auch für CT untypischen derben Sprache husten, ruft aber dann laut »Bravo! Bravo!« über das Sonnenauer Zentrum und applaudiert den Brüdern, die sich nun in den Armen liegen und abwechselnd auf die Schultern klopfen. »Du alter Babbsack«, sagt Nik zu CT, während er ihn fest umarmt, und irgendwie klingen seine Worte wie eine Liebeserklärung.

Dank euch, Odilia oder Ada, ihr Götter des schönen Elsass und der Liebe. Der Kampf, auch Cocos, hat damit ein Ende, und wir können nun endlich, endlich los.

»Leute, ich störe ungern bei Versöhnungen, aber Coco wartet, wir müssen nach Pariiis!« Mit diesen Worten hüpfe ich hoch und laufe los, um die beiden Brüder und den guten Arno stolz zu umarmen. Er ist für mich der Held des Tages. Dafür hat er definitiv einmal »meine Nerven strapazieren« bei mir gut, mit allem Drum und Dran sowie eine Tonne Ingwertee plus Chia-Kekse.

Während alle Richtung VW-Bus spurten, bringe ich Carl-Torben, der immer noch schwankt, zum zweiten Mal in diesen Tagen die Treppe hoch zum Petit Paris. Denn ich will auf Nummer sicher gehen.

»CT, versprich mir, gleich morgen früh nach Hause zu fahren und Coco in Ruhe zu lassen.«

»Hmmm, machisch«, murmelt er und schaut noch einmal wehmütig runter zu seinem Bruder, der sich gerade ein royalblaues Hemd überzieht, das Paul ihm von oben heruntergeworfen hat, und dann zu Arno in den Bus steigt.

»Mein Herz, denk dran, Vertrauen«, flüstert Paul mir ins Ohr und drückt fest meine linke Hand, dass es mir ganz warm wird.

»Kinder«, ruft Mathieu, »ich komme mit nach Paris. Vielleicht braucht ihr ja Hilfe von einem alten Herrn, um die schöne Coco zu finden.«

Ich freue mich sehr, dass er sich uns anschließt. Er wird unser großväterlicher Schutzengel sein.

Und dann hält der Tag tatsächlich noch eine Überraschung bereit: Denn auf der Terrasse sitzt an dem Tisch, der am nächsten zum Gasthaus steht, Regine. Sie trägt einen sonnengelben Kimono mit orangefarbenen Blüten. Ihre Haare sind heute weniger fisselig als sonst und mit Essstäbchen hochgesteckt. Vor ihr steht eine große getöpferte Kanne, aus der es einladend dampft. Als sie mich sieht, kommt sie mir sofort entgegen und umarmt mich übermütig.

»Sophie, Chérie. Ich wollte meditieren, aber hier ist gerade keine gute Energie auf die Platz.« Dann wendet sie sich zielsicher dem wackeligen CT zu, nickt verständnisvoll und säuselt: »Bonjour, schööönär Mann! Ich bin sicher, eine Tasse Tee aus den besten Kräutern des gesamten Elsass ist jetzt genau das, was du brauchst.«

Carl-Torben starrt sie voller Hoffnung an, ein zartes Lächeln huscht über sein Gesicht und lässt es auf Anhieb rosiger erscheinen.

»Ich muss los, ihr beiden«, sage ich. »Kümmerst du dich ein bisschen um ihn, Regine? Bitte.«

Sie zwinkert mir zu. »Oui, oui, bien sûr, meine Liebe! Natürlich, mach ich gerne, Sophie! Ich habe Zeit. Erst reden wir ein bisschen, und dann sehen wir weiter, n'est-ce pas, nicht wahr?« Bei diesen Worten blinzelt sie eindeutig-zweideutig, dann legt sie fürsorglich ihren Arm um CT und führt ihn zum Tisch. »Willst du mir vielleicht verraten, welcher Weg dich nach Sonnenau geführt hat, und was deine persönliche Krafttier ist?«, höre ich sie fragen. »So wie du brüllen kannst, bestimmt eine wilde Tier?«

Cocos Ex schaut selig und neugierig und folgt seiner Geisha ohne Widerstand.

»Merci, Regine! Mach's gut, Carl-Torben«, rufe ich fast ein wenig wehmütig. Komisch, ich habe ihn ja bei seinem vollen Namen genannt.

Als ich mich auf der Treppe noch mal zu den beiden umdrehe, schenkt Regine ihm dampfenden Tee ein, den ich gottlob nicht probieren muss. Kurz hebe ich die Hand zum Gruß, aber Carl-Torben sieht das schon nicht mehr und nimmt einen ersten kräftigen Schluck.

Coco

Blaue Lippen vom Rotwein

Paris, Paris. Endlich!

Aufgeregt nehme ich einen großen Schluck von dem samtigen tiefroten Wein, den der schnauzbärtige Kellner mir augenzwinkernd mit den Worten »Amour fluide!« empfohlen hat. Was müssen das für Trauben gewesen sein, ein solches Rot habe ich vorher noch nie gesehen. Der Wein schmeckt himmlisch und schießt mir sofort in den Kopf. Genauso wie sich der Mann in mein Herz geschossen hat, auf den ich warte.

Nik.

Bin ich gestern wirklich – nach einer gefühlten Ewigkeit – in der Stadt der Liebe angekommen? Ich schaue mich um. Ja, es ist wahr, ich sitze hier leibhaftig in diesem kleinen Restaurant mit dem klangvollen Namen Le Relais de la Butte, was so viel bedeutet wie »der Elektromagnet am Hügel«. Doch ich fühle mich einsam zwischen den zahlreichen Gästen um mich herum, die sich lebhaft unterhalten und von meiner Anspannung nichts ahnen.

Ich drehe den Stiel meines Weinglases und schwenke die Flüssigkeit darin hin und her. Wieder und wieder.

Ach, Sophie, wenn du wüsstest. Mein lang ersehntes Rendezvous. Jetzt ist es so weit. *»Mensch, Coco, lass dir bloß vorm ersten Kuss die Lippen nicht blau werden vom Rotwein«*, würdest du zu mir sagen, mich in die Seite knuffen und dabei dein ehrlichstes Beste-Freundinnen-Lachen erstrahlen lassen. Wenn es nicht gerade Nik wäre!

Ich schiebe mein schlechtes Gewissen beiseite und sehe auf die Uhr meines Handys. Gleich acht. Er müsste jeden Moment eintreffen. Betont gleichgültig lasse ich meinen Blick umherschweifen, während das flaue Gefühl in meinem Magen mit jeder Minute stärker wird.

Die zauberhafte Restaurantterrasse am Fuße der Sacré-Cœur, umrahmt und beschützt von riesigen Kastanien, füllt sich mehr und mehr. Das ganze Ambiente hier erinnert mich an eine Filmszene. Alles ist in Rot, Weiß und Gold gehalten und passt perfekt zusammen: die kleinen, liebevoll eingedeckten Tische, die schnörkeligen Stühle mit dicken Kissen darauf und auch die Jugendstilvasen an jedem Platz mit frischen Rosen darin. Leicht tanzen und rauschen die Blätter der stolzen Bäume geheimnisvoll im Abendwind, als wollten sie mir etwas sagen, was ich jedoch partout nicht verstehen kann.

Auf der Mauer am Ende der Terrasse hockt ein Liebespaar im Teenageralter eng umschlungen, Kopf an Kopf, und hält sich zärtlich an den Händen. So eine junge Liebe. Das rührt mich. Werde ich gleich auch so dasitzen? Mit Nik? *Reiß dich am Riemen, Coco. Er ist bestimmt gleich hier.*

Die Stimmen um mich herum werden lauter. Menschen strömen jetzt stärker von allen Seiten des Montmartre aus ihren Häusern, Hotels, Hinterhöfen – der Hunger treibt sie in die Cafés und Bars oder die Lust auf eine lange laue Sommernacht. Die Abendstimmung senkt sich wie eine schützende Glocke über die alte Stadt.

Ich zünde mir eine Zigarette an und blase Rauchkringel in die Luft, als könnte ich Signale versenden. *Wann kommst du? Ich warte hier auf dich.*

Wieder sehe ich auf mein Handy. Es zeigt die gleiche Zeit wie meine Armbanduhr. Schon Viertel nach acht. Er müsste längst da sein. Ich stelle mir seine Stimme vor, warm und tief. Sein Gesicht – so schön, dass man es nicht glauben kann – mit den rehbraunen Augen und den pechschwarzen geschwungenen Wimpern. Seine schlanken Hände, auf denen sich die blauen Adern abzeichnen, wie ich es bei Männern mag. Seine dunkelbraunen Haare, leicht gewellt und immer ein bisschen wild, obwohl kurz geschnitten. Und sein verschmitztes Lächeln, wenn er mich entdeckt, auf mich zukommt …

Der Kellner reißt mich aus meinen Gedanken und fragt, jetzt leicht besorgt, ob ich schon etwas zu essen bestellen möchte.

»Oui, oui, plus tard. J'attends encore quelqu'un …« Später, später. Ich warte noch auf jemanden. Auf ihn: Nik. Sein Name klingt wie mein Herzschlag, Nik-Nik-Nik-Nik-Nik. Das Bild würde Sophie gefallen.

Mittlerweile ist es halb neun. Jetzt ist er wirklich viel zu spät. Keine Nachricht, kein Anruf, nicht erreichbar. Funkstille, ausgerechnet. Verdammt, gleich ist mein Akku leer. Soll ich ihn noch mal anrufen?

Aber …

Was, wenn er es sich anders überlegt hat? Was, wenn er gar nicht kommt? Was, wenn er das alles am Ende gar nicht wert war?

Ich kippe den Rest des roten Liebesfluids hinunter. Auf ex.

»Rien ne va plus«, geht es mir immer wieder durch den Kopf. Hastig winke ich den Kellner herbei, bevor mir die Tränen in die Augen schießen können, um Nachschub zu bestellen – und pfeife auf die blauen Lippen …

Sophie

Im VW-Bus in die Stadt der Liebe

Da soll noch mal jemand sagen, das Leben sei langweilig und vorhersehbar. Noch heute Morgen dachte ich, meine nächste Fahrt ginge zurück nach Hause, so traurig und unendlich enttäuscht war ich. Jetzt sitze ich fröhlich neben Paul in seinem grün-weißen VW-Bus. Zusammen auf dem Weg nach Paris. Mein altersmüder Laubfrosch und sein Gefährt könnten gute Freunde sein, und wir beide sind es auch. Sogar mehr als das. Viel, viel mehr.

Auf der Fahrt lehne ich mich immer wieder zu ihm und küsse ihn schnell auf seinen wunderschönen Mund. Dazwischen singe ich lauthals die Songs des Coco-und-Sophie-Paris-Soundtracks mit, die wir seit der Abfahrt rauf und runter hören. Sehr zu Freddys Leidwesen. Arno dagegen grölt aus voller Brust vergnügt die Lieder mit, die er kennt. Seit heute sehe ich den vermeintlich stocksteifen Angelliebhaber mit völlig anderen Augen.

»Nichts ist, wie es scheint.« So lautet meine ganz persönliche SHINE-YOUR-LIGHT-Botschaft des Tages, die ich später noch posten werde. Und: Man muss immer offen sein für das Glück.

Ich drehe mich auf dem Sitz nach hinten und drücke kurz Mathieu die Hand, der Freddy neben sich zusieht, wie sie auf ihrem Zeichenblock, der auf ihren Knien liegt, Marlene-Comics skizziert. Nik neben ihr ist schweigsam und blickt immer wieder nervös auf seine Uhr am Handgelenk.

Mittlerweile ist es schon kurz vor acht, und wir haben gleich die Stadtgrenze der Seine-Metropole erreicht. In meiner Tasche brummt mein Handy. Eine neue Nachricht, über die ich schmunzeln muss.

»Hört mal alle her: CT schreibt, dass er gerade mit Regine im Petit Paris zu Abend isst. Sie hat wohl zu ihm gesagt: ›Die Liebe wartet auf jeden, Monsieur Carl.‹ Und dabei hätten ihre grünen Augen gestrahlt. Sie hat ihn zu einem Trommelworkshop im Rheingau eingeladen, stellt euch das mal vor. Dorthin will er sie morgen mitnehmen und – direkt begleiten! Sein Auftritt heute täte ihm leid und auch, dass er uns verfolgt hat, schreibt er noch. Und ich soll euch und Coco grüßen.«

Was für eine Überraschung! Wir lachen alle herzlich. Aber die Ablenkung hält nicht lange an, denn Coco müsste jetzt schon auf Nik warten. Wie verabredet, im Restaurant.

»Schon acht nach acht«, sagt Nik kurz darauf ziemlich nervös. »Jetzt sind wir zu spät, vielleicht ist sie schon gegangen …«

»Sie wartet. Ich kenne Coco. Glaub mir«, versuche

ich, ihn mit fester Stimme zu beruhigen. »Wenn sie etwas wirklich will.«

»Aber was ist, wenn sie denkt, *ich* will nicht mehr?«, fragt er voller Sorge. Auf diese sehr berechtigte Frage wage ich nicht zu antworten und drehe die Musik leiser.

»Pünktlich wie die Deutschen kommen wir vielleicht nicht mehr an, aber Hauptsache rechtzeitig«, rettet Paul uns mit seiner Zuversicht. »Bon. Dann wollen wir die liebe Coco mal nicht mehr allzu lange warten lassen. D'accord? – Einverstanden?« Und schon tritt er noch stärker aufs Gas.

Wir haben das Zentrum von Paris erreicht. Im Westen geht hinter den prächtigen Altbauten die Sonne unter. Was für eine traumhafte Stadt! Es ist ein herrlicher Sommerabend. Die Straßencafés sind voller Menschen, und viele Läden sind noch geöffnet, auf den Bürgersteigen davor Drehständer mit Postkarten und Minieiffeltürmen. Freundinnen flanieren Arm in Arm die Alleen entlang, während auf den grünen Mittelstreifen ältere Herren Boule spielen.

Paul chauffiert uns ortskundig ohne Navi oder Karten-App durch die Straßen. Zweimal rechts, dreimal links. Immer höher und in einem Affentempo lenkt er den Bus durch die engen Gassen des Montmartre. Vor uns blitzt immer wieder zwischen den Häuserdächern die weiße Kuppel von Sacré-Cœur auf, wo Coco und ich vor ewigen Zeiten die Stufen bis nach oben zählten und uns gegenseitig in lustigen Posen fotografierten. Was für eine herrliche Zeit wir damals verbrachten! »Das ist die wahre Coco.« Ich habe das Schild noch genau vor Augen, höre unser Lachen, rieche die frischen Baguettes, die wir uns jeden Tag warm und kross in der Boulangerie d'Or am Eck holten, nicht weit von unserer Studentenbude. Und wie wir barfuß durch den Tuileriengarten tanzten, sogar im Springbrunnen.

»Schau mal, Freddy«, rufe ich nun immer wieder und gucke zu meiner Tochter nach hinten, während ich auf Häuser, Orte und alles Mögliche zeige, die ich wiedererkenne.

Dann fahren wir endlich die Rue Ravignan hoch, in der sich das Restaurant Le Relais de la Butte befindet. Inzwischen ist es schon nach halb neun, wie die altertümliche Uhr am Armaturenbrett von Pauls Bulli anzeigt. Die Zeit wird leider auch von meinem modernen Mobiltelefon auf die Minute bestätigt: 20:36 Uhr. Ob Coco so lange auf Nik warten würde? Ich habe wirklich keine Ahnung. Sie hat mir ja auch nichts von ihm erzählt. Egal, wir werden sie finden. Paris ist die Stadt der Liebe. Ich küsse Paul auf die Schulter. In Paris ist doch alles möglich. Ich strecke den Kopf aus dem Fenster der Beifahrertür.

Und dann sehe ich sie.

»*Coco!* Da ist sie! Da ist Coco. Halt an, Paul, halt doch an, bitte. Sofort! Stopp!«, kreische ich und zeige aufgeregt vor mich.

»Wo? Wo?«, rufen alle wild durcheinander, und auch Bocuse fängt an zu bellen.

Nik setzt sich ruckartig auf und starrt aus dem Fenster. »Wo denn?«

Im Bus bricht ein heilloses Durcheinander aus.

»Stopp, Paul! Da ist sie, dahinten! Halt doch an!« Hektisch drehe ich mich auf dem Sitz herum, als Paul am Relais de la Butte vorbeigerast ist.

Alle recken die Köpfe nach hinten und starren in die Richtung, in die ich zeige. Coco sitzt ganz in sich versunken an einem Tisch. O nein, ich glaube, sie weint.

Ungeduldig rüttele ich an Pauls Arm. »Bitte halt doch an!«

Obwohl Paul auf der Stelle bremst, sind wir schon ein gutes Stück an der Restaurantterrasse unter alten Bäumen vorbeigefahren.

»Moment, alle mal sitzen bleiben«, ruft Paul, der uns verwegen wie ein Kapitän zwischen den Reihen parkender Autos vorbeigeschifft hat und ansetzt, den Bulli rückwärts in eine Lücke zu steuern. »Runter mit euren Köpfen, ich sehe sonst nichts«, setzt er hinzu. »Außerdem sind wir nicht alleine auf der Straße. Es ist sehr eng hier.«

Und das sagt ein Franzose? Von wegen ich sei kompliziert. Nix da! Noch bevor er etwas einwenden kann, drücke ich blitzschnell die Beifahrertür auf und springe ohne Schuhe auf das Kopfsteinpflaster. Bocuse springt mir hinterher.

»Sophie!«, höre ich die anderen hinter mir herrufen. Und dann laufe ich los …

Coco

Alles hat ein Happy End, nur Paris hat zwei

Rien ne va plus.

Das war's.

Wie viel Rotwein braucht man, um sein ganzes Leid zu vergessen? Ich nehme noch einen großen Schluck. Der Geschmack von reifen Trauben vermischt sich mit dem meiner salzigen Tränen, die mir über die Wangen rinnen. Nichts mehr spüren müssen. Auf dass nichts mehr wehtut und alles Traurige verschwindet … Ich trinke und weine, trinke und weine.

Plötzlich spüre ich, wie sich etwas Felliges unter meinen Tisch schiebt und mich am Bein kitzelt. Etwas Kaltes und Feuchtes berührt mein Knie. Huch, was ist das denn? Igitt! Instinktiv ziehe ich die Beine zurück und schlage danach, woraufhin es verschwindet.

Untröstlich lege ich die Arme auf die Tischplatte und vergrabe meinen Kopf darin. Inzwischen ist es mir ganz egal, was der Kellner oder die anderen Gäste von mir denken.

»Wuff!«, bellt es auf einmal. Dann lauter, eindringlicher: »Wuff, wuff, wuff!« Und sogleich spüre ich an meinem Bein erneut ein feuchtkaltes Schnüffeln. Das ist doch nicht etwa … Ich sehe unter dem Tisch nach.

»*Bocuse!* Was machst du denn hier?«

Der Golden Retriever antwortet schwanzwedelnd mit einem freudigen Bellen. Noch nie habe ich mich so gefreut, einen Hund zu sehen. Er beschnüffelt mich und bellt, während ich ihn streichele und dabei sogar meine Allergie vergesse.

»Wie kommst du denn hierher?«

Da schiebt sich mir ein Gedanke in den Sinn … Moment mal.

Ich richte mich auf – und schon sehe ich Sophie. *Meine* Sophie. Sie rennt wie um ihr Leben die Straße hoch. Auf mich zu. Mit wehenden Haaren, barfuß, in ihrem Sommerkleid mit den blauen Schiffchen drauf. Sofort wird mir irre warm ums Herz. Sie ist nach Paris gekommen. Zu mir.

Sie winkt und wedelt mit beiden Armen und rennt und rennt, und ich will nur noch zu ihr. Die Tränen fließen mir jetzt wie die Niagarafälle die Wangen hinunter, und ich heule endgültig alles heraus, was sich so lange angestaut hat. Mich hält nichts mehr. Ich streife meine roten High Heels von den Füßen, lasse sie unter den Tisch fallen und laufe ihr entgegen.

Und dann steht sie vor mir, meine beste, liebste Freundin. Ihre Wangen sind gerötet vom Rennen, ihre Haare zerzaust, sie ist außer Atem, und die Schiffchen auf ihrem Kleid tanzen fröhlich im Takt ihrer Bewegungen.

Ich blicke an ihr hinunter und muss unter Tränen lachen. »Wo sind denn deine Schuhe?«

»Die brauchen wir doch nicht in Paris«, schluchzt Sophie, zeigt auf meine nackten Füße, und dann fällt sie mir um den Hals.

Lachend und weinend liegen wir uns in den Armen, wohl wissend, dass nichts und niemand uns jemals trennen kann.

»Es tut mir so leid. Alles …«, bricht es aus mir heraus.

»Ich weiß«, sagt sie nur und küsst mich liebevoll auf die Stirn. Lächelnd löst sie sich von mir und zeigt die Straße hinunter. »Schau mal, Coco, wen ich mitgebracht hab.«

Kaum hat Sophie ausgeredet, folge ich ihrem Blick und erkenne in der gleichen Sekunde den Mann, der mir nun auch zur Begrüßung winkt und sich zu mir in Bewegung setzt. Nik! Überglücklich renne ich ihm entgegen.

Wir fallen uns in die Arme, halten uns fest und küssen uns auf der Stelle, mitten auf der Straße, mitten in Paris.

Ein endloser, befreiender Kuss.

Die anderen umringen uns, johlen vor Freude und klatschen in die Hände. Auch Sophie höre ich »Juchuuu!« schreien. Freddy ist das alles bestimmt megapeinlich.

In diesem Moment, während ich in Niks Armen versinke, meine Liebsten um mich herum, wird mir bewusst: *Das hier ist das pure Glück*. Und ich werde diesen besonderen Augenblick, diese ganze Sache mit Paris niemals vergessen.

Kurze Zeit später, nachdem ich auch die anderen Mitfahrer begrüßt habe – Freddy, Paul, Mathieu, sogar Arno ist mitgekommen (hatte ich also doch richtig gesehen am Bahnhof in Straßburg) –, und wir uns alle auf den neuesten Stand der Ereignisse gebracht haben, gehen wir gemeinsam zurück zum Restaurant.

Paul hat seinen Arm um Sophie gelegt, als wolle er ihn nie mehr wegnehmen, und flüstert ihr etwas ins Ohr, das ihr augenscheinlich sehr gefällt. Bocuse schwänzelt im Dauermodus aufgeregt von einem zum anderen. Selbst Arno wirkt wie ausgewechselt, so offen und lustig habe ich ihn noch nie erlebt. Der Tapetenwechsel steht ihm ausgezeichnet. Freddy und Mathieu strahlen, sichtlich erleichtert, dass sich jetzt alles gelöst und zum Guten gewendet hat.

Der Kellner des Relais de la Butte steht wartend in der Restauranttür, zwirbelt seinen Schnauzbart und macht ein pikiertes Gesicht, als er mich erblickt. Bestimmt dachte er, ich hätte die Zeche geprellt. Unseren Tisch hat er zwischenzeitlich vergeben, so was! Da sitzen schon neue Gäste und unterhalten sich.

»Excusez-moi.« Schnell ziehe ich meine roten Pumps unter dem Tisch hervor, streife sie über und schreite elegant zu den anderen. Ganz Parisienne.

Nik übernimmt, erklärt dem verdutzten Kellner in fließendem Französisch die Situation und zahlt die offene Rechnung. Wie souverän er ist, das hätte Carl-Torben nie so hingekriegt. Ich finde ihn einfach großartig!

»Tja, was nun? Es ist kein Tisch mehr frei«, sagt Nik

mit ratlosem Blick auf die Restaurantterrasse, als er wieder zu uns tritt.

»Voilà, les enfants, liebe Kinder, macht euch darüber keine Gedanken«, ruft Mathieu dazwischen. »Davon lassen wir uns doch den herrlichen Abend nicht verderben!«

Mit dem Hinweis, ihm zu folgen, führt er uns ein Stück zur Seite zu einer halbhohen alten Natursteinmauer neben dem Lokal. Erst da fällt mir auf, dass er einen großen Korb dabeihat. Er platziert ihn auf dem Boden, holt ein rotweiß kariertes Tischtuch hervor und legt es fachmännisch auf die Mauer. Dann stellt er darauf sieben Schnapsgläser nebeneinander und zaubert zu unserer aller Überraschung eine Flasche Herzkirschenlikör aus Sonnenau hervor. Auch an Freddys Kirschsaft hat er selbstverständlich gedacht.

»So was Feines haben die hier in der Stadt sowieso nicht«, sagt Mathieu augenzwinkernd und schenkt stolz die Gläser voll bis zum Rand.

Wie recht er hat.

»Wisst ihr, Kinder: L'amour trouve toujours son chemin – die Liebe findet immer ihren Weg.« Der alte Mann lächelt wissend und reicht jedem von uns ein Glas.

»Leute, gleich krieg ich einen Romantik-Flash!«, bringt es Freddy auf den Punkt, doch auch in ihren Augen glitzert es verdächtig.

Wir stehen alle im Kreis, jeder sein Kirschgetränk in der Hand, jeder auf seine Weise gerührt. Das Leben ist einfach nur wunderschön. Paris, Paris, du steckst eben voller Überraschungen.

»Auf die Liebe!«, ruft Mathieu und erhebt sein Glas.

»Auf die Liebe!«, antworten wir alle im Chor.

Unsere Gläser stoßen hell klingend aneinander – ein bisschen schwappt dabei roter Kirschlikör bei jedem über –, und ich könnte schwören, als sie sich in der Mitte treffen, formen sie ein HERZ.

Epilog

Wie es nach der Sache mit Paris
weiterging mit …

Coco und Sophie

Die Sache mit Paris hat die beiden Freundinnen nur noch mehr zusammengeschweißt. Seitdem wissen sie: Freunde, die sich ein Leben lang begleiten, aufrichtig lieben und Fehler verzeihen, sind einfach das größte Geschenk, das es gibt. Erst sind die beiden zusammen erwachsen geworden, nun wollen sie auch miteinander älter und uralt werden. Wenn nötig, mit ganz viel rotem Kirschlikör.

Coco und Nik

Coco hat ihre Stelle als Onlineredakteurin beim Tagblatt gekündigt, und Nik ist zu ihr nach Frankfurt gezogen. In Bornheim hat sie eine neue Kunstgalerie mit aufgebaut, zu der ein Vintage-Laden gehört, der sich auf Chanel-Stücke spezialisiert hat. Wann immer sie und Nik Zeit haben, machen sie einen Kurztrip nach Paris. Im Relais de la Butte waren sie jedoch bis heute noch nicht essen.

Sophie und Paul

Sophie und Paul leben mal in Frankfurt, mal in Sonnenau. Paul hat in der Mainmetropole ein zweites Petit Paris eröffnet mit Elsässer Spezialitäten und Quiche Lorraine nach Sophies Rezept. Marlenes Haus ist zum beliebten Ferienziel für Familie und Freunde geworden. Über der Scheune haben Sophie und Freddy ein Schild angebracht mit der Aufschrift *L'atelier de Marlene*. Ein Jahr nach ihrer ersten Begegnung haben Sophie und Paul geheiratet und ihre Hochzeit mit einem rauschenden Fest und all ihren Lieben gefeiert. Natürlich auf der wunderschönen Terrasse des Petit Paris. Beim Hochzeitstanz erstrahlte der ganze Platz in goldenem Licht.

Freddy und Mathieu

Mathieu hat seine Idee in die Tat umgesetzt und Freddy sein Weingut für ihre erste eigene Ausstellung zur Verfügung gestellt. Auch Marlenes Kunstwerke sind dort gezeigt worden. Die Ausstellung war ein voller Erfolg. Nicht nur wegen des Kirschs, der reichlich floss, und Pauls fantastischen Amuse-Gueules. Sophie hatte Hof und Garten mit Feldblumenketten und -körben dekoriert. Die pfälzische Familie und auch Frank sind für Freddys großen Tag angereist. Nie zuvor hat Mathieus Hof so schön ausgesehen, und Freddy hat beschlossen, nach der Schule Design zu studieren. Am liebsten in Metz.

Regine und Carl-Torben

Bei den beiden war es tatsächlich Liebe auf den ersten Blick. Seit ihrem knisternden Tee-Treffen und dem ersten gemeinsamen Trommelworkshop im Rheingau sind sie unzertrennlich. CT braucht keine Gummibärchen und hat auch keinen Schluckauf mehr. Regine sieht ihre Begegnung als schicksalhaft an. Bei gemeinsamen Meditationsritualen kommen sie mehr und mehr auf die gleiche Wellenlänge. Sogar die blauen Slipper legt CT nun ab und zu ab. Dafür pflegt Regine nun regelmäßig ihre Haare und trägt einen hübschen Bob.

Arno

Sophies Autor hat sein Buch fast zu Ende geschrieben und durch die Ereignisse in diesem Sommer seine soziale Seite entdeckt: Er engagiert sich jetzt in einem Jugendzentrum und bringt den Jugendlichen das Angeln bei. Den perfekten Wendepunkt in seinem Angelroman hat er wieder verworfen. Lieber möchte er einen Segelflugschein machen. Mit Sophie muss er dringend besprechen, ob nicht ein Fliegerroman eine gute Idee wäre.

Luc

Sonnenaus Fleischer hat seine Metzgerei und die Werkstatt von einem auf den anderen Tag geschlossen, um den Jakobsweg zu gehen. Zu seiner Frau Vero sagte er nur: »Juste un moment!« und dass er nicht lange weg wäre. Bis heute ist er nicht wieder zurück …

Jeanne

Die resolute Bäckerin hat sich mit Mathieu ausgesprochen und vertragen. Die wahre Liebe entschuldige alles, gerade für eine Französin! Auch Sophie gegenüber ist sie nun milder gestimmt. Sie hat unzählige, buttrige Gugelhupfe zu ihrer Hochzeit und zu Freddys Ausstellung beigesteuert und kümmert sich sogar um Marlenes Haus, wenn Sophie und Paul in Frankfurt sind.

Mascha

Sophies Assistentin hat eine Fortbildung zur Yogalehrerin begonnen und gibt morgens in der Agentur Early-Bird-Stunden für Autoren. Für die innere Mitte. Arno nimmt regelmäßig teil. Die Kura lässt Mascha immer extra schwitzen. Danach serviert sie scharfen Ingwertee. Sophie fragt sich nach wie vor, ob in dem Gebräu tatsächlich nur Ingwer drin ist, wenn sie ihre Autoren danach beschwingt im Treppenhaus trifft. Einmal im Jahr fahren alle zum Schreibworkshop nach Sonnenau. Die Kura arbeitet zurzeit an ihrem ersten Liebesroman mit Elsasssetting. Ein Hund kommt auch darin vor.

Frank

Seitdem seine Ehefrau Jana mit ihrem Personal Trainer durchgebrannt ist, ist Frank inzwischen etwas geläutert und umgänglicher. Das Geld, das er bisher in Janas Kosmetik- und Botoxbehandlungen – von den Nagelstudios nicht zu sprechen – investiert hat, steckt er jetzt lieber in Reisen mit seiner Tochter Freddy.

Sibylle
Freut sich, dass Coco die Redaktion verlassen hat. Und isst jetzt wieder Mett. Es hilft ja alles nichts.

Rüdiger
Cocos ehemaliger Chef muss dringend entschleunigen. Der Onlinezirkus in der Redaktion macht ihn fertig. Deshalb hat er sich bei einer Achtsamkeits-App angemeldet, deren Botschaften er allen in der Redaktion mehrmals täglich vorliest. Sie heißt SHINE YOUR LIGHT.

Ende oder Fin

Rezepte

Quiche Alsacienne à la Sophie

Zutaten

Teig

250 g Mehl
125 g weiche Butter
½ Päckchen Backpulver
1 Ei
½ TL Salz
2 EL Wasser oder Wein

Füllung

200 g gewürfelter Kochschinken
100 g geriebener Emmentaler
100 g geriebener Gruyère
3 Eier
200 g saure Sahne
2–3 EL fein geriebene Zwiebel
½ TL Salz
Pfeffer

Zubereitung

Mehl und Backpulver auf die Arbeitsfläche geben und in die Mitte eine Mulde drücken. Das Ei aufschlagen und mit Salz und Wasser (oder Weißwein) in die Mulde geben. Die Butter in Flöckchen auf dem Rand verteilen. Alle Zutaten mit den Händen zu einem glatten Teig verkneten. Den Teig in Folie wickeln und 30 bis 40 Minuten in den Kühlschrank stellen.

Eine Springform einfetten. Ein Viertel des Teigs zur Seite stellen, den übrigen Teig auf der bemehlten Arbeitsfläche ausrollen und damit den Boden der Springform belegen. Mit dem restlichen Teig den Rand auskleiden (ca. 3 cm hoch). Mit einer Gabel Löcher in den Teigboden stechen. Bei 200°C Ober-/Unterhitze ca. 15 Minuten auf der unteren Schiene vorbacken. Aus dem Ofen nehmen und kurz abkühlen lassen.

Die Zutaten für die Füllung vermengen und auf dem vorgebackenen Teig verteilen. Die Quiche bei 190°C Ober-/Unterhitze auf der unteren Schiene ca. 40 bis 50 Minuten fertigbacken.

BON APPÉTIT!

Kirschlikör à la Mathieu

Zutaten

1 kg Kirschen
400–500 g weißer Kandiszucker
(je nach gewünschter Süße)
3 Stangen Zimt
4 Nelken
Abgeriebene Schale einer Bio-Orange
1 l Schnaps, z. B. Doppelkorn, Wodka, Grappa, Gin

Zubereitung

Die Kirschen waschen und entkernen. Den Kandiszucker in ein großes Einmachglas füllen (alternativ können auch mehrere kleinere Einmachgläser verwendet werden). Die entkernten Kirschen, Zimtstangen, Nelken und Orangenschale dazugeben. Mit dem Schnaps der Wahl auffüllen. Das Einmachglas verschließen und den Kirschlikör ca. sechs Wochen ziehen lassen, von Zeit zu Zeit das Glas schütteln.

Nach Ablauf der sechs Wochen den Kirschlikör mit einem feinen Sieb filtern und in eine Flasche umfüllen. Wer das Warten aushält: Sein bestes Aroma entfaltet der Kirschlikör nach zwei bis drei Jahren.

À VOTRE SANTÉ!

Von Herzen: MERCI!

Danke an unsere wunderbare Agentin Petra Hermanns, die immer an uns geglaubt, uns geduldig geführt, gecoacht, mit uns herzlich gelacht, vor Rührung geweint und entschlossen Fenster und Türen für uns aufgestoßen hat.

Danke an Kerstin Schaub, unsere zauberhafte und beste Lektorin der Welt, sowie das ganze super Goldfrauen-Team bei Goldmann für die professionelle, aber auch persönlich-freundschaftliche Begleitung, ihr Vertrauen und die tolle Chance.

Danke an unsere Männer und Familien, die alle Hochs und Tiefs während des Schreibens und vor allem die lauten Freudenschreie, wenn wir miteinander telefonieren, tapfer aushalten und in jeder Phase mitfiebern.

Danke an unsere treuen Freunde, die das gemeinsame Lachen auch für eine große Sache halten.

Danke an all unsere Leserinnen und Leser, die freudig mit Coco und Sophie nach Paris reisen und die Freundinnen in ihr Herz schließen.

Danke von Usch an Stephi und Stephi an Usch. Seit unserem Kennenlernen 2008 haben wir uns nicht mehr losgelassen, und inzwischen ist daraus eine richtige Lebensfreundschaft gewachsen. Genauso lange arbeiten wir auch zusammen und beweisen täglich, dass echte Frauensolidarität etwas ganz Wichtiges, Tolles und möglich ist. Zusammen schreiben und all das erleben zu können ist für uns ein doppeltes großes Glück.

Danke an Paris, auf ewig die Stadt der Liebe und Sehnsuchtsort so vieler Menschen.

Und nicht zu vergessen: Danke an alle Kirschlikörproduzenten, allen voran die im schönen Elsass.

Was wäre dieses Buch ohne euch?!

Auf euch alle …

Sophie begeistert: »Coco, habe ich es nicht gesagt? Es geht doch nichts über Danksagungen. Sie sind die Krönung jedes Romans!«

»Ach, Schatz! Du bist und bleibst einfach eine hoffnungslose Romantikerin mit Hang zur Gefühlsduselei«, seufzt Coco.

»Na und?!«

Die beiden Freudinnen lachen.

Unsere Leseempfehlung

576 Seiten
Auch als E-Book erhältlich

Als Justine (Journalistin, Realistin, Schütze) ihrem Sandkastenfreund Nick (Romeo-Darsteller im Theater, Träumer, Wassermann) wiederbegegnet, wird ihr eines sofort klar: Eigentlich war sie schon immer in ihn verliebt. Und als sie erfährt, dass er sich stets nach dem Horoskop der Zeitschrift richtet, bei der Justine arbeitet, beschließt sie, ihm ein Zeichen zu senden. Heimlich nimmt sie Änderungen am Wassermann-Horoskop vor, um ihm zu zeigen, dass sie füreinander bestimmt sind. Doch Nick missversteht ihre Hinweise völlig – und er ist nicht der Einzige, der sich von den Sternen leiten lässt …